Über das Buch:

Emily versteht die Welt nicht mehr. Erst wird sie von ihrem Verlobten Donald Stewart versetzt, mit dem sie eigentlich ein romantisches Wochenende verbringen wollte. Dann fährt sie einen Mann an, der plötzlich mitten auf der Straße steht. Und jetzt das: Er ist vollkommen unverletzt, als wäre der Unfall nie passiert. Mehr noch, er behauptet, ihr persönlicher Schutzengel zu sein. Emily vermutet, dass der Unfall Michael mehr geschadet hat, als er zugeben will. Allerdings ist die Situation wirklich etwas merkwürdig: Er kennt ihren Namen, weiß, was sie denkt, und seine Berührungen sind ihr seltsam vertraut. Emily möchte am liebsten davonlaufen, doch Michael lässt sie nicht allein. Er besteht darauf, an ihrer Seite zu bleiben, um sie zu beschützen. Erst, als Emily nur mit Michaels Hilfe einem Mordanschlag entgeht, beginnt sie zu verstehen, wer er wirklich ist.

Über die Autorin:

Jude Deveraux wurde in Fairdale, Kentucky (USA), geboren. Sie studierte Kunst am Murray State College. Ihre ersten Romane schrieb sie, als sie noch als Lehrerin arbeitete. Inzwischen ist Jude Deveraux eine der erfolgreichsten Autorinnen ihres Genres. Sie lebt in einem 300 Jahre alten Haus in England.

Deveraux hat sich in Deutschland mit Historischen Liebesromanen wie *Geliebter Tyrann* (Bd. 10772), *Jene Nacht im Frühling* (Bd. 11952) oder *Wen die Sehnsucht besiegt* (Bd. 12678) einen Namen gemacht. *Ein Engel für Emily* ist der erste zeitgenössische Liebesroman der Autorin

Jude Deveraux

Ein Engel für Emily

Roman

Ins Deutsche übertragen von
Ursula Walther

BASTEI LÜBBE TASCHENBUCH
Band 14661

1. Auflage: Januar 2002

Vollständige Taschenbuchausgabe

Bastei Lübbe Taschenbücher ist ein
Imprint der Verlagsgruppe Lübbe

Deutsche Erstveröffentlichung
Titel der englischen Originalausgabe: An Angel for Emily
© 1998 by Deveraux Inc.
© für die deutschsprachige Ausgabe 2002 by
Verlagsgruppe Lübbe GmbH & Co. KG, Bergisch Gladbach
Einbandgestaltung: Tanja Østlyngen
Titelillustration: ZEFA
Satz: hanseatenSatz-bremen, Bremen
Druck und Verarbeitung: Ebner Ulm
Printed in Germany
ISBN 3-404-14661-1

Sie finden uns im Internet unter
http://www.luebbe.de

Der Preis dieses Bandes versteht sich einschließlich
der gesetzlichen Mehrwertsteuer.

KAPITEL 1

Die Berge von North Carolina, 1998

»Ich bringe ihn um«, murmelte Emily Jane Todd, dann erhob sie die Stimme und sagte lauter: »Ich bringe ihn um, mache ihn kalt, reiße ihm Glied für Glied aus!« Sie schlug mit der Faust auf das Steuerrad, aber noch während der Ärger in ihr brodelte, spürte sie, dass die Erinnerung an die Demütigung dieses Abends alles andere in den Schatten stellte. Doch die Scham und Verlegenheit, die sie empfand, entfachten den Zorn erneut.

»Haben sie mich nur mit dem Preis ausgezeichnet, weil ich Donald heiraten werde?«, fragte sie laut, als sie den Wagen um eine scharfe Kurve manövrierte. Als ein Reifen auf den Kies am Randstreifen geriet, schnappte sie erschrocken nach Luft und ermahnte sich, langsamer zu fahren. Sie nahm den Fuß vom Gas, drückte jedoch gleich wieder zu, fester als zuvor, und nahm die nächste Kurve noch rasanter.

Als sie in der dunklen, mondlosen Nacht zu nahe an einem Baum vorbeizischte, merkte sie, wie ihr die Tränen in die Augen stiegen. Dieser Abend hatte ihr so viel bedeutet. Vielleicht war es für Donald nichts, von der National Library Association geehrt zu werden, aber für sie war es das Allerbeste gewesen, was ihr je passiert war. Möglicherweise fand es ein großer Nachrichtensprecher wie Donald lächerlich, wenn sie kostenlos Bücher in die Appalachen lieferte, aber genau das kostete Emily viel Zeit – und sehr viel Geld –, und sie war begeistert gewesen, weil sie dafür anerkannt wurde.

Als die Tränen ihre Sicht verschleierten, wischte sich Emily mit dem Handrücken über die Augen – sicherlich war ihre Wimperntusche verschmiert, aber es war ja niemand da, der es sah. Sie war auf dem Weg zurück zu dem romantischen kleinen Gasthof, in dem jeden Gast Sherry und Dattelplätzchen auf dem Zimmer erwarteten. Die Räume waren mit antiken Kommoden und Schränken eingerichtet, und das Zimmer kostete ein Vermögen. Aber sie würde die Nacht dort *allein* verbringen!

»Schon als sie mir ein Zimmer mit zwei Betten gegeben haben, hätte ich wissen müssen, dass alles schief laufen wird«, brummte sie vor sich hin, dann hörte sie wieder einen Reifen auf dem Kies knirschen. »Das war der Anfang des schlimmsten Wochenendes, und in ...«

Sie verstummte, weil die Bäume auf beiden Straßenseiten nach der nächsten Kurve näher als zuvor zusammengerückt zu sein schienen, und mitten auf der Straße stand ein Mann, der mit der Hand die Augen gegen das Scheinwerferlicht abschirmte. Emily riss das Steuer herum. Mit aller Kraft versuchte sie, den Wagen nach rechts zu lenken, um dem Mann auszuweichen. Lieber hätte sie sich um einen Baumstamm gewickelt, als einen Menschen überfahren, aber mit einem Mal schien der Kerl zwischen ihr und dem Straßenrand zu stehen. Sie schwenkte nach links, zurück auf die Straßenmitte, doch sie war zu schnell, und das Auto reagierte nicht so, wie sie wollte.

Als sie den Mann rammte, wurde ihr schlecht wie nie zuvor in ihrem Leben. Es gab kein Geräusch auf der Welt, das sich mit dem Aufprall eines menschlichen Körpers auf ein Auto vergleichen ließ.

Emily schien es Stunden, nicht nur ein paar Sekunden zu dauern, bis der Wagen zum Stillstand kam, sie ihren Sicherheitsgurt gelöst hatte und aus dem Auto gesprungen war, um loszulaufen. Die Scheinwerfer waren die einzige Lichtquelle in der Finsternis. Ihr Herz klopfte wie wild, und sie sah nicht das Geringste.

»Wo sind Sie?«, brachte sie hervor. Sie war verzweifelt und hatte entsetzliche Angst.

Emily hörte ein Flüstern. »Hier.« Sie stürmte die steile Böschung am Straßenrand hinunter. Ihr langes, beiges Satinkleid verfing sich in den Ästen des Gestrüpps, und ihre hochhackigen Sandalen sanken tief in das verrottete Laub auf dem Boden ein, aber sie ließ sich von nichts aufhalten.

Der Mann war gestürzt – vielleicht hatte ihn der Aufprall einige Meter den Hügel hinuntergeschleudert. Emily brauchte eine Weile, bis sie ihn fand, und dann wäre sie fast über ihn gestolpert. Sie ließ sich neben ihm auf die Knie fallen und tastete ihn ab, weil sie nichts sehen konnte. Die Bäume und Sträucher schirmten das Scheinwerferlicht ab. Sie berührte einen Arm, dann die Brust des Mannes und schließlich seinen Kopf. »Sind Sie in Ordnung? Ist Ihnen nichts passiert?«, fragte sie immer wieder, während sie die Hände über sein Gesicht gleiten ließ. Seine Haut war feucht, aber sie konnte nicht sehen, ob es Blut, Schweiß oder der Tau vom Waldboden war.

Als sie ein Stöhnen vernahm, empfand sie nichts als

Erleichterung. Er war nicht tot! Warum hatte sie nicht das Funktelefon gekauft, das ihr Donald aufzuschwatzen versucht hatte? Aber sie hatte nur an sich selbst gedacht und gesagt, dass ein Telefon in ihrem Wagen Donald bei gemeinsamen Fahrten nur dazu verleiten würde, mit Gott und der Welt, aber nicht mit ihr zu reden.

»Können Sie aufstehen?«, fragte sie und strich ihm das Haar aus der Stirn. »Wenn ich Sie hier allein lasse, um Hilfe zu holen, finde ich die Stelle vielleicht nie wieder. Bitte sagen Sie, dass Ihnen nichts passiert ist.«

Der Mann drehte den Kopf. »Emily?«, sagte er leise.

Emily hockte sich auf die Fersen und versuchte, ihn anzusehen. Ihre Augen hatten sich ein wenig an die Dunkelheit gewöhnt, aber sie konnte sein Gesicht immer noch nicht richtig erkennen. »Wieso kennen Sie meinen Namen?«, fragte sie; dabei ging ihr jede Horrormeldung, die Donalds Sender veröffentlicht hatte, durch den Kopf. War dieser Kerl ein Serienkiller, der eine Verletzung vortäuschte, um Frauen zu überfallen?

Noch ehe sie so recht begriff, was sie tat, machte sie sich bereit, loszurennen und zu ihrem Auto zu flüchten. Hatte sie den Motor laufen lassen? Oder war er abgestorben, als sie so abrupt stehen geblieben war? Konnte sie dem Mann entkommen, wenn er sie packte?

»Ich tue Ihnen nichts«, sagte der Mann, als er versuchte, sich aufzurichten.

Emily war hin- und hergerissen – einerseits wollte sie ihm helfen, andererseits wäre sie am liebsten weggerannt, so schnell sie konnte. Plötzlich packte er ihr Handgelenk, und nahm ihr damit die Entscheidung ab, was sie tun sollte.

»Sind Sie verletzt?«, erkundigte er sich mit heiserer

Stimme. »Sie sind sehr schnell gefahren. Sie hätten einen Baum rammen und sich verletzen können.«

Emily blinzelte in der Dunkelheit. Er kannte ihren Namen, und jetzt wusste er auch noch, wie schnell sie gefahren war. Ich muss weg von hier, dachte sie und schielte den Hügel hinauf zu ihrem Wagen. Sie konnte einen winzigen Lichtstrahl zwischen den Bäumen sehen. Wenn das Licht brannte, war nachher die Batterie vielleicht leer, und der Motor sprang nicht mehr an.

Ohne sie loszulassen, versuchte der Mann erneut, sich aufzusetzen. Emily half ihm nicht. Es war etwas Eigenartiges an dem Burschen, und sie hätte am liebsten sofort die Flucht ergriffen.

»Dieser Körper fühlt sich grässlich an«, sagte er, als er sich in eine sitzende Position gebracht hatte.

»Ja, von einem Auto angefahren zu werden, muss wirklich scheußlich sein«, sagte sie. Ihre Stimme wurde immer schriller, je mehr die Angst wuchs.

»Sie haben Angst vor mir«, stellte der Mann ungläubig fest. Es war fast, als erwartete er, dass sie ihn kannte.

»Ich ... nein, ich habe keine Angst ...«, begann Emily. Sie dachte, dass sie ihn unter allen Umständen irgendwie beschwichtigen musste.

»Doch – ich fühle es. Sie strahlen Angst aus. Emily, wie konnten Sie ...«

»Woher wissen Sie, wie ich heiße?«, kreischte sie.

Er rieb sich den Kopf, als hätte er große Schmerzen. »Ich habe Ihren Namen schon immer gekannt. Sie sind eine der meinen.«

Jetzt ist es aber genug!, dachte sie, löste sich mit einem Ruck aus seinem Griff und lief los.

Aber sie kam nicht weit. Er holte sie ein, umschlang

ihre Taille und zog sie an sich. »Schsch«, machte er. »Ganz ruhig. Sie können keine Angst vor mir haben, Emily. Wir kennen uns schon so lange.«

Eigenartigerweise beruhigte sie die Berührung und seine Nähe, aber das, was er sagte, brachte sie vollkommen durcheinander.

»Wer sind Sie?«, wollte sie wissen.

»Michael«, erklärte er so, als müsste sie das eigentlich wissen.

»Ich kenne keinen Michael.« Warum versuchte sie nicht, ihm zu entkommen?, fragte sie sich, noch während sie an ihm lehnte. Wer war eigentlich von dem Wagen erfasst worden – sie oder er?

»Sie kennen mich«, sagte er leise, während er mit der Hand ihr Haar glättete. Sie hatte es für die Preisverleihung hochgesteckt, aber die Frisur hatte sich gelöst, und jetzt hingen ihr die Strähnen über die Schultern. »Ich bin Ihr Schutzengel, und wir sind seit tausend Jahren zusammen.« Für einen Moment rührte sich Emily nicht vom Fleck, sie fühlte sich sicher in seinen Armen. Erst nach einer Weile begriff sie, was er gesagt hatte, und spürte, wie das Lachen in ihr aufstieg. Lachen, das war genau das, was sie nach diesem schrecklichen Tag brauchte. Was für sie eine große Ehrung hätte sein sollen, hatte sich in eine entsetzliche Erniedrigung verwandelt und sie dazu gebracht, einen Mann anzufahren.

Einen Mann, der behauptete, ihr Schutzengel zu sein.

»Sie sind ein Engel?«, fragte sie und löste sich aus seiner Umarmung. »Wo sind dann Ihre Flügel?« Sie wusste nicht, ob sie lachen oder entsetzt die Flucht ergreifen sollte.

»Engel haben nicht wirklich Flügel. Das haben die

Sterblichen erfunden. Allerdings erscheinen wir euch manchmal mit Flügeln, damit ihr uns erkennt, aber wir haben niemals Flügel, wenn wir in menschliche Körper schlüpfen.«

»Ah, ich verstehe«, erwiderte sie lächelnd und wich ein paar Schritte von dem Verrückten zurück. »Hören Sie, soweit ich sehe, sind Sie nicht verletzt, und ich nehme an, Sie können von hier wegfliegen – das heißt, wenn Sie sich dazu entschließen können, Ihre Flügel anzulegen.« Sie machte sich daran, den Hügel hinauf zu ihrem Wagen zu klettern, was mit dem bodenlangen Kleid und den hochhackigen Schuhen kein leichtes Unterfangen war.

»Also, äh, diese Sterbliche macht sich jetzt davon.«

Er holte sie am Straßenrand wieder ein und umfasste sie erneut.

Das reicht, dachte sie und wirbelte zu ihm herum. »Hören Sie, Mister, wer oder *was* immer Sie auch sein mögen, nehmen Sie die Hände von mir.« Damit marschierte sie zur Fahrerseite und stieg ein. Sobald sie saß, sah sie ihn im Scheinwerferlicht stehen. Für jemanden, der gerade von einem Auto angefahren wurde, konnte er sich erstaunlich schnell bewegen.

Als sie die Wagentür zuschlug, konnte sie ihn einen Moment lang deutlich sehen. Er war groß und breitschultrig und hatte üppige, schwarze Locken. Seine Wimpern waren so dicht und lang, dass sich Emily fragte, ob er überhaupt etwas sehen konnte. Seine Kleider waren dunkel und schienen fleckig zu sein, doch Emily hatte nicht vor zu bleiben und herauszufinden, was für Flecken das waren. Der Motor lief noch, also waren keine Stunden, wie es Emily erschienen war, sondern nur ein paar Minuten seit dem Unfall vergangen. Sie wollte um den Irren herumfahren, aber in dem Augenblick, in dem sie das Lenkrad umfasste, sank er vor ihren Augen zu Boden und blieb wie tot im Scheinwerferlicht liegen.

Emily sprang leise fluchend aus dem Wagen, half ihm aufzustehen und stützte ihn. »Kommen Sie, ich bringe Sie in ein Krankenhaus.« Sie seufzte matt.

Er lehnte sich an sie. Obwohl er gerade eine steile Böschung heraufgelaufen war, machte er jetzt einen erbärmlich hilflosen Eindruck.

»Ich wusste, dass Sie mich nicht allein zurücklassen können«, sagte er mit einem Lächeln. »Sie hatten immer schon eine Schwäche für verwundete Männer.«

Sie half ihm auf den Beifahrersitz, befestigte den Sicherheitsgurt und setzte sich hinters Steuer, erst dann dachte sie über seine Worte nach. *Eine Schwäche? Na klar, der Typ ist ein Schwachkopf, ein Irrer.*

Sie fuhr mit einem Verrückten an ihrer Seite in den kleinen Gebirgsort, in dem sie in dem romantischsten Gasthof der Welt ein Zimmer gebucht hatte. Ab heute würde sie jeden auslachen, der ihr weismachen wollte, er hätte schon ein schlimmeres Wochenende erlebt als sie. Ja, dachte sie, sie hatte tatsächlich eine Schwäche für Kranke!

»Ich kann keine Verletzung feststellen«, sagte der junge Arzt zu Emily. »Kein Kratzer, nicht einmal ein blauer Fleck. Sind Sie sicher, dass Sie ihn überhaupt angefahren haben?«

»Ein solches Geräusch vergisst man nie«, entgegnete sie und nahm ihm gegenüber vor dem Schreibtisch Platz. Es war zwei Uhr morgens, ihr neues Kleid hatte Risse, sie war schmutzig und müde und wollte nichts weiter, als sich in einem Bett verkriechen und diesen furchtbaren Tag vergessen.

»Also, entweder Sie beide hatten großes Glück oder ...«

Er brauchte es nicht auszusprechen, sie sah ihm an, dass er dachte, sie beide könnten zu viel getrunken oder irgendetwas geschnupft haben. Was für Drogen nahmen Engel? Gab es nicht ein Zeug, das Engelsstaub hieß? Oder verwechselte sie das mit dem Engelshaar, das man an Christbäume hängt?

»Ist mit *Ihnen* alles in Ordnung, Miss Todd?« Der junge Arzt musterte sie eingehend.

»Was ist mit seinem Gerede, dass er ein Engel ist und so ...?«, versetzte sie scharf. *Sie* war hier nicht der Patient.

Der Doktor blinzelte sie erstaunt an, dann starrte er auf sein Klemmbrett mit dem Krankenblatt. »Er heißt Michael Chamberlain, ist fünfunddreißig Jahre alt, geboren in New York, eins fünfundachtzig groß, 75 Kilo schwer, hat schwarzes Haar, braune ...«

»Woher haben Sie diese Informationen?«, fauchte sie, entschuldigte sich aber sofort. »Tut mir Leid, es war eine lange Nacht für mich.«

»Es war für uns alle eine lange Nacht«, erwiderte der Arzt und machte ihr damit klar, dass er normalerweise keine Patienten um zwei Uhr an einem Samstagmorgen behandelte. »Die Informationen stammen aus seinem Führerschein«, beantwortete er ihre Frage. »Dort haben wir alle Angaben gefunden, die wir brauchen. Aber jetzt würde ich wirklich gern nach Hause gehen und noch ein wenig schlafen. Die ersten Patienten kommen schon um acht Uhr in die Klinik. Ich schlage vor, dass Sie Mr. Chamberlain in die Klinik nach Asheville bringen, wenn

Sie wünschen, dass er noch einmal untersucht wird. Wenn es Ihnen also nichts ausmacht ...«, endete er vielsagend.

Emily zögerte. Am liebsten hätte sie noch einmal beharrlich daraufhingewiesen, dass dieser Mann wenigstens eine leichte Verletzung davongetragen haben *musste*.

Aber der Arzt zog die Augenbrauen hoch, und das genügte, um sie zum Schweigen zu bringen. Er war der Ansicht, dass sie ihn aus dem Bett geholt hatte, damit er seine Zeit mit einem kerngesunden Mann verschwendete.

Aber Emily wusste, dass sie diesen Chamberlain mit einer solchen Wucht angefahren hatte, dass er zehn Meter weit geschleudert worden war. »Danke«, brachte sie heraus, dann ging sie langsam aus dem Büro in den Warteraum.

Sie hatte damit gerechnet, dass der Verrückte dort saß und auf sie wartete, aber es war keine Spur von ihm zu sehen. Sie atmete erleichtert auf. Wieso konnte man Geisteskrankheiten nicht sehen wie eine Narbe oder ein Muttermal?, überlegte sie. Manchmal muss man einen Menschen jahrelang kennen, bis man merkt, dass er verrückt ist.

Als Emily zur Eingangstür kam, fühlte sie sich bereits ein wenig entspannter. Was ging bloß in ihr vor? Der Mann war von einem Auto angefahren worden! Es war unmöglich vorherzusehen, was ein Mensch sagt oder tut, wenn er gerade zehn Meter weit eine Böschung hinuntergeschleudert wurde. Vielleicht hatte sie ihn falsch verstanden, und er hatte in Wirklichkeit gesagt, dass ihn ein Schutzengel vor Schlimmerem bewahrt hätte. Ja, natürlich, dachte sie lächelnd. An Schutzengel zu glauben war in letzter Zeit groß in Mode. Einen zu haben hieß, dass man persönlich von himmlischen Kräften bewacht wurde. Ein Schutzengel vermittelte einer Person, etwas ganz Besonderes zu sein.

Dieser Gedanke beschäftigte sie so sehr, dass sie den Mann nicht sah, ehe sie im Auto saß und ihren Sicherheitsgurt anlegte.

»Jetzt verstehe ich, warum Sterbliche so viel schlafen«, sagte er und gähnte, dass die Kieferknochen knackten. Emily fuhr erschrocken zusammen. Er saß seelenruhig auf dem Beifahrersitz.

»Was haben Sie in meinem Wagen zu suchen?« Sie schrie beinahe.

»Ich habe auf Sie gewartet«, erklärte er, als wäre das die selbstverständlichste Sache der Welt.

»Wie sind Sie hereingekommen? Das Auto war verschlossen und ...« Sie winkte ab, als er den Mund aufmachte und setzte hinzu: »Wenn Sie mir jetzt erzählen, dass Sie ein Engel sind und alle Türen öffnen können, dann ...« Sie war noch nie gut darin gewesen, anderen zu drohen. Statt den Satz zu beenden, öffnete sie die Tür, um auszusteigen. »Emily«, sagte er und hielt sie am Arm zurück.

Sie riss sich los. »Nehmen Sie Ihre Hände von mir!« Sie atmete ein paar Mal tief durch, um sich zu beruhigen. »Hören Sie, ich weiß nicht, wer Sie sind und was Sie wollen, aber ich möchte, dass Sie aus meinem Wagen steigen und dorthin verschwinden, wo Sie hergekommen sind. Es tut mir sehr Leid, dass ich Sie angefahren habe, aber der Arzt sagt, dass Ihnen nichts fehlt, also können Sie nach Hause gehen. Habe ich mich verständlich ausgedrückt?«

Er gähnte wieder ausgiebig. »Dies ist nicht Ihre Stadt, oder? Haben Sie eines dieser ... mmm ... wie nennt ihr so was? Einen Ort, an dem Sie die Nacht verbringen.«

»Ein Hotelzimmer?«

»Ja«, bestätigte er und sah sie bewundernd an, als wäre sie ein Genie. »Haben Sie ein Hotelzimmer, in dem wir bleiben können?«

»Wir?«, wiederholte sie. Sie konnte ihre Wut kaum noch im Zaum halten. Sie hatte keine Angst mehr vor ihm, sie wollte ihn nur noch loswerden.

Er legte den Kopf an die Nackenstütze und lächelte. »Ich kann Ihre Gedanken lesen, Emily. Sie denken an Sex. Wieso haben die Sterblichen so oft Sex im Kopf? Wenn sich die Menschen doch nur ein wenig Selbstbeherrschung auferlegen würden ...«

»Raus!«, kreischte sie. »Steigen Sie sofort aus meinem Wagen! Verschwinden Sie aus meinem Leben!«

»Es geht um diesen Mann, stimmt's?«, fragte er und sah sie an. »Er hat Sie wieder enttäuscht, hab' ich Recht?«

Im ersten Moment hatte sie keine Ahnung, wovon er überhaupt redete, dann wäre sie um ein Haar explodiert. »Donald? Sie fragen mich nach dem Mann, den ich liebe?«

»Gibt es in diesem Land nicht eine Bezeichnung für so jemanden? Oder war das in Persien? Wie war das noch? O ja, ein Schatz. Er ist Ihr ...«

Emily ballte die Fäuste und fuhr zu ihm herum, als wollte sie ihm einen Boxschlag versetzen. Aber er hielt ihre Handgelenke fest und starrte ihr ein paar Sekunden tief in die Augen. »Sie haben ziemlich schöne Augen, Emily«, sagte er leise. Seine tiefe Stimme machte sie stutzig, dann wand sie sich aus seinem Griff und ließ sich auf dem Fahrersitz zurücksinken.

»Was wollen Sie von mir?«, fragte sie niedergeschlagen.

»Ich weiß nicht«, erwiderte er. »Ich weiß wirklich nicht, warum ich hier bin. Michael sagte mir, dass es ein großes Problem auf der Erde gebe, mit dem Sie zu tun haben, und er fragte mich, ob ich bereit sei, in einen menschlichen Körper zu schlüpfen, um dieses Problem zu lösen.«

»Ich verstehe«, entgegnete Emily matt. »Und wer ist dieser Michael?«

»Der Erzengel Michael natürlich.«

»Klar«, gab Emily zurück. »Dass ich darauf nicht gleich gekommen bin! Und ich nehme an, Gabriel ist Ihr bester Freund.«

»Lieber Himmel, nein! Ich bin nur ein Engel auf der sechsten Ebene. Diese beiden sind ... na ja, es gibt nicht einmal mehr eine Ebene, mit der ihr Status zu beschreiben wäre. Aber wenn Michael einen um etwas bittet, dann tut man es, ohne Fragen zu stellen.«

»Also sind Sie auf die Erde gekommen, um mir zu helfen, etwas zu tun ...«

»Oder Ihnen bei einer Sache zu helfen, in die Sie verwickelt sind.«

»Ja, natürlich. Danke, dass Sie das richtig gestellt haben. Und jetzt, da das geklärt ist ...«

»Emily, wir sind beide müde. Diese menschlichen Körper sind wirklich schwerfällig und plump ... Wie drücken Sie sich aus? Ich bin katzenmüde.«

»Hundemüde«, korrigierte sie ihn resigniert.

»Ja, das bin ich – hundemüde«, sagte er. »Und ich denke, ich möchte mich ausruhen. Können wir jetzt in Ihr Hotel gehen? Sie haben doch ein Zimmer mit zwei Betten, nicht? Oder haben Sie meine Anweisungen nicht befolgt? Manchmal ist es wirklich schwierig, sich den Sterblichen verständlich zu machen. Ihr Menschen hört nicht sehr gut zu.«

Emily öffnete den Mund, schloss ihn aber gleich wieder. Vielleicht brauchte sie nur zu schlafen, und wenn sie aufwachte, merkte sie, dass alles nur ein Traum war. Sie steckte den Schlüssel ins Zündschloss und fuhr ohne ein weiteres Wort zu dem Gasthof.

Kapitel 2

Als Emily am folgenden Morgen aufwachte, überkam sie Panik. Sie kam zu spät zur Arbeit oder verpasste jemanden, mit dem sie eine Besprechung hatte, oder sie musste ... überrascht – angenehm überrascht – registrierte sie, dass das ganze Wochenende vor ihr lag. Sie hatte frei bis zum Dienstag, und heute war erst Samstag!

Sie drehte sich unter dem himmlisch weichen, warmen Daunenplumeau um, kuschelte sich tiefer in das duftende Bett und dachte: Was für einen eigenartigen Traum ich hatte – von braunäugigen Engeln, Autounfällen und ... Sie versank wieder in Schlaf, ehe sie den Gedanken zu Ende bringen konnte.

Die Sonne, die in ihr Gesicht schien, weckte sie, und als sie zum Fenster blinzelte, glaubte sie einen Mann vor dem grellen Licht stehen zu sehen. Er hatte das Gesicht abgewandt, aber er schien zwei riesige Flügel am Rücken zu haben. »Ich bin noch nicht wach«, murmelte sie und kroch wieder ganz unter das Plumeau.

»Guten Morgen«, begrüßte sie eine angenehme männliche Stimme.

Emily achtete nicht darauf und hielt ihre Augen geschlossen.

»Ich habe Ihnen das Frühstück gebracht«, fuhr die Stimme fort. »Es gibt frische Erdbeeren aus dem Garten des Wirts und kleine, mit Karotten gebackene Muffins, kalte Milch und heißen Tee. Ich habe die Wirtin gebeten, Ihnen ein weich gekochtes Ei zu machen. Vier Minuten – so mögen Sie doch Ihr Frühstücksei, habe ich recht?«

Mit jedem Wort, das sie hörte, wurde die Erinnerung an die letzte Nacht klarer. Natürlich konnte das alles nicht die Wirklichkeit sein. Sie schob argwöhnisch die Decke von ihrem Gesicht und sah den Mann an. Er trug dasselbe dunkle Hemd und die dunkle Hose wie gestern, und jetzt, im hellen Tageslicht, sah sie, dass seine Kleidung schmutzig und fleckig war.

»Gehen Sie«, sagte sie und versuchte, es sich wieder im Bett gemütlich zu machen.

»Ich habe Sie zu lange schlafen lassen«, sagte er, als würde er ein wissenschaftliches Experiment beobachten und sich vornehmen, das nächste Mal ein bisschen weniger von Dem-und-dem in die Mixtur zu geben.

Emily wusste, dass ihr kein Schlaf mehr vergönnt war. »Fangen Sie nicht wieder an«, warnte sie, schob stöhnend die Decke von sich und strich die Strähnen aus ihren Augen. Im Wachzustand merkte sie, wie schrecklich sie sich fühlte. Sie erinnerte sich kaum noch daran, was nach dem Besuch in der Klinik geschehen war, aber sie musste todmüde ins Bett gefallen sein ... ein Blick nach unten bestätigte ihr, dass sie immer noch die traurigen Überreste ihres beigen Abendkleides trug. Zweifellos hatte sie auch noch die Überreste des Make-ups im Gesicht.

Emily hielt sich die Decke vor die Brust und setzte sich auf. »Ich möchte, dass Sie gehen«, sagte sie fest. »Ich habe meine Pflicht getan, und jetzt will ich, dass Sie mich allein lassen. Ich möchte Sie nie wiedersehen.«

Er tat so, als hätte er sie nicht gehört. »Der Tee ist sehr heiß. Sie müssen vorsichtig sein, sonst verbrennen Sie sich«, sagte er, während er ihr eine hübsche Porzellantasse mit Untertasse reichte.

»Ich will nicht ...«, begann sie, hielt aber inne, als sie seinen Blick bemerkte. In seinen Augen liegt etwas Bezwingendes, dachte sie, als sie die Tasse nahm und von dem Tee trank. Er stellte ihr das Frühstückstablett auf den Schoß, dann streckte er sich auf dem Bett aus.

Bezwingender Blick oder nicht – *das* war zu viel. »Von all Ihren Dreistigkeiten ist dies ...«, begann sie, als sie die Tasse abstellte und versuchte, aus dem Bett zu steigen.

»Ich habe unten mit einem Mann gesprochen, der bei der – wie sagte er noch? – Polizei ist. Er untersucht einen Autounfall, den ihm der Arzt gemeldet hat.«

Emily hielt inne und sah ihn an.

»Dieser Polizist meinte, wenn ich keine Anzeige erstatte, könnte er in der Unfallsache nichts weiter unternehmen. Aber wenn ich den Vorfall melde, und die finden heraus, dass Sie, sagen wir mal, zu schnell gefahren sind, oder schlimmer, dass Sie auf einer Party waren und ein oder zwei Gläser Champagner getrunken haben – na, das könnte ernste Folgen haben.«

Emily war – mit einem Fuß auf dem Boden – wie zu Eis erstarrt; sie sah ihn unverwandt an, während ihr Gehirn verarbeitete, was er ihr mitgeteilt hatte. Sofort tanzten Visionen von Gefängniszellen und einer öffentlichen Gerichtsverhandlung wegen Trunkenheit am Steuer vor ihren Augen. Sie erinnerte sich, dass die Polizei von Bremsspuren ablesen konnte, wie schnell ein Fahrzeug gefahren war. Und bei der Geschwindigkeit, mit der sie durch die Nacht gerast war, musste sie Bremsspuren hinterlassen haben, die bestimmt noch zu sehen waren, wenn die Straße nicht auseinander gefallen und zerbröckelt war. »Was wollen Sie?«, flüsterte sie. Mit einem Mal war ihre Kehle staubtrocken. Sie spürte, wie ihr kleine Schauer über den Rücken liefen.

»Emily«, sagte er und legte seine Hand auf ihre, aber sie wich augenblicklich zurück. Er seufzte. »Ich ...« Er zögerte und sah ihr in die Augen. Emily hatte das Gefühl, dass er versuchte, ihre Gedanken zu ergründen. Soll er doch!, dachte sie und funkelte ihn an.

Ein kleines Lächeln huschte über sein Gesicht, dann machte er es sich auf dem Bett bequem. »Kommen Sie, essen Sie einen Muffin. Und außerdem wird Ihr Ei kalt.«

»Was wollen Sie?«, wiederholte sie, diesmal ärgerlich.

»Fangen wir mit etwas Einfachem an«, sagte er, während er Butter auf einen Muffin strich. »Wie wär's mit einem gemeinsamen Wochenende?«

»Sie sind krank«, gab sie zurück. Sie stellte den anderen Fuß auf den Boden und stand auf.

Im Nu sprang er vor sie, und als er die Hände auf ihre Schultern legte, beruhigte sie sich eigenartigerweise.

»Emily, was, wenn ich Ihnen sagen würde, dass ich mich nicht erinnere, wer ich bin? Dass ich nicht mehr weiß, warum ich letzte Nacht auf dieser Straße war und wie ich dort hingekommen bin? Dass ich mich an gar nichts mehr erinnere, was bis vor zwei Minuten vor dem Unfall passiert ist?« Sie sah zu ihm auf – sie hatte keine Angst mehr vor ihm. »Dann sollten Sie zur Polizei gehen und ...« Wieder kamen ihr die Untersuchungen und Verhöre in den Sinn. Sie würden wissen wollen, wer ihn angefahren hatte, und dann eine Menge Fragen stellen. Ja, es hatte am Abend bei der Preisverleihung Champagner gegeben, und ja ... Sie dachte an Donalds politische Karriere und daran, dass er sich wohl keine wegen Trunkenheit am Steuer verurteilte Verlobte leisten konnte.

»Was soll ich tun?«, fragte sie. Wenigstens behauptet er nicht mehr, ein Engel zu sein, dachte sie, vielleicht besteht die Hoffnung, dass ihm irgendwann wieder einfällt, wer er ist. Sicher sucht ihn jemand. Vielleicht seine Frau, ging es ihr durch den Kopf, während sie in die Augen mit den langen, dichten Wimpern schaute.

»Das klingt schon besser«, sagte er lächelnd. »Warum kriechen Sie nicht wieder ins Bett und frühstücken anständig? Ich spüre, dass Sie am Verhungern sind, also essen Sie erst einmal was.«

Sie war jetzt viel ruhiger. Wenn er sein Gedächtnis verloren hatte, war er vielleicht selbst verängstigt und unsicher. »Emily ...«, er hob die Decke für sie hoch, als sie ins Bett schlüpfte, und stellte das Tablett wieder auf ihren Schoß, »ich brauche Ihre Hilfe. Meinen Sie, Sie könnten dieses lange Wochenende damit zubringen, mir zu helfen? Der Wirt sagt, Sie hätten für das Zimmer im Voraus bezahlt, und Sie würden das Geld verlieren, wenn Sie jetzt nach Hause fahren würden.« Er legte ihr den gebutterten Muffin auf den Teller. »Ich kann mir vorstellen, dass Sie vieles tun möchten, dass Sie Unternehmungen geplant haben mit ... mit Donald.« Es war, als würde ihm der Name fast im Hals stecken bleiben. »Aber vielleicht finden Sie ein klein wenig Zeit, mir zu helfen.« Er lächelte sie hoffnungsvoll an.

Emily starrte wortlos auf ihren Teller.

»Ich erinnere mich an gar nichts«, sagte er. »Ich weiß nicht, welches meine Lieblingsspeisen sind oder wie man Kleider kauft oder welche Interessen ich habe. Natürlich ist es beschwerlich für Sie, aber möglicherweise finde ich mit Ihrer Unterstützung heraus, was ich mag und ...«

Emily konnte nicht anders, sie musste lachen. »Und ich soll Ihnen diese Mitleid erregende Geschichte abnehmen?«

Sie begann, die Schale von dem Ei zu picken. »Was wollen Sie *wirklich* von mir?«

Er bedachte sie mit einem verwirrenden Lächeln. »Finden Sie heraus, wer, zur Hölle, mich gestern Abend mitten im Nichts abgesetzt hat und dem Tod überlassen wollte. Ich weiß, dass der Arzt gesagt hat, mir würde nichts fehlen, aber ich habe Kopfschmerzen, die weniger robuste Naturen umbringen würden.«

»Dann sollte ich Sie zu einem Arzt bringen«, stellte sie fest und schob sofort das Tablett und das Plumeau weg.

Aber er gebot ihr Einhalt und deckte sie wieder zu. »Ich möchte nicht noch mehr Aufmerksamkeit erregen. Ich ...«

Er sah ihr ins Gesicht. »Ich glaube, jemand hat versucht, mich zu töten.«

»Dann müssen Sie zur Polizei gehen.«

»Ich müsste der Polizei von Ihnen erzählen, meinen Sie nicht?«

»Vermutlich«, bestätigte sie. Sie knabberte an dem Muffin, während sie über das, was er gesagt hatte, nachdachte. Wenn sie es mit der Polizei zu tun bekam, konnte sie ihrem zukünftigen Leben Adieu sagen. Womöglich würde ihr die NLA den Preis im Nachhinein wieder aberkennen. »Ich kann mir ehrlich nicht vorstellen, dass ich geeignet bin, einen versuchten Mord aufzuklären«, sagte sie. »Vielleicht sollten Sie einen Privatdetektiv einschalten. Ich meine das ernst. Ich bin keine von diesen mutigen Frauen, die sich insgeheim wünschen, eine Waffe bei sich zu tragen und mitten in der Nacht in düsteren Lagerhallen herumzuschleichen. Ich bin eher, na ja, der Bibliothekarinnen-Typ. Ich kann mich begeistern, wenn ich ein altes Buch aufspüre. Und ich mag mein Leben so, wie es ist«, erklärte sie mit Nachdruck.

»Ich bitte Sie ja nicht darum, die Person zu finden, die versucht hat, mich umzubringen; ich habe Sie lediglich gefragt, ob Sie mir helfen, mein Gedächtnis zurückzuerlangen. Ich bezweifle, dass Mörder so dumm sind, mich in der Nähe einer Stadt zurückzulassen, in der ich bekannt bin. Ehrlich gesagt«, fügte er hinzu, während er seine Manschettenknöpfe aufmachte, »ich denke, dass ich gefesselt war und in einem Kofferraum transportiert wurde.«

Als er ihr seine Arme entgegenstreckte, sah sie, dass er Wunden an den Handgelenken hatte, die von einem fest verknoteten Strick stammen könnten. »Dasselbe habe ich an den Knöcheln.«

»Und Sie erinnern sich an gar nichts mehr, was vor gestern Abend war?«, fragte sie, ehe sie ihre Milch trank. »Überhaupt nichts?«

»Nein, aber heute Morgen weiß ich offensichtlich ein bisschen mehr als gestern. Ich mag keine spanischen Omeletts.«

Emily lachte. In der einen Minute sprach er von einem Mordversuch, in der nächsten über spanische Omeletts.

»Verbringen Sie dieses Wochenende mit mir«, bat er mit flehendem Blick. »Ich möchte alle nur erdenklichen Speisen probieren, alles, was möglich ist, sehen und tun, was es zu tun gibt. Vielleicht hilft irgendetwas meinem Gedächtnis auf die Sprünge und ich erinnere mich, wer ich bin.«

»Falls Sie nicht doch ein Engel sind«, neckte sie ihn.

»Ja, das habe ich nicht vergessen«, erwiderte er leichthin. Für einen Moment befürchtete Emily, er würde wieder mit diesem Unsinn anfangen, aber stattdessen erhob er sich von dem Bett und ging zu dem antiken Schrank auf der anderen Seite des Zimmers. »Sehen Sie sich das an«, sagte er und reichte ihr eine Brieftasche. »Da drin sind interessante Dinge.«

Emily wischte sich die Hände an der Serviette ab, dann nahm sie die Brieftasche und sah sie sich an. Ja, sie enthielt einige »interessante« Dinge – dreitausendfünfhundert Dollar in bar, eine goldene Visitenkarte mit der Unterschrift von Michael Chamberlain auf der Rückseite und einen in New York ausgestellten Führerschein, seltsamerweise ohne Foto. Aber es war eine Adresse angegeben.

»Der Polizist hat heute Morgen bereits dort angerufen«, berichtete Michael. »Das war einer der Gründe, warum er hier war: Die Informationen, die der Arzt über mich hatte, haben nichts abgegeben.«

Sie blinzelte ihn verwirrt an. »Abgegeben? Oh, ich verstehe. Sie haben nichts ergeben. Was Sie dem Arzt erzählt haben, konnte nicht verifiziert werden. Ich glaube, Englisch ist nicht Ihre Muttersprache.«

»Aber zumindest meine zweite Sprache«, sagte er lächelnd. »Werden Sie mir helfen?«

Emilys Gedanken beschäftigten sich mit all den Aspekten, die eine solche Entscheidung beinhaltete. Natürlich würde Donald fuchsteufelswild werden, wenn er davon erfuhr. Aber Donald hatte sie gestern Abend immerhin versetzt. Genau genommen hätte sie diesen Mann vermutlich niemals angefahren, wenn Donald wie versprochen erschienen wäre.

Und da war noch die Frage, was ihr blühte, wenn sie diesen Mann aufforderte, augenblicklich zu verschwinden, und ihm ihre Hilfe verweigerte. Abgesehen davon, dass sie in diesem Fall die nächsten zwanzig Jahre möglicherweise im Gefängnis verbringen würde, stünde ihr ein entsetzlich langweiliges Wochenende bevor. Einer der Gründe, warum sie Donald so sehr liebte, war, dass er immer genau wusste, was er unternehmen wollte. Er gehörte nicht zu der Sorte von Männern, die herumlungerten und darauf warteten, dass eine Frau für sie Pläne machte.

Irene hatte einmal zu Emily gesagt, dass Donald sie durch die Gegend zerrte, als wäre sie sein Schoßhündchen, aber Emily nahm gern an Donalds aufregendem Leben teil und liebte die ungeheure Aktivität, die von ihm ausging.

Sie hatte die Wahl: Sie konnte sofort nach Hause fahren und sich den tausend Fragen stellen, warum sie schon jetzt zurückkam, oder sie konnte das ganze Wochenende allein hier bleiben. Allein. Mit niemandem sprechen. Einsam durch die Gegend wandern. Allein.

»Ich habe gehört, dass ein Handwerksmarkt in der Stadt ist«, sagte Michael. »Wissen Sie, was ein Handwerksmarkt ist?«

Emilys blaue Augen fingen an zu leuchten. »Leute aus

der Umgebung bringen alle möglichen Dinge, die sie hergestellt haben, hierher und verkaufen sie an Ständen.«

»Klingt langweilig«, befand er.

»Das ist es ganz und gar nicht. Es ist wunderbar. Auf einem solchen Markt gibt es Körbe, Holzspielzeug, Schmuck, Puppen und ... und einfach alles, was man sich nur vorstellen kann. Und die Leute sind so nett und ... Sie lachen mich aus.« Ihr Lächeln verblasste. »Ich bin überzeugt, Sie würden sich lieber ein Footballspiel ansehen.«

»Keine Ahnung. Im Moment könnte ich einen Handwerksmarkt nicht einmal von einem Footballspiel unterscheiden. Ich dachte nur gerade daran, wie schön Sie sind.« Emily fasste das nicht als Kompliment auf. Wann immer ihr die Männer sagten, dass sie schön sei, wollten sie etwas von ihr. Und sie wusste sehr gut, *was* das war.

»Ich glaube kaum, dass Sie auf diese Weise etwas bei mir erreichen«, entgegnete sie leise. »Ich bin verlobt, und Sie ...«

»Und ich weiß nicht, wer oder was ich bin«, beendete er den Satz für sie. »Ehrlich, Emily, Sie sind sehr hübsch, und ich glaube, Sie haben ein gutes Herz. Welche Frau würde wie Sie in Erwägung ziehen, einem Fremden zu helfen?«

»Eine, die nicht ins Gefängnis wandern möchte«, erwiderte sie und brachte ihn damit zum Lachen.

»Na ja, vielleicht habe ich das vorhin nur angedeutet, damit Sie mir zuhören. Jedenfalls könnte es durchaus sein, dass ich irgendwo eine Frau und ein halbes Dutzend Kinder habe, und wie sollte ich denen erklären, was ich während meiner Abwesenheit getan habe?«

»Ich bin nicht sicher, ob die verheirateten Männer in

Amerika oder irgendwo sonst immer treu und aufrichtig sind«, gab Emily fast im Flüsterton zurück.

»Möglicherweise bin ich es doch. Ich weiß es nicht. Was ist mit Ihrem Schatz? Ist *er* treu?«

»Wenn Sie ihn noch einmal Schatz nennen, bin ich weg, verstanden?«

Michael grinste. »Ich schätze, das heißt, dass Sie mir die Frage nach seiner Treue nicht beantworten wollen.«

»Stellen wir lieber gleich von vornherein ein paar Dinge klar«, entgegnete sie heftig. »Ich werde Ihnen helfen, Ihr Gedächtnis zurückzubekommen, aber nur, wenn Sie sich an einige Grundregeln halten.«

»Ich höre.«

»Mein Privatleben ist tabu. Und mein Körper ist tabu. Behalten Sie Ihre Finger bei sich.«

»Ich verstehe. Sie gehören zum Harem eines anderen Mannes.«

»Ich bin in keinem Harem und ...« Ihre Augen wurden schmal. »Hören Sie sofort damit auf. Ich merke sehr wohl, was Sie im Sinn haben. Sie versuchen, mich zu ärgern, mich wütend zu machen. Das mag ich nicht.«

»Aber Sie sehen aus wie ein Engel, wenn Sie wütend sind. Ihre Augen blitzen und ...«

»Ich mein's ernst! Entweder Sie lassen diese persönlichen Bemerkungen sein, oder wir sind geschiedene Leute. Verstanden?«

»Sehr gut. Noch mehr Erdregeln?«

»Grundregeln. Man nennt das *Grundregeln*. Und es gibt tatsächlich noch eine. Ich will kein Wort mehr über diesen Engel-Unsinn hören. Ich möchte nicht, dass Sie mir erzählen, Sie wären ein Engel, ich wäre ein Engel oder ... oder ...«

»Wir alle wären Engel, nur dass einige von uns einen menschlichen Körper haben, andere nicht – ist es das?«

»Ganz genau. Und heute suchen wir Ihnen ein anderes Zimmer. Sie *dürfen keine* weitere Nacht im selben Zimmer mit mir verbringen. Sind Sie mit all dem einverstanden?«

»Selbstverständlich. Keine Frage. Nur müssen Sie mir auch etwas versprechen.«

»Und was?«

»Dass Sie es mich wissen lassen, wenn Sie sich wünschen, dass ich eine dieser Regeln missachte. Wenn Sie über Ihr Privatleben sprechen möchten, wollen, dass ich Sie berühre und über Engel spreche, müssen Sie es mir sagen. Versprechen Sie's.« Er streckte ihr die Hand entgegen. »Abgemacht?«

Emily zögerte; ihr war eigentlich danach, ihn zum Teufel zu schicken, aber sie schüttelte seine Hand. Und wieder überkam sie in dem Moment, in dem sie ihn berührte, ein tiefes Gefühl des Friedens. Sie spürte, dass alles, was sein würde, richtig war und dass ihr Leben so verlaufen würde, wie sie es wollte.

Sie zog ihre Hand zurück. »Jetzt möchte ich, dass Sie das Zimmer verlassen, damit ich mich anziehen kann. Wir treffen uns in einer Stunde unten, dann ziehen wir los, kaufen Ihnen neue Kleider und suchen eine Übernachtungsmöglichkeit für Sie – eine andere als diese hier bei mir«, sagte sie.

»Danke, Emily.« Er strahlte sie an. »Sie sind ein Engel.«

Sie öffnete den Mund, um zu protestieren, besann sich aber eines anderen, als sie das Glitzern in seinen Augen sah. »Jetzt aber raus!«, rief sie lachend. »Gehen Sie.« Und er verließ das Zimmer.

Emily war auf dem Weg ins Bad, als das Telefon klingelte. »Hallo, mein kleines Zuckerschnäuzchen. Bist du böse auf mich?«, sagte Donald. »Verzeihst du mir, wenn ich dir erzähle, dass ich die ganze Nacht auf den Beinen war, um über einen Brand zu berichten – einen richtigen Großbrand –, und dass es mir ehrlich von Herzen Leid tut?«

Emily setzte sich aufs Bett; sie war so froh, eine vertraute Stimme zu hören. »O Donald, es war der schrecklichste Tag meines Lebens. Du wirst nicht glauben, was mir passiert ist. Ich habe einen Mann angefahren.«

Donald schwieg einen Moment, und sie konnte sich vorstellen, wie sich seine Stirn in Falten legte. »Erzähl mir alles«, forderte er sie ernst auf. »Besonders von dem Polizeibericht. Was hat die Polizei gesagt?«

»Nichts. Die Polizei wurde gar nicht eingeschaltet. Ich meine, letzte Nacht noch nicht. Heute Morgen haben sie Michael – dem Mann, den ich angefahren habe – gesagt, dass er Anzeige erstatten und mich für Jahre ins Gefängnis bringen könnte, aber ...«

»Emily! Nicht so hastig – erzähl von Anfang an.«

Sie tat ihr bestes, doch Donald unterbrach sie immer wieder und stellte jedes Mal dieselbe Frage nach der Polizei. »Donald, wenn du mich nicht die *ganze* Geschichte erzählen lässt, muss ich annehmen, dass du nur Interesse für die Auswirkungen hast, die der Vorfall auf deine Karriere haben könnte.«

»Das ist absurd, und das weißt du auch. Ich habe dich gefragt, ob du verletzt bist.«

»Nein, kein bisschen, aber ich bin zu schnell auf einer kurvenreichen Straße gefahren und hatte mindestens zwei Gläser Champagner getrunken.«

»Aber dieser Kerl hat nicht die Absicht, Anzeige zu erstatten, oder?«

Emily presste die Lippen zusammen, dann holte sie tief Luft. »Nein«, antwortete sie ruhig, »aber er verlangt von mir, dass ich unglaubliche Sexspiele mit ihm treibe.«

Donald ging auf die Spitze ein. »Wenn du etwas Neues lernst, merk's dir und zeig es mir dann.«

Darüber konnte Emily nicht lachen – offenbar hielt er es für einen Witz, dass ein anderer Mann Sex mit ihr haben wollte. »Offen gestanden, dieser Mann – Michael Chamberlain – ist umwerfend, und er nächtigt in meinem Hotelzimmer. Ich habe mir ein schwarzes Seidennachthemd gekauft.«

»Das ist eine gute Idee«, erwiderte Donald. »Er soll in deiner Nähe bleiben, damit du ihn im Auge behalten kannst und eventuelle Anzeichen von irgendwelchen Folgeschäden bemerkst. Und sorge dafür, dass alle möglichen Leute sehen, dass er vollkommen in Ordnung ist. So können wir verhindern, dass der Blödmann später etwas unternimmt und dir irgendwelche erfundenen Dinge anlastet.«

»Donald!«, rief Emily ärgerlich. »Er ist kein Blödmann, und ich habe die *Nacht* mit ihm verbracht.«

Donald lachte so überheblich, dass Emily noch wütender wurde. »Emily, mein Liebes«, sagte er. »Ich vertraue dir, und du wirst nie in deinem Leben irgendetwas Schwarzes aus Seide besitzen. Du bist viel zu praktisch veranlagt, um dein Geld für so etwas zu verschwenden.«

»Ich bin durchaus dazu im Stande«, presste sie zwischen zusammengebissenen Zähnen hervor.

»Na klar. Und ich kaufe mir einen Volvo. Ich muss jetzt auflegen. Bleib, wo du bist. Ich wünsche dir eine schöne

Zeit mit deinem streunenden Kater. Ich liebe dich.« Er legte auf.

Emily rührte sich nicht vom Fleck und starrte fassungslos den Hörer an. Donald hatte einfach aufgehängt, ohne auch nur den Vorschlag zu machen, zu kommen und den Rest des Wochenendes mit ihr zu verbringen, und er hatte kein Wort darüber verloren, dass sie mit einem anderen Mann zusammen war. Einem Engel von einem Mann, dachte sie, als sie den Hörer auf die Gabel legte.

Sie stand auf und duschte, und die ganze Zeit über verfluchte sie Donald. Praktisch veranlagt, dachte sie. Welche Frau wollte schon »praktisch veranlagt« sein? Und welche Frau hörte gern, dass sie niemals etwas Schwarzes aus Seide besitzen würde?

Als sie aus der Dusche kam, zog sie eine Schublade der Kommode auf. Emily hatte gestern schon ihren Koffer ausgepackt, als sie darauf gewartet hatte, dass Donald mit einem Rosenstrauß und tausend Entschuldigungen auftauchen würde. Er war zwar noch nie mit Rosen bei ihr erschienen, aber mit Entschuldigungen hatte er sie schon oft überhäuft.

Alles, was in der Kommode lag, war »praktisch«. Sie war eine konservative Kofferpackerin, und jedes Teil, das sie mitgenommen hatte, passte zu den anderen – alle waren waschbar. »Praktisch«, brummte sie verärgert und stieß die Schublade zu.

Auf dem Bett lagen die traurigen Reste ihres seidenen Abendkleides – selbst das entsprach den Kriterien der Praktikabilität. Zumindest war das noch bis gestern Abend so gewesen, bevor sie in stockfinsterer Nacht den Abhang hinuntergestürmt war, und jetzt war es nur noch ein Fetzen.

Sie zog eine dunkelblaue Hose, eine blassrosa Bluse und eine ganz normale, klassische blaue Strickjacke an, dann betrachtete sie sich im Spiegel. Ihr Haar wurde von einem blauen Band aus dem Gesicht gehalten, und das dezente Make-up unterstrich ihr »natürliches« Aussehen. So gefiel sie Donald. Er konnte »angemalte« Frauen nicht ausstehen. Irene meinte, er könne niemanden ausstehen, der hübscher als er selbst war.

Nein, überlegte sie, als sie in den Spiegel schaute, sie war nicht der Typ Frau, der in verrückte, aufregende Abenteuer geriet. Sie war auf unauffällige Art hübsch, hatte große braune Augen, eine kleine Nase und einen wohlgeformten Mund. Selbst mit Lippenstift hatte sie keinen vollen, verführerischen Mund wie die Models.

Nur ihr dunkles, kastanienbraunes Haar, das üppig und leicht gewellt war, verlieh ihr ein wenig Sex-Appeal.

Aber Sex-Appeal passt ohnehin nicht zu einer Bibliothekarin, dachte sie mit einem Seufzen. Nein, ihre unauffällige Schönheit, die hübsche Figur und ihre klassische Garderobe entsprachen dem, was sie war. »Natürlich und praktisch veranlagt«, murmelte sie, als sie aus dem Zimmer ging.

Kapitel 3

Michael Chamberlain erwartete sie vor der Eingangstür. Er saß ruhig und mit geschlossenen Augen in der Sonne und lächelte.

Emily ließ sich neben ihm nieder. »Halten Sie mich für eine praktisch veranlagte Frau?«

Er bat sie nicht, ihm zu erklären, worüber sie überhaupt sprach, wie jeder andere es getan hätte, sondern sagte gelassen: »Emily, Sie sind die am wenigsten praktisch veranlagte Frau, um die ich mich jemals gekümmert habe ... ich meine, der ich jemals begegnet bin. Sie sind eine große Romantikerin. Sie lieben die falschen Männer, Sie träumen von Abenteuern, die sich kein Mensch vorstellen kann, und Sie sind ganz und gar furchtlos.«

Emily lachte auf. »Ich? Furchtlos? Sie sind ein großer Lügner, hab' ich recht?«

»Wenn Sie nicht furchtlos sind, warum fahren dann nicht andere Frauen in die Wildnis der Appalachen, *allein,* um den Kinder Bücher zu schenken? Wann konnten Sie zum letzten Mal jemanden überreden, Sie zu begleiten?«

»Nie. Ein paar Leute haben gesagt, sie würden mitkommen, aber ...«

»Aber dann haben sie einen Rückzieher gemacht. Die Berge und Abgründe machen ihnen Angst, stimmt's?«

Sie wandte sich ab, dann sah sie ihn wieder an und lächelte. »Ich habe mich selbst nie als mutig angesehen.«

Michael schmunzelte, stand auf und bot ihr seinen Arm an. »Also, meine mutige Prinzessin, wohin wollen wir gehen?«

»Zu einem Herrenausstatter«, sagte sie. Er lachte. Er trug noch immer dieselben Kleider wie am Abend zuvor, und bei hellem Tageslicht sah Emily erst richtig, wie schmutzig und zerlumpt sie waren.

»Und dann gehen wir in ein Geschäft mit Damenbekleidung, und ich staffiere Sie aus.«

Emily wollte schon protestieren, aber seit dem Telefonat mit Donald kamen ihr ihre eintönigen blauen Klamotten unmodern und spießig vor ... aber sooo praktisch, dachte sie und zog eine Grimasse. »Ja.« Sie lachte. »Ich würde gern etwas für mich kaufen.«

Sie saßen in einer Eisdiele, der jemand für viel Geld ein altmodisches Aussehen verliehen hatte. Es gab kleine runde Tische mit weißen Marmorplatten und zierliche Eisenstühle mit roten Sitzflächen und herzförmigen Rückenlehnen. Sie hatten riesige Banana Splits bestellt – Emily mit Schokoladensirup, Michael nur mit Nüssen.

Sie hatten an diesem Morgen beim Einkaufen viel Spaß gehabt, und es war schön gewesen, für einen Mann Kleidung auszusuchen. Donald wusste immer ganz genau, was er anziehen und wie er aussehen wollte, deshalb kaufte Emily ihm nie auch nur eine Krawatte. Aber Michael hatte ihr freie Hand gelassen, und sie hatte Pullover, Hemden und Hosen ausgewählt und zusammengestellt. Er war ein bereitwilliges Mannequin gewesen, als sie ihm die einzelnen Stücke angehalten hatte, um zu sehen, ob sie zu seinem dunklen Haar und zu seinen Augen passten.

Er hatte alles mit seiner Kreditkarte bezahlt, und anschließend hatte ihn Emily zu einem Friseur gezerrt, der seine üppigen Locken geschnitten und gezähmt hatte. »Mit dieser Mähne sehen Sie aus wie ein Straßenräuber«, hatte sie lachend gesagt, ehe er die Tortur hatte über sich ergehen lassen.

»Vielleicht bin ich ja genau das. Solange ich nichts über mich weiß, könnte ich alles sein.«

»Sogar ein Engel?«

»Sogar ein Engel«, bestätigte er lächelnd.

Mit den kürzeren und ordentlich gekämmten Haaren sah er ganz anders und viel besser aus, als Emily zuerst gedacht hatte. Als er merkte, wie sie ihn ansah, bedachte er sie mit einem so strahlenden Lächeln, dass ihr warm wurde.

»Schluss damit«, zischte sie so leise, dass der Friseur sie nicht hören konnte. »Kommen Sie, jetzt suchen wir Ihnen ein Zimmer.«

»Ich habe ein Zimmer«, erklärte er, als er aufstand und sich im Spiegel begutachtete. »Dieser Körper ist nicht schlecht. Ich muss mich bei Michael bedanken.«

Sie bedachte ihn mit einem strengen Blick.

»Entschuldigung«, sagte er, wirkte aber kein bisschen reumütig. Stattdessen grinste er, und Emily dachte: ein Zimmer. Ich muss ihm ein eigenes Zimmer besorgen.

Sobald sie den Friseurladen verlassen hatten, führte sie ihn möglichst weit weg von ihrem Gasthof ans andere Ende des Ortes. Gab es hier nicht ein kleines Hotel oder eine Pension?

Er trottete ihr nach. »Emily«, rief er, und sie drehte sich zu ihm um. Er war vor einem Schaufenster stehen geblieben und betrachtete die Kleider. »Da.« Er deutete auf die Schaufensterpuppe auf der linken Seite. »Das ist es.« Ehe Emily begriff, wie ihr geschah, befand sie sich in der Kabine der Boutique und probierte ein himmlisches Kleid an.

Jetzt saßen sie in der Eisdiele – Michael hatte ihre Einwände, ein Banana Split sei kein ordentliches Mittagessen, ignoriert –, und Emily hatte ein cremefarbenes Seidenkleid mit wunderschönem Blumenmuster und ein kleines rostfarbenes Jäckchen an. Der dazu gehörende Gürtel war mindestens sieben Zentimeter breit und hatte eine Perlmuttschnalle.

Emily war sich bewusst, dass dieses Kleid das unpraktischste war, das sie jemals getragen hatte. Die Farbe war ungeheuer empfindlich, und das Oberteil, ein Mieder, hatte keine Knöpfe, sondern war mit einer Kordel im Zickzack geschnürt, und wenn sie sich vorbeugte, konnte man viel zu viel sehen. Das Mieder war insgesamt zu eng – es gab mehr von ihrer Figur preis, als sie zeigen wollte.

»Sie sehen wunderbar aus«, sagte Michael. »Hören Sie auf, sich Gedanken deswegen zu machen. Ich mag Ihr Haar, wenn Sie es offen tragen. Es sieht viel besser aus ohne Band. Die Frauen der Skythen hatten immer wunderschönes Haar, und als Sie eine elisabethanische ...«

»Als ich was?«, fiel sie ihm ins Wort.

»Ich ... äh ... ich wollte sagen, Sie sehen ... Wie schmeckt Ihr Eis?«

Sie schaute auf die riesige ovale Schale und lächelte. »Ich hatte heute viel Spaß«, sagte sie.

»Ich auch. Ich habe Sie doch nicht zu sehr in Verlegenheit gebracht mit meinen Wortverwechslungen?«

»Selbstverständlich nicht. Alle Welt mag Sie.« Das stimmte. Er hatte eine Art, die den Menschen Ruhe und Gelassenheit vermittelte. Die Kassiererin in der Boutique war zuerst ziemlich unfreundlich gewesen und hatte deutlich gezeigt, wie lästig es ihr war, die Preise ihrer Einkäufe in die Kasse zu tippen. Aber Michael hatte ihr tief in die Augen gesehen und ihr die Sachen gereicht. Dabei hatte er kurz mit den Fingerspitzen ihre Hand berührt; augenblicklich legte sich ihr Unmut, und sie strahlte ihn an.

»Wie machen Sie das?«, fragte Emily jetzt. »Wenn Sie jemanden berühren, wird er ruhiger, zugänglicher und ...« Sie hielt inne und funkelte ihn an. Wenn er ihr jetzt erzählte, dass er ein Engel sei, würde sie aufstehen und gehen.

Aber er bedachte sie nur mit einem Lächeln. »Gedanken haben eine große Kraft. Man kann eine Person dazu bringen, das zu fühlen, was man selbst fühlt. Geben Sie mir Ihre Hand. Und jetzt versuchen Sie, mir ein Gefühl zu vermitteln. Irgendein Gefühl.«

Sie nahm seine kräftige rechte Hand in ihre, schaute ihm in die Augen und sandte ihm ihre Gedanken.

Nach wenigen Sekunden lachte er und ließ ihre Hand los. »Gut, ich habe Ihre Botschaft verstanden. Sie haben Hunger und wollen meine Hand nicht länger anfassen. Ich nehme an, Ihrem Scha ...« Er brach grinsend ab. »Ich nehme an, dem Mann, den Sie lieben, würde es nicht gefallen, wenn Sie mit einem anderen Händchen halten, im selben Zimmer mit ihm übernachten, den Tag mit ihm verbringen ...«

»Schluss jetzt«, zischte sie, als sie sich erhob. »Ich denke, es ist Zeit, dass wir Ihnen ein Zimmer suchen und ...«

Sie hielt inne, weil ein süßes kleines Mädchen, ungefähr zwei Jahre alt, mit ausgebreiteten Armen auf Michael zustürmte. Michael fing die Kleine auf.

Emily ließ sich wieder auf den Stuhl fallen, während sie mit weit aufgerissenen Augen zusah, wie sich die beiden herzten und küssten. Die Kleine klammerte sich an Michael, als wäre er die Liebe ihres Lebens und als hätten sie sich Jahre nicht gesehen. Wahrscheinlich hat er sein Gedächtnis wieder, dachte Emily und war selbst erstaunt, wie traurig sie der Gedanke machte. Jetzt musste sie wohl oder übel nach Hause fahren oder den Rest des Wochenendes allein verbringen. Du bist selbstsüchtig, Emily!, schalt sie sich, als sie eine junge Frau bemerkte, die auf ihren Tisch zueilte. Sie war offensichtlich die Mutter der Kleinen ... und Michaels Frau?

»Rachel!«, schimpfte die Frau. »Was fällt dir ein? O Sir, es tut mir Leid. Gewöhnlich benimmt sie sich Fremden gegenüber niemals so. Ich weiß nicht, was in sie gefahren ist.« Emily verdrängte das Gefühl der Erleichterung. Dies war also nicht Michaels Familie.

»Bitte, setzen Sie sich doch zu uns«, bot Michael galant an. »Sie sehen müde und erschöpft aus. Wie wär's mit einem Eis – ich bin ein guter Zuhörer.«

Emily aß ihren Banana Split und beobachtete schweigend das Geschehen. Das Kind saß immer noch auf Michaels Schoß und schmiegte sich zufrieden an ihn, als wäre er ihr Vater.

Sobald die Mutter Platz genommen hatte, erschien die Bedienung, und Michael hob stumm zwei Finger, um ihr zu signalisieren, dass zwei weitere Eisbecher verlangt wurden, und ohne weitere Ermutigung begann die Mutter des Kindes, ihm ihr Herz auszuschütten. Sie war überzeugt, dass ihr Mann eine Freundin hatte, und war fuchsteufelswild deswegen. »Ich versuche, eine gute Mutter zu sein, aber Rachel vermisst ihren Vater so sehr.«

Und du selbst auch, hätte Emily am liebsten eingeworfen, sagte jedoch nichts.

Die Eisbecher wurden serviert, die Frau redete weiter, und Michael fütterte das kleine Mädchen mit einem Löffel.

»Ihr Mann Tom ist ein guter Mensch«, sagte Michael schließlich, und nur Emily schien aufzufallen, dass die Frau den Namen ihres Mannes nie zuvor erwähnt hatte. »Und er liebt Sie. Aber er fürchtet, dass in Ihrem Herzen kein Platz mehr für ihn ist, seit Rachel geboren wurde.«

Die Frau ließ den Kopf sinken. Bisher war es ihr gelungen, die Tränen zurückzuhalten, doch jetzt traten sie ihr in die Augen. »Ich weiß, wie er fühlt. Rachel ist ein sehr forderndes Kind.«

Zu Emilys Bestürzung quittierte Michael diese Aussage mit einem Lachen. »Nennt man das in dieser Generation so? Hast du das gehört, Rachel? Schätzchen, du treibst deine Eltern in den Wahnsinn.« Er sah die Frau wieder an. »Sie ist streitbar«, sagte er und bedachte Rachel mit einem liebevollen Lächeln, »weil ihr etwas in ihrem Leben fehlt.«

»Wir geben ihr alles, was wir uns leisten können«, verteidigte sich ihre Mutter.

»Musik«, sagte Michael. »Rachel ist die geborene Musikerin. Bringen Sie sie in ein Musikgeschäft und kaufen

Sie ihr eine Flöte oder ein ...« Er ließ die Finger seiner freien Hand über den Tisch gleiten, als würde er auf Tasten spielen, und sah Emily Hilfe suchend an.

»Klavier«, sagte sie leise.

»Ja, genau«, erwiderte Michael und bedachte Emily mit einem bewundernden Blick, als wäre sie ein Genie.

»Schenken Sie Rachel etwas, womit sie Musik machen kann. Dann ist sie in der Lage, das, was in ihrem Kopf vorgeht, zum Ausdruck zu bringen«, empfahl Michael der Mutter.

»Aber meinen Sie nicht, sie ist noch zu klein für ein Musikinstrument?«

»Wie alt waren Sie, als Sie zum ersten Mal für das Meer schwärmten?«

Die Frau schenkte Michael ein so warmherziges Lächeln, dass es Emily nicht gewundert hätte, wenn das Eis in ihrem Becher augenblicklich geschmolzen wäre. »Ich gehe jetzt besser. Ich schaffe es gerade noch vor Ladenschluss zum Musikgeschäft. Komm, Rachel, wir müssen uns beeilen.«

Das Kind schlang die Arme um Michaels Hals, als wollte sie nie wieder von ihm weg.

Die Frau stand vor Michael und sah ihn verwundert an. »Sie scheint Sie zu lieben, obwohl sie Sie noch nie im Leben gesehen hat.«

»Oh, wir kennen uns schon sehr, sehr lange, und sie ist noch jung genug, um sich an mich zu erinnern. Geh jetzt, Schätzchen, geh mit deiner Mutter. Sie wird dir deine Musik schenken, dann kannst du aufhören, so gereizt zu sein und so viel zu schreien. Deine Mutter wird dir ab jetzt immer ganz genau zuhören.« Er küsste das Kind auf die Wange, umarmte es noch einmal und hob es von seinem Schoß. Die Kleine ging zu ihrer Mutter und nahm ihre Hand.

»Danke«, sagte die Frau, dann bückte sie sich und drückte Michael einen Kuss auf die Wange. Mit einem Lächeln verließ sie die Eisdiele.

»Ich will nichts wissen«, sagte Emily, als sie ihr Eis aufgegessen hatte. »Ich möchte keine Erklärungen und nicht ein Wort darüber hören, was Sie gesagt haben oder woher Sie so viel über diese Leute wissen. Ich will das alles nicht wissen. Haben Sie mich verstanden?« Sie schaute ihn mit blitzenden Augen an.

»Sehr gut«, erwiderte er strahlend.

Emily stand auf. »Hören Sie – ich glaube, die Sache ist weit genug gegangen. Offensichtlich haben Sie sich bei dem Unfall nicht verletzt, und auf mich wartet zu Hause ein Haufen Arbeit. Ich sollte mich besser auf den Weg machen.«

»Sie wollen mir also nicht helfen herauszufinden, wer ich bin?«

Sie spitzte die Lippen. »Ich denke, Sie wissen sehr genau, wer Sie sind, und wie es scheint, wissen das auch eine Menge anderer Leute. Ich möchte nicht die Zielscheibe Ihres kleinen Scherzes sein.«

»Noch vor wenigen Minuten waren Sie froh, dass die Frau und die Kleine nicht meine Familie sind, dass ich Sie nicht verlassen und zu einem einsamen Wochenende verdammen würde, und ...«

»Hellseher!«, versetzte sie böse. »Ich weiß nicht, warum ich nicht schon früher daraufgekommen bin! Arbeiten Sie bei einer dieser parapsychologischen Hotlines und erzählen den Leuten, dass die Liebe ihres Lebens gleich um die Ecke auf sie wartet?« Sie schnappte sich ihre

Handtasche und wandte sich zum Gehen, aber er hielt sie zurück.

»Emily, ich habe Sie nicht belogen. Na ja, ausgenommen vielleicht dann, wenn Sie mich dazu gebracht haben, aber das waren nur ganz kleine Lügen. Das Grundlegende entspricht jedoch der Wahrheit. Ich habe wirklich kein Zuhause und keinen Platz, an dem ich die Nacht verbringen könnte.«

»Sie haben Geld und Kreditkarten, ich habe selbst gesehen, dass Sie sie benutzen.«

»Das habe ich gelernt, indem ich andere beobachtete.« Er legte die Hand auf ihren Arm. »Emily, ich weiß nicht, warum ich hier bin. Ich habe keine Ahnung, was ich tun soll, und brauche Hilfe. Ich weiß nur eines – mein Leben ist irgendwie mit Ihrem verbunden, und ich brauche Sie, um meine Aufgabe zu erfüllen.«

»Ich muss weg«, sagte sie. Plötzlich wollte sie so schnell wie möglich fort von ihm. Sie mochte ihr Leben so, wie es war, und sie hatte das Gefühl, dass sich alles auf eine Art verändern würde, die ihr widerstrebte, wenn sie nur noch zehn Minuten in Gesellschaft dieses Mannes blieb. »Es war schön, Sie kennen gelernt zu haben, und ich danke Ihnen für ... für das Kleid«, sagte sie zögerlich, und ehe sie noch ein weiteres Wort hervorbringen konnte, stürmte sie aus der Eisdiele.

Sie rannte den ganzen Weg bis zu ihrem Gasthof.

»Miss Todd«, sagte die junge Frau an der Rezeption. »Es ist ein Päckchen für Sie abgegeben worden.«

Emilys erster Gedanke war: Das ist unmöglich. Er kann mir nicht so schnell etwas geschickt haben. Selbst ein Engel ... hör auf damit! Wies sie sich selbst zurecht. Hör sofort auf. Er ist *kein* Engel; er ist nur ein ausgesprochen merkwürdiger Mann. Ein eigenartiger Kerl mit außergewöhnlichen Fähigkeiten.

Sie nahm das Expresspäckchen an sich, bedankte sich bei der Frau und ging in ihr Zimmer. Erst dort sah sie Donalds Absender auf dem Päckchen.

»Lieber Donald«, sagte sie. Lieber, normaler Donald – er war eine Berühmtheit, weil er täglich im Fernsehen zu sehen war. Der liebe Donald, der das Wochenende damit zubrachte, einen Brand zu beobachten. Im Augenblick erschien ihr ein Großbrand völlig normal im Vergleich zu dem, was sie gerade erlebt hatte: Michael hatte gewusst, wie der Mann einer Frau hieß, ohne dass man ihm den Namen jemals genannt hätte. Und er hatte gewusst, dass die kleine Rachel Musik liebte, und behauptet, sie schon sehr, sehr lange zu kennen.

Emily riss das Packpapier auf und beförderte eine flache weiße Schachtel zu Tage. In der Schachtel lag ein umwerfendes schwarzes Seidennegligé. Sie hielt den hauchdünnen Traum in der Hand und wurde sich bewusst, dass sie noch nie so etwas Weiches berührt, geschweige denn besessen hatte.

Ihre Finger zitterten, als sie die beiliegende Karte las. »Bitte achte auf das Etikett – dort steht, dass das Negligé nur mit der Hand gewaschen werden darf«, stand da in Donalds Handschrift. »Deine praktische Veranlagung und mein Sinn für das Absurde mögen immer Hand in Hand gehen! Ich liebe Dich. Noch einmal: Es tut mir ehrlich Leid wegen des verpatzten Wochenendes. Sieh Dir heute die Fünf-Uhr-Nachrichten an. Ich bin auf Sendung ... und gleichzeitig bei Dir.«

Die Tränen schossen ihr in die Augen. Gerade als sie gedacht hatte, Donald wäre der eitelste, selbstsüchtigste

Mann auf der Welt, tat er so etwas. Sie hielt sich die Seide an die Wange, ließ sich aufs Bett fallen und weinte ein bisschen, weil ihr Donald so sehr fehlte und noch aus einem anderen Grund, den sie selbst nicht verstand. Sie wünschte, ihr würde nicht die Stimme ihrer Freundin Irene im Ohr dröhnen, die fragte: »Ist das wirklich ein Geschenk für dich, oder ist es eher ein Geschenk für Donald?«

»Dieser abscheuliche Kerl«, murmelte sie und dachte dabei an den dunkelhaarigen Michael. Seit sie ihn beinahe überfahren hatte, war ihr Leben auf den Kopf gestellt, und sie wusste, dass sie nur wieder auf den rechten Weg zurückgelangen würde, wenn sie ihn losgeworden war.

Sie stand auf, holte ihren Koffer vom Schrank und fing an, ihre Sachen hineinzuwerfen. Sie musste weg von hier, und zwar sofort. Je früher sie dieser Stadt den Rücken kehrte und nach Hause fuhr, umso eher würde ihr Leben wieder in geregelten Bahnen verlaufen.

Sie schaute auf die Uhr. Es war schon drei, und wenn sie jetzt aufbrach, würde sie die Fünf-Uhr-Nachrichten und das, was der geliebte Donald ihr zeigen wollte, verpassen. Aber was, wenn er hierher kam? Und wenn er wieder versuchte, sie in seine seltsamen Angelegenheiten hineinzuziehen?

Aber sie spürte, dass er nicht kommen würde. Sie kannte Michael Chamberlain noch keine vierundzwanzig Stunden, aber sie ahnte, dass er ein sehr stolzer Mann war. Er würde nicht noch einmal auf sie zugehen und sich ihr ganz bestimmt nicht aufdrängen.

Gut, dachte sie, als sie die letzten Kleidungsstücke in den Koffer stopfte. Emily fuhr nicht gern in der Nacht Auto, trotzdem wollte sie gleich nach der Sendung aufbrechen, denn auch wenn Michael nicht vorhatte, sie noch einmal zu belästigen, hatte sie doch das Gefühl, als ob sie ein hilfloses Wesen im Stich lassen würde.

Lächerlich!, redete sie sich ein und schaute wieder auf die Uhr. Zehn nach drei. Keine zwei Stunden mehr. Kleinigkeit. Sie würde ... Was sollte sie in diesen knappen zwei Stunden anfangen? Sie hatte den Handwerksmarkt noch nicht gesehen, obwohl sie gern hingegangen wäre. Doch es stand zu befürchten, dass sie *ihm* über den Weg lief, wenn sie ihr Zimmer verließ. Und eines war sonnenklar – wenn sie noch einmal in diese großen, dunklen Augen sah, würde sie nachgeben. Sie hatte versprochen, ihm zu helfen, das zu tun, was er seiner Ansicht nach tun musste. Sie warf erneut einen Blick auf die Uhr. Zwölf Minuten nach drei. Wenn sie ihm wiederbegegnete, würde sie womöglich auch noch herauszufinden versuchen, welche Aufgabe der Erzengel Michael ihm zugedacht hatte, dachte sie mit einem leisen Kichern. Ja, das war gut. Wenn sie sich die lächerliche Geschichte vergegenwärtigte, die er ihr aufgetischt hatte, würde sie bestimmt auf dem Boden der Tatsachen bleiben. Heißen eigentlich *alle* Engel Michael?, hätte sie ihn fragen sollen. Oder nannten sich die Leute so, die aus einer psychiatrischen Anstalt entflohen waren?

Sie schaute auf die Uhr. Vierzehn Minuten nach drei. *Ich glaube, ich ziehe los und besorge ein Geschenk für Donald.* Sie verließ das Zimmer.

Kapitel 4

Sie war vollbepackt mit Tüten und Geschenken, als sie eine Minute vor fünf in ihr Zimmer stürmte. »Ausgezeichnet!«, sagte sie, als sie die Tüten aufs Bett fallen ließ und den Fernseher einschaltete. Donald hatte an den Wochenenden normalerweise keinen Dienst, deshalb war sie entsetzlich neugierig, was er im Schilde führte. Sie hatte sich ein wenig beruhigt, weil sie auf den Straßen keine Spur von dem eigenartigen Mann, der gestern in ihr Leben getreten war, bemerkt hatte. Und sie war froh, dass er weg war. Jetzt konnte sie sich mit der Realität beschäftigen, in der geflügelte, menschenähnliche Wesen keinen Platz hatten. Sie lächelte bei diesem Gedanken.

Im Fernsehen lief der Vorspann der Nachrichten. Dann kam Donald ins Bild, und Emily entspannte sich sofort. Wie gut sie sein blondes Haar, seine regelmäßigen Gesichtszüge und das Blitzen in seinen blauen Augen kannte. Sie waren seit fünf Jahren zusammen und seit einem knappen Jahr verlobt, und sie hatten viel Schönes miteinander erlebt.

Im Fernsehen wirkte er unecht. Er war makellos gekleidet, seine Haare wurden von Spray an Ort und Stelle gehalten, und er war so unnahbar wie eine computergesteuerte Gestalt. Oft, wenn er seine alten, seit Wochen nicht gewaschenen Pullover trug und sich drei Tage nicht rasiert hatte, fragte sie: »Ist *das* wirklich Mr. News?« Sie neckte ihn manchmal mit dem Spitznamen, den die Redaktion ihm gegeben hatte. »Ist das der Mann, der aufgebaut wird, um der nächste Gouverneur zu werden?«

Sie liebte es, wenn er sie auf diese besondere Art angrinste und sie anwies, ihm ein Bier zu holen. »Ich glaube nicht, dass die First Lady Bier holt«, sagte sie bei diesen Gelegenheiten, und Donald stürzte sich auf sie und kitzelte sie. Oft führte dann eines zum anderen, und sie landeten im ...

Emily hatte gar nicht bemerkt, dass sie fast die ganze dreißig Minuten dauernde Nachrichtensendung über geträumt hatte, aber mit einem Mal war sie hellwach, weil auf dem Bildschirm eine Videoaufnahme von *ihr* zu sehen war! Von ihr in ihrem beigen Abendkleid, wie sie auf das Podium ging, um den Preis für besondere Verdienste von der National Library Association entgegenzunehmen.

»Und jetzt küren wir unseren Engel der Woche«, sagte Donald. »Miss Emily Jane Todd wurde am gestrigen Abend für ihre selbstlosen Spenden an die benachteiligten Kinder in den Appalachen ausgezeichnet. Miss Todd erwirbt mit ihrem mageren Gehalt als Bibliothekarin einer Kleinstadt Kinderbücher und fährt an den Wochenenden in die Berge, um den Kindern die Bücher zu bringen. Diese Kinder haben kaum etwas zu essen und können sich erst recht ›keinen Festschmaus für den Geist‹ leisten, wie Miss Todd ihre Geschenke nennt.«

Donald lächelte in die Kamera und hob die kleine goldene Engelsstatue hoch, die der Sender jeden Samstag vergab. »Ein Versuch, die Quote an den Wochenenden in die Höhe zu treiben«, hatte Donald ihr erklärt, als der Sender diese Rubrik ins Leben gerufen hatte.

»Dieser Engel ist für Emily«, sagte er jetzt. »Und nun eine etwas weniger erbauliche, aber bestimmt ebenso unirdische Nachricht«, fuhr Donald noch immer lächelnd fort. »Wie uns soeben gemeldet wurde, ist dem FBI die Leiche eines der berüchtigtsten Mörder dieses Jahrhunderts abhanden gekommen.«

Emily wollte schon den Fernseher ausschalten, als neben Donald ein unscharfes Foto von Michael eingeblendet wurde. Ihr fuhr der Schreck in die Glieder. Sie sank auf die Bettkante und starrte gebannt auf den Bildschirm.

»Michael Chamberlain, ein mutmaßlicher Mörder mit Verbindung zum organisierten Verbrechen, wurde seit über zehn Jahren vom FBI gesucht, doch Chamberlain wurde nur selten in der Öffentlichkeit gesehen und nie gefasst. Soweit bekannt ist, ist dies das einzige existierende Foto von dem mutmaßlichen Mörder. Der Verdächtige war zu einer Vernehmung wegen einer Familienauseinandersetzung zur Polizeistation gebracht worden. Dort identifizierte ein zufällig anwesender FBI-Agent den Mann als einen der zehn meistgesuchten Verbrecher und gab die Anweisung, ihn im Revier festzuhalten, bis er vernommen werden könne. Angeblich hätte Chamberlain Angaben über den Verbleib sämtlicher Mordopfer machen können.«

Donald legte eine Kunstpause ein. Er hasste es, die Wochenendnachrichten zu verlesen, weil es seiner Ansicht nach mehr so was wie eine komödiantische Vorstellung war. Kein Mensch wollte schlechte Nachrichten am Wochenende hören, deshalb musste der Moderator am Samstag und Sonntag den Clown spielen, um die Zuschauerquote zu verbessern. Die letzte Meldung sollte immer etwas zu lachen bieten.

»Obwohl Chamberlain in eine rund um die Uhr bewachte Einzelzelle gebracht wurde, während er auf die Ankunft der großen Jungs vom FBI warten musste«, fuhr Donald fort, »wurde er am Morgen tot aufgefunden. Er hatte mehrere Einschüsse in der Brust und einen im Kopf. Der Polizeiarzt konnte nur noch seinen Tod feststellen.«

An dieser Stelle zog Donald die Papiere, die vor ihm lagen, zu Rate, dann schaute er wieder mit dem Anflug eines Lächelns in die Kamera. Emily kannte dieses Lächeln sehr gut: Er setzte es immer auf, wenn er meinte, sie habe etwas Dummes getan oder gesagt, aber sie aus Höflichkeit nicht daraufhinweisen wollte.

»Wie es scheint, ist dem FBI die Leiche des Verdächtigen abhanden gekommen«, sagte Donald. »Obwohl Chamberlain eindeutig tot war, hat er, wie es scheint, ein paar Kleider gestohlen und ist aus dem Polizeirevier marschiert. Jetzt wurde erneut ein Haftbefehl auf ihn ausgestellt und eine landesweite Fahndung in Gang gesetzt.«

Donalds Lächeln wurde breiter. »Sollten Sie, liebe Zuschauer, diesen Mann umherwandeln sehen, nehmen Sie bitte unverzüglich Kontakt zum FBI auf – oder vielleicht besser mit Ihrem örtlichen Leichenbestatter.«

Er faltete die Hände über den Papieren und strahlte in die Kamera. »Das waren die Nachrichten von heute, das

Ende unserer Geschichten von Engeln und Zombies. Donald Stewart wünscht Ihnen alles Gute, wir sehen uns wieder am Montag.«

Emily war einen Moment wie erstarrt. Der Mann, den sie in der Nacht von Freitag angefahren hatte, mochte ein wenig seltsam sein, aber ein Mörder war er bestimmt nicht.

Plötzlich fielen ihr alle möglichen Dinge ein: Michaels Kopfschmerzen, seine Desorientiertheit und ... Sie richtete sich auf. Und seine Kreditkarten ...

Sie griff nach dem Telefonhörer, wählte die Nummer des Fernsehsenders und hoffte, dass sie Donald noch dort erwischte. Sie lauschte mit angehaltenem Atem auf das Klingeln am anderen Ende der Leitung, dann musste sie warten, bis die Telefonistin Donald ausfindig gemacht hatte.

Vielleicht weiß er etwas, überlegte Emily, denn Donald war nicht nur irgendein hübsches Fernsehgesicht – er war ein Top-Journalist und kannte eine Menge Leute und Geheimnisse. Emily, die in der Bibliothek Zugang zu Schriftstücken aus der ganzen Welt hatte, hatte ihm schon einige Male bei der Recherche von erstaunlichen Storys geholfen.

»Hey, Süße!«, rief Donald. »Hab' ich ein bisschen was gutgemacht? Du bist der hübscheste Engel ...«

»Donald«, fiel sie ihm ins Wort. »Meine Nase juckt.« Sein Lachen erstarb sofort. »Weshalb?«

»Wegen der letzten Meldung, die du gebracht hast – die von dem Mann, der in der Zelle getötet wurde. Da steckt mehr dahinter, oder?«

Donald senkte die Stimme, und Emily wusste, dass er sich vergewissert hatte, ob jemand mithörte. »Ich weiß es nicht. Man hat mir die Nachricht zum Lesen hereingereicht. Lass mich ein paar Anrufe machen. Bist du später in deinem Hotelzimmer? Ich rufe dich zurück.«

Emily bejahte seine Frage und legte auf.

Ihr »Unheil-Detektor« – so hatte ihr Vater ihre Nase genannt, weil das Jucken schon zwei Mal das Leben eines Familienmitglieds gerettet hatte. Wie damals, als sie sechs Jahre alt gewesen war und sie und ihr Bruder mit dem Vater Karussell fahren sollten. Emily hatte geschrien und behauptet, sie könnten nicht auf das Karussell steigen, weil ihre Nase jucke. Ihr Bruder wurde wütend, doch der Vater machte sich ein wenig lustig und erklärte sich einverstanden, zu warten und erst bei der nächsten Runde mitzufahren. Es gab keine nächste Runde – wenige Minuten später brach ein Zahnrad im Antrieb des Karussells. Die Passagiere wurden von ihren Sitzen geschleudert, vier Menschen kamen ums Leben, und einige wurden verletzt. Nach diesem Vorfall wurde die Familie hellhörig, wenn Emily sagte, ihr jucke die Nase.

Als ihre Eltern Donald die Geschichte erzählten, hatte er nicht gelacht wie ihre früheren Freunde, sondern sie gebeten, ihm jedes Mal Bescheid zu sagen, wenn sie das Bedürfnis verspürte, sich zu kratzen. Drei Monate nach diesem Gespräch warnte sie ihn tatsächlich. Sie gingen zu einer Party, auf der man Emily einen Mann vorstellte, den alle für einen großartigen Typen hielten. Ihm gehörte der Fernsehsender, der Donald kurz zuvor als Anchorman für die Nachrichten eingestellt hatte, und Donald bewunderte diesen Mann. Aber Emily sagte, in seiner Anwesenheit würde ihre Nase jucken, und Donald stellte daraufhin einige Nachforschungen an und fand heraus, dass der Mann bis zum Hals in einem

Grundstücksskandal steckte. Er wurde sechs Monate später verhaftet, doch zu diesem Zeitpunkt hatte sich Donald bereits sauber aus der Affäre gezogen und sich einen anderen Sender gesucht. Am Tag der Verhaftung veröffentliche Donald die Story und kam allen anderen Nachrichtenmedien zuvor. Es war Donalds erste ganz große Story, und er erwarb sich damit den Ruf, ein hartgesottener, ernst zu nehmender Journalist und nicht nur ein Nachrichtensprecher zu sein.

Emilys Nerven waren zum Zerreißen gespannt, während sie auf den Rückruf wartete. Sie lief rastlos auf und ab. Als das Telefon klingelte, stürzte sie sich regelrecht darauf.

»Ich schulde dir Rosen.«

»Gelbe«, erwiderte sie prompt. »Jetzt sag schon, was hast du erfahren?«

»Möglicherweise haben sie den falschen Mann verhaftet. Sein Name ist zwar tatsächlich Michael Chamberlain, aber jetzt sind sie nicht mehr sicher, ob er ein Killer ist.«

»Wieso wurde er dann nicht aus der Haft entlassen?«

»Nachdem das FBI an die Presse weitergegeben hatte, dass sie endlich einen berüchtigten Mörder geschnappt haben? Wohl kaum. Sie hatten vor, ihn ins Gefängnis zu stecken, bis Gras über die Sache gewachsen wäre, und ihn dann freizulassen.«

»Und wer hat auf ihn geschossen?«

»Das kannst du dir aussuchen. Könnte jemand vom FBI gewesen sein, der die Panne vertuschen wollte. Oder vielleicht die Mafia, die den Burschen kaltmachen wollte, um von dem wahren Mörder abzulenken. Oder seine Frau.«

»Seine Frau?«

»Ja. Soweit ich gehört habe, war sie der Grund, warum er überhaupt aufs Revier gebracht wurde. Die Frau hat ihm einen Revolver an den Kopf gehalten und kreischend gedroht, ihn umzubringen. Ein Nachbar hat die Polizei gerufen.«

»Warum?«

»Was warum?«

Sie hörte ein Lachen in Donalds Stimme. »Warum wollte seine Frau ihn umbringen?«

»Ich bin kein Experte in Eheangelegenheiten, aber ich schätze, es ging um Untreue. Was meinst du?«

Emily war nicht in der Stimmung für eine scherzhafte Plauderei. »Willst du damit sagen, dass drei Personen diesen Mann, der wegen Mordes gesucht wurde oder auch nicht, töten wollten?«

»Na ja, wenn du das FBI, die Mafia, inklusive des wahren Killers, der sich gern ein wenig Freiraum verschaffen würde, und die wütende Ehefrau zusammenzählst, kommen wohl mehr als drei Personen heraus. Ich persönlich setze auf die Ehefrau. Sie wird ihn als erste finden. Wenn der arme Teufel noch am Leben ist, muss er nur irgendwo mit Kreditkarte zahlen, und er ist ein toter Mann. Jeder, der ein Modem hat, weiß sofort, wo er sich herumtreibt.«

»Und wenn der Mann unschuldig wäre, wie könnte er seinen Namen rein waschen?«

Donald schwieg einen Moment. »Emily, weißt du irgendetwas?«

»Was sollte ich schon wissen?« Ihr Lachen klang selbst in ihren eigenen Ohren falsch und aufgesetzt. »Wirklich, Donald«, setzte sie mit erhobener Stimme hinzu. »Wie kannst du nur so etwas fragen? Ich bin nur eine einfache Bibliothekarin, schon vergessen?«

»Ja, und ich bleibe mein Leben lang ein kleiner Nachrichtensprecher. Emily, was, zur Hölle, steckt hinter deinen Fragen?«

Sie holte tief Luft. Sie hatte nicht vor, Donald zu belügen. »Ich glaube, ich habe diesen Mann heute gesehen. In einem Geschäft.« So viel konnte sie preisgeben, denn wenn Donald Recht hatte – und gewöhnlich hatte er recht –, würde bald alle Welt wissen, dass Michael Chamberlain in derselben entlegenen Stadt eingekauft hatte, in der sie ihr Wochenende verbrachte.

»Ruf die Polizei!«, drängte Donald. »Emily, kein Mensch weiß sicher, ob dieser Mann nicht *doch* ein Mörder ist. Er ist ein zweifelhaftes Subjekt, ein Lügner, zumindest ist er ein Betrüger und Täuschungskünstler. Er könnte genauso gut ein kaltblütiger Mörder sein. Emily, hörst du mir zu?«

»Ja«, sagte sie, aber sie war mit den Gedanken ganz woanders. Michael hatte schon vor Stunden mit seiner Kreditkarte bezahlt.

»Ich will, dass du die Polizei anrufst«, wiederholte Donald bestimmt. »Sofort. Hast du mich verstanden? Vergeude keine Zeit, indem du zur Polizei *gehst*, ruf sie an. Und danach musst du aus dieser Stadt verschwinden. Und zwar so schnell wie möglich. Habe ich mich klar ausgedrückt?«

»Ja, glasklar. Aber, Donald, was geschieht mit diesem Mann?«

»Er ist tot, Emily. Eine wandelnde Leiche. Wer auch immer versucht hat, ihn in dieser Zelle umzubringen, er wird zurückkommen und seinen Job zu Ende führen. Das heißt, falls ihm nicht jemand zuvorkommt. Guter

Gott, Emmie, ich will, dass du unverzüglich die Stadt verlässt. Wenn dieser Mann wirklich dort ist, wird das in ein paar Minuten allgemein bekannt sein, und es könnte zu einem Blutbad kommen.« Er hielt plötzlich inne, dann sagte er in einem völlig veränderten Tonfall. »Ich muss jetzt auflegen.«

»Du hast vor, das FBI anzurufen, stimmt's?«, rief sie verzweifelt.

»Wenn er unschuldig ist, kann ihm das FBI unter Umständen das Leben retten.«

»Sie werden niemals rechtzeitig hier eintreffen.«

»Emily!«, warnte Donald sie grollend.

»Okay, ich reise ab. Ich habe ohnehin schon meine Sachen gepackt. Ich rufe dich an, wenn ich angekommen ...«

Er schnitt ihr das Wort ab: »Em! Was ist mit dem Mann, den du angefahren hast?«

»Ach, der«, erwiderte sie so leichthin, wie es ihr möglich war. »Es geht ihm gut; keine Verletzungen. Er ist nach Hause zu seiner Familie gefahren, als er merkte, dass ich keine Reichtümer besitze.«

Donald sagte eine ganze Weile gar nichts. »Sobald du wieder hier bist, müssen wir uns ausführlich unterhalten.«

»Oh«, machte sie und schluckte. »Gut. Ich ...« Sie senkte die Stimme und versuchte, verführerisch zu klingen. »Ich werde dabei dein Geschenk tragen.« Wenn sie ihn an das Seidennegligé erinnerte, konnte sie ihn vielleicht ablenken von ...

»Einen Teufel wirst du tun! Ich stecke dich in einen Pappkarton, während ich mit dir rede. Aber danach können wir zum gemütlichen Teil übergehen.«

Sie sah auf die Uhr. »Ich denke, ich mach mich lieber auf den Weg. Und vergiss die gelben Rosen nicht.« Sie bemühte sich um einen heiteren Tonfall.

»Bestimmt nicht. Du bekommst eine ganze Menge davon. Ruf mich an, sobald du zu Hause bist.«

»Ja, klar, um mit deinem Anrufbeantworter zu plaudern.«

»Er liebt dich fast so sehr wie ich.«

»Das Gefühl beruht auf Gegenseitigkeit. Tschüs.«

Emily stand auf und betrachtete unschlüssig ihren Koffer. Sie sollte auf Donald hören und abreisen. Ja, das wäre das Vernünftigste. Doch schon in der nächsten Sekunde lag ihre Hand auf der Türklinke, und ihr Koffer stand noch immer an Ort und Stelle. Sie musste Michael suchen und ihn warnen!

Sie bekam keine Gelegenheit, ihr Vorhaben auszuführen. Die Tür flog auf und wäre um ein Haar gegen ihr Gesicht geprallt. Vor ihr stand Michael, und man musste kein Hellseher sein, um zu bemerken, dass er aufgebracht und wütend war.

Er sah von ihr zum Koffer und wieder zurück. »Sie hatten vor, mich im Stich zu lassen, hab' ich recht?«, fragte er atemlos.

Emily wich zurück. »Wie sind Sie hier hereingekommen? Die Tür war abgeschlossen.«

»Türen zu öffnen scheint eine meiner besonderen Fähigkeiten zu sein«, entgegnete er abfällig, als er auf sie zuging. »Es ist schlimm genug, dass Sie mich nicht erkennen, sich nicht an mich erinnern, aber jetzt wollten Sie mich auch noch meinem Schicksal überlassen.«

»Sie sind irre, wissen Sie das?« Ihr Rücken stieß an den Schrank, und Michael kam unaufhaltsam näher. »Nur zu

Ihrer Information, ich wollte mich gerade auf die Suche nach Ihnen machen und Sie warnen.«

Gerade als er ihr so nahe war, dass sie seinen Atem auf ihrem Gesicht spürte, wandte er sich ab. »Ich habe diesen Körper gesehen, in eurem ...«

»Fernsehen.«

»Ja. Jemand will mich umbringen.«

»Nein, sie *haben* Sie umgebracht«, korrigierte sie ihn und konnte selbst nicht fassen, was sie da sagte. »Aber Sie sind unschuldig. Ich habe mit Donald über Sie gesprochen und ...«

»Sie haben was getan? Sie haben jemandem von mir erzählt?«

»Nur Donald. Hören Sie, ich kann Ihnen eine Karte zeichnen und Ihnen den Weg zu einer verlassenen Hütte in den Bergen beschreiben. Ich gebe Ihnen sogar meinen Wagen, und Sie haben Geld und können sich Lebensmittelvorräte kaufen. Verstecken Sie sich in der Hütte.«

»Was meinen Sie, wie lange eure Polizei brauchen würde, bis sie herausfindet, dass Sie mit mir zusammen waren? Zehn Minuten? Fünfzehn?«

Er strich sich mit der Hand über das Gesicht, als er versuchte, sich zu beruhigen. »Emily, ich weiß nicht, welche Aufgabe ich hier auf Erden erfüllen soll, aber sie hat irgendetwas mit Ihnen zu tun, und ich habe alle Zeit, die ich erübrigen konnte, darauf verwendet, Sie zu umwerben ...«

»Mich zu *umwerben?* So nennen Sie das? Sie haben mir gedroht, mich wegen Trunkenheit am Steuer anzuzeigen, wenn ich nicht ...«

Sie brach ab, weil Michael sie packte und ihr die Hand

auf den Mund presste. Emily versuchte sich zu wehren und zu schreien, aber er hielt sie zu fest. Eine Sekunde später klopfte jemand an die Tür. Emily wand sich, um Michael zu entkommen – ohne Erfolg.

»Miss Todd«, ertönte eine Männerstimme auf dem Flur.

Michael zerrte Emily zum Fenster, als wollte er sie dazu bringen hinauszuklettern, aber sie klammerte sich an den Rahmen.

»Sie glauben, dass Sie einem der zehn am meisten gesuchten Verbrecher geholfen haben«, flüsterte Michael ihr ins Ohr. »Was meinen Sie, was sie mit Ihnen tun werden?«

Emily dachte nach. Weder sie noch Donald konnten die öffentliche Aufmerksamkeit brauchen, die es erregen würde, wenn sie in der Gesellschaft dieses Mannes aufgefunden wurde. Michael nahm die Hand von ihrem Mund und schob das Fenster ein Stück weiter auf.

»Aber ich habe gar nichts getan«, raunte sie und bemühte sich, ihn zurück zur Tür zu stoßen.

»Genau wie Michael Chamberlain«, sagte er nah an ihrem linken Ohr.

Emily zögerte nur eine Sekunde, ehe sie aus dem Fenster auf den kleinen Balkon davor kletterte. Michael blieb dicht hinter ihr.

»Und jetzt?«, fragte sie. Sie drückte sich mit dem Rücken gegen die Mauer. »Breiten Sie Ihre Flügel aus, und *schweben* wir auf die Erde?«

»Ich wünschte, ich hätte sie mitgebracht«, entgegnete Michael ernst, obwohl sie eigentlich einen Witz hatte machen wollen. Er besah sich die Hauswand genauer. »Keine Flügel, aber wir können es trotzdem schaffen«, sagte er und deutete mit dem Kinn auf die Regenrinne.

»Wenn Sie glauben, ich ...«

Michael hob sie kurzerhand auf das Balkongeländer und betrachtete die Regenrinne. »Stellen Sie Ihren Fuß dort drauf und halten Sie sich an diesem Sims fest.«

»Und dann?«

Er sah sie mit blitzenden Augen an. »Dann beten Sie ganz intensiv.«

»Ich hasse Engel-Witze«, keuchte sie, während sie den Fuß ausstreckte. Von dem Balkon nach unten zu kommen war leichter, als es zunächst ausgesehen hatte – dem fantasievollen Zimmermann, der das Haus gebaut und mit vielen Vorsprüngen und Balken versehen hatte, sei's gedankt.

Trotzdem zitterte Emily wie Espenlaub, als sie wieder festen Boden unter den Füßen hatte, und sie musste sich auf einen Baumstumpf setzen, bis sie nicht mehr das Gefühl hatte, dass ihre Knie aus Pudding bestanden.

»Fangen Sie auf«, hörte sie und schaute gerade noch rechtzeitig nach oben, um den beiden Wäschesäcken auszuweichen, die auf sie zuflogen. »Ich konnte den Koffer nicht mitnehmen, deshalb habe ich Ihre Sachen in die Säcke gestopft.«

Sie öffnete einen und entdeckte ihre Kleider und Toilettensachen. Für einen mutmaßlichen Mörder war Michael ausgesprochen umsichtig.

»Gehen wir«, sagte er, dann nahm er ihre Hand und lief zum Parkplatz.

Sobald sie ihren Wagen erreichten, geriet Emily in Panik, weil sie ihre Handtasche nicht bei sich hatte.

»Ich finde sie«, sagte Michael und durchwühlte erst den einen, dann den anderen Wäschesack.

Emily war so verärgert, weil er wieder einmal ihre Gedanken erraten hatte, dass sie nicht einmal dagegen protestierte, wie er ihre Sachen behandelte. Sie wartete, bis er ihr die Autoschlüssel in die Hand drückte und sie sich in den Wagen setzen konnte. »Wohin?«, fragte sie ungehalten, sobald er eingestiegen war. Ihr Knöchel schmerzte, und sie hatte drei blutige Kratzer an der Hand, weil sie bei der Kletterpartie mit einem Dornenbusch in Berührung gekommen war. Außerdem war sie müde und hatte entsetzliche Angst.

»Es wird alles gut«, beschwichtigte Michael sie und streckte die Hand nach ihrer aus, aber sie zuckte zurück.

»Klar, ganz bestimmt«, sagte sie, als sie den Wagen zurücksetzte. »Ich werde eingesperrt, weil ich einen Flüchtigen versteckt und seine Flucht begünstigt habe, aber ansonsten wird alles prima.«

Sie sah ihn nicht an, als sie am Eingang des Hotels vorbeirollte, und machte sich auch nicht die Mühe, danach zu fragen, in welche Richtung sie fahren sollte. Er hätte ohnehin nur wieder mit dem Engel-Unsinn angefangen und ihr erzählt, dass er gewöhnlich nur in Richtung Norden oder Süden reise.

Emily bog nach Osten – ihre Heimatstadt lag im Westen – auf eine kleine Landstraße ab. Sie wünschte sich so sehr, dass sie am Montag oder zumindest wie geplant am Dienstag wieder in der Bibliothek sitzen könnte. Michael rührte sich nicht und sagte kein Wort. Aber sie war sich seiner Nähe nur allzu bewusst.

Emilys Gedanken arbeiteten fieberhaft – sie musste eine Möglichkeit finden, ihn loszuwerden. Waren das FBI-Agenten im Hotel gewesen? Oder der Zimmerservice? Hatte sie irgendetwas bestellt? Vielleicht hatte Donald jemandem telefonisch Bescheid gesagt. Jedenfalls hätte der Mann, der vor ihrer Tür gestanden hatte, ihr Retter sein können, nicht ihr Feind, wie ihr der Mann neben ihr glauben machen wollte. Vielleicht ...

»Halten Sie an«, sagte Michael leise.

Sie warf ihm einen Blick zu. Er hatte die Stirn gerunzelt, und obwohl es ziemlich dunkel war, sah sie, dass er zutiefst beunruhigt war. Vor ihnen waren Lichter zu sehen, die den Parkplatz eines schrecklich heruntergekommenen Motels mit Café nur dürftig beleuchteten. Vielleicht wollte er dort etwas zu essen besorgen.

»Nein. Gleich hier«, sagte er vehement. »Lassen Sie mich hier aussteigen.«

»Aber ...«

»Augenblicklich!«, rief er, und Emily trat hart auf die Bremse und hielt am Straßenrand, dann sah sie wortlos zu, wie Michael ausstieg. »Sie sind frei, Emily«, sagte er. »Sie können fahren, wohin Sie wollen. Erzählen Sie allen, die danach fragen, dass ich Sie gekidnappt und gezwungen habe, mich aus der Stadt zu bringen. Sagen Sie, ich hätte Sie mit einer Waffe bedroht. Ihr Sterblichen liebt Waffen. Leben Sie wohl, Emily«, sagte er und schlug die Tür zu.

Emily verschwendete keine einzige Sekunde. Grenzenlose Erleichterung durchströmte sie, als sie Gas gab. Aber sie machte den Fehler, in den Rückspiegel zu schauen. Michael stand verloren am Straßenrand und sah ihr nach. Er war mutterseelenallein auf dieser Welt. Wie lange würde es dauern, bis ihn das FBI aufgespürt hatte? Oder kam ihm die Mafia zuerst auf die Spur?

Er wandte sich ab und trottete langsam in die entgegengesetzte Richtung davon.

Emily verfluchte sich selbst, als sie auf dem Parkplatz

des Motels umdrehte. »Verdammt, verdammt, verdammt«, schimpfte sie vor sich hin. *Einen Fußabtreter,* so hatte Irene sie einmal bezeichnet. Und Donald lachte über ihre Vorliebe für »streunende Katzen« und meinte damit die orientierungslosen Menschen, mit denen sie sich immer wieder einließ.

Emily ließ den Wagen langsam zurückrollen, aber von Michael war keine Spur mehr zu sehen. War er in den Wald gegangen, der die Straße säumte?

Sie fuhr etwa anderthalb Meilen, dann kehrte sie um und spähte noch angestrengter in die Dunkelheit. Wenn sie nicht aufgepasst hätte wie ein Luchs, wäre ihr die in sich zusammengesunkene Gestalt nicht aufgefallen. Er lag nicht weit von der Stelle entfernt, an der sie ihn abgesetzt hatte.

Sie hielt knapp vor ihm an, dann sprang sie aus dem Auto und lief zu ihm. »Michael«, sagte sie, aber er antwortete nicht. Sie beugte sich über ihn und berührte sein Gesicht. Als er immer noch nicht reagierte, legte sie beide Hände an seinen Kopf und rief lauter: »Michael!«

Sie sah sein Lächeln im Schein der Rücklichter. »Emily, ich wusste, dass Sie zurückkommen. Sie haben ein sehr großes Herz – das größte von der ganzen Welt.« Er hielt die Augen geschlossen und machte keine Anstalten aufzustehen.

»Was ist mit Ihnen?«, wollte sie wissen, Sie versuchte, mit ihrem Zorn die Angst zu unterdrücken. Wovor sie Angst hatte, wusste sie selbst nicht. Dieser Mann war der reinste Quälgeist.

»Mein Kopf tut weh«, flüsterte er. »Ich hasse sterbliche Körper. O nein, Sie mögen dieses Wort nicht. Menschliche Körper. Ist das besser?«

Emily tastete seinen Kopf ab, als könnte sie die Ursache seines Schmerzes fühlen. Sie hatte Aspirin in ihrer Handtasche, aber sie brauchte Wasser und ...

In diesem Augenblick ertastete sie etwas Rundes, Hartes unter Michaels Kopfhaut. War er hingefallen, nachdem sie ihn am Straßenrand hatte stehen lassen? Aber sie fühlte nichts Feuchtes, also blutete er nicht.

»Ich muss Sie zu einem Arzt bringen«, sagte sie, als sie ihm aufzuhelfen versuchte.

»Sie werden mich töten«, sagte er lächelnd. »Zum zweiten Mal.«

Er hatte recht. Donald hatte auch gesagt, der gesuchte Mann sei eine wandelnde Leiche.

Sie schob einen Arm unter seine Schultern und forderte ihn auf mitzuarbeiten, weil sie ihn allein nicht in den Wagen bugsieren konnte. Er tat sein Bestes, aber Emily merkte, dass er unter großen Schmerzen litt und sich kaum noch bewegen konnte.

Als er auf dem Beifahrersitz saß, dachte sie nur noch daran, ihn an einen sicheren Ort zu bringen. Vielleicht könnte sie Donald anrufen, um ... um sich anzuhören, dass sie, so schnell sie konnte, nach Hause kommen sollte.

Sie fuhr auf den Parkplatz des Motels und parkte an einer Stelle, an der man den Wagen vom Gebäude aus nicht sehen konnte. Das Motel war innen noch schmuddeliger, als es von außen aussah, und der Portier, der vor dem Fernseher hockte, machte den Eindruck, als hätte er seit vielen Tagen kein Badezimmer mehr von innen gesehen.

»Ich möchte ein Doppelzimmer, bitte«, sagte Emily, und der Mann starrte sie einen Moment wortlos an. Er musterte sie von oben bis unten, bis sie das Gefühl hatte, vollkommen fehl am Platze zu sein.

»Hier übernachten nur Leute, die sich nichts Besseres leisten können, Kids von der Highschool und ...« Er grinste spöttisch. »Und Ladies wie Sie, die etwas vorhaben, was sie nicht tun sollten, und zwar mit jemandem, der eigentlich nicht zu ihnen gehört.«

Emily war nicht danach zumute, mit dem Kerl eine Diskussion anzufangen, und sie wollte erst recht keine Erklärungen abgeben. Was hätte sie auch sagen sollen? Dass er Recht hatte? »Wie viel, damit Sie den Mund halten?«, fragte sie erschöpft.

»Fünfzig Mäuse.«

Emily bezahlte ohne ein weiteres Wort, nahm den Zimmerschlüssel an sich und ging. Minuten später hatte sie Michael in das hässliche Zimmer gebracht und ihm geholfen, sich auf das nicht gerade saubere Doppelbett zu legen. Soweit sie es beurteilen konnte, war Michael noch immer einer Ohnmacht nahe, aber als sie sich aufrichtete, hielt er sie am Handgelenk fest. »Sie müssen sie herausholen«, hauchte er.

»Was?«

»Die Kugel. Sie müssen diese Kugel aus meinem Kopf holen.«

Emily starrte ihn fassungslos an. »Sie haben zu viel Cowboyfilme gesehen«, sagte sie. »Ich bringe Sie zu einem Arzt und ...«

»Nein!«, protestierte er lautstark und hob den Kopf, ließ ihn aber gleich wieder auf das Kissen sinken. »Bitte, Emily. Denken Sie an all die Dinge, die ich für Sie getan habe.«

»Sie – für mich?«, versetzte sie entrüstet. »Was sollte das

sein? Dass Sie mich gezwungen haben, an einer Dachrinne aus meinem Hotelzimmer zu klettern? Dass ich Ihretwegen ganz oben auf der Fahndungsliste der Polizei und des FBI stehe? Oder ...«

»Als Sie in den Teich fielen, habe ich Ihre Mutter gerufen«, sagte er leise.

Emily zuckte zurück – diese Geschichte hatte in ihrer Familie große Aufregung verursacht. Obwohl man es ihr ausdrücklich verboten hatte, war Emily zum Teich gegangen, um Kaulquappen zu fangen, und ins Wasser gefallen. Innerhalb weniger Sekunden war ihre Mutter zur Stelle gewesen, um sie herauszufischen. Später hatte ihre Mutter geschworen, dass ihr »jemand« befohlen habe, sofort nach ihrer Tochter zu sehen.

»Wer sind Sie?«, flüsterte Emily und wich noch ein Stück zurück.

»Im Moment bin ich ein Mensch und brauche Ihre Hilfe. Bitte, Emily, ich glaube nicht, dass dieser Körper diese Schmerzen noch länger aushält. Ich möchte nicht zurückberufen werden, ehe ich das getan habe, wofür man mich hergeschickt hat.«

»Ich ... ich weiß nicht, was ich tun soll. Ich kenne mich in medizinischen Dingen nicht aus.«

»Dieses Ding, das Sie für Ihre Augenbrauen benutzen ...«, sagte er mit schwacher Stimme. Er hatte die Augen geschlossen.

»Eine Pinzette. Aber damit kann ich nicht so etwas Großes wie dieses ... dieses Ding in Ihrem Kopf herausziehen.« Sie setzte sich neben ihn aufs Bett und strich ihm das Haar aus dem Gesicht. »Ich würde Ihnen gern helfen, aber nur ein Arzt kann das tun, worum Sie bitten. Man kann nicht einfach eine Zange in die Hand nehmen und eine Kugel aus dem Kopf eines Menschen ziehen. Die Wunde wird bluten und sich infizieren ...« Sie lächelte ihn an, obwohl er die Augen nach wie vor geschlossen hatte und sie nicht sehen konnte. »Die Gehirnflüssigkeit würde aus dem Loch sickern. Ich muss Sie *sofort* zu einem Arzt schaffen – über das FBI können wir uns später Gedanken machen.«

»Ja, eine Zange«, sagte er. »Ja. Sie haben eine in Ihrem Auto. Holen Sie sie und ziehen Sie das Ding aus meinem Kopf.«

Emily richtete sich auf. Es gab kein Telefon im Zimmer, und ein Krankenwagen würde länger brauchen, bis er das Motel gefunden hatte, als sie, wenn sie in die Stadt zurückfuhr und Michael in die Klinik brachte.

Michael fasste nach ihrer Hand. »Sie müssen es tun, Emily. Sie müssen das Ding entfernen. Mich zu einem Arzt zu bringen würde den sicheren Tod für mich bedeuten.«

Wieder überkam sie diese seltsame Ruhe und dieses Gefühl, das sie immer spürte, wenn er sie berührte. Wie in Trance erhob sie sich, nahm ihren Autoschlüssel und ging hinaus, um das Werkzeug, das sie im Kofferraum hatte, zu holen. Als sie wieder im Zimmer war, nahm sie die Flachzange aus der Tasche.

Sie fühlte sich, als befände sie sich außerhalb ihres Körpers. Sie ging zum Bett, setzte sich so, dass sie sich an das Kopfteil lehnen konnte, und hob Michaels Kopf auf ihren Schoß. Außer der trüben Nachttischlampe gab es kein Licht im Zimmer, aber sie konnte ohnehin nicht viel sehen, weil es ihr nicht gelang, den Blick auf einen Punkt zu konzentrieren. Ihr war bewusst, dass sie das, was sie vorhatte, niemals tun würde, wenn sie nicht in diesem tranceähnlichen Zustand wäre. Wie, um alles in der Welt, sollte sie, eine Bibliothekarin, eine Kugel aus dem Kopf eines Menschen operieren?

Sie tastete mit den Fingerspitzen nach der Stelle, fand sie, setzte die Zange an und zog. Beim ersten Mal rutschte sie ab, deshalb drückte sie beim zweiten Mal die Zange mit aller Gewalt zu und zerrte erneut. Ihr war, als hätte sie plötzlich die Kraft von einem Dutzend Männern, während sie die Kugel entfernte.

Sie spürte, wie Michaels Körper schlaff wurde, und wusste, dass er das Bewusstsein verloren hatte. Sie weigerte sich, sich vorzustellen, welche Schmerzen sie ihm gerade bereitet hatte.

Im Grunde erwartete Emily einen Strom von Blut, gleichzeitig wusste sie, dass es kein Blut geben würde. Und sie war froh darüber, weil sie nicht wusste, ob sie noch genügend Energie gehabt hätte, um nach den Ereignissen der letzten beiden Tage noch einen Schock zu überwinden.

Sie lehnte den Kopf an das wacklige Bettgestell – Michaels Kopf lag noch auf ihrem Schoß – und schlief mit der Zange in der Hand ein.

Kapitel 5

Als Emily aufwachte, wusste sie im ersten Moment nicht, wo sie sich befand, aber ihr war klar, dass sie etwas erlebt hatte, woran sie sich nicht erinnern wollte, deshalb rollte sie sich noch einmal zusammen und schloss die Augen.

»Guten Morgen«, ertönte eine fröhliche Männerstimme, die Emily sofort erkannte. Sie kroch noch tiefer unter die Decke.

»Los, aufstehen! Ich weiß, dass Sie wach sind«, sagte er.

Sie drehte das Gesicht zur Wand. »Ist alles in Ordnung mit Ihrem Kopf?«, murmelte sie.

»Wie bitte? Ich kann kein Wort verstehen.«

Sie wusste sehr gut, dass er sich verstellte und in Wirklichkeit jedes Wort gehört hatte. »Ist Ihr Kopf in Ordnung?«, brüllte sie, ohne sich ihm zuzuwenden.

Als die Antwort ausblieb, drehte sie sich um und funkelte ihn böse an. Sein Haar war feucht, er hatte nichts an – nur ein Handtuch war um seine Hüften geschlungen. Dass ihr auffiel, wie muskulös seine Brust und wie glatt seine honigfarbene Haut war, machte sie noch wütender.

Michael grinste. »Sie haben gute Arbeit geleistet, als sie mir diesen Körper ausgesucht haben, nicht wahr? Freut mich, dass er Ihnen gefällt.«

»Es ist zu früh zum Gedankenlesen«, versetzte sie bissig und wischte sich die Haare aus den Augen.

Er setzte sich aufs Bett und sah sie an. »Manchmal kann ich verstehen, warum ihr Sterblichen euch von den Körpern des anderen Geschlechts so angezogen fühlt«, sagte er leise.

»Wenn Sie mich anrühren, sind Sie ein toter Mann.«

Er kicherte, rührte sich aber nicht von der Stelle. »Sehen Sie sich das an«, forderte er sie auf und strich sich mit den Händen über die Brust. »Ich habe das nicht genau in eurer Fernsicht gesehen, aber ...«

»Im Fernsehen.«

»Ah, ja, Fernsehen. Aber haben sie nicht dort gesagt, dass dieser Körper Einschüsse in der Brust hat?«

»Ich wünschte ehrlich, Sie würden nicht ständig von *diesem Körper* sprechen, wenn Sie sich selbst meinen«, tadelte sie ihn und wandte sich ab.

»Ich bereite Ihnen Unbehagen«, stellte er fest, schien jedoch kein bisschen Bedauern deswegen zu empfinden. »Wissen Sie, Emily, wenn wir zusammenarbeiten sollen, müssen wir einige Erd-, nein, Grundregeln aufstellen.« Er schaute sie an, als erwarte er ein Lob dafür, dass er sich merken konnte, was sie ihm beigebracht hatte, aber Emily verweigerte ihm den Gefallen. »Sie dürfen sich nicht in mich verlieben«, fügte er hinzu.

Ihr blieb der Mund offen stehen. »Waaas?«

»Sie dürfen sich nicht in mich verlieben.« Er nutzte Emilys Sprachlosigkeit zu seinem Vorteil, stand auf, ging ein paar Schritte und wandte ihr den Rücken zu. »Während ich unter dem Wasserfall stand, nein – sagen Sie nichts. Es heißt Dusche. Also dort ...« Er wandte sich ihr zu. »Wissen Sie, es ist eine Sache, die Sterblichen und ihre Gewohnheiten zu beobachten, aber eine ganz andere, so etwas selbst zu machen. Ich empfinde das alles als große Last. Genau genommen ist mir fast alles an diesen Körpern lästig.«

Emily blitzte ihn an. »Warum fliegen Sie dann nicht einfach dorthin zurück, wo Sie *wirklich* hingehören?«

Sein Lächeln wurde breit. »Ich habe Sie verletzt.«

»Wie kommen Sie darauf?«, fragte sie honigsüß zurück. »Sie haben mich zu einer Flüchtigen gemacht, die von Verbrechern, vom FBI und der Polizei – ganz zu schweigen von Ihrer Frau –, gesucht wird, und Sie erzählen mir, dass ich mich nicht in Sie verlieben darf. Jetzt verraten Sie mir bitte, bitte nur noch, wie ich das verhindern kann.«

Michael lachte und ließ sich wieder neben ihr nieder. »Ich habe das nur für den Fall erwähnt, dass Sie in Versuchung geraten. Sobald ich meine Mission hier erfüllt habe, muss ich wieder nach Hause.«

»Und Ihr Zuhause ist der Himmel?«, erkundigte sich Emily und zog skeptisch eine Augenbraue hoch.

»Ja, genau. Ich gehe zurück, bewahre Sie davor, in Teichen zu ertrinken, und kitzle Ihre Nase, wann immer ich ein Unheil auf Sie zukommen sehe.«

Emily zog sich die Decke bis zum Hals. »Ich möchte, dass Sie aus meinem Leben verschwinden«, erklärte sie ruhig. »Sie scheinen bei bester Gesundheit zu sein, deshalb ...«

»Hier, fühlen Sie meinen Kopf«, forderte er sie auf, ohne auf ihre Worte einzugehen, und beugte sich zu ihr.

Emily wollte Distanz wahren, aber ihre Neugier war nach all dem, was sich in der letzten Nacht ereignet hatte, zu groß. Sie legte die Hand auf die feuchten Locken und tastete seine Kopfhaut ab. Da war keine Wunde, keine Beule – nichts deutete daraufhin, dass am gestrigen Abend noch eine Kugel in seinem Schädel gesteckt hatte.

»Und schauen Sie sich das an«, fuhr er fort, richtete sich auf und fuhr sich wieder mit der Hand über die Brust.

Sie entdeckte Narben, die wie verheilte Schusswunden aussahen.

»Und das hier.« Er drehte ihr den Rücken zu. »Zwei Geschosse sind am Rücken ausgetreten.«

Sie konnte sich nicht beherrschen und strich mit der Hand über seine honigfarbene Haut. Ja, da waren zwei runde Narben. Donald hatte gesagt, dass der Mann mehrere Einschüsse in der Brust und einen im Kopf gehabt hatte.

Michael nahm das Geschoss vom Nachttisch. »Dieses kleine Ding hat mir entsetzliche Schmerzen verursacht, aber nachdem Sie es entfernt hatten, ging es mir wieder gut. Haben Sie gut geschlafen?«

Er reichte Emily die Kugel. Sie starrte das grausige Ding einen Moment an. In der letzten Nacht hatte sie dieses Bleistück mit einer Zange aus dem Schädel eines Menschen gezogen, und heute Morgen war die Kopfhaut desselben Mannes nahezu unversehrt.

Sie sah ihn an. »Wer sind Sie?«, flüsterte sie. »Wieso können Sie verschlossene Türen öffnen? Warum bluten Sie nicht, wenn man Ihre Haut verletzt? Woher wissen Sie so viel über mich?«

»Emily«, murmelte er sanft und fasste nach ihrer Hand.

»Wagen Sie es nicht, mich anzurühren«, wehrte sie ihn ab. »Jedes Mal, wenn Sie mich berühren, passieren die seltsamsten Dinge. Sie ... Sie haben mich gestern Abend hypnotisiert, stimmt's?«

»Das musste ich. Sonst hätten Sie einen Arzt gerufen. Aber es hat mich die letzte Kraft gekostet, Sie ruhig zu stellen. Ich verlor das Bewusstsein.«

»Sie lenken ab und weichen meiner Frage aus. Wer sind Sie?«

»Soweit ich mich erinnere, haben Sie mich angewiesen, nicht über ... na ja, über Engel zu reden, es sei denn, Sie bitten mich selbst darum.«

»Jetzt bitte ich Sie darum.« Sie wandte den Blick von ihm, und plötzlich füllten sich ihre Augen mit Tränen. Diese letzten Tage waren zu viel für sie gewesen.

»Sind alle sterblichen Frauen so inkonsequent und unlogisch?«

»Von allen chauvinistischen Sprüchen, die ich jemals gehört habe, ist das der schlimmste!«, schimpfte sie und warf die Decke von sich. Erst jetzt merkte sie, dass sie nur ihre Unterwäsche anhatte. Ihre Hose und die Bluse hingen ordentlich über einer Stuhllehne,

»Haben Sie mich ausgezogen?«, fragte sie mit zornbebender Stimme.

»Sie schienen sich nicht wohl zu fühlen, und ich wollte, dass Sie gut schlafen.« Ihm schien klar zu sein, dass er etwas Falsches getan hatte, aber er war nicht sicher, was das war. Als sie aufstand, hielt er ihre Hand fest, und wie immer wurde sie augenblicklich ruhiger. »Ich erzähle Ihnen alles, wenn Sie mir zuhören. Aber ich sage Ihnen gleich, dass ich selbst nicht viel weiß. Sie müssen mir glauben, wenn ich Ihnen sage, dass ich genauso verwirrt und durcheinander bin wie Sie. Mir wäre auch nichts lieber, als nach Hause zurückzukehren. Es gefällt mir kein bisschen, gejagt zu werden, Schüsse abzubekommen oder aus Fenstern zu klettern. Ich habe Pflichten und Arbeit wie jeder andere auch.«

»Nur ist Ihr Arbeitsplatz im Himmel«, meinte sie und entzog ihm ihre Hand.

»Ja«, erwiderte er schlicht. »Mein Arbeitsplatz ist ganz woanders.«

»Das zu glauben ist mir unmöglich.«

»Warum?« Er atmete tief durch. »Sterbliche glauben nie etwas, wenn sie es nicht mit eigenen Augen sehen können. Sie glauben nicht, dass ein Tier existiert, bevor sie es selbst *gesehen* haben. Aber ob Sie an etwas glauben oder nicht, ändert nichts an dem, was ist. Das verstehen Sie doch, oder?«

»Ja, aber ich *glaube* Ihnen nicht, das ist der Kern der Sache.« Michael musterte sie einen Moment, dann blinzelte er. »Oh, ich verstehe. Sie glauben an Engel, aber Sie glauben nicht, dass *ich* ein Engel bin.«

»Bingo!«

Michael lachte. »Was kann ich tun, um es Ihnen zu beweisen? Aber Sie dürfen jetzt nicht von mir verlangen, dass ich meine Flügel ausbreite.«

Sie wusste, dass er sich über sie lustig machte, aber sie wollte sich nicht ärgern. Sie sah ihn schweigend an.

Nach einer Weile erhob er sich und ging im Zimmer umher. »Schön, Sie haben einiges gesehen, aber nicht genug, um mir das, was ich sage, zu glauben. Wie erklären Sie sich die Dinge, die Sie mit mir erlebt haben?«

»Sie sind ein Magier und haben hellseherische Kräfte.

Und Sie sind sehr geschickt, wenn es gilt, Schlösser zu öffnen.«

»Und die Kugeln?«, fragte er schmunzelnd. Als sie nicht antwortete, nahm er wieder Platz. »Also gut, Emily, ich bitte Sie um Ihre Hilfe als Sterblicher. Meine ... äh ... hellseherischen Kräfte verraten mir, dass es in Ihrem Leben ein Problem gibt, das gelöst werden muss. Aber ich habe keine Ahnung, was für ein Problem das ist. Das muss ich erst herausfinden, ehe ich etwas unternehmen kann.«

»Welcher Art soll dieses Problem sein?« Sobald diese Worte über ihre Lippen gekommen waren, hätte sie sich dafür am liebsten auf die Zunge gebissen, aber die Art, wie er ihr die Sachlage erklärte, weckte ihre Neugier. Sie liebte es, Donald bei seinen Recherchen zu helfen. Genau genommen hatte sie eine große Schwäche für alles Geheimnisvolle und Rätselhafte.

»Ich weiß es nicht, aber was könnte so schlimm sein, dass ein Engel auf die Erde geschickt werden muss?«

»Unheil«, sagte sie. »Ein großes Unheil.«

Michaels Miene hellte sich auf. »Das stimmt. So etwas muss es sein. Ich hatte nicht viel Zeit zum Nachdenken, seit ich hier bin, aber das muss es sein – ein großes Unheil.« Er beugte sich näher zu ihr. »Was bedroht Sie? Welche bösen Energien umgeben Sie?«

»Mich? In einer Kleinstadtbibliothek? Sie machen Witze.« Sie hatte zur Normalität zurückgefunden und war durchaus im Stande, diesen gut aussehenden Mann auf Distanz zu halten. Aber wieso landeten sie jedes Mal allein in einem Hotelzimmer?

Er stand wieder auf und ging auf und ab. Das Handtuch rutschte ein Stück weiter herunter. Emily wünschte mit einem Mal, es würde ein Telefon in diesem Raum geben. Sie hätte keinen Augenblick gezögert und Donald angerufen.

»Das war auch mein Gedanke. Die Stadt, in der Sie leben, ist ziemlich uninteressant, und Ihr Leben verläuft relativ ereignislos und ...«

»Ich muss doch sehr bitten«, fiel sie ihm ins Wort. »Mein Leben verläuft keineswegs ereignislos. Nur zu Ihrer Information, ich bin mit einem Mann verlobt, der vorhat, Gouverneur dieses Staates und vielleicht sogar Präsident von Amerika zu werden.«

»Nein«, erwiderte Michael ernst. »Er hat große Pläne, solange er jung ist, und im Alter ist seine Hauptbeschäftigung, jedem zu erzählen, was er hätte erreichen können, wenn ihn nicht jemand daran gehindert hätte.«

»Also, das ist ein starkes Stück«, empörte sich Emily.

»Oh, ich hatte ganz vergessen, dass Sie die Wahrheit nicht vertragen können.«

Emily ließ sich aufs Bett sinken. »Ich kann die Wahrheit sehr wohl vertragen. Und so viel ich weiß, hat Gott uns Sterblichen einen freien Willen gegeben. Selbst wenn Donald in der Vergangenheit so war – was ich übrigens nicht glaube, weil ich auch nicht an Wiedergeburt glaube –, dann könnte er sich in diesem Leben geändert haben. Habe ich Recht?«

»Absolut«, bestätigte Michael mit einem Lächeln, das Emily erwiderte. »Ich nehme alles zurück. Wo war ich stehen geblieben?«

»Sie haben mir klargemacht, dass ich langweilig bin, dass der Ort, an dem ich lebe, langweilig ist, und dass der Mann, den ich liebe, ein Fehlgriff ist«, half sie ihm überfreundlich auf die Sprünge. »Wenn Sie ein Engel sind, dann möchte ich nie im Leben einem Helfer des Satans begegnen«, brummte sie.

Michael lachte. »Na ja, vielleicht sind Sie und Ihre Stadt nicht unbedingt langweilig, aber ich kann mich nicht erinnern, Unheil oder drohende Katastrophen in Ihrer Umgebung bemerkt zu haben.«

»Vielleicht hatten Sie sich schon längst eine Meinung über uns da unten gebildet und einfach nicht richtig aufgepasst. Möglicherweise steht in Ihrem Notizbuch, dass Emily und alles, was sie auch tut, langweilig ist und dass sie in einer verschlafenen Stadt wohnt. Deshalb haben Sie sich gar nicht erst die Mühe gemacht, genauer hinzuschauen.«

Michael starrte sie eine Weile wortlos an. »Ich glaube, Sie haben da einen Punkt getroffen«, sagte er schließlich erstaunt.

»Ich? Ich kleines, langweiliges Etwas?« Im Augenblick hasste sie alle Männer. Zuerst machte Donald ihr klar, dass sie »praktisch veranlagt« sei, und jetzt erzählt ihr dieser Kerl, sie sei zu langweilig, um Böses oder Unheil auf sich zu ziehen.

Michael reagierte nicht auf ihren Sarkasmus. »Ich denke wirklich, dass da etwas dran ist. Das Gute zieht das Böse an.«

»Jetzt bin ich also auch noch ›gut‹«, murrte sie. »Langweilig, gut und praktisch veranlagt.«

»Was ist so schlimm daran, wenn jemand gut ist? Im Himmel mag man gute Menschen, und ich kann Ihnen sagen, dass es nicht eben viele von Ihrer Sorte gibt.«

Sie schwieg, weil ihr darauf keine Antwort einfiel. Ihre Mutter hatte ihr immer eingeschärft, gut und brav zu sein, aber eine Frau wollte manchmal auch als raffiniert gelten. »Wie wollen Sie ein Unheil abwenden, wenn Sie keines finden?«, wollte sie wissen. »Und ich kann mir nicht vorstellen, dass es viel Böses in Greenbriar in North Carolina gibt. Wie Sie sagen, es ist ziemlich langweilig dort.«

Michael ließ sich auf das Fußende des Bettes nieder. »Ich versuche, mir diese Stadt in Erinnerung zu rufen. Ich bin für mehrere Orte und Städte verantwortlich, und die Lebensweise ist überall anders. Was in Saudi-Arabien eine Sünde ist, gilt in Monaco unter Umständen als ganz normal, und was in Amerika eine Sünde ist, muss nicht notwendigerweise auch in Paris eine Sünde sein. Manchmal komme ich ein bisschen durcheinander.«

»Ich verstehe. Ich will nicht sagen, dass Sie einer sind, aber gibt es nicht auch für Engel ein Handbuch, nach dem sie sich richten können?«

»Gibt es so etwas für Sterbliche?«, gab er zurück.

»Die Bibel?«

Er grinste. »Ich habe Sie immer gemocht, Emily. Und ich finde Sie noch komischer in einem menschlichen Körper.«

»Mein Körper ist also komisch?«

Er brach in Gelächter aus, beugte sich vor und drückte ihr einen Kuss auf die Wange, zuckte aber gleich zurück, als hätte ihm diese spontane Geste einen Schreck versetzt. »Das war wirklich wohltuend. Also, sollen wir nun endlich anfangen?«

»Auf die Gefahr hin, Sie mit meinen langweiligen Fragen zu langweilen – könnten Sie mir vielleicht verraten, *womit* wir anfangen sollen?«

»Wir fahren in Ihre Stadt und machen uns auf die Suche nach dem Bösen.«

»Wir? Soll das heißen, Sie und ich?«

Er sah sie stumm an.

»Ist Ihnen vielleicht entfallen, dass Sie wegen krimineller Taten, die Sie begangen haben oder auch nicht, auf der Fahndungsliste stehen und dass ein paar Hundert Leute nach Ihnen suchen? Greenbriar mag Ihnen als rückständig und abgelegen erscheinen, aber wir haben dort Fernsehen, und Ihr Foto wurde landesweit gezeigt. Jemand wird Sie erkennen und der Polizei melden.«

»Hm. Ja, das ist ein Problem. Sie müssen mich verstecken.«

»O nein, das werden Sie nicht tun.«

»Was?«, hakte er in aller Unschuld nach.

»Sie werden mich da nicht mit hineinziehen. Und ich werde Sie nicht verstecken. Meiner Ansicht nach habe ich ohnehin schon viel zu viel Zeit mit Ihnen verbracht.«

»Das verstehe ich. Nein, ich glaube, es muss heißen: Das respektiere ich. Stimmt das? Oder ist das eine Floskel in Thailand? Nein, ich bin sicher, so was hören die amerikanischen Frauen gern.«

Ihre Augen wurden schmal, als sie ihn ansah. Sie wusste nicht, ob er sich über sie lustig machte oder nicht. »Wieso habe ich ständig den Eindruck, dass Sie mir nicht richtig zuhören?«

Er bedachte sie mit einem kleinen Lächeln. »Möchten Sie duschen, bevor wir frühstücken?«

»Klar, gehen wir frühstücken und warten wir ab, bis alle im Café mit dem Finger auf Sie zeigen und schreien, dass Sie der Kerl sind, der gestern im Fernsehen gezeigt wurde.«

»Machen sie das auch bei Mickey?«

Sie funkelte ihn an – sie wusste selbstverständlich, dass er von Mickey Mouse sprach.

»Tut mir Leid«, entschuldigte er sich halbherzig. »Ich habe die Namen der Zeichentrickfiguren verwechselt. Ich dachte eigentlich an den anderen. Ist Ihr Donald nicht beinahe jeden Tag im Fernsehen zu sehen? Starren ihn die Leute auch an und deuten mit den Fingern auf ihn?«

»Wenn ja, dann jedenfalls nicht, weil er ein gesuchter Verbrecher ist.«

Ihr wurde klar, dass er es wieder getan hatte. Es war ihm erneut gelungen, sie vom eigentlichen Thema abzulenken. »Jetzt hören Sie mir einmal gut zu. Unsere gemeinsame Zeit ist zu Ende. Ich springe nicht mehr aus Fenstern, klettere keine Dachrinnen mehr hinunter und höre mir auch nicht mehr Ihre Geschichten über Engel an – ich werde keine Minute mehr damit verschwenden. Von allen Menschen, denen ich in meinem Leben begegnet bin, gleichen Sie am allerwenigsten einem Engel. Ich ziehe mich jetzt an und fahre *nach Hause*. Ohne Sie. Haben Sie verstanden?«

»Durchaus«, entgegnete er fröhlich. »Und ich bin froh, dass wir das geklärt haben. Ich glaube nämlich, dass ein paar Agenten Ihrer Bundesmafia gerade auf den Parkplatz einbiegen.«

Es dauerte einen Moment, bis sie begriff. Bundesmafia? Plötzlich ging alles rasend schnell. Michael schnappte sich seine Klamotten und verschwand durch die Tür. Sekunden später klopfte jemand an dieselbe, und ein Mann forderte Emily auf, die Tür zu öffnen. Emily bat die Männer, einen Moment zu warten, weil sie noch im Bett liege und nicht angezogen sei. Aber sie ließen ihr keine Zeit.

Drei Männer rissen die Tür auf, die sie in der Nacht zuvor ganz bestimmt abgeschlossen hatte, starrten sie einen Moment an und begannen dann, das Zimmer zu durchsuchen. »Warten Sie«, protestierte Emily. »Haben Sie einen Durchsuchungsbefehl?«

»Nein, Ma'am«, sagte einer der Männer und zückte seine Dienstmarke, steckte sie aber so schnell wieder in die Tasche, dass Emily kaum einen Blick darauf werfen konnte. »Wir sind zu Ihrem Schutz hier. Man hat uns gemeldet, dass Sie jemand als Geisel genommen hat und gegen Ihren Willen festhält.«

Emily zog die Decke bis unters Kinn. »Wenn es so wäre, wäre ich jetzt, nachdem Sie das Zimmer gestürmt haben, tot, oder nicht?«, gab sie ärgerlich zurück. Sie zitterte am ganzen Leibe und versuchte nur, ihre Angst zu kaschieren. Wieso hatte sie plötzlich mit dem FBI zu tun? Sie stieß einen Protestschrei aus, als einer der Männer mit der Hand über der Bettdecke ihren Körper abtastete, um zu überprüfen, ob sich ein Mann in ihrem Bett versteckte. »Lassen Sie die Finger von mir!« Sie holte tief Luft und sah den ersten Mann an. »Würde es Ihnen etwas ausmachen, mir zu sagen, was das alles soll?«

Der Mann zeigte ihr ein Foto von Michael – dasselbe, das im Fernehen veröffentlicht wurde. »Haben Sie diesen Mann schon einmal gesehen?«

Emily hatte keine Ahnung, welche Informationen die drei Männer hatten, deshalb beschloss sie, so ehrlich wie möglich zu sein. Immerhin konnte Donald ihnen alles erzählt haben, was er von ihr erfahren hatte. »Ja, ich habe ihn gestern in der Stadt gesehen, in der ich übernachtet habe.«

»Haben Sie den Tag mit ihm verbracht?«

»Was für eine absurde Frage! Wieso sollte ich einen Tag mit einem fremden Mann verbringen?« Die drei standen an ihrem Bett, sahen sie unverwandt an und warteten. »Also schön, ja. Ich habe ihn am Freitagabend mit meinem Wagen angefahren und danach zum Arzt gebracht, am nächsten Tag waren wir einige Zeit zusammen. Er erschien mir vollkommen harmlos, und ich fühlte mich ihm irgendwie verpflichtet, weil ich ihn bei dem Unfall auch hätte töten können.«

»Was war gestern Abend?«

»Ich habe sein Foto im Fernsehen gesehen und meinen Verlobten Donald Stewart angerufen.« Sie musterte die Männer verstohlen, um zu sehen, ob ihnen Donalds Name etwas sagte, aber die drei zuckten nicht einmal mit der Wimper. »Donald hat mir geraten, zur Polizei zu gehen und die Stadt sofort zu verlassen.«

»Und waren Sie bei der Polizei?«

Hielten die sie für blöd? Das hatten die doch hundertprozentig überprüft. Emily schaute auf ihre Hände und bemühte sich, rot im Gesicht zu werden. »Ehrlich gesagt, nein. Ich hörte ein Klopfen an der Tür, bekam Angst und kletterte aus dem Fenster. Sie hielt eine Hand hoch und zeigte ihnen die Kratzer. Seitlich des Gasthofs steht ein Dornbusch, ich habe sogar meinen Koffer im Zimmer stehen lassen, weil ich ihn nicht hinunterwerfen konnte. Ich weiß, das alles war dumm von mir, aber nach allem, was Donald gesagt hat, hatte ich solche Angst, dass ich nur noch *weg* wollte.«

Emily hielt den Atem an und fragte sich, ob ihr die Männer diese Geschichte abkauften.

»Ihre Aussage bestätigt das, was wir bereits wissen, Miss Todd«, erklärte der erste Mann – er schien der einzige zu sein, der Stimmbänder hatte. »Wir sind überzeugt, dass dieser Michael Chamberlain längst über alle Berge ist, aber sollte er noch einmal Kontakt zu Ihnen aufnehmen, bleiben Sie so vernünftig wie bisher und rufen Sie uns an.« Er drückte ihr eine Visitenkarte in die Hand. »Unter dieser Nummer erreichen Sie Tag und Nacht jemanden, der Ihnen zu Hilfe kommt. Guten Tag«, schloss er, und sie verschwanden so schnell, wie sie gekommen waren.

Sobald sie allein war, ließ sich Emily auf das Kissen zurücksinken. Erst jetzt merkte sie, dass sie zitterte wie Espenlaub. Das FBI! Sie hatten *ihr* Fragen gestellt! Ihr. Die praktisch veranlagte, langweilige, vernünftige Emily Jane Todd war vom FBI verhört worden. Und das alles wegen eines Mannes, der behauptete, ein Engel und auf der Suche nach dem Unheil zu sein.

Emily richtete sich abrupt auf. »Das alte Madison-Haus«, sagte sie laut, und mit einem Mal schienen etliche Puzzleteilchen an ihren Platz zu fallen. Wenn es je einen Ort auf Erden gab, an dem sich Böses zusammenbraute, dann in diesem schrecklichen alten Haus. Und natürlich hatte es etwas mit ihr zu tun, weil sie seit Jahren Recherchen über dieses Haus anstellte. Sie hatte Informationen in einem dicken Ordner gesammelt. Kein Mensch wusste viel über das Madison-Haus, aber sie hatte alles zusammengetragen und schriftlich festgehalten.

Sie schlug die Decke zurück, und kaum hatte sie einen Fuß auf den Boden gestellt, flog die Tür auf, und Michael stürmte herein. »Emily, ist alles in Ordnung mit Ihnen? Sie haben Ihnen doch nichts getan, oder?«

Er legte ihr die Hände auf die Schultern und betrachtete ihren halb nackten Körper, als wäre sie in Lebensgefahr.

»Wieso sind Sie noch hier? Die Männer könnten jeden Augenblick zurückkommen. Vielleicht beobachten sie dieses Zimmer.« Sie sah ihn finster an.

Michael grinste. »Sie haben sich Sorgen um mich gemacht, stimmt's? Oder weshalb haben Sie den Männern nicht gesagt, dass ich mich draußen im Gebüsch verstecke? Sie wären mich für immer los gewesen.«

»Was immer Sie auch sein mögen, ich glaube nicht, dass Sie ein Mörder sind. Genauso wenig wie ein Engel«, fügte sie hinzu, ehe er das Wort ergreifen konnte.

»Ah, das sagen Sie nur, weil ihr Sterblichen seltsame Vorstellungen davon habt, wie Engel sein sollten. Würden Sie jetzt bitte aufstehen, damit wir uns etwas zu essen besorgen können? Dieser Körper ist schon ganz schwach vor Hunger. Das ist wirklich eine Plage. Wie oft muss man ihm Nahrung zuführen?«

»Einmal im Monat«, antwortete Emily mit einem zuckersüßen Lächeln. »Und alle zwei Wochen braucht er etwas zu trinken.«

Lachend rief er: »Auf! Ziehen Sie sich an.« Dann trat er ein paar Schritte zurück und betrachtete sie. »Es ist eigenartig, einen menschlichen Körper durch die Augen eines Sterblichen zu sehen. Gewöhnlich sehe ich nur die Seelen, aber es ist sehr interessant, Sie so wahrzunehmen.«

Emily riss die Decke an sich. »Gehen Sie und warten Sie draußen auf mich. Passen Sie auf, dass Sie von niemandem gesehen werden.«

»Mein Wunsch ist Ihr Befehl«, sagte er und runzelte verwirrt die Stirn.

Emily musste lachen. »Jetzt aber raus hier«, sagte sie und warf ihm ein Kissen nach.

Kapitel 6

»Nein, nein, nein und noch mal nein«, sagte Emily. Sie saß mit Michael in einer Nische einer Lastwagenfahrerkneipe und aß Blaubeerpfannkuchen. Zumindest versuchte sie, ihren Anteil davon zu erwischen, denn Michael futterte nicht nur seine Portion auf, sondern auch die Hälfte von ihrer. Er behauptete, er müsse herausfinden, ob Erdbeer- oder Blaubeerpfannkuchen besser seien.

Obwohl kein Mensch sie zu beachten schien und die Hälfte der Männer aussahen, als würden sie auch auf der Fahndungsliste des FBI stehen, senkte sie die Stimme: »Ich nehme Sie *nicht* mit zu mir nach Hause. Ich verstecke Sie nirgendwo. Und ich fahre Sie nicht zum alten Madison-Haus, damit Sie dort herumschnüffeln können. Das Haus ist baufällig, und es besteht akute Einsturzgefahr. Außerdem spukt es dort.«

»Es spukt? Was ist das?«

»Gespenster. Finger weg! Das ist mein Pfannkuchen, Ihre sind auf Ihrem Teller. Hören Sie, es ist nicht anständig, vom Teller eines Anderen zu essen. So was tun nur Menschen, die sich lieben.«

Er war gekränkt. »Aber Emily, ich liebe Sie seit Tausenden von Jahren. Ich liebe alle Menschen, die in meiner Obhut stehen. Na ja, vielleicht liebe ich die einen mehr, die anderen weniger, aber ich gebe mir die größte Mühe.«

»Wir sind keine Liebenden. Wir sind nicht ›ineinander verliebt‹«, beharrte sie.

»Ah, ich verstehe. Es geht um Sex. Sind wir wieder einmal beim Thema.«

»Das sind wir nicht – wir haben noch nie darüber geredet. Versuchen Sie das nicht mit mir.«

»Was?«, fragte er unschuldig.

Sie kniff die Augen leicht zusammen und sah ihn an, bis er grinste.

»Schön, kommen wir zum Wesentlichen zurück. Emily, meine Liebe, ich muss dieses Haus sehen. Wenn das, was Sie sagen, zutrifft, dann bin ich vielleicht deswegen hierher geschickt worden.«

»Was wollen Sie tun? Eine Séance veranstalten?«

Sie sah seinem Gesicht an, dass er keine Ahnung hatte, was das war. »Dabei sitzen die Leute rund um einen Tisch; gewöhnlich ist ein Medium dabei, das Verbindung zu Geistern aufnehmen kann. Sie rufen einen der Geister und stellen ihm Fragen ...« Sie hielt inne, weil sie merkte, dass er Mühe hatte, sich das Lachen zu verbeißen.

»Was habe ich gesagt? Worüber amüsieren Sie sich so sehr?«, fauchte sie. »Wenn Sie nur noch einen Bissen von *meinem* Pfannkuchen nehmen, haben Sie eine Hand weniger.« Sie hielt die Gabel hoch und machte sich bereit zuzustechen.

»Ich versuche nur zu verstehen, was Sie sagen«, erklärte er. Es war nicht zu übersehen, dass er immer noch einen Lachanfall unterdrückte.

»Nein, das tun Sie nicht. Sie verstehen gar nichts und versuchen es auch nicht. Sie wollen sich nur über mich lustig machen.« Sie schnappte sich ihre Handtasche und erhob sich halb, aber er hielt ihre Hand fest. Augenblicklich wurde sie ruhig und setzte sich wieder.

»Emily, ich wollte Sie nicht vor den Kopf stoßen – ehrlich. Warum nehmen Sie mich nicht einfach wie jemanden, der aus einem anderen Land hierher gekommen ist und eine andere Mentalität und Lebensart hat als ihr Amerikaner?«

»Aus einem anderen Land?«, wiederholte sie. »Sie kommen aus einer Klapsmühle, und ich habe nicht vor, Ihnen bei irgendetwas behilflich zu sein, was immer Sie auch im Schilde führen mögen.«

Sie hatte die Arme vor der Brust verschränkt, und ihr war durchaus bewusst, dass sie aussah wie ein trotziges kleines Mädchen, aber sie konnte nicht anders. Michael schien das Schlimmste in ihr zu Tage zu fördern.

»Haben Sie das gehört, Mr. Moss?«, sagte Michael beiläufig. »Um mit einem Geist zu sprechen, müssen wir uns rund um einen Tisch setzen und euch anrufen. Ich glaube, ich erinnere mich, so etwas schon einige Male gesehen zu haben. Emily, Sie haben diese Dinge früher geliebt ... Wann war das? Ich denke, es muss um 1890 gewesen sein. Oder war es 1790? Was meinen Sie, Mr. Moss?«

»Sehr komisch«, versetzte Emily. Sie hatte die Arme immer noch verschränkt. »Reden Sie nur mit Ihrem imaginären Freund und spotten Sie über mich.«

»Möchten Sie das noch essen?«

»Ja!«, rief Emily, obwohl sie satt war und wohl kaum noch einen Bissen hinunterbringen würde. Sie spießte ein Stück von dem, was von ihrem Pfannkuchen noch übrig war, auf die Gabel und stopfte es sich in den Mund.

»Emily«, sagte Michael sanft. »Ich spotte nicht über Sie, aber ich sehe manche Dinge anders als Sie. Geister gibt es überall. Einige haben Körper, andere nicht. In Wirklichkeit macht das keinen Unterschied.«

»Und ich nehme an, Sie können die Geister ohne Körper sehen«, erwiderte sie sarkastisch.

Michael antwortete nicht, sondern starrte auf den letzten Rest des Pfannkuchens.

»Und?«, drängte sie. »Können Sie das oder nicht?«

Er hob den Kopf und sah sie grimmig an. »Ja, natürlich kann ich das, und es erstaunt mich, dass Sie es nicht können. Sehen Sie Mr. Moss nicht, der hier direkt neben mir sitzt?«

Gegen ihren Willen warf Emily einen Blick auf den Stuhl rechts neben ihm, dann schaute sie ihn wieder an. »Wahrscheinlich wollen Sie mir jetzt auch noch weismachen, dass es in dieser Kneipe spukt und dieser Mr. Moss ein Gespenst ist.«

»Mr. Moss sagt, er ist ...« Michael brach ab, schwieg eine Weile, dann lächelte er. »Ich verstehe das nicht ganz, aber er sagt, er bevorzugt es, als ›anatomische Herausforderung‹ bezeichnet zu werden. Er ist ein sehr netter Mann, und er meint, wir sollten das nächste Mal, wenn wir herkommen, die Würstchen probieren. Vielleicht könnten wir jetzt gleich welche bestellen.«

»Nein«, bestimmte Emily. »Sie werden sonst noch fett. Würden Sie bitte beim Thema bleiben?« Eigentlich wäre sie lieber gestorben, als ihm dumme Fragen zu stellen, aber sie konnte sich nicht zurückhalten. »Heißt das, dass Sie sich gerade mit einem Geist unterhalten?«

»Na ja, ich höre ihm nur zu. Er sagt, es ist sehr lange her, seit jemand hier drin war, der ihn hören kann. Er findet die moderne Welt ziemlich traurig, weil niemand mehr an seine Existenz glaubt und die Menschen nicht zuhören, wenn er versucht, mit ihnen zu sprechen. Die einzigen, die ihn wahrnehmen, sind Verrückte oder Leute, die Drogen genommen haben.« Michael beugte sich zu Emily. »Er sagt, dass ein Geist im modernen Amerika sehr einsam ist.«

Emily sah sich um. »Ich muss kurz die Toilette aufsuchen, danach sollten wir zusehen, dass wir von hier wegkommen.«

»Was ist ein Puder?«

»Ein was?«

»Mr. Moss sagt, Sie wollen sich die Nase pudern.«

»Das stimmt. So umschreibt man einen Gang zur Toilette.«

»Er meint, Sie hätten vor, wegzulaufen und mich hier zurückzulassen, weil Sie mich für verrückt halten. Er sagt, das hätte er von Anfang an erkannt. Wenn das stimmt, Emily, wünsche ich Ihnen alles Gute in Ihrem Leben und alles Glück der Welt.«

»Sie sind ein schrecklicher Kerl«, sagte sie und funkelte ihn böse an. Wenn er Einwände erhoben oder darauf bestanden hätte, dass sie bei ihm blieb, wäre es ihr nicht schwer gefallen zu gehen, aber wie konnte sie einen Mann im Stich lassen, der ihr nur das Beste wünschte? »Ich gehe zur Toilette, und Sie bezahlen inzwischen die Rechnung. Wenn ich zurückkomme, möchte ich kein Wort mehr über Mr. Moss hören.«

Michael drehte sich dem Stuhl zu seiner Rechten zu. »Tut mir Leid. Vielleicht das nächste Mal.«

Emily drehte sich auf dem Absatz um und machte sich auf den Weg.

Michael erwartete Emily vor dem Restaurant. Es ärgerte sie, dass ihr Umgang immer vertrauter wurde. Manchmal hatte sie das Gefühl, mit diesem Mann mehr Zeit verbracht zu haben als mit Donald.

»Ich glaube, wir sollten uns einmal ernsthaft unterhalten«, sagte sie und wollte die kleine Ansprache halten, die sie sich in den paar Minuten auf der Toilette zurechtgelegt hatte. Er konnte nicht mit zu ihr nach Hause, also musste sie ihn irgendwo anders unterbringen. Sie mussten. Sie mussten sich nur noch überlegen, wo es sicher für ihn war.

Sicher für einen Mann, der vom FBI, von der Mafia, einer rasenden Ehefrau und den Medien – ganz zu schweigen von denen, die auf die ausgesetzte Belohnung aus waren – gesucht und gejagt wurde.

»Sie sorgen sich um mich, nicht wahr?« Michael schien das ausgesprochen gut zu gefallen.

»Nicht im mindesten«, erwiderte sie, als sie den Parkplatz überquerten und zu ihrem Mazda gingen, der zwischen Bäumen hinter einem riesigen Trailer stand.

»Wir müssen uns nur etwas ausdenken, was aus Ihnen werden soll. Sie können auf keinen Fall mit zu mir, deshalb müssen wir Ihnen einen anderen Platz suchen. Oder jemanden finden, der Ihnen weiterhilft. Vielleicht können Sie auch ...«

»Nein!«, rief Michael heftig, als Emily die Hand ausstreckte, um die Wagentür aufzuschließen.

»Sie müssen nicht jedes Schloss mit Ihren magischen Kräften öffnen«, gab sie verächtlich zurück. »Ich weiß, Sie brauchen Übung, aber ...«

Michael zerrte sie unsanft von dem Wagen weg und drückte ihren Rücken dabei so fest an seine Brust, dass sie seinen Herzschlag spürte. Sie wand sich in seinen Armen und sah ihm ins Gesicht. Er starrte das Auto an, als wäre es sein größter Feind.

»Was ist los?«, flüsterte sie. Ihr eigenes Herz klopfte wie wild.

»Etwas stimmt nicht mit diesem Wagen«, sagte er. »Eine dunkle Farbe umgibt ihn.«

Sie brauchte einen Moment, bis sie begriff, was er meinte. »Eine Aura? Autos haben keine Aura.«

Er ersparte sich eine Antwort darauf. »Ich möchte, dass Sie ein Stück in den Wald gehen – ein gutes Stück – und sich auf den Boden legen. Legen Sie die Arme über den Kopf und warten Sie auf mich. Haben Sie verstanden?«

Er legte die Hände auf ihre Schultern und sah sie mit glühenden Augen an. Emily nickte stumm. Dann ließ er sie los, und sie lief in den Wald. Sie rannte immer weiter, bis sie stolperte und gegen eine Eiche stieß. Folgsam legte sie sich flach auf den Boden und schützte ihren Kopf mit den Armen.

Es schienen Stunden zu vergehen, aber als sie es wagte, den Kopf zu heben und auf ihre Uhr zu schauen, sah sie, dass nur wenige Minuten verstrichen waren. Als sie nach einer Viertelstunde noch immer keinen Laut gehört hatte, kam sie sich richtig dämlich vor. Was, um alles in der Welt, war nur in sie gefahren? Wieso befolgte sie blind die Befehle eines Mannes, der ihrer Ansicht nach nicht mehr alle Tassen im Schrank hatte? Ein Auto, das düstere Farben ausstrahlte! Hielt er sie für vollkommen bescheuert?

Aber trotz ihrer Bedenken blieb sie, wo sie war. Als sie ein Geräusch in den Büschen vernahm, legte sie wieder die Arme über den Kopf.

»Ich bin's«, sagte Michael, »und ich glaube, es besteht keine Gefahr mehr. Ist das hier eine Bombe?«

Emily schaute auf. Michael stand direkt vor ihr und hielt Dynamitstangen mit Drähten in der Hand. »Ich ... ich glaube schon«, stammelte sie. »Aber ich habe keinerlei Erfahrung mit Bomben. Sollten Sie das Zeug nicht lieber so schnell wie möglich loswerden?«

»Und wie?«

»Keine Ahnung. Haben Sie das in meinem Auto gefunden?« Plötzlich war ihre Kehle staubtrocken.

»Es war am Heck befestigt. Mr. Moss sagte mir, welche Drähte ich durchschneiden muss, damit das Auto nicht in die Luft geht.«

»Und Sie«, sagte sie, ohne den Blick von ihm zu wenden. »Leider nicht. Ich wusste nicht, welche Drähte ...«

»Nein, ich meinte, Sie wären mit dem Auto in die Luft gegangen.«

»Ah, ja, dieser Körper wäre wohl mit explodiert.« Er erwiderte ihren Blick. »Das wäre schade gewesen, aber man hätte mich wieder hierher geschickt, um herauszufinden, welches Unheil Sie umgibt.«

»Vielleicht halten Sie dieses Unheil ja in der Hand«, sagte sie. »Können Sie das Ding nicht irgendwie loswerden?«

»Doch. Mr. Moss meint, es gibt hier irgendwo einen alten Minenschacht, der aufgefüllt werden muss. Wenn ich das Ding in den Schacht werfe, explodiert es, und das

Geröll verschließt den Schacht. Emily, Sie bleiben hier. Machen Sie sich keine Sorgen um mich. Mr. Moss weiß, was zu tun ist.«

»Großartig«, seufzte sie. »Ein Gespenst erklärt einem Engel, wie er mit Dynamitstangen umgehen muss. Ich weiß gar nicht, worüber ich mich aufrege.«

Michael verschwand kichernd zwischen den Bäumen. Emily blieb auf dem Boden liegen und wartete. Es verging einige Zeit, bis sie spürte, wie die Erde unter ihr bebte, und sie wusste, dass die Explosion stattgefunden hatte. Erst als Michael wieder heil und gesund vor ihr stand, erhob sie sich. Aber ihre Beine gaben nach, und sie wäre gefallen, wenn Michael sie nicht aufgefangen hätte.

»Es ist alles in Ordnung«, besänftigte er sie, als er sie in den Armen hielt, und strich ihr zärtlich übers Haar. »Wirklich, Emily, uns beiden droht keine Gefahr mehr. Entspannen Sie sich.«

»Wer hat das getan? Wollen sie Sie wirklich unter allen Umständen töten?«

»Diese Bombe war für Sie gedacht, nicht für mich«, sagte er leise.

Es dauerte eine Weile, bis ihr die volle Bedeutung seiner Worte klar wurde. »Für mich?« Sie stieß ihn von sich. »Wollen Sie damit sagen, dass jemand vorhatte, *mich* in die Luft zu jagen?«

»Ja.«

Sie wich ein paar Schritte zurück. Seine absurde Behauptung verlieh ihr neue Kräfte. »Ich vermute, mein Name stand auf dem Dynamit, und deshalb wissen Sie so genau, dass dies ein Anschlag auf *mein* Leben sein sollte. Selbstverständlich hat die Tatsache, dass Sie von allen Verbrechern des Landes gesucht werden, nicht das Geringste mit dieser Bombe zu tun – das kann gar nicht sein, nicht wahr?«

»Man könnte meinen, es hätte was damit zu tun«, entgegnete er und runzelte nachdenklich die Stirn. »Aber ich fühle, dass diese Bombe für Sie gedacht war. Wer möchte Sie umbringen, Emily?«

»Niemand. Kein einziger Mensch auf dieser Welt.« Sie machte sich auf den Weg zu ihrem Auto. Ihr war vollkommen gleichgültig, ob eine zweite Bombe irgendwo befestigt war oder nicht.

Michael packte sie am Arm. »Sie können nicht allein nach Hause, auch wenn Sie daran denken, mich hier zurückzulassen. Emily, jemand will Sie umbringen, und ob Sie das glauben oder nicht, ändert nichts an dieser Tatsache. Ich kenne die Wahrheit.«

»Lassen Sie mich los, oder ich schreie«, drohte sie.

»Und was wird dann geschehen?«, fragte er. Sie sah ihm an, dass er nicht scherzte, sondern nur neugierig war.

»Ach!«, gab sie wütend zurück und riss sich von ihm los.

Als sie ihr Auto erreichte, zögerte sie, ehe sie den Schlüssel ins Schloss steckte.

»Es ist jetzt sicher«, sagte Michael, der auf der Beifahrerseite stand. »Bestimmt. Ich sehe jetzt eine hübsche, reine Farbe.«

Emily bedachte ihn mit einem geringschätzigen Blick, dann steckte sie den Schlüssel ins Türschloss und drehte ihn um. Sie merkte gar nicht, dass sie dabei die Luft anhielt. Da der Mazda Zentralverriegelung hatte, stieg Michael ein, sobald die Türen offen waren, und befestigte den Sicherheitsgurt.

»Sie können nicht mit zu mir fahren«, begann Emily. Aber er hörte ihr gar nicht zu, sondern starrte aus dem Fenster. »Betrachten Sie Tote?«, erkundigte sie sich bissig. »Erinnern Sie mich daran, dass ich niemals mit Ihnen auf einen Friedhof gehe.«

»Jeder Geist lässt einen Teil von sich in seinem Grab«, erwiderte Michael geistesabwesend. Nach einer Weile wandte er sich ihr zu. »Emily, wie lange dauert die Fahrt zu Ihnen nach Hause?«

»Eineinhalb Stunden.«

»Gibt es eine andere, eine längere Strecke?«

»Wenn man durch die Berge fährt, braucht man einen ganzen Tag, aber ich möchte so schnell wie möglich heim!«, erklärte sie grimmig, ohne daran zu denken, was sie mit *ihm* anfangen sollte, wenn er dann immer noch bei ihr war.

»Dann nehmen wir den Umweg. Ich denke, wir müssen miteinander reden.«

»Worüber?«, fragte sie matt.

»Ich möchte, dass Sie mir alles über sich erzählen. Alles, was Ihnen einfällt. Wir müssen herausfinden, wer einen Mordanschlag auf Sie verüben wollte.«

»Hören Sie, kein Mensch hat einen Mordanschlag auf mich verübt. Ich bin diejenige, die praktisch veranlagt, langweilig, vernünftig und kein bisschen abenteuerlustig ist, schon vergessen? Welcher vernünftige Mensch sollte mich umbringen wollen? Und außerdem, was macht es einem Engel schon aus, wenn ich getötet werde? Damit will ich keineswegs behaupten, dass Sie ein Engel sind. Aber jeden Tag sterben Menschen auf grausame Art, was würde es für eine Rolle spielen, wenn eine Kleinstadtbibliothekarin dran glauben muss?«

»Ich weiß es nicht«, murmelte er nachdenklich. »Ich frage mich das allmählich auch. Welche bösen Kräfte sind um Sie herum, dass sich sogar ein Erzengel verpflichtet fühlt, jemanden zu Ihnen zu schicken, der nach dem Rechten sieht?« Er betrachtete ihr Profil. »Aber irgendetwas Schreckliches ist im Gange, wenn jemand ein so hübsches, freundliches Wesen wie Sie vernichten will. Emily, Sie sind ein guter, warmherziger Mensch. Vielleicht sollte ich das nicht sagen, aber ich habe Sie immer von all meinen Schützlingen am liebsten gemocht. Sie haben in Ihrem Leben so viel Gutes getan und so vielen Menschen Liebe entgegengebracht und ihnen geholfen, dass Sie bereits eine ziemlich hohe Ebene erreicht haben – wissen Sie das?«

»Nein, das wusste ich nicht.« Das Ganze kam ihr lächerlich vor, aber gleichzeitig fühlte sie sich geschmeichelt. Wenn ein Engel einem sagte, man sei ein guter Mensch, bedeutete das vielleicht etwas anderes, als wenn man dieselben Worte als Halbwüchsige von einem Erwachsenen hörte, der einen lobte, weil man nicht alles rauchte, was auf dem Schulhof angeboten wurde.

Emily riss das Steuer nach rechts herum, als sie das Schild SCENIC ROUTE entdeckte. Sie brauchten tatsächlich Zeit, und vielleicht konnten sie auf der Fahrt durch die Berge ebenso gut reden wie irgendwo anders.

Kapitel 7

Als sie zu dem kleinen Lebensmittelladen in den Bergen kamen, fühlte sich Emily, als hätte sie ein Kreuzverhör in einem Mordprozess hinter sich. Michael konnte wirklich Fragen stellen! Und gegen ihren Willen ließ sie sich mehr und mehr darauf ein.

Als sie den Ärger über die Idee, jemand könnte *sie* umbringen wollen, erst einmal überwunden hatte, betrachtete sie das Ganze wie den Plot eines Kriminalromans. So sehr sie sich auch anstrengte, sie konnte sich einfach nicht vorstellen, aus welchem Grund sie jemand ermorden wollen sollte.

»Nein, nein«, sagte Emily, als sie einen der roten Plastikkörbe nahm, die vor dem kleinen Laden standen. Abgesehen von dem Mann, der hinter der Theke döste, war niemand in dem Geschäft, deshalb unterhielt sie sich ohne Hemmungen mit Michael über die Regale hinweg. »Ich glaube nach wie vor, dass Sie sich irren«, wehrte sie vehement ab. »Ich denke, *Sie* sind das Ziel, nicht ich.« Sie warf einen Blick auf den Mann hinter der Theke, aber sein Kopf war zurückgelehnt, und der Mund stand offen.

»Ich weiß, was ich weiß, und diese Bombe war für Sie bestimmt. Was ist das?«, fragte Michael und hielt eine Flasche mit stark gezuckertem Fruchtsaft hoch.

»Widerliches, scheußliches Zeug. Man bekommt davon faule Zähne.«

»Klingt toll«, sagte er und stellte die Flasche in den Korb. »Das Problem ist, dass Sie sich eine Meinung gebildet haben und eine Alternative gar nicht mehr zulassen.«

»Okay, was für ein Motiv könnte jemand für einen Mord an mir haben? Ich bin nicht reich und habe keine Aussicht auf ein großes Erbe. Ich *weiß* auch nichts, was jemandem schaden könnte. Ich war nie Augenzeuge eines Verbrechens. Wieso sollte mich jemand ausschalten wollen?«

»Aus Eifersucht?«

Emily lachte. »Richtig. Meine beiden Liebhaber sind drauf und dran, sich gegenseitig umzubringen – meinetwegen. Stellen Sie das zurück! Wieso suchen Sie sich immer die schädlichen Sachen mit den wenigsten Nährstoffen aus? Dieser rosafarbene Zuckerguss verklebt Ihnen die Eingeweide.«

Michael grinste schief und ließ die Plätzchen in den Korb fallen. »Sehen Sie sich das an! Es ist kalt in dieser Vitrine. Was ist das in den Kartons?«

Emily seufzte. »Nehmen Sie einen, auf dem ›Joghurteis‹ steht, nicht den anderen.«

»Ah, ich verstehe. Allmählich glaube ich, dass das Wort ›Sahne‹ ein Schimpfwort für Sie ist. Aber wo waren wir stehen geblieben?«

»Sie wollten mir weismachen, dass mich jemand um die Ecke bringen will, um zu verhindern, dass ich die Liebesbriefe des Herzogs veröffentliche.«

Michael sah sie verwirrt an, dann schmunzelte er. »Sie wollen im nächsten Leben einen Titel haben? Ich könnte das arrangieren. Gewöhnlich wird das allerdings nicht als Belohnung erachtet. Viele Verlockungen, große Verantwortung, dafür kaum Liebe.«

»Nein, ich will keinen Titel. Ich will ...« Sie sah ihn aus schmalen Augen an. »Warum möchten Sie nicht mehr darüber reden?«

»Ich denke, wir müssen schlicht und einfach herausfinden, wer Sie in die Luft jagen will, und egal wie viel wir noch reden, damit kommen wir nicht weiter. Es erstaunt mich, dass Sie das nicht wissen.«

Emily stellte den vollen Korb auf die Theke, und Michael betrachtete interessiert die Süßigkeiten und Kaugummis neben der Registrierkasse. »Das alles ist sehr gesund und gut für Sie, nehmen Sie sich so viel davon, wie Sie wollen«, bot sie großzügig an, als sie die Sachen aus dem Korb auf die Theke legte. »Wir haben nicht alle Ihre Fähigkeit zu sehen, was nicht da ist. Wir bedauernswerten Sterblichen führen unser armseliges, langweiliges Leben und sehen nicht überall böse Geister.«

Der Mann hinter der Theke wachte auf und fing an, die Preise in die Kasse zu tippen, als Michael ein halbes Dutzend Schokoriegel auf die Theke legte. »Was ist Karamell? Wenn Sie auf Mr. Moss anspielen – er ist nicht böser als ... als dieser Mann hier«, sagte Michael und schenkte dem Kassierer ein Lächeln, dann ließ er noch weitere Süßigkeiten auf die Theke fallen. »Und, Emily, meine Liebe, Sie sind die schlimmste Lügnerin, die ich je gesehen habe«, fügte er mit einem vielsagenden Blick auf die Süßigkeiten hinzu, von denen sie ihn mit einem durchsichtigen Trick abzubringen versucht hatte.

Eine Stunde später blieben sie auf einem Rastplatz stehen und aßen ihren Proviant. Michael probierte gerade das Junk-Food, das er gekauft hatte, als Emily sich ihm zuwandte und sagte: »Wenn diese Männer Sie – oder mich – in dieser Fernfahrerkneipe gefunden haben, dann wissen sie sicher, wer ich bin und wo ich wohne.«

»Ja«, bestätigte er liebenswürdig und machte sich über die Plätzchen mit dem rosa Zuckerguss und den Kokosnussraspeln her.

Emily ließ sich schwer auf die Bank am Picknicktisch fallen. »Sie verfolgen uns bestimmt«, sagte sie. Sie zweifelte keinen Augenblick daran, dass Michael sie die ganze Zeit daran gehindert hatte, diese offensichtliche Tatsache ins Auge zu fassen.

»Nein, nicht mehr.«

»Und dessen sind Sie sich ganz sicher, wie?« Sie beugte sich über den Tisch. »Sie tun so, als wüssten Sie, was vor sich geht, aber Sie hatten keine Ahnung, dass jemand eine *Bombe* in meinem Auto angebracht hat.«

»Stimmt, das wusste ich nicht.« Er sah sie an. Mittlerweile hatte er das Interesse an dem Zuckerguss verloren, aber das Schokoladenplätzchen darunter schien ihm zu schmecken. »Die Wahrheit ist, dass ich nicht weiß, was ich kann und was nicht. Ich kenne meine Kräfte, wenn ich daheim bin, weil ich jahrelange Erfahrung habe, aber hier fühle ich mich stark eingeschränkt. Ich kann zum Beispiel die Zukunft nicht sehen.« Seine Stirn legte sich in Falten, als er die Aussicht betrachtete. »Ich hatte heute Morgen Angst, weil ich nicht sehen konnte, dass die Bombe keinen Schaden anrichten würde. Ich fühlte, dass irgendetwas nicht stimmte mit dem

Wagen, aber ich hatte keine Ahnung, was es war. Es hätte genauso gut ein kaputter ...« Er wedelte mit der Hand hin und her.

»Scheibenwischer.«

»Ja, es hätte auch ein kaputter Scheibenwischer sein können. Aber ich konnte mir nicht vorstellen, dass eine solche Kleinigkeit die Aura des Autos so sehr verdunkelt hätte. Aber woher sollte ich das wissen? Ich bin, bevor ich Ihnen begegnet bin, noch nie in einem Wagen gefahren.«

»Aber Sie spüren, dass uns niemand auf den Fersen ist, richtig?«

»Ja. Sie haben die Bombe befestigt und sich aus dem Staub gemacht. So viel kann ich sagen.« Er lächelte. »Wie es scheint, sind meine Kräfte nur auf das beschränkt, was ich in Ihrer Gegenwart tue. Ich kann Ihre Wagentüren öffnen, aber ich habe es auch bei anderen verschlossenen Autos versucht – ohne Erfolg. Und nur *Ihre* Zimmertür ist kein Problem für mich. Ist das nicht merkwürdig?«

»Verschlossene Türen aufmachen zu können ist merkwürdig«, stimmte sie ihm zu. »Und Auren zu sehen ist merkwürdig – von Gespenstern will ich gar nicht erst reden. Und dann war da noch das kleine Mädchen in der Eisdiele. Und die Kugel in Ihrem Kopf plus die in der Brust. Und es scheint eine Million ganz alltäglicher Dinge zu geben, von denen Sie keine Ahnung haben. Und ...«

»Vorsicht, Emily, sonst geben Sie noch zu, dass Sie mir glauben.«

»Ich glaube, dass Sie sich *einbilden,* Geister zu sehen und ...«

»Was würden Sie mit mir tun, wenn ich wirklich ein Engel wäre?«

»Sie beschützen«, antwortete sie, ohne vorher nachzudenken. Sie wurde rot und starrte verlegen auf den angebissenen Schokoriegel in ihrer Hand. Sie konnte kaum fassen, dass sie dieses Zeug wirklich aß. Engel beschützten Menschen, nicht umgekehrt.

»Was würde Sie dazu bringen, mir zu glauben? Ein Wunder? Eine Vision? Was?«

»Ich weiß nicht.« Sie stand auf und packte die Sachen zusammen, dabei wich sie geflissentlich seinen Blicken aus.

»Wie heißt das, wenn jemand am Straßenrand steht und darum bittet, mitgenommen zu werden?«

»Trampen«, sagte sie schnell, dann musterte sie ihn streng. »Lassen Sie sich bloß nicht einfallen, das zu tun. Es ist gefährlich.«

»Wenn Sie mich irgendwo absetzen, trampe ich in Ihre Stadt und suche allein nach dem Bösen, das Sie bedroht. Kein Mensch wird erfahren, dass Sie mich jemals getroffen haben.«

»Und innerhalb von zehn Minuten nach Ihrer Ankunft in der Stadt wird man die Polizei auf Sie aufmerksam machen«, versetzte sie. Sie verstaute den restlichen Proviant im Kofferraum, aber Michael rührte sich nicht von der Stelle. Er saß am Tisch, erfreute sich an der Aussicht und trank diesen grässlichen, zuckerhaltigen Saft, der ihm offensichtlich nicht schmeckte, aber natürlich würde er das niemals eingestehen.

Ich sollte ihn hier lassen, dachte sie. Ich sollte einfach wegfahren. Ich bin nicht für ihn verantwortlich, und ich brauche keine Komplikationen in meinem vollkommenen Leben. Ja, sie fand ihr Leben vollkommen. Sie hatte alles, was sie sich wünschte: einen Job, der sie ausfüllte, einen Mann, den sie liebte, Freunde – und sie hatte gerade eine Auszeichnung von der National Library Association bekommen. Das Einzige, was noch fehlte, war die Hochzeit mit Donald und zwei Kinder.

Aber sie überließ Michael nicht sich selbst, sondern ging zu ihm zurück, nahm ihm gegenüber Platz und sah sich die Landschaft an.

»Vielleicht könnten Sie etwas über das Madison-Haus für mich herausfinden«, sagte sie mit Bedacht. »Ich würde gern ein Buch über die Dinge schreiben, die sich dort ereignet haben. Ich habe bereits einige Recherchen angestellt, aber mir fehlen noch Informationen.«

»Worum geht es?«, erkundigte sich Michael so beiläufig, als könnte er dafür kaum Interesse aufbringen. »Es gibt immer einen Grund dafür, dass der Geist eines Sterblichen die Erde nicht verlassen will.«

»Ich habe mein ganzes Leben lang die Geschichten über das Madison-Haus gehört. Wir Kinder haben uns immer gegenseitig Angst gemacht und behauptet, der alte Madison würde spuken und uns holen, aber in den letzten Jahren, habe ich ... ich weiß auch nicht, aber irgendwie habe ich mit einem Mal mehr Mitgefühl.«

»Sie waren immer bereit, anderen zu helfen.«

Sie war drauf und dran, ihm zu verbieten, so zu tun, als würde er sie schon Ewigkeiten kennen, besann sich aber eines anderen. Wieso sollte sie ein Kompliment zurückweisen? »Die Geschichte ist simpel, und Ähnliches ist früher bestimmt oft vorgekommen. Eine schöne junge Frau verliebte sich in einen gut aussehenden, aber armen jungen Mann. Der Vater verweigerte seiner Tochter die Erlaubnis, den Geliebten zu heiraten, und zwang sie stattdessen, sich mit einem seiner Freunde, dem reichen Mr. Madison, der alt genug war, um ihr Vater sein zu können, zu vermählen. Soweit ich weiß, lebten sie zehn Jahre trübsinnig, aber ohne unangenehme Zwischenfälle miteinander, dann kam der junge Mann, der die Frau liebte, in die Stadt zurück. Kein Mensch weiß genau, was geschehen ist – ob sie sich aus dem Haus geschlichen hat, um ihn zu sehen, oder etwas anderes. Jedenfalls war ihr Mann rasend vor Eifersucht und tötete den jungen Mann.«

»Leider habe ich so etwas sehr oft gesehen – zu oft«, sagte Michael ernst. »Eifersucht ist eine der größten Schwächen der Sterblichen.«

»Ach ja? Ich kann es kaum erwarten, das *Mickey* zu erzählen«, erwiderte sie spitz und rief ihm damit einen der Namen ins Gedächtnis, mit denen er Donald in den letzten Tagen bedacht hatte.

Michael grinste. »Ich nehme an, Ihr alter Mr. Madison spukt jetzt im Haus herum.«

»Irgendjemand ist dort. Nach dem Mord kam es zu einem Gerichtsverfahren, und ein Diener des Hausherrn sagte im Zeugenstand, er habe mit eigenen Augen gesehen, wie sein Herr den jungen Mann getötet habe. Mr. Madison wurde auf Grund dieser Aussage verurteilt – der Leichnam des Opfers wurde nie gefunden. Mr. Madison kam an den Galgen, der Diener sprang einige Zeit später aus einem Fenster des Hauses in den Tod, und die Witwe verließ nie wieder das Haus. Schließlich wurde sie wahnsinnig.«

»Also könnte der Geist in dem Haus ...«, Michael brach ab, um nachzudenken.

»Es könnte der des Ermordeten, des Mörders, des unglücklichen Dieners, der seinem Herrn den Tod gebracht hatte, oder der der wahnsinnigen Frau sein. Sie können es sich aussuchen.«

»Emily, was hat das mit dem Unheil zu tun, das Sie bedroht?«

»Ich ...« Sie senkte den Blick.

»Kommen Sie, raus damit. Was haben Sie getan?«

Sie sah auf und funkelte ihn trotzig an. »Ich weiß es wirklich nicht. Aber *irgendetwas* habe ich getan.«

Als Michael die Angst in ihren Augen sah, schob er ihr die Saftflasche hin. Sie nahm einen Schluck und verzog das Gesicht. »Ich finde, Sie sollten mir Ihr Herz ausspucken«, sagte er.

»Ausschütten. Das Herz ausschütten.«

»Wie auch immer. Erzählen Sie mir, was vorgefallen ist – es muss schrecklich sein, wenn deswegen ein Engel auf die Erde geschickt wird, damit er das Problem löst.«

Emily starrte auf die Flasche und löste geistesabwesend das Etikett ab. »Glauben Sie an böse Geister?« Als er keine Antwort gab, schaute sie auf und sah, dass er erstaunt eine Augenbraue hochzog.

»Okay, Sie glauben daran. Aber die meisten Leute heutzutage tun das nicht.«

»Ich weiß. Ihr Sterblichen glaubt an die ›Wissenschaften‹. Die meisten Menschen halten Leute, die komische Dinge an der Börse treiben, für den Inbegriff des Bösen.« Michaels Ton war verächtlich. »Erzählen Sie, was Sie getan haben.«

»Ich wollte an diesem Wochenende mit Donald darüber reden«, sagte sie. »Das war ein Grund, warum ich so wütend auf ihn war, als er nicht kam. Ich hatte das Gefühl, ich müsste mit jemandem sprechen.«

»Wenn Sie meinen, er ist geeigneter als ich für ein Gespräch über böse Geister, dann bitte«, entgegnete Michael scharf.

»Wie konnten Sie mit einer solchen Einstellung Engel werden?«

»Ich bin wie geschaffen für meine Aufgabe. Wollen Sie sich mir nun anvertrauen, oder haben Sie zu viel Angst?«

Sie holte tief Luft. »Ich ging zu dem Haus. Das ist alles. Ich ging hin, um es mir anzusehen, und nahm einen Skizzenblock mit, um den Grundriss des Gebäudes aufzuzeichnen, weil ich, wie gesagt, ein Buch über die Ereignisse schreiben will. Es war helllichter Tag, und obwohl die Fenster schmutzig waren, konnte ich ziemlich gut sehen.«

Sie nahm noch einen Schluck von dem scheußlichen Saft. Emily schwieg, und Michael richtete den Blick in die Ferne. »Lassen Sie mich raten. Sie haben etwas geöffnet, was bis dahin verschlossen oder versiegelt war.«

»So ungefähr«, bestätigte sie vage.

»Eine Kiste? Nein? Sie ...« Er musterte sie eindringlich. »Emily! Sie haben eine Wand eingerissen?«

»Na ja, sie war schon halb verfallen, und ich konnte etwas dahinter sehen. Wer immer diese Wand hochgezogen hat, er kann kein geschickter Handwerker gewesen sein«, verteidigte sie sich.

»Und was kam zum Vorschein?«

»Ich weiß es nicht«, entgegnete sie ärgerlich. »*Ich* kann keine Gespenster sehen. Ich weiß nur, dass etwas an mir vorbeigehuscht ist und ich beinahe in Ohnmacht gefallen wäre, weil sich dieses Etwas grauenvoll anfühlte. Es dauerte eine Weile, bis ich mich von dem Schrecken erholt hatte, und sobald ich wieder sicher auf den Beinen war, verließ ich das Haus.«

Er lächelte schief. »Natürlich sind Sie gemessenen Schrittes abgezogen, stimmt's?«

»Lachen Sie mich aus, so viel Sie wollen, aber seit diesem Tag vor ungefähr zwei Wochen geschehen in Greenbriar furchtbare Dinge. Ein Haus ist niedergebrannt, ein Ehepaar mit vier Kindern ist dabei, sich scheiden zu lassen, außerhalb der Stadt ereigneten sich drei Autounfälle und ...«

»Meinen Sie, diese Vorkommnisse wurden von einem bösen Dämon hervorgerufen?«

»Keine Ahnung.« Sie stand auf. »Jedenfalls habe ich, wenn ich abends in der Bibliothek bin, das Gefühl, nicht allein zu sein. Und mir gefällt der oder das, was mit mir dort ist, ganz und gar nicht. Manchmal ... manchmal glaube ich, ihn oder sie lachen zu hören. Und ... und es scheint, als würden die Leute in der Stadt viel schneller in Streit geraten als sonst.«

Sie erwartete, dass Michael sie auslachte. Donald würde lachen, und Irene, der sie die ganze Geschichte erzählt hatte, hatte sich beinahe ausgeschüttet.

»Haben Sie dazu nichts zu sagen?« Sie bemühte sich um einen aufgebrachten Ton – ohne Erfolg.

»Ich sehe nicht, was das alles mit dem Mordanschlag auf Sie und der Autobombe zu tun haben soll. Aber Dämonen können andere dazu anstiften, schreckliche Dinge zu tun. Ihr Bestreben ist, Chaos und Verwirrung zu stiften, vielleicht ...« Er sah Emily an. »Was haben Sie genau getan? Wieso ist dieser Bursche hinter Ihnen her?«

»Hinter mir? Warum hinter mir? Soweit ich es beurteilen kann, treibt er in der ganzen Stadt sein Unwesen. Und weshalb sollte mich ein böser Geist verfolgen? Ich bin praktisch veranlagt, vernünftig, langweilig – ein ganz normaler Mensch. Ein gutes, braves Mädchen«, setzte sie unwillig hinzu.

»Nach allem, was ich in den letzten Tagen beobachtet habe, führen Sie ganz und gar kein ›normales‹ Leben. Genau genommen ist Ihr Leben so außergewöhnlich, dass ein Engel zur Erde geschickt wurde, um Sie vor Schaden zu bewahren – und das in letzter Minute, möchte ich behaupten. Guter Himmel, Emily, wenn Sie weniger gut und vernünftig wären, würde man Sie als Spionin einsetzen.«

Das war so absurd, dass sie lachen musste. Sie fühlte sich gleich viel besser. »Sind Sie bereit zum Aufbruch?«, fragte sie.

»Mit Ihnen? Ich dachte, Sie würden mich hier aussetzen und mich den ganzen Weg trampen lassen. Ich dachte ...«

»Lügner!«, unterbrach sie ihn lächelnd. »Ich glaube, ich muss mit Gott einmal ein ernstes Wörtchen über seine Engel reden. Ihr Jungs braucht meiner Meinung nach einen kleinen Denkzettel.«

»Ja? Ich nehme an, wir sollten so sein wie die Engel in eurem Fernsehen, die nur irgendwelche Platituden von sich geben und in Parabeln sprechen.«

»Ich könnte einige Parabeln gebrauchen«, sagte sie, als sie die Wagentür öffnete. »Jedenfalls wären mir Weisheiten eines Engels sehr willkommen. Warum verraten Sie mir nicht, wer Ihre anderen Schützlinge sind oder waren?« Er grinste, und sie sah ihn aus leicht zusammengekniffenen Augen an. »Lassen Sie Ihrer Fantasie freien Lauf, wie bei allem, was Sie mir auftischen.«

Michael schien ihre Anschuldigung gelassen hinzunehmen. Als er im Wagen saß, sagte er: »Mal überlegen. Ich glaube, ihr Sterblichen habt viel für Königinnen und Könige übrig, habe ich recht?«

»Versuchen Sie gar nicht erst, mich zu provozieren. Erzählen Sie mir lieber ein paar Geschichten«, forderte sie, als sie den Motor startete.

»Marie-Antoinette. Sie war mein Schützling. Die Arme. Sie lebt heute auf einer Farm, hat ein halbes Dutzend Kinder und ist viel, viel glücklicher als seinerzeit. Sie war furchtbar als Königin.«

»Erzählen Sie von Anfang an«, verlangte Emily, als sie auf den Highway einbog.

KAPITEL 8

Greenbriar lag in einem eigenartigen Talkessel – eine Teetasse, hatte jemand diese Mulde vor langer Zeit einmal genannt, und der Name war geblieben. Leider benutzen die Leute heute den Begriff in nicht allzu freundlicher Art und Weise: »Ich kann es kaum erwarten, aus dieser Teetasse herauszukommen«, sagen sie. Während Emily die kleine Stadt als Ort des Friedens ansah, fanden die meisten anderen das Leben dort langweilig. Greenbriar sei die langweiligste Stadt in Amerika, meinten einige. Sie behaupteten scherzhaft, dass Sheriff Thompsons Revolver im Holster verroste, weil er ihn nie benutzen musste.

Die kleine Stadt war nur über eine stark abschüssige Straße zu erreichen, und auf der anderen Seite führte eine steile Straße wieder hinaus, für die lediglich die hartgesottensten Mountainbike-Fahrer Begeisterung aufbringen konnten. Ansonsten war der Ort von schroffen Bergen umgeben, die man nur mit Steigeisen und starken Sicherungsseilen erklimmen konnte.

In diesem Kessel lag Greenbriar, in dem zweihundertsechzehneinhalb Menschen (Mrs. Shirley war wieder schwanger) lebten, und alle sagten, dass diese Leute nur aus Trägheit blieben: Sie seien schlicht zu faul, um in einen anderen Ort überzusiedeln. Abgesehen von denen, die in den örtlichen Läden beschäftigt waren, fuhren alle zur Arbeit in die Großstadt. Manche machten es wie Donald, blieben die Woche über dort und verbrachten nur das Wochenende in Greenbriar.

Eine der wenigen Attraktionen, die Fremde in den Ort lockten, war die Bibliothek. Im letzten Jahrhundert hatte Andrew Carnegie das winzige Greenbriar besucht und befunden, dass dieser Ort malerisch und wie geschaffen für einen seiner schönen Bibliotheksbauten sei. Und jetzt nannte Emily dieses hübsche Gebäude ihr Eigen, und dort tat sie ihr Bestes, den Staats- und Bundesregierungen mit ihren Bitten um Geld für Bücherkäufe auf die Nerven zu gehen. Sie schrieb Bettelbriefe an Autoren und Verlage und flehte ständig um Sachspenden für ihre kleine Bibliothek. Jedes Jahr besuchte sie den Kongress der Buchhändler und schleppte Massen von Freiexemplaren mit nach Hause, die sie dann ihren Kunden zugänglich machte.

Es war Emilys unermüdlichen Bemühungen zu verdanken, dass es in Greenbriar die am besten ausgestattete Stadtbibliothek des Staates gab. Die Menschen kamen von weit her, um den Geschichtenerzählern oder den Autoren bei ihren Lesungen zuzuhören, sich die Ausstellungen über die Buchdruckerkunst anzusehen oder die Veranstaltungen nicht zu verpassen, die Emily inszenierte, um immer mehr Leute auf ihre Bibliothek aufmerksam zu machen.

Die anderen Bewohner von Greenbriar mochten sich vielleicht wünschen, woanders zu leben, aber Emily nicht. Sie liebte die Stadt und die Menschen hier, als wären sie ihre Familie, und in gewisser Weise waren sie das auch. Ihre Eltern waren gestorben, sie hatte keine Geschwister oder sonstige Verwandte, deshalb waren ihr nur noch Donald und diese kleine Stadt geblieben.

Aber jetzt scheint auch noch der Mann, der neben mir sitzt, zu mir zu gehören, dachte sie und warf einen Seitenblick auf Michael. Er war vollkommen in die Musik vertieft. Die ganze Zeit hatte er am Radio herumgespielt, von einer Station zur anderen gewechselt und Emily mit Fragen über alles, was er hörte, bombardiert. Sie sagte sich, er tue wohl nur so, als hätte er in seinem Leben noch nie Country und Western, eine Oper oder Rock 'n' Roll gehört.

Als sie in Greenbriar ankamen, war es schon spät und dunkel. Emily war froh darüber; sie wollte nicht, dass jemand den Fremden in ihrem Auto sah. Es war – auch wenn ihn keiner erkannte – besser, wenn ihn niemand zu Gesicht bekam, weil Donald bestimmt kein Verständnis für ihre Handlungsweise aufbringen könnte.

Ihre Wohnung befand sich zum Glück am Ortsrand in einem (zumindest für Greenbriars Verhältnisse) großen Gebäude. Im Erdgeschoss waren ein Lebensmittelladen, ein Postamt und ein Eisenwarengeschäft untergebracht, das obere Stockwerk war in zwei Wohnungen aufgeteilt; eine war ihre, die andere bewohnte Donald.

Kurz nachdem sie sich kennen gelernt hatten, war Donald auf den Gedanken gekommen, sich eine Bleibe außerhalb der Großstadt zu suchen, wo er seine Wochenenden verbringen konnte. Er wusste selbstverständlich, dass es sich in seinem politischen Lebenslauf besser machte, wenn er aus einem kleinen Ort kam – und einen kleineren als Greenbriar gab es kaum. Deshalb hatte er die Wohnung über dem Eisenwarenladen gemietet.

Bald kam er an jedem Wochenende, und er und Emily wurden unzertrennlich – zumindest bei seinen Aufenthalten in Greenbriar. Emily hatte ihn nur einmal in der Großstadt besucht, um zu sehen, wo er arbeitete, sich seine Wohnung mit den Spiegelwänden anzuschauen und die Leute kennen zu lernen, mit denen er beruflich zu tun hatte. Dieses eine Mal hatte ihr gereicht. Sie war sich fehl am Platze und nutzlos vorgekommen zwischen all den groß gewachsenen, dürren Frauen in schwarzen Kostümen mit schultergepolsterten Jacketts und kurzen Röckchen. Sie hatte sich in ihrem braun und weiß gemusterten Kleid gefühlt wie eine Kuhmagd, die in einen Palast geraten war.

Donald und sie hatten nie darüber gesprochen, doch es schien eine stillschweigende Übereinkunft zwischen ihnen zu bestehen, dass sie in Greenbriar bleiben und da sein sollte, wenn er an den Wochenenden nach Hause kam. »Meine Wochenendfrau«, nannte er sie oft. »Nur solange es keine Wochen*tags*frau gibt«, gab sie scherzhaft zurück. Er meinte dann, Emily würde ihn an den Wochenenden so sehr beanspruchen, dass er die Woche zum Ausruhen brauchte, und sie lachten.

Jetzt war sie im Begriff, mit einem Mann, der ihr im Grunde vollkommen fremd war, in ihre Wohnung zu gehen, die nur durch einen Flur von Donalds getrennt war. Allerdings hatte sie manchmal, wenn sie ihn ansah, das Gefühl, ihn schon seit Ewigkeiten zu kennen.

Emily fuhr auf den Parkplatz hinter dem Haus und stellte den Wagen im entlegensten, dunkelsten Winkel ab. Es war besser, wenn niemand merkte, dass sie schon zu Hause war. Schließlich sollte sie eigentlich ein langes romantisches Wochenende mit dem Mann, den sie liebte, verbringen. Es war ein langes Wochenende gewesen, aber alles andere als romantisch – es sei denn, man sah Geschosse, Bomben und Kletterpartien aus dem Fenster als romantisch an.

»Ja, das ist es«, sagte Michael beinahe ehrfürchtig. »Ich habe dieses Haus tausend Mal gesehen, wenn Sie hergefahren oder von der Bibliothek nach Hause gegangen sind.«

»Sie waren noch nie hier«, entgegnete sie strenger als beabsichtigt, aber die Situation machte sie nervös. Was hatte sie dazu gebracht, diesen Mann mit hierher zu bringen? Und was sollte sie jetzt, da er hier war, mit ihm anfangen?

»Es ist alles gut«, sagte Michael, als er seine Hand auf ihre legte, und wie immer legte sich Emilys Aufregung.

Sie wandte sich ihm lächelnd zu, dann stieg sie aus dem Wagen.

Trotz seiner Behauptungen war Emily nicht auf Michaels Reaktion vorbereitet, als er ihre Wohnung sah. Er drängte sich förmlich an ihr vorbei durch die Tür, fand blind den Schalter der Tischlampe und wanderte mit vor Staunen weit aufgerissenen Augen umher.

»Ja, ja«, rief er, »es ist alles da. Es hat sich kein bisschen verändert. Da ist der Schreibtisch, an dem Sie gesessen und Briefe an Ihre Mutter geschrieben haben. Emily, es hat mir Leid getan, dass ihr Tod Ihnen so viel Kummer und Leid verursacht hat, aber sie wartet auf Sie, und Sie werden sie wiedersehen, wenn die Zeit gekommen ist. Ah, und dies ist der Tisch, den Sie ersteigert haben. Sie waren so glücklich, dass Sie den Mann überbieten konnten und den Zuschlag bekommen haben. Und da sind Ihre eigenen Bücher. Ich sehe Sie ...«

Er drehte sich um. »Wo ist das lange Ding, auf dem Sie liegen, wenn Sie lesen?«

Emily kniff grimmig die Lippen zusammen, dann sagte sie: »Ich habe die Chaiselongue in Donalds Wohnung gestellt. Hören Sie, es gefällt mir nicht, dass Sie mich ausspioniert haben. Ich denke ...«

»Ausspioniert? Emily, nichts liegt mir ferner. Ich passe auf Sie auf, und wie könnte ich das tun, wenn ich nicht über Sie wachte? Oh, dies!« Er nahm einen gläsernen Briefbeschwerer in die Hand. »Ich weiß noch, wie Sie ihn gekauft haben. Sie waren dreizehn und dachten ...«

»Ich war zwölf«, unterbrach sie ihn scharf und nahm ihm den Briefbeschwerer aus der Hand, um ihn wieder auf den Tisch zu legen.

Er schien ihren wachsenden Ärger gar nicht zu bemerken und ging ins Schlafzimmer. Emily blieb einen Moment wie angewurzelt stehen – sie wusste nicht, ob sie einen Tobsuchtsanfall bekommen oder sich nur wundern sollte. Als sie hörte, dass er eine Schublade aufzog, fiel die Entscheidung. Sie stemmte die Hände in die Hüften und marschierte in ihr Schlafzimmer. Michael inspizierte ihren begehbaren Schrank und strich mit den Händen über ihre Kleider. »Raus hier«, fauchte sie und knallte die Tür so heftig zu, dass sie ihm fast die Finger eingeklemmt hätte.

Michael war gänzlich unbeeindruckt. »Sie sollten dieses rote Kleid tragen, Emily. Es sieht toll aus an Ihnen. Ich war derjenige, der Sie dazu verleitet hat, es zu kaufen.«

»Schnüffeln Sie bei *all* ihren Schützlingen so herum?«,

fragte sie und verbesserte sich sofort. »Nicht, dass Sie überhaupt Schützlinge haben, aber ...« Es war nicht leicht, zornig zu sein, wenn man jede Bemerkung näher ausführen oder beinahe widerrufen musste.

Michael blieb unvermittelt stehen und schaute auf ihr Bett nieder. Er berührte kurz die weiße Überdecke, die sie vor Jahren in einem Laden in den Bergen gekauft hatte. »Emily, ich fühle mich seltsam. Sehr eigenartig. Ich fühle ...«

Als er sich ihr zuwandte, war die Glut in seinen Augen nicht zu übersehen.

Sie wich instinktiv zurück. »Ich denke, Sie sollten jetzt besser gehen. Oder ich gehe. Oder ...«

Er wandte sich ab. »So ist das also«, murmelte er leise. »Jetzt verstehe ich euch Sterbliche ein bisschen besser.«

Es war offensichtlich, worauf er anspielte. »Ich glaube wirklich, Sie sollten nicht hier bleiben.«

Sein Kopf fuhr hoch, und sein Blick war durchdringend. »Emily. Sie brauchen keine Angst vor mir zu haben – niemals. Ich verspreche es.«

Die Leidenschaft hatte sein Gesicht von einem Augenblick auf den anderen gezeichnet, und sein Ausdruck wechselte ebenso rasch wieder zu einem distanzierten, aber freundlichen Lächeln. »Und jetzt sollten wir uns ein bisschen ausruhen. Eure Körper sind ja so schwach. Sie brauchen ständig Nahrung oder Schlaf.«

»Wo werden Sie schlafen?«, fragte Emily nervös.

»Nicht dort, wo ich gern würde«, erwiderte er. Sein Grinsen war so großspurig, dass sie lachen musste. Das Lachen machte sie lockerer.

»Hören Sie auf, mit mir zu flirten. Ich ziehe das Sofa im Wohnzimmer aus, dort können Sie übernachten. Und morgen früh sehen wir uns das Madison-Haus an. Danach können Sie Greenbriar verlassen.«

»Emily, ich gehe, wann immer Sie es wünschen. Ich wollte mich Ihnen nie aufdrängen.«

»Schluss damit«, schrie sie beinahe. »Wenn Sie nicht aufhören, sich wie ein Heiliger aufzurühren, werde ich ...«

»Ich bin kein Heiliger, Emily.« Seine Augen funkelten. »Ich bin ein ...« Er brach ab und grinste. »Ich bin ein sehr müder Mann. Macht ihr Sterblichen nicht irgendetwas mit einer Couch, bevor ihr darauf schlaft?«

Als Emily ein Laken und einen Deckenbezug holte, fragte sie sich erneut, was, zum Teufel, sie eigentlich machte.

Sie wachte auf, weil eine Hand ihren Kopf berührte, und instinktiv schmiegte sie sich an diese Hand. Sie öffnete ihre Augen einen kleinen Spalt und sah einen hübschen, dunkelhaarigen Mann mit riesigen Flügeln. »Michael«, flüsterte sie und lächelte, als sie seinen Kuss neben ihren Lippen spürte. »Heißen *alle* Engel Michael?«, murmelte sie verschlafen.

Sie brauchte einen Moment, um wach zu werden, aber dann richtete sie sich abrupt auf und stieß sich ihren Kopf an seinem, als er sich aufs Bett setzte.

»Was bilden Sie sich ein? Was tun Sie hier?«, fauchte sie ihn an.

»Ich bin hergekommen, um Sie zu wecken, und als ich Sie daliegen sah – Sie sehen wunderschön aus im Schlaf ...« Seine Augen waren weit aufgerissen. »Emily, ich glaube, ich habe gerade einer Versuchung nachgegeben.«

Er war so schockiert, dass sie ein Lachen nicht unterdrücken konnte. Es war noch zu früh am Morgen, um ärgerlich zu sein. »Gab es nicht schon einmal einen Engel, der das getan hat? Und hat man ihn nicht aus dem Sie-wissen-schon verjagt?«

»Emily, darüber macht man keine Witze. Es ist mir verboten, Versuchungen nachzugeben. Ich ... ich könnte Schwierigkeiten bekommen.«

Emily freute sich diebisch über seine entsetzte Miene und die angstvollen Worte. Welche Frau träumte nicht davon, so verführerisch zu sein, dass sie einen gut aussehenden Mann zu einer Sünde verleiten konnte? »Oh, gut.« Sie setzte sich auf und streckte sich – sie wusste, dass sich ihr Nachthemd bei dieser Bewegung eng an ihre Brüste schmiegte.

Michael zog eine Augenbraue hoch. »Ich glaube, Ihnen ist ein böser Dämon hierher gefolgt, und er hat gerade Besitz von Ihrer Seele ergriffen. Sind Sie nicht eine verheiratete Frau?«

»Eine verlobte«, verbesserte sie ihn hastig. »Das ist alles.«

Als sie merkte, dass er sie beinahe so weit gebracht hatte, Donald zu verleugnen, warf sie mit dem Kissen nach ihm. »Raus hier! Ich muss duschen und mich anziehen.«

Sein Gesicht blieb ernst. »Es ist nicht nötig, mich aus dem Zimmer zu werfen, da ich Sie schon oft unter der Dusche gesehen habe. Am besten gefällt mir, wenn Sie Ihre Beine mit Lotion einreiben. Und was ist das für ein kleines rosafarbenes Ding, mit dem Sie ihr rundes, kleines ...«

»Raus! Verschwinden Sie, bevor ich Sie bei der Polizei anzeige, weil Sie ein Spanner sind.«

Michael blieb an der Tür stehen. »Ich hatte mal einen Spanner als Schützling. Soll ich Ihnen von ihm erzählen, während Sie unter der Dusche sind?« Er konnte gerade noch die Tür hinter sich zuziehen, ehe das nächste Kissen auf ihn zuflog. Sie hörte ihn noch lachen, als er längst auf dem Weg in die Küche war.

Unter der Dusche machte sie sich ernsthaft Gedanken darüber, was sie mit diesem Mann tun sollte. Wenn sie auf die letzten Tage zurückblickte, erschien es ihr, als hätte sie sich bemüht, ihn loszuwerden. Oder nicht? Aber jedes Mal, wenn sie versuchte wegzukommen, hielt sie irgendeine Kraft zurück.

Ich sollte Donald anrufen und ihn fragen, was ich tun soll, überlegte sie, aber sie konnte sich seinen Zorn nur zu gut vorstellen. »Du hast einen der zehn meistgesuchten Verbrecher in deiner Wohnung aufgenommen, Emily? Das FBI fahndet überall nach diesem Mann, und du willst mit ihm in ein Spukhaus gehen? Wie bitte? Du sagst, er ist ein Engel und beschützt dich seit Jahrhunderten? Oh, wenn das so ist, verstehe ich natürlich alles.«

Nein, Donald würde keinerlei Verständnis aufbringen. Und das zu Recht, oder?

Aber was sollte sie mit diesem Mann machen? Ihn auf die Straße schicken und darauf warten, dass ihn jemand der Polizei meldete? Bestimmt war eine hohe Belohnung auf ihn ausgesetzt, die jeder gern einheimsen würde. Aber sie konnte sich ja nicht gut weiterhin morgens von seinen Küssen wecken lassen.

Sie hatte die Stimme ihrer Mutter im Ohr: »Emily, triff ausnahmsweise einmal eine Entscheidung mit dem Kopf, nicht mit dem Herzen.« Einen umherirrenden

Mann bei sich aufzunehmen war sicherlich eine Entscheidung, die sie nur mit dem Herzen getroffen hatte.

Andererseits wollte sie alles, was sie konnte, über das Madison-Haus herausfinden. Spukte es dort tatsächlich, oder bildeten sich das die Leute nur ein? Und wenn es spukte, wessen Geist fand keine Ruhe? Und was war aus dem Leichnam von Captain Madison geworden, der wegen Mordes hingerichtet worden war?

Sie drehte die Dusche ab, trat aus der Kabine und nahm ein Handtuch. Woher sollte ein vom FBI gesuchter Mann wissen, ob es Gespenster in einem Haus gab oder nicht?, dachte sie gereizt. Nur wenn sie ihm abnahm, dass er ein Engel war, konnte sie glauben ...

Sie frottierte sich das Haar und griff nach dem Fön. Michael Chamberlain war *kein* Engel. Er hatte lediglich hellseherische Fähigkeiten und war sehr geschickt, wenn es galt, den Leuten etwas einzureden.

Trotzdem dachte sie, als sie Lipgloss auflegte, daran, dass es gut wäre, in Begleitung und nicht allein ins Madison-Haus zu gehen. Donald hatte sie nur ausgelacht, als sie ihm einen entsprechenden Vorschlag gemacht hatte, und ihre Freundinnen hatten sich schlichtweg geweigert. Daran war sie selbst schuld, weil sie erzählt hatte, was bei ihrem ersten Besuch vorgefallen war.

Sie nahm sich vor, mit Michael zu dem Haus zu gehen und sich dann etwas auszudenken, wie sie ihn wegschicken konnte – heute Abend. Sie konnte sagen, dass sie ihre Ruhe brauchte, weil sie morgen wieder arbeiten musste, und dass er ohnehin nicht tagsüber allein in ihrer Wohnung bleiben konnte.

Sie fühlte sich besser, weil sie endlich zu einem vernünftigen Entschluss gekommen war, und ging beschwingt ins Schlafzimmer, um eine Jeans und einen leichten Pullover aus dem Schrank zu holen. Ganz normale Sachen, dachte sie. Nur, der Pullover war bei der Wäsche eingegangen und ein kleines bisschen zu eng, und die Jeans hatte einen Riss an der Kehrseite. Vor Jahren war sie an einem Nagel hängen geblieben, und seither lag die Jeans in der hintersten Ecke des Schranks. Donald mochte es nicht, wenn sie Jeans trug, und schon gar keine mit einem sieben Zentimeter langen Riss am Po. Sie war unsicher in diesem Aufzug und überlegte, ob sie nicht doch etwas anderes, was ihrem Alter mehr entsprach, anziehen sollte, als sie die Tür öffnete. Sie blieb wie angewurzelt stehen. Ihre schöne, saubere Küche sah aus, als wäre der Kühlschrank explodiert. Überall lag etwas herum, Dosen waren halb geöffnet, der Eierkarton war umgefallen, das Eigelb floss auf den Boden. Auf einer Herdplatte stand eine rauchende Pfanne mit verkohltem Inhalt. In dem Moment, in dem Emily das Chaos bemerkte, ging der Rauchalarm los.

»Es sieht so einfach aus, wenn Sie das machen«, schrie Michael, der mitten in dem Durcheinander stand und sie verblüfft ansah. »Kommt jetzt die Polizei?«

Emily lief zur Besenkammer, schnappte sich einen Besen und schaltete damit den Alarm aus.

»Emily, Sie sind so hübsch, wenn Sie wütend sind«, sagte Michael, der auf dem Beifahrersitz saß.

»Das ist die älteste Anmache der Welt«, gab sie zurück. »Und *Sie* werden die Küche wieder sauber machen.«

»Sehr gern.« Er grinste. »Vielleicht bringen Sie mir das Kochen bei.«

»So lange werden Sie nicht mehr hier sein. Genau genommen müssen Sie heute Abend schon weg.«

»Ja, natürlich. Vielleicht nehme ich ein Flugzeug. Es ist vielleicht ganz hübsch, in einem dieser Dinger zu fliegen.«

»Wohin möchten Sie gehen?«, erkundigte sie sich, ohne vorher nachzudenken.

Er betrachtete sie mit blitzenden Augen. »Ich weiß nicht. Wohin würden *Sie* wollen?«

Sie öffnete den Mund, um »Paris« zu sagen, warf aber gerade noch rechtzeitig einen kurzen Blick auf ihn. »*Donald* und ich wollen in den Rockies campen.«

»Wirklich? Das ist interessant. Ich hätte eigentlich gedacht, Sie sind eher der Museumstyp. Ich sehe Sie in Rom, nein, warten Sie – in Paris.«

Emily enthielt sich jeden Kommentars und sah starr auf die Straße. »Da ist es«, sagte sie und deutete mit dem Kinn auf das alte Haus auf dem Hügel.

Das 1830 erbaute Gebäude war riesig und verschachtelt, und Emily dachte oft, dass die Leute nur behaupteten, es würde dort spuken, weil es seit vielen Jahren vernachlässigt und dem Verfall überlassen wurde. Beinahe alle Fensterscheiben waren zerbrochen, und das Dach hatte hier und dort Löcher. Die Stadt war Eigentümerin des Hauses, konnte sich aber den Unterhalt nicht leisten und machte sich daher auch nicht die Mühe, wenigstens das Notwendigste reparieren zu lassen.

»Hübsches Haus«, sagte Michael. »Aber Sie haben immer schon große Häuser gemocht, nicht wahr? Hab' ich Ihnen schon von der Zeit erzählt, als Sie eine der Zofen dieser Königin waren?«

Sie hatte *nicht* vor, sich diesen Unsinn anzuhören oder ihn gar zu glauben.

»Es war die mit den roten Haaren und dem großen ...« Er fuhr sich rund um den Hals.

»Halskrause?«

»Spitzen. Oh, sie liebte Perlen. Und Sie liebten sie. Sie war sehr gut zu den Frauen, die in ihren Diensten standen – das heißt, solange sie nicht gegen ihren Willen heirateten. Sie dachte, wenn sie selbst mit dem Land verheiratet war, sollten alle anderen Ladys ihrem Beispiel folgen.«

»Elizabeth«, sagte Emily leise, als sie vor dem Haus stehen blieb. »Sie sprechen von Queen Elizabeth I., oder?«

»Wahrscheinlich. Es ist schwierig, die Eine von der Anderen zu unterscheiden. Ich erinnere mich, dass Sie die Häuser mochten, in denen sie lebte.«

Als sie den Zündschlüssel aus dem Schloss zog, sah sie, dass Michaels Augen funkelten. Er wusste also, wie sehr sie sich für all das, was er sagte, interessierte. Es war natürlich nicht möglich ... oder hatte er tatsächlich den Hof von Elizabeth I. *gesehen?* Wenn ja, dann könnte er vielleicht ein paar Fragen beantworten, die die Historiker seit Jahrhunderten quälten.

»Sie versuchen wieder, mich vom Eigentlichen abzulenken«, beschwerte sie sich.

»Nein, Emily, ich bin nur ...« Er beendete den Satz nicht. Sie fragte sich, was er sagen wollte, und wartete, aber er schwieg.

Emily stieg aus dem Wagen und schaute zum Haus. Überall standen Schilder mit der Aufschrift »Betreten verboten«, und die kaputten Fenster im Erdgeschoss waren mit Brettern vernagelt, aber das alles hielt sie nicht zurück.

Als Michael neben sie trat, bemühte sie sich, sich so

geschäftsmäßig wie möglich zu geben. »Ich möchte, dass Sie durch das Haus gehen und Ihre ... Ihre Fähigkeiten nutzen. Erzählen Sie mir, was Sie fühlen. In diesem Haus sind furchtbare Dinge geschehen, und ich glaube, da drin gibt es starke Schwingungen. Ich hoffe, Sie spüren sie deutlich genug, um mir zu sagen, was das ist.«

»Ich verstehe«, erwiderte er ebenso ernst. »Ist es mir gestattet, mit diesen Schwingungen zu *sprechen*?«

Er machte sich lustig über sie, das war ihr klar. »Sie können mit ihnen fortlaufen, dann könnt ihr meinetwegen bis ans Ende aller Tage glücklich zusammen leben«, erklärte sie liebenswürdig.

Michael kicherte und ging voran zum Eingang. Emily wäre beinahe auf eine vermoderte Holzdiele getreten, aber Michael fasste nach ihrem Arm und zog sie von der gefährlichen Stelle weg.

Emily holte einen großen Schlüssel aus der Tasche und steckte ihn in das rostige Türschloss. »Ich weiß nicht, wieso man sich überhaupt die Mühe macht abzuschließen. Hier geht sowieso niemand hinein. Nur die Kinder kommen nah genug heran, um Steine durch die Fenster zu werfen, aber sonst wagt sich kein Mensch hierher.«

»Angst vor Gespenstern, wie?«, sagte Michael. Er schien sich über die Menschen, ihre Schwächen und die Furcht vor dem, was sie nicht sehen konnten, zu amüsieren.

»Wir sind nicht alle so aufgeklärt wie Sie.« Sie drückte mit der Schulter gegen die Tür. »Wir haben nicht Ihre Wahrnehmungskraft, aber das ist noch lange kein Grund ...« Sie stieß zum dritten Mal zu, aber diesmal streckte Michael die Hand aus und legte sie über ihrem

Kopf an die Tür – sie schwang leicht und geräuschlos auf.

Unglücklicherweise hatte sich Emily bereitgemacht, mit Wucht zu schieben, und als der Widerstand plötzlich wich, geriet sie ins Taumeln und wäre beinahe der Länge nach in der Eingangshalle hingeschlagen, wenn Michael sie nicht abgefangen hätte. »Sie hätten mich warnen können«, brummte sie, als sie sich den Staub vom Pullover klopfte, der mit der Wand in Berührung gekommen war. »Und warum haben Sie tatenlos zugesehen, wie ich mir beinahe den Arm zerquetscht habe, ehe Sie mit Ihrem kleinen Zauberkunststück die Tür geöffnet haben?«

Sie sah zu Michael auf und war überrascht von seinem Ausdruck. Echte Angst zeichnete sein Gesicht, während er sich langsam in der großen Eingangshalle umsah.

»Emily«, sagte er leise, »hören Sie mir ganz genau zu. Ich möchte, dass Sie dieses Haus verlassen, und zwar *sofort*.«

»Was ist los?«, fragte sie, ohne den Blick von ihm zu wenden. Michael standen buchstäblich die Haare zu Berge.

»Stellen Sie keine Fragen, *gehen* Sie einfach.«

»Nicht, bevor ich nicht weiß, was vor sich geht«, gab sie entschlossen zurück und stemmte die Hände in die Hüften. Immerhin war es *ihr* Spukhaus.

»Dieser Geist ist *sehr* erdverbunden, deshalb hat er physische Kräfte. Er hat vor, diesen Körper zu töten.« Michael schob Emily zur Tür.

Sie brauchte einen Augenblick, bis sie die Bedeutung seiner Worte verstand. »Heißt das, er will *Sie* töten?«

Er machte sich nicht die Mühe, ihr zu antworten, sondern drängte sie durch die Tür ins Freie. »Nur Gott kann einen Geist vernichten. Körper sind ...«

Mehr bekam sie nicht mit, weil die Tür, die sich normalerweise so schwer öffnen und schließen ließ, ins Schloss fiel.

Emily versuchte, sie wieder aufzudrücken, aber sie war verschlossen. Sie probierte es mit dem Schlüssel, doch der passte nicht mehr ins Schloss. »Michael!«, schrie sie und hämmerte an die Tür. »Lassen Sie mich sofort rein!« Keine Reaktion. Sie hörte nicht den geringsten Laut. Sie lief zu einem Fenster, um durch einen Spalt zwischen den Brettern zu spähen, aber sie sah nicht einmal einen Schatten.

In diesem Moment vernahm sie Geräusche. Ihr stockte der Atem, als sie hörte, wie anscheinend etwas durch die Luft flog und mit einem dumpfen Knall auf dem Holzboden aufschlug. Sie überlegte fieberhaft, was sie tun sollte. Den Sheriff alarmieren – und ihm sagen, dass ein Gespenst einen Engel angriff und dass er schnell kommen und etwas unternehmen musste? Was zum Beispiel?, dachte sie. Und wenn der Sheriff Michael sah, würde er nicht augenblicklich das FBI einschalten?

Emily ging zurück zur Tür, um mit Fäusten darauf einzuschlagen, doch schon nach dem ersten Pochen ging sie auf. Mit wild klopfendem Herzen wagte sich Emily in die düstere Halle.

Niemand war zu sehen, und das ganze Haus war mucksmäuschenstill. Sie sah sich vorsichtig um und hätte beinahe einen Schrei ausgestoßen, als sie an die Säbel stieß, die in den Bodendielen steckten. Die Klingenspitzen waren etwa fünf Zentimeter in das Holz eingedrungen. Die Griffe schwangen leicht hin und her.

Emily streckte die Hand aus und berührte einen der Säbel. Der Mann, der seinerzeit wegen Mordes gehängt worden war, hatte als Captain in der US-Kavallerie gedient.

Emily kreischte in Panik: »Michael!«, und rannte die Treppe hinauf.

Ohne nachzudenken, wer oder was diese Säbel durch die Luft geschleudert haben mochte, stürmte Emily durchs Haus und riss die Türen zu den Zimmern und Kammern auf. Vor Jahren hatte sie eine Kopie der Baupläne von dem noch immer existierenden Architekturbüro erworben, das seinerzeit das Haus entworfen hatte. Sie hatte die Pläne studiert, bis sie sich blind in dem Gebäude zurechtgefunden hätte.

»Michael, wo sind Sie?«, schrie sie. Ihre Stimme hallte durch die leeren Räume, und mit einem Mal fühlte sie sich nicht mehr so allein und fürchtete sich kaum mehr vor dem, was sie um sich herum spürte.

Erst als sie im zweiten Stockwerk, der obersten Etage des Hauses, ankam, wurde ihr bewusst, dass sie einer Hysterie nahe war. Hatte sich Michael so plötzlich aus dem Staub gemacht, wie er in ihr Leben getreten war?

Als eine starke Hand aus dem Nichts kam und sich fest auf ihren Mund legte, während sich ein Arm um ihre Taille schlang, trat Emily um sich und wehrte sich mit aller Macht.

»Au!«, flüsterte Michael ihr ins Ohr. »Hören Sie auf damit. Ihre Schuhe sind hart – das tut weh!«

Sie biss ihm in die Hand, und als er sie losließ, wirbelte sie wütend zu ihm herum. »Wo sind Sie gewesen?«, wollte sie wissen. »Ich habe Sie im ganzen Haus gesucht. Sie hätten mir antworten können und ...«

Michael fasste sie an der Hand, lief los und zerrte sie hinter sich her. »Kommt man noch weiter hinauf – gibt es ein ...? Ich kenne das Wort dafür nicht.«

»Dachboden. Ja, dort. In diesem Raum befindet sich ein Schrank mit einer versteckten Treppe. Captain Madison tat sehr geheimnisvoll, wenn es um den Dachboden ging.«

»Erwähnen Sie nie mehr seinen Namen«, versetzte Michael grimmig und rannte, mit ihr im Schlepptau, in das Zimmer. Er riss eine halb von der Holzvertäfelung verborgene Tür auf. »Stimmt es, dass dort ein Ausgang ist? Ich fühle, dass dies hier kein abgeschlossener Raum sein kann.«

»Ja. Der Captain hatte einen Geheimgang, aber ich weiß nicht, ob der nach all den Jahren nicht baufällig ist. Das Haus verrottet allmählich.«

»Der Geist und Verstand dieses Mannes ist verrottet«, gab Michael verhalten zurück, als sie die Treppe zum Dachboden hinaufstiegen.

»Lieber Himmel«, sagte Emily und sah sich um. Hier oben war sie noch nie gewesen. Überall standen Truhen, alte Schränke und andere Dinge, die sie sich sehr gern genauer angeschaut hätte.

»Daran dürfen Sie nicht einmal denken«, sagte Michael und ergriff wieder ihre Hand. »Wo ist der Ausgang? Wir müssen weg von hier.«

Emily musste sich konzentrieren, aber es fiel ihr sehr schwer. An einer Wand stand eine Glasvitrine mit alten Büchern. Was waren das für Schätze? Seltene Exemplare? Von den Autoren signierte Erstausgaben? Vielleicht sogar Originalhandschriften von klassischen Romanen? Oder ...

»Emily!«, rief Michael scharf. »Wo ist der Ausgang?«

Sie zwinkerte ein paar Mal, um in die Wirklichkeit zurückzufinden. »Da, glaube ich – unter den Dachtraufen. Aber der Geheimgang ist ganz bestimmt gefährlich. Vielleicht sollten wir ...« Sie schielte wieder sehnsüchtig zu den Büchern hin.

»Was? Hier bleiben und aufgespießt werden?«

Sie blieb im Hintergrund, während Michael die Wand abtastete, um die Tür oder einen Riegel zu finden. »Da ist es«, sagte er und drückte die Luke einfach mit der Hand auf, weil er keine Klinke finden konnte. Als er sich nach Emily umschaute, stand sie vor der Glasvitrine, ihre Hand nach dem Schloss ausgestreckt.

Michael packte sie, schob sie zu der kleinen Öffnung und drückte sie auf die Knie. »Ich gehe voran. Falls Sie zurückgehen, um sich irgendwelche materiellen Güter anzusehen, dann werde ich dafür sorgen, dass es Ihnen Leid tut«, drohte er und verschwand in dem dunklen Loch.

»Alice im Kaninchenbau«, sagte sie, dann holte sie tief Luft und kroch Michael nach.

In ihrer Nähe waren Geräusche zu hören. Emily wusste nicht, ob das das Ächzen und Knacken des alten Hauses war, oder Dinge, über die sie lieber nicht genauer nachdenken wollte.

»Würde es Ihnen etwas ausmachen, mir zu erzählen, was hier vor sich geht? Ich dachte, Sie wären ein Freund der Geister. Können Sie nicht einfach mit diesem Mann reden?«

»Tasten Sie sich mit der Hand hier entlang«, sagte er, fasste nach ihr und führte sie. Emily sah nichts, nicht einmal Michael, der direkt vor ihr war, aber er schien Licht und Dunkelheit unterscheiden zu können. »Gut so, jetzt kommen Sie. Langsam. Ja, so ist es richtig. Wir sind bald hier draußen.«

»Würden Sie mir bitte antworten?«, drängte sie ungeduldig. Sie konnte diese Stille in der Finsternis nicht ertragen; sie wollte die Gewissheit, dass er bei ihr war.

»Der Geist in dem Haus will diesen Körper töten, damit mein Geist dorthin zurückkehrt, wohin er gehört. Ich ziehe es allerdings vor, nicht zu sterben, bis ich herausgefunden habe, weshalb ich überhaupt hierher geschickt wurde.«

»Verstehe.« Seine Erklärung jagte ihr noch mehr Angst ein, deshalb versuchte sie, ihre Furcht durch Wut zu ersetzen.

»Sie sind ein Ärgernis«, fauchte sie. »Warum haben Sie keine Angst?«

»Angst wovor?«

»Vor dem Tod. Jeder fürchtet sich vor dem Tod.«

»Geben Sie Acht hier! Die Diele ist morsch. Gut. Sie machen das sehr gut, Emily. Die Menschen haben Angst vor dem Tod, weil sie nicht wissen, was danach kommt. Ich weiß es. Und es ist was ziemlich Gutes.«

»Jemand versucht Sie umzubringen, und Sie ergehen sich in spiritueller Philosophie?«, gab sie zurück.

»Kennen Sie einen besseren Zeitpunkt als diesen für ein Gebet?« Belustigung schwang in seinem Ton mit.

»Eigentlich nicht.« Sie spürte, wie die Angst die Überhand gewann. Sie hasste diesen Dachboden, dieses Herumkriechen und ...

»Adrian, wo bist du?«, fragte Michael laut, als ob er sie von ihren Gedanken ablenken wollte.

»Wer ist Adrian?«

»Mein Boss.«

»Ich dachte, Erzengel Michael ist Ihr Boss.« Eine Spinnwebe streifte ihr Gesicht, und Emily fuchtelte hysterisch durch die Luft. Michael drehte sich zu ihr um und streifte ihr sanft das klebrige Gespinst von der Wange.

»Nein«, sagte er leise, ohne die Hand von ihrem Gesicht zu nehmen. Emily spürte, wie ihre Ängste schwanden. »Erzengel Michael steht ungefähr zweihundert Ebenen über Adrian, und ich stehe zehn Ebenen unter Adrian.«

»Oh, ich verstehe«, meinte sie, aber im Grunde verstand sie gar nichts. Als sich Michael wieder umdrehte und weiterkroch, war sie wesentlich ruhiger, aber die Stille konnte sie immer noch nicht ertragen. »Was Sie da beschreiben, klingt eher wie die Hierarchie in einer Kapitalgesellschaft, nicht wie die Himmelsordnung.« Ehe er etwas erwidern konnte, fügte sie hinzu: »Und wagen Sie es bloß nicht, mir jetzt zu erzählen, dass Kapitalgesellschaftshierarchien auf der Himmelsordnung basieren. Das würde ich *nicht* glauben. *Sie* haben einen anderen Ursprung.«

»Die grundlegende Struktur ist dieselbe. Der Satan klaut Ideen.«

»Was für eine Überraschung«, versetzte sie sarkastisch.

Er kicherte. »Emily, ich werde Sie vermissen.«

»Glauben Sie, die Person, die Sie wegbringt, ist tot oder lebendig?«, flüsterte sie.

Michael kroch lachend durch eine Öffnung, und plötzlich sah sie trübes Licht. Er streckte die Hand aus und fasste nach ihrer. Wenigstens konnte sie hier aufrecht stehen und musste nicht mehr auf den Knien herumrutschen. Und entweder hatte das Dämmerlicht oder Michaels Berührung ihre Angst vertrieben.

»Er ist hier«, sagte Michael und atmete erleichtert auf.

»Wer?«, fragte sie im Flüsterton. Wenn sie die Baupläne des Hauses richtig in Erinnerung hatte, dann befanden sie sich jetzt im Erdgeschoss in einem geheimen Raum neben Captain Madisons Arbeitszimmer. Der Raum war kleiner als ein moderner begehbarer Schrank, und die Tür im Arbeitszimmer war so getarnt, dass sie niemandem auffiel.

»Adrian ist hier«, sagte Michael lächelnd. »Er hat keinen Körper, den dieser irdische Geist bedrohen könnte, deshalb braucht er keine Angst zu haben. Adrian wird den Mann beruhigen, und Sie sind in Sicherheit.«

Sie wollte gar nicht daran denken, wie wenig Wert Michael auf sein Leben legte, während er ständig an ihres zu denken schien. »Haben Sie versucht, die Tür zu öffnen?«, erkundigte sie sich und streckte die Hand danach aus.

Doch er hielt ihre Hand fest. »Noch nicht. Es ist nicht der richtige Zeitpunkt«, sagte er ruhig.

Er klang eigenartig, aber Emily wollte lieber nicht darauf eingehen. Es war besser, Scherze zu machen, so konnte sie wenigstens ihre Angst unter Kontrolle halten. »Großartig, ich sitze in einer Kammer fest, zusammen mit einem Engel, der in den Körper eines Mörders geschlüpft ist, und andere Engel versuchen da draußen ein wütendes Gespenst zu beschwichtigen. So ist es doch?«

»Sie waren immer ein kluges Kind, Emily. Klug und schön. Emily ...«

Seine Stimme war so ernst, dass sie zu ihm aufsah. Er war ihr so nah, dass sie seine Wärme spürte. Ihr Herz klopfte ziemlich schnell, aber sie redete sich ein, dass das an der beängstigenden Situation lag und nicht an seiner Gegenwart. »Dieser Körper und dein Körper ... ich fühle mich seltsam«, murmelte er. »Ich möchte meine Lippen auf deinen Hals drücken. Dieser Kuss erscheint mir im Augenblick so lebensnotwendig wie das Atmen. Darf ich?«

»Nein, selbstverständlich nicht«, sagte sie, wandte sich jedoch gleichzeitig ihm zu und hob ihr Kinn, um ihm Zugang zu ihrem Hals zu gewähren.

Seine Lippen berührten ihren Hals, und Emily war sicher, noch nie etwas so Göttliches gespürt zu haben. Er war so zärtlich und doch leidenschaftlich. Unwillkürlich schlang sie die Arme um seine Taille und zog ihn näher an sich, dann drehte sie ihr Gesicht so, dass sein Mund den ihren fand.

In der nächsten Sekunde flog die Tür auf, und grelles Licht flutete in die Kammer und blendete Emily. Sie zwinkerte. Sie sah keine Menschenseele im angrenzenden Raum.

Michael war blass geworden. »Ich bin auf dem Fluss ohne Peitsche«, murmelte er.

»Paddel«, korrigierte sie ihn mit gepresster Stimme. Ihr wurden die Knie so schwach, dass sie kaum noch stehen konnte, als Michael sie losließ.

Michael stand fast wie ein Soldat in Hab-Acht-Stellung da und schien jemandem zuzuhören. Aber Emily entdeckte weit und breit niemanden.

Nach einer Weile wandte er sich ihr zu. »Emily, bleib hier. Das wird keine angenehme Sache. Adrian ist in schrecklicher Stimmung.« Mit diesen Worten schloss er die Tür hinter sich und ließ sie allein in der düsteren Kammer zurück.

Sie hörte Michaels Stimme im anderen Raum, und obwohl sie kein Wort verstand, so war sein Tonfall doch ganz anders als sonst und zeugte von Verehrung und tiefstem Respekt. Er klang wie ein Soldat, der von seinem Vorgesetzten abgekanzelt wurde.

Emily erholte sich langsam – ob von Michaels Kuss oder der Tortur im Geheimgang, wollte sie lieber nicht wissen. Stattdessen ergriff die Neugier von ihr Besitz. Natürlich konnte es nicht sein, aber vielleicht wurde auf der anderen Seite der Tür doch ein Engel von einem anderen scharf zurechtgewiesen, und wenn das so war, sollte sie möglichst nichts verpassen.

Vorsichtig öffnete sie die Tür einen Spalt und sah Michael mit gesenktem Kopf mitten im Raum stehen. Er nickte.

»Es ist der Körper«, sagte er betreten. »Ich habe offensichtlich keine Kontrolle über ihn ... Ja, ich verstehe. Aber sie ist so schön, dass ich ihr kaum widerstehen kann.«

Emily lächelte. Man hatte ihr oft gesagt, sie sei süß und auf eine angenehme Art hübsch, aber so wie dieser Mann von ihrer Schönheit sprach, glaubte sie ihm beinahe.

»Und ihr Geist *ist* schön!«, rief Michael leidenschaftlich, als müsste er ihre Ehre verteidigen, und Emilys Lächeln wurde noch breiter, während er schwieg und wieder lauschte. »Du weißt nicht, warum man mich hierher geschickt hat, oder?«, fragte Michael die unsichtbare Person. Er nickte und machte immer wieder: »Mhmm, mhmm ...« Nach ein paar Minuten drehte er den Kopf ein wenig in Emilys Richtung und erklärte: »Er sagt, dass er keine Vermutungen anstellen würde, was im Kopf eines Erzengels vor sich geht, doch er ist überzeugt, dass meine Mission bestimmt keine Küsse und Liebkosungen mit einschließt.« Er zwinkerte Emily zu. »Bist du bereit zu gehen? Dieser Körper ist hungrig.«

»Aber was ist mit ...?«

Michael ließ ihr keine Zeit und zog sie aus dem Haus heraus zum Auto.

Emily räumte die Küche auf und schrubbte das angetrocknete Eigelb von der Schrankfront und vom Boden, während Michael auf einem Stuhl an ihrer kleinen Bar hockte und nachdachte.

Auf der Rückfahrt zu ihrer Wohnung war er ziemlich wortkarg gewesen, und es war nicht zu übersehen, dass er sich mit etwas quälte. Es hatte sie einige Mühe gekostet, die Ursache seiner Sorgen aus ihm herauszubekommen.

»Ich muss herausfinden, weshalb ich hier bin«, hatte er gesagt. »Nach allem, was heute geschehen ist, könnte ich abberufen werden, bevor ich erfahre, welche Mission ich erfüllen sollte. Ich fühle mich wie ein Sterblicher zu dir hingezogen, Emily, und ich lasse es zu, dass mich das von der Erforschung und Ausführung meiner Aufgabe ablenkt.«

Emily wusste darauf keine Antwort und erst recht keinen Rat. Er schien das Grauen, das sie in dem Spukhaus erlebt hatten, spielend überwunden zu haben, während sie immer noch zitterte. Auf einem Dachboden und durch Geheimgänge zu kriechen entsprach nicht ihrer Vorstellung von Spaß. Aber Michael beschäftigte sich nur mit der Frage, warum er hier auf Erden war.

»Was hast du für morgen geplant?«, fragte er sie, als sie Sandwiches für einen späten Lunch zubereitete.

»Ich gehe zur Arbeit. Erinnerst du dich an die Bibliothek? Dort wird das reinste Chaos herrschen, und ich muss ...«

»Ich begleite dich.«

»Nein, das tust du nicht. Kommt gar nicht in Frage. Du könntest gesehen werden.

»Zu hässlich?« Er versuchte zu scherzen, aber seine Augen blieben ernst.

»Nein, zu gefährlich. Man würde dich erkennen.«

»Und wenn mich jemand sieht, was könnte er tun – mich töten?«

»Ich wünschte wirklich, du würdest nicht so leichtfertig über so etwas Ernstes sprechen.«

»An meinem Tod wäre nur eines ernst – wenn er eintreten würde, ehe ich meine Aufgabe hier erfüllt habe, welche immer das auch sein mag.«

»Du glaubst also nicht, dass deine Mission etwas mit den Vorfällen im Madison-Haus zu tun hat?«

»Ich bin nicht sicher. Könnte sein, aber ...« Er sah auf. »Ich denke einfach, dass ich es wissen werde, sobald ich damit konfrontiert bin. Ich mache mir Sorgen, dass ...« Er schaute auf seine Hände und schien den Satz nicht beenden zu wollen.

»Weswegen machst du dir Sorgen?«, hakte sie leichthin nach, obwohl sie wusste, dass er sich ernsthaft Gedanken machte.

Er richtete den Blick auf sie – seine Augen wirkten sanft. »Die Wahrheit ist, dass ich als Schutzengel nicht sehr gut bin. Ich neige dazu, einige meiner Schützlinge bevorzugt zu behandeln – ich mag manche Menschen, andere mag ich nicht. Wir alle streben danach, wie Gott zu sein. Er liebt alle. Wirklich. Es spielt keine Rolle, wer

sie sind oder was sie getan haben – Gott liebt sie alle.«
Michael atmete tief durch. »Wir bemühen uns, wie er zu sein, aber ich bin weit davon entfernt. Ich habe den Hang, mich in die Angelegenheiten einzumischen.«

»Und wie stellst du das an?«

»Ich warne meine Lieblinge vor Gefahren und dergleichen.«

»Zum Beispiel kitzelst du jemanden an der Nase, wenn Unheil droht, stimmt's?«

»Genau. Ich nehme an, das wäre ganz in Ordnung, wenn ich es bei allen meinen Schützlingen machen würde. Aber das gelingt mir anscheinend nicht. Ich habe da zum Beispiel diesen Geist, der wirklich böse ist. Egoistisch und selbstsüchtig; eben böse. Er ermordet und verprügelt Menschen und quält Kinder.«

»Aber du solltest ihn lieben.«

»Ja, genau. Adrian behandelt *seine* Schützlinge alle gleich. Aber ich ...« Er sah sie niedergeschlagen an.

»Was hast du mit diesem *bösen Geist* gemacht?«

Michael zog eine Grimasse. »Ich habe dafür gesorgt, dass er festgenommen wird. In jeder seiner Lebensspannen flüstere ich jemandem ins Ohr, wo er sich aufhält, dann verhaften sie ihn und sperren ihn ein. Wenn er entkommt, stelle ich sicher, dass er wieder eingefangen wird. In einem Leben habe ich ihn zwanzig Jahre im Gefängnis schmoren lassen, weil er einen Löffel gestohlen hatte, denn ich wusste, was er tun würde, wenn er wieder freikommt. Als er entlassen wurde, verleitete ich ihn dazu, eine Melone zu klauen, und er wurde wieder eingesperrt.«

»Ja, du bist ein *schrecklicher* Engel«, sagte sie und konnte sich ein Lachen kaum verkneifen.

»Das ist nicht lustig. Gott hat euch Sterblichen einen freien Willen gegeben, und ich sollte diesen Willen nicht beeinflussen. Adrian würde mir klarmachen, dass sich der Mann hätte ändern *können*. Aber als ich ihn ins Gefängnis steckte, verwehrte ich ihm die Chance, es zu tun. Aber, Emily, wenn man jemanden beobachtet, der über dreihundert Jahre lang nur Böses tut und schlecht ist, denkt man: Der wird sich nicht ändern – niemals!«

Emily hatte keine Lösung für sein Problem parat. Sie hätte ihm nur beipflichten können. Aber sie wusste schließlich auch nicht, was es hieß, ein Engel zu sein. Natürlich war Michael kein Engel, fügte sie im Stillen hinzu.

»Senf oder Mayonnaise?«, fragte sie.

»Was ist das?« Sie erklärte es ihm und lenkte ihn so von seinen trüben Gedanken ab.

KAPITEL 9

Am nächsten Morgen, als Emily zur Bibliothek ging, dachte sie daran, dass sie Michael hätte wegschicken müssen. Sie hatte es nicht getan. Irgendwie gelang es ihm immer wieder, sie von ihren besten Absichten abzubringen.

Am gestrigen Abend hatte er sie gebeten, ihm zu zeigen, was die amerikanischen Männer mit den Spießen und dem Fleisch machten. Im ersten Moment stellte sie sich Schwerter vor und Lämmer, die in alten Zeiten zum Opferaltar geführt wurden, und war fast enttäuscht, als sie begriff, dass er von Steaks und einem Grill sprach. Zwischen ihrer und Donalds Wohnung befand sich eine kleine Holzterrasse, dort stand ein Grill. Emily holte die Holzkohle und Spiritus, erklärte ihm, was er machen musste und lief selbst zum Metzger, um Steaks zu kaufen. Sie rechnete damit, dass das Haus bis auf die Grundmauern abgebrannt sein würde, wenn sie zurückkam, aber sie erlebte eine angenehme Überraschung. Die Kohlen glühten, wie es sein musste, und Michael war so zufrieden mit sich selbst, dass er beinahe einen Meter über dem Boden geschwebt hätte. »Soll ich? Ich kann das, weißt du«, sagte er, und sie musste lachen.

Nach dem Abendessen wollte er tanzen lernen, und zwar so, »wie er es sie früher hatte tun sehen«. Es dauerte eine Weile, bis ihr klar wurde, dass er einen Walzer meinte, den sie im edwardianischen Zeitalter getanzt haben mochte. Sie glaubte zwar keineswegs an Reinkarnation, aber die Bewegung beim Walzer fiel ihr nicht schwer. Während sie und Michael durch den Raum wirbelten, erzählte er ihr von einem Ball, zu dem sie in einem silbernen Kleid und Diamanten in den Haaren gegangen war.

»Du warst die schönste Frau auf diesem Ball«, sagte er, »und kein Mann konnte die Augen von dir wenden.«

»Sogar mein Ehemann?«, witzelte sie, doch Michael wandte sich ab, ohne ihr zu antworten. Und sie stellte keine weiteren Fragen mehr – der Himmel wusste, was ihr in einer Zeit vor der modernen Medizin widerfahren war.

Ob sie nun wahr waren oder nicht, die Geschichten, die er spann, brachten sie dazu, sich ihr Leben in einer anderen Zeit und an einem anderen Ort vorzustellen. Sie sah die Kerzen, roch das Parfum, hörte das leise Lachen der anderen Tänzer. Sie spürte fast, wie das Korsett ihre Taille einschnürte und der lange, mit Tausenden von winzigen Silberglasperlen bestickte Rock um ihre Beine schwang.

Als die Musik zu Ende war und Michael seine Hand zurückzog, verblasste die Vision, und Emily hätte sich beinahe in seine Arme geworfen, nur um sich wieder ihren Träumen hingeben zu können.

Es war Michael, der sagte: »Ich denke, wir sollten uns

eine gute Nacht wünschen und voneinander Abstand halten. Schlaf gut, Emily.« Er wandte sich abrupt ab und ließ sie allein unter den hellen modernen Lampen stehen. Kein Kerzenschein mehr, keine ausgeschnittenen, glitzernden Abendkleider mehr.

Erst als sie sich in ihr Schlafzimmer eingeschlossen hatte, redete sie sich selbst ins Gewissen. Sie *musste* sich mehr beherrschen. »Distanz wahren«, sagte sie laut. Abstand halten, und morgen vielleicht Donald anrufen, auch wenn er es nicht mochte, wenn man ihn unter der Woche störte, es sei denn, es lag ein Notfall vor. Aber das hier ist doch ein Notfall, oder?, dachte sie, als sie unter die Decke schlüpfte.

Jetzt, auf dem Weg zur Bibliothek, nachdem sie sich um fünf Uhr morgens aus der Wohnung geschlichen hatte, versicherte sie sich selbst, dass sie kein Feigling war. Sie war gegangen, als Michael noch schlief, und zwar weil eine Menge Arbeit auf sie wartete, aus keinem anderen Grund. Und die Nachricht für ihn, in der sie ihn bestimmt dazu aufforderte, den ganzen Tag die Wohnung *nicht* zu verlassen und sich nirgendwo sehen zu lassen, war nur eine vernünftige Warnung – eine Vorsichtsmaßnahme. Er wusste, dass er sich nicht in der Öffentlichkeit zeigen durfte, aber es war besser, ihn noch einmal daran zu erinnern. Und etwas Schriftliches hatte mehr Kraft als das gesprochene Wort.

Wieder musste sie an den Walzer mit Michael denken. »Vielleicht rufe ich Donald in der Mittagspause an«, murmelte sie und beschleunigte ihre Schritte.

»Und was macht die Familie, Mrs. Shirley?«, fragte Emily die hochschwangere Frau, die vor ihr am Pult in der Bibliothek stand.

»Alle sind wohlauf, bis auf den Jüngsten – er hat eine Erkältung. Und wie geht's Donald?«

»Ausgezeichnet. Er ist ...« Sie brach ab, als sie aufschaute und sah, wie Michael in die Bibliothek schlenderte.

»Emily? Ist Ihnen nicht gut?«, erkundigte sich Mrs. Shirley. »Sie sehen aus, als wäre Ihnen ein Gespenst begegnet.«

»Nein, nur ein Engel«, warf Michael ein. Er beugte sich über den Tresen und bestaunte die schwangere, erschöpfte Frau, als wäre sie die verführerischste Person, die er jemals zu Gesicht bekommen hatte.

»Liebe Güte«, flüsterte Mrs. Shirley und klimperte mit den Wimpern. »Ich glaube, wir kennen uns nicht. Ich bin Susan Shirley, und Sie sind ...«

Michael hob ihre Hand an seine Lippen und küsste die von der Hausarbeit geröteten Knöchel. »Ich bin Michael ...«, er zögerte und warf Emily einen fragenden Blick zu. Sie ahnte, dass er seinen Familiennamen vergessen hatte.

»Chamberlain«, fauchte sie und sah ihn an, als wollte sie ihn ermorden, weil er hier aufgetaucht war.

Er ignorierte sie und widmete sich ganz Mrs. Shirley. »Ja, natürlich – Chamberlain. Ich bin Emilys Cousin. Mütterlicherseits. Und ich wohne derzeit bei ihr.«

»Aber Emily, das hätten Sie uns erzählen sollen!« Mrs. Shirley machte keine Anstalten, Michael ihre Hand zu entziehen.

Emily brachte vor Wut kein Wort heraus. Cousin? Er *wohnte* bei ihr?!

»Emily, Liebes«, sagte Michael, »ist alles in Ordnung mit dir? Soll ich dir etwas zu trinken holen?«

Mrs. Shirley sah mit einem feinen Lächeln von einem Gesicht zum anderen, und Emily wusste, dass ihr Leben nie wieder so sein würde wie zuvor. Innerhalb von drei Stunden würde ganz Greenbriar wissen, dass ihr »Cousin« bei ihr *wohnte*.

»Sagen Sie, Mr. Chamberlain, sind Sie verheiratet?«

»Ja!«, bellte Emily. Das Wort blieb ihr in der Kehle stecken, und sie musste husten.

Michael beugte sich über den Tresen, um ihr auf den Rücken zu klopfen, aber nach nur einem leichten Schlag strich er zärtlich über ihre Schultern.

»Ich lebe von meiner Frau getrennt«, erklärte Michael strahlend. »Das heißt, die Scheidung läuft bereits.«

Emily, die noch immer hustete, schüttelte Michaels Hand ab und schlug ihm heftig auf den Arm.

Michael ließ Mrs. Shirley nicht aus den Augen, aber er richtete sich auf, als Emilys Hustenanfall vorbei war.

»Also, Emily«, sagte Mrs. Shirley, »ich mache mich lieber auf den Heimweg, ehe die Kinder das Haus vollkommen verwüsten. Ich muss schon sagen, es war eine angenehme Überraschung, eine echte Freude, Ihnen zu begegnen, Mr. Chamberlain.«

»Michael, bitte«, sagte er.

»Sie müssen einmal zu uns zum Abendessen kommen, damit mein Mann und ich Sie richtig kennen lernen können. Oder, nein«, setzte sie hinzu, als wäre ihr das gerade erst eingefallen, »bei einer Scheidung fühlt man sich bestimmt sehr einsam – vielleicht sollte ich Sie einigen meiner Freundinnen vorstellen.«

»Das wäre mir sehr angenehm.« Michael schnurrte beinahe wie eine Katze. »Oh, aber Sie sollten das bald machen, weil die Babys früh kommen.«

»Die Babys?«, wiederholte sie verwirrt. »O nein, es ist nur eines. Ich bin außergewöhnlich dick, dabei dauert es noch zwei Monate bis zur Geburt.«

Zu Emilys Entsetzen und Mrs. Shirleys offensichtlicher Freude legte Michael seine Hände auf den stark gewölbten, harten Bauch. »Es sind zwei Babys, ein Junge und ein Mädchen, und Ihnen bleiben nur noch fünf Wochen bis zur Niederkunft.«

»Oh«, staunte Mrs. Shirley. Sie lächelte selig, als hätte sie gerade den Segen des Papstes erhalten. »Ich glaube, ich suche meinen Arzt auf und bitte ihn um eine Ultraschalluntersuchung.«

»Ja, das wäre gut«, stimmte ihr Michael zu. »Und vergessen Sie die Einladung nicht.«

»Keine Angst«, sagte sie und ging rückwärts zur Tür, als wollte sie seinen Anblick so lange wie möglich genießen.

Sobald sie weg war, wandte sich Michael, noch immer strahlend, an Emily.

»Du bist wahnsinnig«, fauchte sie so leise, dass die Kunden in der Bibliothek nichts mitbekamen. »Weißt du, was du angerichtet hast?«

»Ich wollte deine Bibliothek einmal aus *dieser* Perspektive sehen«, erklärte er fröhlich.

Emily holte tief Luft und begann, bis zehn zu zählen. Sie kam nur bis drei, dann lehnte er sich so weit über den Tresen, dass ihre Nasen beinahe aneinander stießen. »Mrs. Shirley wird allen Frauen der Stadt von dir erzählen, und innerhalb von vierundzwanzig Stunden wird das FBI hier sein«, behauptete Emily.

»Offen gestanden«, erwiderte Michael seelenruhig, »glaube ich das nicht. Ich habe mich heute Morgen mit jemandem unterhalten und ...«

»Mit einem Toten oder einem Lebenden?«, fiel sie ihm ins Wort.

»Einer lebenden Person.«

Sie kniff die Augen leicht zusammen. »Mit oder ohne Körper?«

Michael grinste schief. »Ohne. Sie sagte, in dieser Stadt kämen zwanzig Frauen auf einen Mann und ...«

»Sie? Wer?«

»Der Geist, der das gesagt hat, ist eine Frau. Bist du eifersüchtig?«

»Nicht im mindesten. Ich möchte nur wissen, wo du dieser Frau begegnet bist und ob sie in *meiner* Wohnung herumspukt.«

»Nein, sie lebt bei deinem Schatz ... bei Donald. Sie erzählte mir, in dieser Stadt gebe es so wenige Männer, dass ich hier sicherer sei als irgendwo sonst auf diesem Planeten. Selbst die Frauen, die Männer haben, sind die meiste Zeit allein. Sie sagte, dass mich hier ganz bestimmt niemand verraten und riskieren würde, dass man mich wegbringt.«

Emily hatte nicht die Absicht, diese verzerrte Ansicht über ihre geliebte Stadt zu kommentieren. Und außerdem war eine Kundin, Anne Helmer, auf sie aufmerksam geworden und hatte sich gerade diesen Augenblick ausgesucht, um die Bücher, die sie sich ausleihen wollte, registrieren zu lassen.

Michael wollte etwas zu der Frau sagen, aber Emily bedachte ihn mit einem so finsteren Blick, dass er sich abwandte und ein Poster studierte, das für Nancy Pickards neuesten Roman warb.

Als Anne weg war, sagte Emily mit gesenkter Stimme. »Was hatte eine *Frau* in Donalds Wohnung zu suchen?«

»Ich weiß es nicht. Es erschien mir unhöflich, sie danach zu fragen.«

»Na, toll. Auch Gespenster halten sich an die Etikette«, grollte sie.

»Emily, bist du aus irgendeinem Grund wütend auf mich?«

Diese Frage – das wusste er sicherlich selbst – war so überflüssig, dass sie sich eine Antwort sparte, außerdem wollte sie sich nicht schon wieder vom Wesentlichen ablenken lassen. »Was willst du hier?«

»Ich dachte, ich könnte mir die Dokumente über das Haus ansehen, in dem wir gestern waren, und da Lillian meinte, die Bibliothek sei der Mittelpunkt der Stadt ...«

»Wer ist *Lillian*?«, rief sie so laut, dass Hattie und Sarah Somerville von ihren historischen Kriminalgeschichten, die sie gerade lasen, aufschauten. Leiser fügte sie hinzu: »Nein, sag's nicht – sie ist der körperlose Geist, der in Donalds Wohnung lebt, hab' ich recht?« Sie lächelte unecht. »Da er die ganze Woche nicht da ist, sollte sie vielleicht Miete bezahlen.«

»Sie hat keine Taschen, in denen sie Geld aufbewahren könnte, und es könnte Schwierigkeiten geben, wenn sie versucht, ein Bankkonto zu eröffnen. Du weißt ja, wie die Sterblichen auf Geister reagieren.«

»Hör auf, dich über mich lustig zu machen. Und was soll das heißen – sie hat keine Taschen?«

»Ich würde mich niemals über dich lustig machen, und Lillian hat diese Welt verlassen, als sie gerade ein Bad nahm, deshalb ...« Er zuckte mit den Schultern, plötzlich erhellte sich seine Miene. »Vielleicht könntest du ihr einen Job in der Bibliothek geben. Sie könnte bestimmt einige Leute dazu bringen, ihre Bücher fristgerecht zurückzubringen, und sie könnte den beiden Männern Gesellschaft leisten, die da drüben sitzen.«

»Schluss damit! Ich will *nichts* mehr von deinen Geschichten von nackten Gespenstern hören. Und schon gar nicht von Gespenstern in *meiner* Bibliothek.«

»Sicher? Es sind sehr nette Männer. Obwohl einer von ihnen, wie ich meine, einen Mord begangen hat.«

»Noch ein Wort, und ich schmeiße dich raus«, zischte sie und schielte verstohlen zu den Somerville-Schwestern. Sie spitzten die Ohren und lehnten sich gefährlich zur Seite, um Emily besser verstehen zu können.

Michael grinste. »Wo bewahrst du die Ergebnisse deiner Recherchen auf?«

»Wieso gehst du nicht zurück in meine Wohnung? Ich bringe die Unterlagen heute Abend mit nach Hause.«

»Kommt nicht in Frage. Ich möchte in deiner Nähe bleiben, bis ich weiß, welches Unheil dir droht.«

»Du meinst, ein anderes Unheil als du und deine körperlosen Geister?«

»Emily, Emily, ich glaube fast, du bist böse auf mich. Du solltest lieber lächeln, weil sich die Leute schon fragen, worüber wir hier so geheimnisvoll tuscheln.«

Plötzlich dachte sie auch, dass es besser wäre, wenn er in der Nähe blieb und sie ihn im Auge behielt. Zumindest wusste sie dann, wo er war und was er trieb. Zudem hatte sie offenbar keine Chance, ihn von hier wegzubewegen. »Also schön, setz dich da drüben hin, ich bring' dir die Akten.«

»Danke, aber ich würde den Ecktisch vorziehen. Die Männer möchten etwas tun, und sie können mir helfen, die Unterlagen durchzusehen.«

Emily funkelte ihn düster an. »Meinetwegen, aber

wenn einer von ihnen anfängt, Seiten umzublättern oder irgendetwas macht, was meine Kunden stört, werde ich ...« Wie konnte sie Geister bestrafen? Sie grinste Michael boshaft an. »... dann erzähle ich Adrian alles über dich.« Sie war sehr zufrieden, als sie sah, wie die Farbe aus Michaels Gesicht wich.

»Du kapierst viel zu schnell«, sagte er, aber bevor er sich abwandte, zwinkerte er ihr zu.

Und später, als sie einen Stapel Papiere vor ihn auf den Tisch knallte, flüsterte er ihr zu: »Sie wollen Lillian kennen lernen.« Er zuckte vielsagend mit den Augenbrauen, und Emily musste wegsehen, um nicht laut loszulachen. Der Gedanke an zwei alte Männer mit schmutziger Fantasie, an Geister, die sich, seit wer weiß wie langer Zeit in der Bibliothek langweilten und unbedingt einen splitterfasernackten weiblichen Geist sehen wollten, war beinahe zu viel für sie. Es dauerte einen Moment, bis sie sich erholt hatte und sagen konnte »Wenn du damit fertig bist, habe ich noch andere Schriftstücke.« Leider klang ihre Stimme nicht so streng, wie sie es sich gewünscht hätte.

Kapitel 10

Als sich Emily am Freitagabend in der Badewanne zurücklehnte und die Augen schloss, dachte sie daran, dass sie in dieser Woche so gut wie alles falsch gemacht hatte. Gleichzeitig musste sie sich eingestehen, dass es die interessanteste Woche ihres Lebens gewesen war. Selbstverständlich hätte sie in Donalds Gesellschaft eine schönere Zeit erlebt, rief sie sich ins Bewusstsein, aber trotzdem waren diese Tage außergewöhnlich gewesen.

Als Michael am Dienstag in der Bibliothek aufgetaucht war, hatte sie befürchtet, dass er erkannt werden könnte. Sie hatte ihn schon in einer Blutlache auf der Straße vor sich liegen gesehen. FBI-Agenten und Mafia-Killer mit Revolvern neben ihm. Doch trotz ihrer schlimmsten Vorstellungen war an diesem Nachmittag kein Kopfgeldjäger erschienen, und ihre Nervenanspannung löste sich allmählich.

Allerdings hatte sie kaum Zeit, sich wirklich zu entspannen, denn sie hatte keine zwei Minuten ihre Ruhe, nachdem Susan Shirley die Bibliothek verlassen und in der Stadt verbreitet hatte, dass ein akzeptabler Fast-Junggeselle in der Bibliothek saß.

Greenbriar war eine Stadt von Pendlern, und während der Woche sah man kaum einen Mann auf den Straßen. Die meisten verbrachten wie Donald die Woche in Stadtwohnungen und kamen am Freitagabend mit Aktentaschen voller Arbeit nach Hause.

»Dies ist eine Militärstadt«, hatte Irene einmal behauptet. »Die Männer ziehen jeden Montag in den Krieg und kehren am Wochenende mit Bombenneurosen zurück.«

Emily fand Greenbriar nicht so schlecht, aber manchmal schienen die Frauen doch von so etwas wie Mannstollheit besessen zu sein.

Sobald sich herumgesprochen hatte, dass sich ein erwachsenes, heterosexuelles männliches Wesen in der Stadt aufhielt, wurde Michael zur Attraktion des Jahres.

Und er hat es in vollen Zügen genossen, dachte Emily angewidert, während sie mit dem Schwamm über ihr linkes Bein fuhr. Er liebte jede Minute, in der er im Mittelpunkt der Aufmerksamkeit stand, ob sie ihm nun von einsamen Frauen oder von Kindern, die ihre Väter kaum zu Gesicht bekamen, entgegengebracht wurde.

Michael gab es bald auf, sich mit Emilys Recherchen über das Madison-Haus zu beschäftigen – was ihm, wie sie vermutete, nicht gerade schwer fiel –, und widmete sich ganz den Bewohnern von Greenbriar. Zur Mittagszeit ließ er die Papiere auf dem Tisch liegen und schlenderte zu der Ecke, die Emily mit kleinen Stühlen, großen Bodenkissen und einem dicken Teppich für die Kinder eingerichtet hatte. Emily hatte einem Raumausstatter drei Monate in den Ohren gelegen und um diese Sachspenden gebettelt.

Emily stempelte ein Buch nach dem anderen ab –

ganz Greenbriar suchte einen Vorwand, hier zu sein, und lieh sich Bücher aus –, und Michael richtete währenddessen so etwas wie eine Reparaturwerkstatt in der Kinderecke ein. Es fing ganz harmlos an, als der Puppe eines Kindes, dessen Mutter Michael in der Stadt willkommen hieß, der Kopf abfiel. Die allein erziehende Mutter, eine geschiedene Frau, bemerkte die großen Tränen in den Augen ihrer kleinen Tochter nicht, aber Michael sah sie sofort. Er kniete sich hin, nahm die Puppe und den Kopf und setzte beides wieder zusammen.

Die Mutter plapperte aufgeregt, ohne wirklich etwas zu sagen, versuchte aber Eindruck auf das Objekt ihrer Begierde zu machen, während Michael nur Augen für die Kleine hatte.

»Kennst du Geschichten?«, flüsterte das kleine Mädchen und sah Michael flehend an.

»Ich kenne viele Geschichten über Engel«, sagte er sanft. »Und ich würde nichts lieber tun, als dir einige davon zu erzählen.«

Das Kind nickte und legte die Hand in Michaels, dann folgte es ihm zu einem der großen Sitzpolster. Die Mutter blinzelte verwirrt, dann wandte sie sich an Emily und fragte, ob sie ihre Tochter eine Weile hier lassen könne, während sie selbst Besorgungen mache.

»Ich ...«, begann Emily. Sie wollte nicht, dass die Bibliothek als Kindertagesstätte missbraucht wurde, aber dann warf sie einen Blick auf Michael und die Kleine; sie saßen auf dem Kissen, und das Kind sah Michael gebannt an, während er seine Geschichte erzählte. Emily erlaubte, dass das Mädchen blieb.

Danach lief alles aus dem Ruder. Kinder aus der ganzen Stadt strömten herbei, brachten kaputte Spielsachen mit und lauschten begeistert Michaels Geschichten.

Um drei Uhr rief Emily ihre Teilzeit-Hilfskraft an und bat sie zu kommen, weil einer allein nicht mehr mit dem Ansturm fertig wurde. Gidrah war so erschrocken über diese Bitte, dass sie kein Wort sagte und in null Komma nichts vor dem Tresen stand. Emily fragte lieber nicht, wie schnell sie gefahren war.

»Grundgütiger Gott«, sagte Gidrah und riss die Augen auf, als sie den Betrieb in der ansonsten so ruhigen Bibliothek sah. »Wer ist das?«

Gidrah war einen guten Kopf größer als Emily und brachte etliche Pfunde mehr auf die Waage, und sie war die großherzigste Person, die Emily je kennen gelernt hatte. Gidrah lebte mit ihrem Mann, der sich nur hin und wieder blicken ließ, und zwei halbwüchsigen Söhnen, deren Leben hauptsächlich aus Essen und Fernsehen bestand, am Rande der Stadt. Sie hatte Emily einmal gestanden, dass die Arbeit in der Bücherei die größte Freude ihres Daseins war.

»Mein Cousin«, antwortete Emily über die Köpfe der drei Frauen hinweg, die darauf warteten, dass ihre Bücher abgestempelt wurden. »Könnten Sie das hier übernehmen, während ich die Bücher für die Kunden heraussuche?«

»Klar.« Gidrahs Augen waren noch immer kugelrund, als sie Michael inmitten der Kinder anstarrte. »Ist er der Rattenfänger von Hameln?«

»Nein, ein Engel«, gab Emily, ohne nachzudenken, zurück, dann sah sie Gidrah an, zuckte mit den Achseln und verschwand zwischen den Regalen. Sobald sie nicht mehr hinter dem Tresen festsaß, erging es ihr wie all den anderen Frauen – sie wollte unbedingt hören, was Michael den Kindern erzählte.

Mit einem Stapel Büchern in den Armen blieb sie am Rand einer Gruppe stehen und lauschte. Sie wusste selbst nicht, was sie erwartet hatte – vielleicht religiöse Lehren oder Episoden aus der Bibel. Aber er erzählte von Amerikas Geschichte und dem Revolutionskrieg, als wäre er selbst dabei gewesen.

Und er konnte all die Fragen beantworten, die die Kinder ihm stellten. »Was haben sie gegessen?« – »Was haben sie gemacht, wenn sie auf die Toilette mussten?« – »Haben ihre Daddys in der Stadt gearbeitet?« – »Mochten sie Videospiele?«

Nichts brachte Michael aus der Fassung. Emily schlich sich unwillkürlich näher heran, weil sie selbst gern ein paar Fragen gestellt hätte. Aber als Michael zwinkernd zu ihr aufschaute, erinnerte sie sich an ihre Pflichten und brachte den wartenden Kunden die Bücher.

Gidrah stempelte, so schnell sie die Karte aus den Büchern ziehen konnte. »Ich glaube, Sie sollten lieber das Fenster zumachen, sonst fliegen diese Papiere da drüben noch überall herum«, sagte sie und deutete mit dem Kinn zu dem Tisch in der Ecke, auf dem die Dokumente über das Madison-Haus lagen.

Emily beobachtete voller Entsetzen, wie eine Seite nach der anderen umgeblättert wurde, als würde ein Unsichtbarer dort sitzen und die Schriftstücke lesen. Ein dicker Ordner wurde von dem Stapel genommen, auf den Tisch gelegt und aufgeschlagen.

Emily musste sich sehr beherrschen, um nicht loszurennen und so die Aufmerksamkeit auf sich zu ziehen, trotzdem stieß sie gegen zwei Stühle, als sie zu dem

Tisch eilte. »Hört auf damit«, fauchte sie. »Ihr beide erschreckt meine Kunden.« Augenblicklich blieben die Papiere reglos liegen.

Sie hätte es dabei bewenden lassen können, doch irgendwie hatte sie das Gefühl, zwei Kunden verprellt und ihnen die Benutzung der Bibliothek verwehrt zu haben. Sie hatte kein Recht dazu, nur weil diese beiden Kunden körperlos waren, oder?

»Verdammt, verdammt und noch mal verdammt«, fluchte sie, dann zog sie den großen Wandschirm aus Kork aus der Ecke und stellte ihn vor den Tisch. »Jetzt könnt ihr weitermachen«, sagte sie. »Aber wenn jemand hierher kommt, rührt ihr keinen Finger, verstanden?«

Emily war nicht sicher, aber als sie sich umdrehte, glaubte sie, eine Männerstimme sagen zu hören: »Danke.«

Sie riss die Hände hoch. »Na, großartig. Ich helfe Gespenstern, ihre Langeweile zu überwinden.«

Gidrah deutete auf den Wandschirm. »Mit wem haben Sie geredet?«

»Mit mir selbst«, gab Emily zurück. »Ich habe meine Unterlagen über das Madison-Haus da drüben und will nicht, dass sie jemand anrührt.« Sie machte sich davon, ehe Gidrah fragen konnte, warum sie die Papiere nicht ins Büro brachte. Was hätte sie darauf sagen sollen? Dass es ihr lieber war, wenn diese beiden toten Männer, von denen einer vielleicht ein Mörder gewesen war, ihr Büro nicht betraten?

Jetzt lag sie in der Badewanne und dachte daran, dass es vier Tage lang in der Bibliothek zugegangen war wie in einem Tollhaus. Zuerst waren die Frauen gekommen, um Michael kennen zu lernen – in ihren Augen stand die

Hoffnung auf eine wilde Romanze und eine dauerhafte Verbindung. Zumindest glaubte Emily, das in ihren glühenden Blicken lesen zu können. Doch mit der Zeit veränderten sich die Dinge.

»Lasset die Kinder zu mir kommen«, hatte Gidrah am Mittwochnachmittag gesagt, als sie beobachtete, wie Michael mit den Kleinen scherzte und lachte und ihnen ein Spiel aus dem fünfzehnten Jahrhundert zeigte. »Diese Szene erinnert mich an den Bibelspruch. Er will, dass die Kinder zu ihm kommen – genau wie Jesus.«

»Ich denke, Michael steht auf einer anderen Ebene«, erwiderte Emily spitz, als sie einen Bücherstapel auf den Tresen legte.

»Ebene?«, wiederholte Gidrah lächelnd. »Ich glaube, Sie sind eifersüchtig, Emily. Und das kommt mir merkwürdig vor, da Sie doch mit Donald verlobt sind und bald heiraten wollen. Wie geht's ihm übrigens? Was sagt er dazu, dass Sie mit diesem muskulösen, dunkelhaarigen Adonis in einer Wohnung wohnen?«

Emily schwieg.

»Gut, gut«, fuhr Gidrah fort. »Der Röte nach zu schließen, die in Ihre Wangen steigt, würde ich sagen, dass Mr. News nichts von diesem ... äh ... Cousin weiß. Sagen Sie, wie sind Sie genau mit ihm verwandt?«

Emily fragte sich, wieso ihr Gidrahs Sinn für Humor jemals gefallen hatte. »Mütterlicherseits«, erwiderte sie freundlich. »Wir haben dieselbe Großmutter.«

»Oh«, machte Gidrah und stempelte drei Bücher ab. »Die Großmutter, die mit *meiner* Großmutter zur Schule gegangen ist? Die, die einen Mann aus Tulsa geheiratet und nur eine Tochter – Ihre Mutter – zur Welt gebracht hat? *Diese* Großmutter?«

»Ich *hasse* Kleinstädte«, murmelte Emily, als sie sich hinter ein Regal zurückzog.

Nur an den Abenden verbrachte sie einige Zeit mit Michael, und sie benahmen sich wie Menschen auf der Flucht, die ihren Verfolgern zu entkommen versuchten. Am Dienstag standen, als Emily die Bibliothek zuschloss, ein paar Frauen mit einer dampfenden Backform auf der Straße. »Wenn Sie den ganzen Tag arbeiten und einen Gast haben, können Sie doch bestimmt ein bisschen Hilfe gebrauchen, Emily«, sagte eine von ihnen – Emily kannte sie nicht, aber sie entdeckte eine weiße Stelle an ihrem Ringfinger, die daraufhindeutete, dass sie ihren Ehering vor kurzem abgezogen hatte.

»Ich danke Ihnen, aber ...«, begann Emily, doch Michael nahm die Pastete an sich und schenkte der Frau ein strahlendes Lächeln.

»Hier, da stehen mein Name, meine Adresse und meine Telefonnummer drauf«, sagte sie. »Sie können mir den Topf irgendwann zurückbringen.«

Es war eine Einweg-Backform aus Alu. Emily verzog den Mund zu einem knappen Lächeln. »Natürlich«, murmelte sie, »reizend von Ihnen.« Sie wandte sich Michael zu. »Können wir gehen?«

Auf dem Weg zu ihrer Wohnung blieben vier Autos neben ihnen stehen. Die Frauen, die am Steuer saßen, erinnerten Michael an irgendwelche Einladungen, die er tagsüber angenommen hatte. Emily und Michael fanden siebzehn Nachrichten vor, die zwischen Wohnungstür und Rahmen steckten. »Für dich«, sagte Emily und drückte ihm die Zettel in die Hand.

Sie ging sofort in ihr Schlafzimmer und nahm sich vor, nie wieder herauszukommen. Sie wusste selbst nicht, warum sie so wütend war. Als Michael, ohne vorher anzuklopfen, hereinkam, hob sie an, ihm unmissverständlich klarzumachen, dass dies ihr ganz privater Bereich sei, aber sie brachte kein Wort heraus. Stattdessen brach sie zu ihrem Entsetzen in Tränen aus.

Michael stürzte zu ihr, setzte sich aufs Bett und nahm sie in die Arme. »Alles ist gut«, tröstete er sie. »Niemand jagt mich, niemand will mich verhaften.«

»Darum geht es nicht«, schluchzte sie und wischte sich mit dem Handrücken die Tränen von den Wangen. »Es ...« Genau genommen hatte sie selbst nicht die geringste Ahnung, was mit ihr los war, aber irgendwie schien ihre Niedergeschlagenheit damit zusammenzuhängen, dass Michael nicht mehr ihr ganz allein gehörte. Aber das wollte sie unter keinen Umständen eingestehen, nicht einmal sich selbst.

»Komm, lass uns etwas essen und dann ein wenig in den Wald gehen«, sagte Michael, der noch immer die Arme um sie geschlungen hatte. »Ich will mit dir allein sein und hören, was du den ganzen Tag gemacht hast. Und ich erzähle dir von den Kindern.«

»Und von diesen Frauen«, fügte Emily wie ein trotziges kleines Mädchen hinzu.

»Weißt du, Emily, nicht eine einzige von denen hat ein so gutes Herz wie du. Nicht eine besitzt deinen reinen Geist oder deine Großzügigkeit. Einige von ihnen sind regelrechte ... wie ist die Bezeichnung für diesen Fisch, den ihr Sterblichen so sehr fürchtet?«

»Hai?«

»Genau. Sie mochten mich gar nicht und wollen mich nicht einmal genauer kennen lernen – sie wollen nur einen Mann.«

Wenn er, wie es die meisten anderen Männer getan hätten, behauptet hätte, sie sei die schönste Frau der Stadt, hätte sie ihm kein Wort geglaubt. Aber er sprach von ihrer Gutherzigkeit und ihren inneren Werten.

Bevor sie etwas erwidern konnte, klopfte jemand an die Tür. Emily verzog das Gesicht.

»Zieh die Jeans an – die mit dem Riss auf der Kehrseite –, und ich kümmere mich ums Essen, dann sehen wir zu, dass wir von hier wegkommen«, sagte er, als er zur Wohnungstür ging. »Alfred und Ephraim haben mir heute einige interessante Dinge erzählt. Morgen brauchen sie Papier und Bleistifte, damit sie sich Notizen machen können.«

Emily war drauf und dran zu fragen, wer Alfred und Ephraim waren, aber sie kannte die Antwort.

»Sie können unmöglich schreiben – jeder könnte sehen, wie sich die Stifte bewegen«, rief sie Michael nach. Als ihr bewusst wurde, was sie gerade von sich gegeben hatte, musste sie selbst lachen. Hätte sie nicht wie alle Menschen Angst vor Gespenstern haben müssen? Sie stand auf, um ihre zerrissenen Jeans aus dem Schrank zu holen.

Kapitel 11

Als sie endlich wegkamen – Emily hatte Michael mindestens ein dutzend Mal den Telefonhörer übergeben und zugehört, wie er Einladungen annahm –, war es draußen schon fast dunkel. »Es ist zu spät für einen Spaziergang«, sagte sie eingeschnappt. Natürlich war ihr klar, dass sie wegen einer Kleinigkeit, einem verpatzten Picknick, schmollte, und kam sich lächerlich vor. Immerhin war sie gewöhnlich an den Wochentagen und auch viele Wochenenden ganz allein, wenn Donald Dienst in der Redaktion hatte.

Aber Michael nahm den Picknickkorb, ergriff ihre Hand und führte sie aus der Wohnung, ohne auf das Klingeln des Telefons zu achten. »Du fürchtest dich doch nicht im Dunkeln, oder?«, neckte er sie und rannte so schnell mit ihr die Treppe hinunter, dass es ein Wunder war, dass sie nicht stürzte.

»Nicht mehr«, entgegnete sie lachend. »Nicht nach dem heutigen Tag und nachdem ich Gespenster ausgescholten und ihnen gesagt habe, dass sie sich anständig benehmen sollen. Und wann hattest du Zeit, mit ihnen zu sprechen? Jedes Mal, wenn ich nach dir gesehen habe, hast du den Kindern Geschichten erzählt.«

»Ephraim kam zu mir und hat mir Bericht erstattet, während ich die Eisenbahn des kleinen Jeremiah repariert habe.«

Sie erreichten den Waldrand. Emily zögerte. Sie war ein vernünftiges Wesen und ging normalerweise nicht nachts in einen dichten Wald.

»Komm schon«, drängte Michael und zog sie weiter. »Die Waldelfen zeigen uns den Weg.«

»Oh, natürlich«, murmelte sie und stolperte ihm nach. »Wieso habe ich nicht selbst daran gedacht? Waldelfen. Ephraim war doch nicht derjenige, der ... äh ...«

»Der seine Frau ermordet, zerstückelt und die Körperteile in einer Truhe versteckt hat?«

»Was?« Sie blieb abrupt stehen. Waldelfen oder nicht, Geschichten über zerstückelte Frauenleichen konnte sie in einem finsteren Wald nicht vertragen.

Michael sah sie grinsend an. Seine weißen Zähne blitzten in dem grauen Dämmerlicht auf. »Nein, Ephraim hat niemanden getötet. Er wurde angeklagt und hingerichtet, aber er hat geschworen, so lange auf der Erde zu bleiben, bis der wahre Mörder gefunden wird.«

»Oh, und hat er den Mörder gefunden?«

»Vermutlich nicht, da er immer noch hier ist. Ich wünschte, ihr Sterblichen würdet aufhören, irgendwelche Schwüre auf dem Totenbett abzugeben. Das verursacht eine Menge Probleme. Man braucht sich ja nur den armen Ephraim anzusehen«, sagte er und zerrte sie weiter.

»Ja, er ist ein armer Teufel. Er langweilt sich zu Tode ... das ist wahrscheinlich ein unpassender Ausdruck für ein Gespenst. Wann wurde seine Frau ermordet?«

Michael blieb stehen und schien zu lauschen. Emily fragte sich, wie die Stimmen von Waldelfen klingen mochten. Plötzlich nahm Michael wieder ihre Hand und führte sie in ein Gebüsch, das sie für undurchdringlich gehalten hätte. Aber da war ein schmaler Pfad, der auf einer Lichtung mit einer Quelle endete. Sogar im Dunkeln konnte Emily sehen, wie unglaublich schön es hier war.

»Gefällt es dir?«

»Es ist wunderschön«, flüsterte sie und sah zu den Bäumen auf, deren Äste ein Dach über ihren Köpfen bildeten. Michael öffnete den Picknickkorb und nahm eine Flasche Wein heraus. »Die Elfen sind unanständige Wesen«, sagte er, als er Wein in ein Glas goss. »Sie erlauben den Sterblichen nur, diesen Ort zu besuchen, wenn eine fruchtbare Frau dabei ist. Wenn man ihnen Glauben schenken darf, dann sind die meisten erstgeborenen Babys der Stadt hier gezeugt worden.«

Emily nahm lachend das Glas entgegen.

»Du hast mir eine Frage gestellt – welche war das noch mal?«, wollte Michael wissen. Er kramte in dem Korb und schob ihre Hand weg, als sie versuchte, ihm zu helfen.

»Hm, ich weiß nicht mehr.« Sie streckte ihre Beine im Gras aus und lauschte dem Plätschern des Wassers. Vielleicht bildete sie sich das nur ein, aber diese Lichtung kam ihr ungeheuer romantisch und verwunschen vor.

»Emily«, sagte Michael leise, »lehn dich nicht so weit zurück. Hast du irgendetwas dabei, womit du dein Haar zusammenbinden kannst?«

Für einen Moment ritt sie der Teufel, und sie streckte sich träge und schleuderte ihr Haar nach hinten. Michaels Tonfall gab ihr das Gefühl, eine unwiderstehliche Verführerin zu sein.

»Verschwindet!«, schrie Michael und fuchtelte mit dem Arm durch die Luft. »Weg hier. Verschwindet alle!«

Seine harsche Stimme zerstörte den Zauber, und Emily richtete sich abrupt auf. »Was soll das?«

»Niederträchtige Kreaturen. Sie sagten, sie könnten ...«

»Was?«

»Uns vor Adrians Blicken abschirmen.« Michael hielt den Blick gesenkt. »Und dass du gerade fruchtbar bist«, setzte er im Flüsterton hinzu.

»Oh.« Mehr fiel Emily nicht ein.

»Kommen wir auf Ephraim zurück«, bestimmte Michael geschäftsmäßig.

»Ja«, stimmte sie ihm zu und nahm den Teller, den er ihr reichte. »Zu dem Mann, der seine Frau nicht zerstückelt hat.« Vielleicht würde ein Gespräch über einen Mord sie von der betörenden Atmosphäre dieser abgeschiedenen, süß duftenden Lichtung ablenken und ihr helfen, sich auf das zu konzentrieren, woran sie und Michael eigentlich denken sollten.

»Ja, Ephraim.« Das klang fast so, als hätte Michael Schwierigkeiten, sich zu erinnern, wer Ephraim überhaupt war. »O ja. Er erzählte mir, dass er vor ein paar Jahren einem Mann begegnete, der Captain Madison gekannt hat.«

»Vor ein paar Jahren? Aber Captain Madison ist vor ungefähr hundert Jahren gestorben – oh, ich verstehe. Tote unter sich. Geister. Sag mal, veranstalten sie Partys oder haben sie ein reges Gesellschaftsleben?«

Das sollte ein Scherz sein, aber Michael fasste es nicht so auf. »Nein, gewöhnlich nicht. In Wahrheit sind Geister, die auf der Erde bleiben, nachdem ihre Körper gestorben sind, nicht sehr glücklich. Den meisten ist nicht einmal bewusst, dass sie keine Körper mehr haben. Und in den meisten Fällen hält sie eine Tragödie hier auf Erden fest.«

Emily blinzelte. Es war eigenartig, mit jemandem zusammen zu sein, der keine Ahnung hatte, dass Geister und Gespenster etwas waren, wovor man sich fürchtete. Aber Captain Madison hatte sogar Michael Angst eingejagt.

»Wie auch immer. Was hat Ephraims Freund über diesen grauenvollen Mann gesagt?«

»Das ist es ja gerade«, sagte Michael, während er ihr Glas neu auffüllte. »Er meinte, dass es weit und breit keinen freundlicheren Mann als Captain Madison geben könnte. Er war großzügig und hochherzig. Die Männer auf seinem Schiff liebten und verehrten ihn so sehr, dass sie für ihn freiwillig in den Tod gegangen wären.«

»Für den Mann, der im Madison-Haus mit Säbeln nach dir geworfen hat? Für *diesen* Captain Madison?«

»Ganz genau für diesen. Das mag ich. Was ist es?«, fragte er und hielt ihr eine Schüssel hin.

»Keine Ahnung. Es ist so dunkel, dass ich es nicht sehen kann. Außerdem ist die Frau, die dir das geschenkt hat, in dich, nicht in mich verliebt. Aber ihre Haarfarbe ist nicht echt.«

Sie sah Michaels Zähne aufblitzen und wusste, dass er grinste. »Du kannst nicht sehen, was in der Schüssel ist, aber du siehst die Schüssel gut genug, um zu wissen, wer sie mir gegeben hat?«

Darauf ging Emily nicht näher ein. »Wenn Captain Madison tatsächlich ein so guter Mann war, warum spukt er dann in diesem Haus? Und wieso hat man ihn des Mordes angeklagt und gehängt? Ich glaube, ihr Geister habt ein schlechtes Gedächtnis.«

»Ephraim sagt, die Menschen, die Captain Madison kannten, konnten nicht glauben, dass er einen Mord begangen haben soll. Nach allem, was er gehört hat, war das Mädchen, das der Captain heiratete, schwanger, und der Vater des Babys hatte die Stadt verlassen.«

»Ah ...« Emily aß ein Plätzchen und leckte sich den Puderzucker von den Fingern. »Das würde Sinn machen. Vielleicht verliebte sich der Captain in das Mädchen, und als der Liebhaber Jahre später zurückkam, brachte der Captain ihn um. Die Liebe kann sogar die freundlichsten Menschen dazu bringen, schreckliche Dinge zu tun.«

»Tatsächlich?« Michael zog eine Augenbraue hoch. »Das hätte ich nicht gedacht, aber ich habe ja auch kaum etwas von dieser Welt gesehen.«

»Okay, Methusalem, ich weiß, dass du ein alter Mann bist, aber ...«

»Methusalem? Habe ich dir erzählt, dass er einer von meinen Schützlingen war?«

Emily riss eine Hand voll Gras aus und warf es nach ihm. »Kannst du nicht einmal eine Minute ernst bleiben? Wie sollen wir herausfinden, warum du hier bist, wenn wir uns keine Gedanken drüber machen?«

Er richtete den Blick auf seinen Teller, den er nun zum dritten Mal füllte. »Ich dachte, ich bin ein entflohener Häftling und habe mir meinen Lebensunterhalt als Killer verdient – also das meinst du damit, wenn du sagst, dass wir den Grund für mein Hiersein herausfinden wollen?«

»Vielleicht bist du kein Engel, aber ich weiß, dass du kein Mörder bist.« Sie sah ihn an. »Glaubst du, dass Captain Madison fälschlicherweise hingerichtet wurde und er deshalb so zornig ist? Und warum weigert er sich, diese Erde zu verlassen? Vielleicht wurdest du hergeschickt, um die Wahrheit aufzudecken und seinem Geist zur Ruhe zu verhelfen?«

Michael stopfte sich etwas in den Mund, was wie Wackelpudding aussah. Er hat den Geschmack eines Neunjährigen, dachte sie.

»Vielleicht wurde er für ein Verbrechen gehängt, das ein anderer begangen hat – in meiner Branche sieht man so etwas oft –, aber was könnte das mit dir zu tun haben, Emily? Captain Madison ist nicht einer meiner Schützlinge, aber du bist einer. Ich wurde *deinetwegen* hergeschickt.«

»Wenn ich dieses Geheimnis lüfte, ein Buch darüber schreibe und auf die Bestsellerliste komme, könnte ich reich werden. Vielleicht könnte mir Reichtum schaden.«

»Ich glaube das nicht.«

»Zu weltlich, was?«

»Eindeutig. Was ist das hier?«

»Kirschkuchen. Du solltest wirklich nicht Frikadellen, Wackelpudding und Kuchen durcheinander essen. Also was könnte Captain Madison, abgesehen davon, dass ich seit vier Jahren Nachforschungen über ihn anstelle, damit zu tun haben? Und was hat Captain Madison mit dir zu tun?«

»Ich glaube allmählich, dass wir am falschen Baum bellen.« Emily musste nachdenken, um zu verstehen, was er damit meinte. »Den falschen Mond anheulen«, sagte sie. »Du bist also der Ansicht, dass du nicht wegen Captain Madison hier bist?«

Sie musste warten, bis er einen riesigen Bissen Kuchen hinuntergeschluckt hatte. »Emily, ich bin ehrlich vollkommen durcheinander. Ich habe jetzt fast eine Woche mit dir verbracht, und vielleicht hat meine Wahrnehmung erheblich gelitten, aber ich kann wirklich nichts Böses und kein Unheil in deiner Umgebung erkennen. Oh, es gibt einige Frauen, die neidisch auf dich sind, aber ...«

»Auf mich? Warum, um alles in der Welt, sollte mich jemand beneiden?«

»Mal sehen. Wo soll ich anfangen? Du bist jung und hübsch, du bist klug und setzt Dinge in Bewegung. Die Leute mögen dich, vertrauen dir und suchen deine Nähe. Du bekommst Auszeichnungen, wirst geehrt und hast einen Freund. Du ...«

»Okay, ich hab's kapiert«, sagte sie verlegen, aber dennoch erfreut. »Also denkt niemand insgeheim daran, mich zu ermorden?«, scherzte sie, doch Michael blieb vollkommen ernst.

»Nein. Bis jetzt habe ich niemanden gesehen, der das vorhaben könnte, aber man soll den Tag nicht vor dem Abend loben. Gehe ich recht in der Annahme, dass du morgen nicht in der Bibliothek arbeitest?«

»Gidrah übernimmt an den Samstagen den Dienst.« Sie fügte nicht hinzu, dass sich vermutlich kein Mensch blicken lassen würde, wenn er nicht dort war.

»Könnten wir morgen ein wenig in der Stadt herumgehen? Ich möchte in alle Läden gehen und jedes Haus sehen. Irgendwo muss Gefahr lauern. Ich spüre sie nur nicht.«

»Gut. Du kannst Irene kennen lernen. Sie ist meine beste Freundin und arbeitet während der Woche in der Stadt. Sie ist die persönliche Sekretärin eines furchtbar berühmten Anwalts und kann viele erstaunliche Geschichten erzählen.«

»Du hast sie immer schon gemocht«, flüsterte Michael leise.

»In vergangenen Leben?«, fragte sie in einem Ton, der ausdrücken sollte, dass sie nicht an so was glaubte – oder wenn doch, dass sie dem keine große Bedeutung beimaß. Aber sie hätte gern erfahren, wie sie und Irene sich kennen gelernt hatten.

Aber er verlor kein Wort mehr über Irene. »Können wir gehen?«, fragte er und begann, die Sachen in den Korb zu packen. »Der Wein hat mich schläfrig gemacht.«

Emily war nicht sicher, was geschehen war, aber sie wusste, dass ihm irgendetwas die Laune verdorben hatte. Er schwieg auf dem ganzen Heimweg, aber er hielt ihre Hand und führte sie durch die Dunkelheit, als könne er sehen wie am helllichten Tag. Einmal hörte sie ihn murmeln: »Haltet den Mund«, und sie glaubte, ein Kichern und das Flattern von Flügeln zu vernehmen.

Als sie in die Wohnung kamen, sah sie, dass das Licht an ihrem Anrufbeantworter blinkte, aber sie hatte keine Lust zu hören, dass noch eine Frau Michael zu einer Party oder ins Kino einlud. Er ging gleich unter die Dusche, und als er mit einem Handtuch um die Hüften zurückkam, eröffnete er ihr, dass er sich schlafen legen wollte. »Habe ich irgendetwas Falsches gesagt oder getan?«, fragte sie betreten.

»Was könntest du falsch machen? Du hast in Jahrhunderten nichts Falsches getan«, antwortete er und ging zur Wohnzimmercouch. Emily rührte sich nicht vom Fleck, bis er über die Schulter sagte: »Emily, Liebste, geh zu

Bett. Und schließ deine Tür ab. Verbarrikadiere sie, damit ich *nicht* in dein Zimmer kann.«

»Oh.« Sie lächelte verstohlen und zog sich zurück. Sie machte die Tür zu, verschloss sie aber nicht.

Kapitel 12

»Du willst da wirklich hin?«, fragte Emily wütend und ungläubig zugleich. »Du willst mit diesen Männern in den Billardsalon gehen, die halbe Nacht mit ihnen trinken und wer weiß was sonst noch tun? Diese Männer wissen, wer du bist!«

Michael stand mit nacktem Oberkörper im Bad und rasierte sich seelenruhig, sein Haar war noch feucht von der Dusche. Er drehte sich nicht einmal nach Emily um.

»Willst du mir nicht antworten?«

»Sie haben keine Ahnung, wer ich bin. Nicht, wer ich wirklich bin«, sagte er, dann wischte er sich die Seifenreste vom Gesicht und sah nach, ob er sich irgendwo geschnitten hatte. Er war an den Umgang mit einer Rasierklinge nicht gewöhnt.

»Sie wissen das, was alle Welt glaubt, und für die Welt bist du ein gesuchter Mörder.«

»Weißt du, wo mein braunes Hemd ist?«, fragte Michael und suchte in Emilys Schrank danach. »Oder soll ich das grüne anziehen?«

»Zieh das an, das am besten zu Blut passt«, grollte sie. Sie lehnte mit verschränkten Armen am Türrahmen.

Als Michael mit seinem braunen Hemd in der Hand an ihr vorbeiging, hauchte er ihr einen Kuss auf die Wange. »Ich hatte heute wie du einen sehr schönen Tag, und du wirst mir heute Abend auch fehlen.«

»Ich werde dich kein bisschen vermissen«, gab sie zurück. »Ein absurder Gedanke. Ich war in der letzten Woche so viel mit dir zusammen, dass ich mich darauf freue, eine Weile allein zu sein. Ich habe etliche Bücher hier, die ich gern lesen würde.«

Michael quittierte diese Behauptung mit einem kleinen Lächeln. Zum Teufel mit ihm, dachte Emily. Er hatte recht, der Tag war wunderschön gewesen. Es hatte ihr gefallen, ihm ihre winzige Stadt zu zeigen und ihn mit den Leuten bekannt zu machen. Die meisten Männer waren übers Wochenende heimgekommen, und Michael blieb vor vielen Häusern stehen und plauderte so zwanglos mit den Leuten, als hätte er sein ganzes Leben in Greenbriar verbracht.

Und alle mochten ihn. Sie wurden zu Tee, Kaffee und Limonade eingeladen. Als sie bei den Kellers auf der Veranda saßen, sagte Emily: »Ich möchte eines Tages so ein Haus wie dieses haben – mit einer großen Veranda, grünem Rasen und einer Schaukel.«

»Ich nicht.«

Sie sah Michael überrascht an, dann drehte sie sich weg. Was kümmerte es sie, welche Wünsche er hatte?

»Ich hätte lieber das Madison-Haus. Ich bin es gewöhnt, viel Platz zu haben, und das ist ein großes Haus. Und ich würde gern sechs Kinder haben.«

»Deine arme Frau«, sagte Emily und beobachtete ihn aus den Augenwinkeln.

»Ich glaube nicht, dass irgendjemand *meine* Frau bedauern müsste«, raunte er in einem Ton, der ihr kleine Schauer über den Rücken jagte, zu.

Mrs. Keller brachte Limonade und Kuchen, und sie sprachen nicht mehr davon, was sie sich wünschen würden, wenn die Dinge anders wären.

Irene war noch nicht aus der Großstadt zurück – vielleicht wollte sie ja auch gar nicht kommen –, deshalb konnte Michael sie nicht kennen lernen. Und es gab nur eine brenzlige Situation an diesem Tag. Als sie zu den Brandons gingen, sah Mr. Brandon, ein Anwalt, Michael unverwandt an und sagte: »Habe ich Sie nicht im Fernsehen gesehen?«

Emily brachte vor Angst kein Wort mehr heraus, aber Michael erwiderte strahlend: »Man hat ein Foto von mir gezeigt, ja.«

Mr. Brandon kramte offenbar in seinem Gedächtnis. »Hat man Sie nicht beschuldigt, ein Mafia-Killer zu sein, und Sie auf Anweisung des FBI ins Gefängnis gesteckt? Man hat auf Sie geschossen, oder?«

»Ja, das stimmt«, bestätigte Michael munter. »Man hat mich totgeschossen. Aber Emily hat mich gefunden und die Kugel mit einer Zange aus meinem Schädel gezogen. Seither bin ich ihr treu ergebener Sklave.«

Emily stand kurz vor einer Ohnmacht, aber Mr. Brandon fing nach einer Schrecksekunde lauthals zu lachen an, schlug Michael freundschaftlich auf den Rücken und lud ihn ein, am Abend mit den anderen Jungs im Billardsalon ein paar Biere zu trinken. Und genau auf diese Zusammenkunft bereitete sich Michael gerade vor.

Niemand hatte Emily gebeten.

»Wie sehe ich aus?«

Viel zu gut, dachte Emily, hätte sich aber lieber auf die

Zunge gebissen, als das laut auszusprechen. »Annehmbar«, sagte sie knapp, »und ich hoffe, du hast einen schönen Abend.«

Michael lachte nur, drückte ihr wieder einen Kuss auf die Wange und ging – Emily war zum ersten Mal seit Tagen allein.

Ohne Michael erschien ihr die Wohnung mit einem Mal zu groß, zu leer und insgesamt ungemütlich. »Lächerlich«, brummte sie, als sie Michaels Kleider aufräumte, die überall verstreut waren. Sie war ans Alleinsein gewöhnt, wieso bildete sie sich plötzlich ein, einen Mann, den sie kaum kannte, an ihrer Seite haben zu müssen, um sich nicht zu langweilen?

Mit neuer Entschlossenheit nahm sie einen Roman aus dem Regal, der schon seit einer Woche unberührt dalag, und versuchte, sich aufs Lesen zu konzentrieren. Da ihr das nicht gelang, machte sie sich daran, im Kühlschrank Ordnung zu schaffen, dann saugte sie die ganze Wohnung und bereitete einen Auflauf zu, den sie sofort einfror, weil die Frauen von Greenbriar Michael mit so viel Essen versorgt hatten, dass gar kein Platz für noch mehr war. Danach bezog sie ihr Bett frisch, stopfte die Wäsche in die kleine Waschmaschine in der Küche und bügelte die Hemden auf, die sie am Vormittag für Michael gekauft hatten.

Um ein Uhr nachts hatte sich Michael immer noch nicht blicken lassen, und Emily schlug die Nummer des Billardsalons im Telefonbuch nach, verkniff es sich jedoch, dort anzurufen. Er war ein Engel, was konnte ihm schon passieren?

Er ist selbstverständlich kein Engel, wies sie sich zurecht. Er ist nur ... nur ... sie wusste selbst nicht, wer er war, aber eines war ihr klar: Er kam ohne Hilfe nicht zurecht. Sie hatte ihm sogar zeigen müssen, wie man Schnürsenkel zubindet, weil er keine Schleife zu Stande gebracht hatte.

Um halb drei Uhr morgens hörte sie, wie ein Wagen vor dem Haus vorfuhr. Sie hastete durch die Wohnung, löschte überall die Lichter und lief in ihr Schlafzimmer, um sich schlafend zu stellen und so zu tun, als hätte sie gar nicht gemerkt, ob er da war oder nicht.

Aber Michael machte so viel Lärm, dass er einen Toten aufgeweckt hätte. Er sang lauthals ein Lied von einer Frau, die ihm das Herz brach, weil sie noch einen anderen hatte, und stieß gegen jedes Möbelstück, das im Zimmer stand.

Emily stand auf, schaltete das Licht im Wohnzimmer an und blitzte Michael böse an. Er grinste nur.

»Du bist betrunken«, stellte sie fest.

»Ja, das bin ich, und sieh dir das an, Emily, mein Liebes.« Er zog ein von verschüttetem Bier fleckiges Bündel Dollarscheine aus der Tasche. »Das habe ich gewonnen.«

Ihr blieb der Mund offen stehen, und sie ließ die Arme sinken. »Du hast gespielt?«, flüsterte sie. Und als er nickte, fügte sie hinzu: »Was würde Adrian dazu sagen?«

»Adrian, der Blödmann«, sagte Michael grinsend. »Das ist mein neues Schimpfwort. Ich habe heute Abend noch ein paar andere gelernt. Willst du sie hören?«

»Nein danke.«

»Was macht ein Wort gut oder schlecht?«, fragte er ernst, als er auch aus seinen anderen Taschen Geldscheine hervorkramte. »Und wieso ist ein Wort in einem Land schlecht und in einem anderen nicht? Und warum bist du so ungeheuer hübsch?«

Emily gab ihre gouvernantenhafte Haltung auf und schüttelte den Kopf. »Du wirst morgen früh einen schönen Kater haben, du solltest jetzt besser ins Bett gehen und versuchen, deinen Rausch auszuschlafen.« Sie ging auf ihn zu und stützte ihn, um ihm in ihr Schlafzimmer zu helfen. Es hatte keinen Zweck, ihn auf die Couch zu legen, weil er in seinem Zustand ohnehin herunterfallen würde.

Michael legte ihr kameradschaftlich den Arm um die Schultern. »Wir haben Pizza gegessen, Emily. Du hast mir nie was von Pizza erzählt. Und wir haben zugesehen bei einem ... äh ...« Er holte aus, als wollte er etwas werfen, und hätte dabei beinahe das Gleichgewicht verloren.

»Bei einem Footballspiel.«

»Richtig. Football. Und wir haben Männer gesehen, die sich gegenseitig schlugen.«

»Boxer«, sagte sie und schubste ihn aufs Bett, dann kniete sie sich hin, um ihm die Schuhe auszuziehen. »Und wie hast du das viele Geld gewonnen? Hast du in die Zukunft geschaut und Wetten auf die Gewinner abgeschlossen?«

Er hielt sich an ihrer Schulter fest. »Das war das Eigenartigste, Emily. Ich wusste bei jedem Spiel und jedem Kampf, wer gewinnen und was wann passieren würde, aber das spielte überhaupt keine Rolle. Und als wir uns das Spiel zum zweiten Mal anschauten auf ... auf ...«

»Video.«

»Ja, auf Video. Da wussten auch alle anderen, was als nächstes kommt, aber das hat niemandem etwas ausgemacht. Es hat uns beim zweiten- und sogar beim dritten Mal genauso gut gefallen. Ist das nicht komisch?«

»Du bist da auf eines der größten Geheimnisse aller

Zeiten gestoßen – auf etwas, was jede Frau auf dieser Welt schon seit langem verblüfft. Wenn du dieses Geheimnis gelüftet hast, sag mir Bescheid. Jetzt steh mal kurz auf.«

Michael erhob sich gehorsam, sodass ihm Emily die Hose ausziehen konnte. »Das mache ich, Emily«, versprach er feierlich. »Ich tue alles, was du willst. Es waren viele Frauen dort, aber keine hatte ein so gutes Herz wie du. Deine Seele ist so rein und schimmernd, und doch so warm und liebevoll.«

Nachdem Emily ihm das Hemd über den Kopf gestreift hatte, schubste sie ihn zurück aufs Bett und deckte ihn zu. »Es ist schon spät, du musst jetzt schlafen.«

Aber als sie die Hand ausstreckte, um das Licht auszumachen, hielt er sie fest. »Emily, diese eine Woche mit dir war die schönste Zeit in meinem Leben. Ich habe jede Minute in deiner Gesellschaft genossen. Ich würde mein Leben geben, um dich vor Unheil zu bewahren.«

Sie entzog ihm ihre Hand, löschte das Licht und blieb noch einen Moment auf der Bettkante sitzen, um Michael anzusehen. Er hatte die Augen geschlossen, und sie dachte, er wäre eingeschlafen, deshalb berührte sie seine Stirn und strich ihm übers Haar an der Schläfe. Wenn er sie verließ, würde er dann die Erinnerung an sie mit sich nehmen?

Er sah so süß aus, wenn er schlief, und nur das fahle Mondlicht erhellte sein hübsches Gesicht. Sie kam sich vor wie eine Mutter, die ihr schlafendes Kind betrachtete, und beugte sich vor, um ihm einen Kuss auf die Stirn zu geben. Aber Michael packte sie und zog sie fest an sich – er lieferte den Beweis, dass Küssen ein reiner Instinkt war. Seine Hand glitt über ihren Rücken bis zum

Nacken, dann drehte er ihren Kopf so, dass er besseren Zugang hatte, öffnete den Mund und küsste sie so leidenschaftlich, als wollte er sie verschlingen.

Emily war zu keinem klaren Gedanken mehr fähig, als sie seinen starken Körper unter der dünnen Decke, seine Wärme und Kraft spürte, mit der er seine Hüften an ihre drückte.

»Emily«, flüsterte er, als er seine Lippen von ihren löste und ihren Hals liebkoste.

Irgendwie gelang es Emily, zur Vernunft zu kommen. Zumindest kam ihr wieder ins Bewusstsein, wer sie war, wer er war und wo sie sein sollte – ganz bestimmt sollte sie sich *nicht* mit einem Mann im Bett herumwälzen, den sie erst seit einer Woche kannte.

Mit großer Anstrengung und unter Aufwendung all ihrer Kraft stemmte sie sich gegen seine Brust und befreite sich aus seiner Umarmung. »Nein«, stieß sie heiser hervor.

Michael unternahm keinen Versuch, sie wieder an sich zu ziehen, aber sein Blick hätte um ein Haar ihren Widerstand gebrochen.

Aber es gelang ihr aufzustehen. »Ich lass' dich jetzt lieber schlafen«, sagte sie mit bebender Stimme. Sie räusperte sich. »Wir sehen uns morgen.«

Ehe er ein Wort sagen und sie noch einmal in diese sehnsüchtigen Augen schauen konnte, verließ sie fluchtartig das Zimmer.

Die Sonne war gerade erst aufgegangen, und Emily saß auf der Balustrade der kleinen Terrasse und trank Tee. Sie hatte die Tür einen Spalt offen gelassen, um nicht zu verpassen, wenn sich Michael rührte, aber nach dem Alkoholkonsum und dem langen Abend war es unwahrscheinlich, dass er vor Mittag wach wurde. Sie war froh, ein wenig Zeit für sich zu haben und in Ruhe über das nachdenken zu können, was zwischen ihr und diesem ihr noch ziemlich fremden Mann vorgefallen war.

Vielleicht war es ihm nicht klar (oder er hatte es mit seiner außergewöhnlichen Wahrnehmungsfähigkeit erkannt), aber sie hatte sich gestern Abend zum Narren gemacht. Was spielte es für eine Rolle, wenn er mit anderen Leuten ausging? Was kümmerte es sie, wenn er sich in der Stadt zeigte? Oder wenn alle allein stehenden Frauen von Greenbriar und die Hälfte der verheirateten um ihn herumscharwenzelten? Das alles ging sie nicht das Geringste an. Das Einzige, was sie ...

Sie hörte einen Schrei in ihrer Wohnung, dann ein Poltern, als würde etwas Schweres auf den Boden fallen.

»Was, um alles in der Welt ...«, rief eine Männerstimme.

»Wer, zur Hölle, sind Sie? Und was haben Sie hier zu suchen?«, brüllte eine andere.

Emily riss die Augen auf. »Donald«, keuchte sie und ließ ihren Teebecher fallen, als sie losrannte.

Im Schlafzimmer lag der halb nackte Michael auf dem Boden und sah zu Donald auf, der mit geballten Fäusten über ihm stand und ihn wütend anstarrte. So wie Emily die Situation beurteilte, war Donald kurz davor, sich auf Michael zu stürzen. Sie sprang mit einem Satz zwischen die beiden und baute sich schützend vor Michael auf, der, wie es den Anschein hatte, gerade lernte, was ein ausgewachsener Kater war. »Donald«, sagte Emily flehend, »lass uns ins Wohnzimmer gehen, dann erkläre ich dir alles.«

»Geh mir aus dem Weg, Emily«, stieß Donald durch zusammengebissene Zähne hervor. »Ich bringe ihn um.«

Michael presste eine Hand an seinen Kopf. »Ich glaube, dieser Körper stirbt ganz von selbst«, hauchte er jämmerlich.

»Bitte, Donald.« Emily legte eine Hand auf seinen Arm. »Komm mit, damit ich dir das Ganze erklären kann.«

Es dauerte einen Moment, bis Donald seine Wut soweit gezähmt hatte, dass er sich Emily zuwenden konnte. »Du willst, dass ich ihn *hier* allein lasse? In deinem Schlafzimmer?«

»Meine Kleider sind hier«, warf Michael arglos ein, und Emily bedachte ihn mit einem vernichtenden Blick, weil sie sehr wohl wusste, dass er Donald noch mehr auf die Palme bringen wollte.

Donald ging auf ihn los, während sich Michael von der Decke befreite, in die er gehüllt war. Emily drängte Donald im letzten Moment zurück und presste die Hände gegen seine Brust. »Bitte«, flehte sie. Sie spürte Donalds hämmernden Herzschlag unter den Händen.

Als sich Donald einigermaßen gefasst hatte, war es Michael gelungen, sich aus der hinderlichen Decke zu winden und aufzustehen. Erst dann spürte Emily, dass sich Donalds Muskeln ein wenig entspannten. Er mochte fuchsteufelswild sein, aber er war kein Idiot – er sah auf den ersten Blick, dass Michael wesentlich größer und stärker war als er selbst. Donald war zwar schön wie ein Model aus der Werbung, aber er war relativ klein, und selbst die vielen Stunden, die er im Fitness-Studio verbrachte, hatten ihm nicht zu solchen Muskelpaketen verholfen, mit denen die Natur Michael ausgestattet hatte. Zudem sah Michael mit dem zerzausten dunklen Haar, den blitzenden Augen und den dunklen Stoppeln auf Wangen und Kinn genau aus wie der Gangster, der er angeblich war.

»Komm«, drängte Emily und bugsierte Donald zur Tür. Widerstrebend ließ sich Donald ins Wohnzimmer schieben. Während Emily die Tür schloss, funkelte sie Michael, der in einer knappen Unterhose im Morgenlicht stand, böse an. »Zieh dich an«, zischte sie. »Und lass dich nicht blicken, bis ich dir sage, dass du rauskommen kannst.«

Er zwinkerte ihr lächelnd zu, als wäre alles in schönster Ordnung. Emily zog mit einem Ruck die Tür zu.

»Los, raus damit«, forderte Donald. »Ich will augenblicklich wissen, was dieser ... dieser ...« Er sah sie voller Entsetzen an. »Er ist der Mann, den wir in den Nachrichten gezeigt haben, stimmt's?«, setzte er so leise hinzu, dass Emily ihn kaum verstehen konnte. Im nächsten Moment hielt er den Telefonhörer in der Hand.

»Was hast du vor?«, rief sie.

»Was du schon vor einer Woche hättest tun sollen. Ich rufe das FBI an. Wir sagen ihnen, dass er dich als Geisel festgehalten hat – ich bestätige deine Geschichte. Ich sage ... Was, zum Teufel, tust du?«, brüllte er, weil Emily das Telefonkabel aus der Dose an der Wand gerissen hatte.

»Du rufst niemanden an«, sagte sie. »Erst hörst du mir zu. Ich möchte dir alles erklären.«

»Du willst mir erklären, warum du einen Mann in deiner Wohnung beherbergst, der ganz oben auf der Fahndungsliste des FBI steht? Nein, sag es mir nicht. Lass mich raten. Er hat dir irgendeine haarsträubende Geschichte von seiner Unschuld aufgetischt und dir weisgemacht, dass man ihn fälschlicherweise beschuldigt, dass ihm kein Mensch glaubt und ...«

»Nein, nein, nein!«, unterbrach sie ihn vehement. Dann

atmete sie tief durch, um einen klaren Kopf zu bekommen und sich eine Lüge auszudenken, die Donald davon überzeugen konnte, dass ihr gar nichts anderes übrig geblieben war, als einen gesuchten Mann bei sich aufzunehmen.

Donald verschränkte die Arme vor der Brust. »Schön, Emily, ich höre. Nein, warte, ehe du mir die zweifellos fantastischste Geschichte erzählst, die mir je zu Ohren gekommen ist, möchte ich wissen, warum du nicht dafür gesorgt hast, dass er aus deinem Bett verschwindet, bevor ich hier aufgetaucht bin.«

Emily versuchte, Ruhe zu bewahren und setzte sich. »Ich wusste nicht, dass du vorhast herzukommen«, sagte sie wahrheitsgemäß, während sie fieberhaft überlegte, wie sie Michaels Anwesenheit in ihrer Wohnung glaubhaft erklären konnte. Auf keinen Fall würde sich Donald mit der Wahrheit zufrieden geben.

Donald ging wortlos zum Anrufbeantworter und drückte auf einen Knopf. »Hi, Liebes, tut mir Leid, aber ich kann am Freitag noch nicht kommen, wie du sicher den Nachrichten entnommen hast. Dieses Attentat nimmt mich voll und ganz in Anspruch. Wahrscheinlich sehen wir uns am Samstagabend. Ich liebe dich.« Die nächste Nachricht war ebenfalls von Donald. »Sorry, Süße, aber ich schaff's heute nicht mehr. Ich habe seit zwei Tagen nicht mehr geschlafen, aber am Sonntag in der Früh bin ich bei dir – ganz bestimmt. Kuschle dich ins Bett und warte auf mich. Du wirst es nicht bereuen.«

Auf dem Band war noch eine dritte Nachricht. Eine Frauenstimme sagte: »Emily, meine Liebe, hier ist Julia Waters. Ich rufe an, um Michael für Sonntagabend zum Dinner einzuladen. Ich hoffe, er kann kommen. Oh, und wenn du nicht zu beschäftigt bist, hätten wir dich natürlich auch gern dabei.«

Donald sah Emily ungläubig an. »Die Leute aus der Stadt wissen Bescheid?«, erkundigte er sich entgeistert. »Sie haben ihn gesehen? Sie haben dich mit diesem Kriminellen zusammen gesehen? Ist dir bewusst, welche Strafe dich erwartet, wenn du einen solchen Kerl vor der Polizei versteckst?«

»Er ist nicht der, der er zu sein scheint«, sagte Emily ganz leise – ihr war noch immer kein plausibles Motiv dafür eingefallen, dass sie Michael geholfen hatte. Donald stand drohend vor ihr. Neben Michael mochte er klein und schmächtig wirken, aber im Augenblick erschien er ihr wie ein Riese.

»Du hast das Band nicht abgehört, oder?«, fragte Donald ruhig. »Deshalb lag er in deinem Bett. Vielleicht hast du ja die Nacht mit ihm verbracht, und es war dir gleichgültig, ob ich euch zusammen erwische oder nicht.«

»Nein«, gab sie scharf zurück. »Er war betrunken, als er heute Nacht heimkam, deshalb habe ich ihn in mein Bett gesteckt. Ich habe auf der Couch geschlafen. Wir haben nichts miteinander.«

»Und das soll ich dir glauben? Du hast mich die ganze Zeit angelogen – wieso solltest du ausgerechnet in diesem Punkt die Wahrheit sagen?«

Emily wusste, dass sie ihm Paroli bieten musste – wie Irene ihr immer wieder sagte, ließ sie sich viel zu oft zum Fußabtreter machen –, aber sie hatte ein schlechtes Gewissen, weil sie in den letzten Tagen überhaupt nicht an Donald gedacht hatte. Eigenartigerweise hatte sich gestern auch kein Mensch nach ihm erkundigt. Emily warf einen Blick auf die Schlafzimmertür. Es würde sie nicht wundern, wenn Michael Schwarze Magie angewendet hätte, um Donald aus ihren Gedanken zu verbannen und andere Leute davon abzuhalten, seinen Namen zu erwähnen. Konnte er so was?

»Also«, drängte Donald, »ich warte.«

»Ich helfe ihm, die Wahrheit herauszufinden«, brachte sie mühsam heraus. »Er ist unschuldig.«

»Klar«, gab Donald zurück. »Die Gefängnisse sind voll von unschuldigen Menschen.«

Emily bewies Rückgrat. Sie bedachte ihn mit einem wütenden Blick. »Wenn du zu allem solche Kommentare abgibst, erspare ich mir jede weitere Erklärung.«

Donald ließ sich mit einer theatralischen Geste ihr gegenüber nieder. »Verzeih mir, dass ich nicht allzu gut gelaunt bin«, sagte er, »aber ich habe zwei Tage lang vor dem Krankenhaus gestanden und versucht, in Erfahrung zu bringen, ob der Bürgermeister das Attentat überlebt hat oder nicht. Aber davon hattest du natürlich auch keine Ahnung, oder? Nein, natürlich nicht. Du und ...«, er warf einen giftigen Blick auf die geschlossene Tür. »Ihr beide wart viel zu beschäftigt damit, gesellschaftliche Kontakte in ganz Greenbriar zu knüpfen – da hattet ihr natürlich keine Zeit für die Nachrichten. Wenn du jetzt bitte die Güte hättest, mir zu erzählen, wieso dieser Kerl bei dir *wohnt*. Wieso sagst du, er ist ›heimgekommen‹, als wäre dies hier *sein* Zuhause?«

Emily hätte gern gewusst, wie es dem Bürgermeister ging, aber eine solche Frage hätte nur Donalds schlimmste Befürchtungen bestätigt. Und sie brauchte sich nicht eingehend in ihrer Wohnung umzusehen, um zu wissen, warum Donald annahm, dass Michael seit Tagen hier kampierte. Seine frisch gebügelten Hemden hingen am Wäscheschrank, ein Paar seiner Schuhe stand neben der Couch, auf dem Tischchen neben der Eingangstür lagen drei zerfledderte Sportzeitschriften und der Inhalt seiner Hosentasche.

»Wir stellen Nachforschungen an, um herauszufinden, wer der wahre Täter ist«, erklärte sie lahm und senkte den Blick auf ihre Hände. Da Donald schwieg, schaute sie auf. Sein Gesicht war wutverzerrt, und Emily lief bei seinem Anblick ein eisiger Schauer über den Rücken. »Ich helfe ihm, wie ich dir immer bei deinen Recherchen geholfen habe«, sagte sie. »Du hast mir immer wieder gesagt, dass ich gut darin bin, deshalb ... Ich unterstütze ihn bei der Suche nach dem wahren Verbrecher.«

»Bist du in ihn verliebt?«, erkundigte sich Donald nüchtern.

»Nein, natürlich nicht«, versicherte sie rasch. »Er ist nur, na ja, ein Freund.«

»Normalerweise erlaubst du Freunden nicht, bei dir zu nächtigen.«

Plötzlich schoss Emily ein seltsamer Gedanke durch den Kopf: Warum verschwindet Donald nicht einfach? Würde nicht jeder andere Mann, der einen anderen in der Wohnung seiner Verlobten vorfindet, einen Tobsuchtsanfall bekommen und *gehen?*

»Und du glaubst ihm«, stellte Donald fest. »Du nimmst ihm jede Lüge ab, die er sich zusammenreimt, fütterst ihn, bietest ihm Obdach und machst ihn mit allen Bewohnern der Stadt bekannt. Habe ich das richtig verstanden?«

»Es ist nicht so, wie es aussieht«, murmelte sie. »Er ...« Sie sah Donald in die Augen. »Er hat sein Gedächtnis verloren und kann sich an gar nichts mehr erinnern.«

»Wie bitte?«

»Er weiß nicht einmal mehr, welches Essen ihm besonders gut schmeckt, wie man Kleider kauft oder einen Job und eine Wohnung bekommt.«

Donalds Blick sprach Bände.

»Er weiß nichts«, setzte sie mit einem, wie sie hoffte, versöhnlichen Lächeln hinzu. »Ehrlich, er kann nicht einmal Knöpfe zumachen ohne Hilfe.«

Donald stand ohne ein Wort auf, nahm sein Jackett, das er auf einen Stuhl gelegt hatte, und sah auf Emily nieder. »Emily, eine Sache lernt ein Journalist ziemlich schnell – er riecht es, wenn jemand lügt. Und du hast mir gerade eine Lüge nach der anderen aufgetischt. Ich weiß nicht, was in Wirklichkeit vorgeht. Vielleicht erpresst er dich, oder er hat gedroht, dir etwas anzutun. Aber da du dir nicht von mir helfen lässt, kann ich nichts für dich tun.«

Als er sein Jackett anzog, sprang Emily auf. »Donald, es tut mir Leid, ehrlich. Ich versuche, dir etwas zu erklären, was ich selbst nicht verstehe. Wenn du nur ein bisschen Geduld hast, dann ...«

»Dann was?«, fiel er ihr ins Wort. »Dann entscheidest du dich für einen von uns? Dann weißt du, ob du mich, den du schon seit Jahren kennst, willst oder ihn, einen berüchtigten Verbrecher, der dir erst vor einer Woche über den Weg gelaufen ist? Du meinst, ich soll mich gedulden, bis du dir klar geworden bist, wer von uns beiden der Richtige für dich ist?«

»Ich ... ich weiß es nicht«, stammelte sie. »Ich verstehe gar nichts mehr. Mein Leben ist vollkommen durcheinander.«

»Gut, ich will es dir etwas leichter machen. Entweder er oder ich – darum geht es hier«, sagte er leise und ging.

Kapitel 13

Zwei Minuten, nachdem Donald gegangen war, kam Michael aus dem Schlafzimmer. Er trug eine Hose und ein Hemd, das er weder zugeknöpft noch in den Bund gesteckt hatte. So wie er aussah, kannte er jetzt die teuflische Auswirkung von zu viel Alkohol.

»Ich will kein Wort hören«, warnte Emily, ohne ihn eines Blickes zu würdigen. »Kein einziges Wort. Ich möchte, dass du deine Taschen packst und von hier verschwindest, und zwar sofort.«

Michael setzte sich in den Sessel, der ihrem gegenüber stand. »Ich habe keine Taschen. Es sei denn, du meinst die Tüten aus dem Lebensmittelladen.«

Sie bedachte ihn mit einem boshaften Blick – sie wollte ihm zeigen, wie sehr sie ihn hasste. Er hatte dunkle Ringe unter den Augen, und sein Gesicht sah längst nicht so frisch und gesund aus wie sonst. »Gut«, meinte sie. »Ich freue mich, dass du dich elend fühlst. Das geschieht dir ganz recht. Du hast mein Leben *ruiniert*.«

Michael strich sich übers Gesicht. »Wenn es mich nicht gäbe, hättest du gar kein Leben mehr«, sagte er.

»Was soll das heißen? Mein Leben war schön und vollkommen in Ordnung, ehe du aufgetaucht bist, und genau das wird es wieder, sobald du wieder weg bist.«

»Du kannst jeden belügen, nur nicht mich. Du warst allein und einsam, bis ich dir begegnet bin. Kann ich irgendetwas gegen das dumpfe Gefühl in diesem Kopf tun? Und der Magen tut auch weh.«

Emily setzte eine hochmütige Miene auf und erhob sich. »Ich möchte, dass du in einer Stunde diese Wohnung verlassen hast.« Es kostete sie große Anstrengung, die Selbstbeherrschung nicht zu verlieren, als sie auf die Terrasse ging. Dort setzte sie sich auf einen Stuhl, verschränkte die Arme und wartete.

Sie wusste selbst nicht, wie lange sie so da gesessen hatte, als sie das Wasser in der Dusche rauschen hörte. Nach einer Weile wurde es wieder still, und sie wusste, dass Michael vor dem Spiegel stand und sich rasierte. Unter gar keinen Umständen wollte sie darüber nachdenken, was er über ihre Einsamkeit gesagt hatte oder darüber, wie ihr Leben ohne ihn sein würde.

Nach einer Weile rumorte er in der Küche herum und kam schließlich auf die Terrasse, ließ sich auf den Stuhl neben ihr fallen und stellte etwas auf den kleinen Tisch, der zwischen ihnen stand. Sie hatte nicht die Absicht, ihn oder das, was er mitgebracht hatte, anzusehen.

»Ich habe einen Tee für dich«, sagte er leise. »Mit Milch, wie du ihn magst, und ein paar von den Butterdingern, die wir gestern hatten. Wie nennt man die?«

»Croissants«, antwortete sie. »Hast du gepackt?«

»Nein, ich gehe nicht weg.«

Sie drehte ihm ihr Gesicht zu und funkelte ihn wütend an. Er sah frischer und sauber aus, nachdem er sich rasiert hatte, aber in seinen Augen sah sie nicht nur die Qualen, die ihm der Kater bereitete, sondern auch eine Traurigkeit, deren Ursprung sie lieber nicht ergründen wollte.

»Wenn du nicht gehst, liefere ich dich der Polizei aus.«

»Nein, das tust du bestimmt nicht.« Er trank einen Schluck von seinem Tee. »Emily, ich weiß, dass du dir nicht eingestehen willst, wer oder was ich bin, aber das ändert nichts an den Tatsachen. Ich bin ein Engel. Nein ... ich bin *dein* Engel, und ich weiß besser als du, was du willst. Im Moment bist du ziemlich durcheinander. Du scheinst dich zu uns beiden, zu mir und diesem Mann, hingezogen zu fühlen, und du kannst dich nicht entscheiden, welchem von uns du den Vorzug geben sollst.«

Mit dieser Feststellung nahm er ihr den Wind aus den Segeln. »Wenn du kein Engel bist, bist du ein Verbrecher. Wie auch immer – du bist nicht der Mann, den ich ... den ich brauche.«

»Das weiß ich«, erwiderte er sanft und sah sie mit einem so schmerzlichen Blick an, dass sie sich abwandte. »Das weiß ich besser als du. Sobald mir klar ist, was dich bedroht, werde ich wieder abberufen. Und soweit ich weiß, wirst du dich dann nicht mehr an mich erinnern.« Er nahm einen Schluck von seinem Tee. »Ich habe das Böse gefunden.«

»Erzähl mir davon – ich bin wirklich gespannt. War es das Glücksspiel, der Whiskey oder die Männer, die sich gegenseitig ins Gesicht schlagen?«

»Es ist Donald.«

Emilys schlechte Stimmung verflog, und sie brach in schallendes Gelächter aus. »Das ist der beste Witz, den ich je gehört habe. Donald hat jeden Grund, böse zu sein. Schließlich bin ich mit ihm verlobt. Aber deine Eifersucht ist einfach lächerlich.«

»Er hat das Böse mitgebracht.«

»Na klar«, erwiderte sie. »In seiner Gesäßtasche, stimmt's? Oder vielleicht in seinem Aktenkoffer.«

»Ich habe nicht behauptet, dass dein geliebter Donald böse *ist*, ich habe nur gesagt, dass es mit ihm gekommen ist. Das drohende Unheil hat etwas mit ihm zu tun. Diese Bombe an deinem Wagen ... diese Tat kam irgendwie durch ihn zu Stande.«

»Darf ich dich daran erinnern, dass das ein Anschlag auf *dich* sein sollte?«

»Nein, nicht auf mich – das habe ich dir von Anfang an gesagt. Die Männer, die die Bombe installiert haben, haben irgendwie erfahren, wo du bist, und sie hielten die Gelegenheit für günstig, dich ein für alle Mal loszuwerden. Sie wussten, dass das FBI dich befragt hat, und dachten, dass sie sich ein bisschen Luft verschaffen könnten, wenn sie dich beseitigen.«

Emily runzelte die Stirn. »Das alles macht keinen Sinn. Ich bin keine Königliche Hoheit, und mein Aufenthaltsort wird nicht im täglichen Hofbericht bekannt gegeben. Ich bin nicht einmal im Fernsehen zu sehen wie Donald, also ...« Sie sah auf. »Diese Sendung, die Donald an dem Wochenende moderiert hat. Das hätte ich bei all dem Chaos beinahe vergessen. Er hat mir einen Engel verliehen ...«

»*Was?*« Michael presste die Lippen zusammen. Es war nicht zu übersehen, dass ihm die Lautstärke, mit der er diese Frage geäußert hatte, Kopfschmerzen verursachte.

»Könntest du vielleicht für eine Sekunde deine Eifersucht vergessen? Der Sender, in dem Donald arbeitet, hat mich mit einem Engel ausgezeichnet. Das ist eine kleine Statue, die sie an jedem Samstag an einen Einwohner dieses Staates vergeben, der sich um das Gemeinwohl verdient gemacht hat. Mein Bild wurde im Fernsehen gezeigt, kurz bevor sie die Geschichte über dich gebracht haben, und Donald erwähnte den Ort der Preisverleihung, die die National Library Association veranstaltet hat. Mein Hotel war zwar einige Meilen entfernt von diesem Ort, aber es konnte nicht schwer gewesen sein, mich ausfindig zu machen ... Moment mal«, rief sie und sah ihn aus zusammengekniffenen Augen an. »Du versuchst, mich abzulenken. Hier geht es gar nicht um diese Autobombe, sondern um dich, um mich und um den Mann, den ich liebe. Ich habe ihm etwas Furchtbares angetan. Ich weiß nicht, wie ich mich fühlen würde, wenn ich von der Arbeit nach Hause käme und eine andere Frau in seiner Wohnung vorfinden würde – eine Frau, die offensichtlich bei ihm *lebt*. Genau das habe ich Donald zugemutet.«

»Wenn wir nicht in Erfahrung bringen, wer dich umbringen will, wirst du überhaupt keine Zukunft haben – egal mit welchem Mann.«

»Ich denke, wir sollten diese Aufgabe der Polizei überlassen«, erklärte sie, ohne ihn anzusehen. Was machte das FBI mit jemandem, der auf der Fahndungsliste stand? Das war nicht ihr Problem. Und wenn Michael wirklich der war, der er zu sein behauptete, wäre es auch kein Problem für ihn.

»Du hast recht«, sagte er, und ihr war sofort klar, dass er sich auf ihre Gedanken bezog. »Mir geschieht nichts. Aber würden sie nicht dich irgendwie bestrafen, wenn sie herausfinden, dass du nicht die Wahrheit gesagt hast, als sie dich nach mir befragt haben? Du hast gesagt, dass du nicht wüsstest, wo ich bin.«

»Na toll«, rief sie und hob die Hände. »Ich bin vor der Polizei auf der Flucht wie du. Ich schätze, ich bin sogar in einer noch viel schlimmeren Lage als du, denn du brauchst nur deine Flügel auszubreiten und wegzufliegen«, sagte sie so giftig wie möglich.

Michael achtete gar nicht auf ihre Gehässigkeit. »Emily, deine einzige Chance ist, dass wir herausfinden, weshalb ich hier bin, und die Sache in Ordnung bringen. Danach werde ich bestimmt zurückgerufen, und ich verschwinde für immer und ewig aus deinem Leben.«

»Zurückgerufen«, wiederholte sie im Flüsterton.

»Sicher. Wie du sehr wohl weißt, ist dieser Körper bereits tot.«

Emily schaute ihn an. Jetzt, da sie sich beruhigt hatte, wollte sie gar nicht daran denken, dass sie ihn nie wiedersehen würde.

»Du magst diesen Körper, oder?«, fragte er mit heiserer Stimme.

Das brachte Emily in die Wirklichkeit zurück. »Nein. Ich mag Donalds Körper. Verstanden? *Donalds* Körper. Genau genommen mag ich alles an ihm.«

Michael wandte sich ab und betrachtete mit einem kleinen Lächeln, das ihren Zorn von neuem entfachte, die Bäume hinter dem Haus. »Du würdest mich schrecklich vermissen, wenn ich ginge.« Bevor sie etwas darauf erwidern konnte, grinste er sie an und fügte hinzu: »Emily, Liebes, wenn es wirklich dein Herzenswunsch wäre, dass ich dich verlasse, wäre ich in einer Minute weg, aber du willst gar nicht, dass ich gehe. Im Grunde hat es dir ganz gut gefallen, diesen Alten sowieso eifersüchtig zu machen.«

»Ich hasse dich.«

»Ja, ich spüre deinen Hass«, gab er kichernd zurück.

»Hör mal, das Ganze ist wirklich ernst.«

»Nein. Genau genommen will dich dieser Kerl jetzt mehr denn je. Er hat in dir immer die brave Emily gesehen, die alles mitmacht und geduldig auf ihn wartet – es kann nicht schaden, wenn er ein bisschen wachgerührt wird.«

»Wachgerüttelt«, korrigierte sie. Erst jetzt griff sie nach der Teetasse und trank den ersten Schluck. Er war ziemlich kühl geworden, aber sie achtete nicht darauf. Michael gab Weisheiten von sich, die er in einem Selbsthilfebuch gefunden haben könnte. Wie verführe ich meinen Mann – oder so ähnlich. Emily hatte nie zu der Sorte Frauen gehört, die Männer eifersüchtig machte. Irene wandte diese Taktik hin und wieder an. Aber eine so schöne Frau wie Irene konnte das Risiko eingehen, einen Mann zu verlieren, während sie mit ihm ihre Spielchen trieb. Aber sie selbst ...

»Deine Gedanken gefallen mir nicht«, sagte Michael ärgerlich. »Wir sollten lieber beim Thema bleiben. Kannst du dich nicht ausnahmsweise einmal gegen deinen Freund behaupten und ihm klipp und klar sagen, was du beabsichtigst? Sag ihm, dass du mir, egal was er dazu sagt, helfen wirst, einige Informationen einzuholen, und wenn ihm das nicht passt, dann kann er ... kann er ...« Er sah sie Hilfe suchend an. »Wie sagen die Menschen immer? Ein Käfer werden?«

»Die Fliege machen. Abschwirren.«

»Genau. Können wir erst einmal etwas essen? Irgendetwas Weiches, damit ich nicht kauen muss.«

Sie lächelte widerwillig. »Ich glaube ehrlich, der Teufel hat dich mir geschickt, jedenfalls könnten deine Ideen vom Leibhaftigen persönlich stammen.«

»Lass das bloß nicht Adrian hören. Dieser Kopf würde platzen, wenn er sich sein Geschrei anhören müsste.«

Sie grinste schief. »Wird er dir eine Standpauke halten, wenn du Donald und mich auseinanderbringst oder unserer Beziehung einen dauerhaften Schaden zufügst?«

Einen Moment glaubte sie, Michael würde das abstreiten, aber dann verzog sich sein Mund. »Emily, meine Liebe, du bist einfach zu clever. Ich kenne nicht viele Regeln, nach denen ihr Sterbliche euch richtet, aber ich weiß, dass ich mich nicht einmischen darf. Das hat mich die Erfahrung gelehrt.«

»Ach? Und welche Erfahrungen sind das? Ist dir jemand auf die Schliche gekommen, als du arme Sterbliche im Gefängnis hast schmoren lassen, obwohl sie gar nichts verbrochen hatten?« Sie lachte, als sie Michaels betretenes Gesicht sah. »Komm, ich mach dir einen Pudding.«

»Das klingt gut«, meinte er. Er hatte keine Ahnung, warum sie über ihn lachte.

Kapitel 14

Emily warf noch einen Stapel Papiere in den Papierkorb, und als die Hälfte davon zu Boden rutschte, weil der Korb voll war, packte sie sie ärgerlich und schnitt sich an den scharfen Papierkanten zwei Mal in denselben Finger.

»Verdammt, verdammt!«, brummte sie und saugte an ihrem Finger, während sie sich schwer auf den Schreibtischsessel fallen ließ. In ihrem Büro standen drei große Plastiksäcke voll überholter Broschüren, vergilbten Papiers und veralteter Druckschriften, die Emily schon vor Jahren hätte wegwerfen müssen, aber bis heute hatte sie weder die Zeit noch die Energie dafür gehabt.

Sie wandte sich dem Fenster und der untergehenden Sonne zu und sah sich nach etwas um, was sie sauber machen, wegwerfen oder aufräumen konnte. Sie war seit dem Morgen in der Bibliothek und hatte an ihrem kostbaren freien Tag Arbeiten erledigt, die sie hasste. Sie hatte etwas gebraucht, was sie von den Vorgängen in ihrem realen Leben ablenkte, in dem zwei Männer, die beide entschlossen zu sein schienen, sie in den Wahnsinn zu treiben, die Hauptrollen spielten.

Nachdem Donald am Morgen ihre Wohnung verlassen hatte, wollte sie ihn anrufen, aber er hatte den Hörer nicht abgenommen. Das zeigte, wie aufgebracht er war, denn das Telefon war ihm hoch und heilig, und er war normalerweise immer erreichbar. Sie ging zu ihm hinüber, klopfte an seine Wohnungstür, doch er reagierte nicht. Und als sie sah, dass sein Auto nicht mehr auf dem Parkplatz stand, wusste sie, dass er in die Stadt zurückgefahren war.

Michael war keine große Hilfe. Er freute sich sichtlich, dass Donald das Feld geräumt hatte und Emily den Tag mit ihm verbringen konnte.

Aber Emily verspürte plötzlich gar keine Lust mehr, mit irgendeinem Mann zusammen zu sein. Sie wollte allein sein und etwas Nützliches tun, während sie versuchte, zu einer Entscheidung zu kommen.

Und jetzt, nachdem sie stundenlang Akten aufgeräumt und das Archiv ausgemistet hatte, war sie müde, aber einer Entscheidung kein bisschen näher gekommen.

Donald war natürlich die Liebe ihres Lebens. Aber er war immer so *»beschäftigt.«* Und ständig unterwegs. Es gab Zeiten, in denen sie sich so einsam fühlte, dass sie mit den Schauspielern und Moderatoren im Fernsehen redete. Sie träumte von einem normalen Leben mit einem gemeinsamen Frühstück am Morgen und davon, Pläne fürs Wochenende machen zu können, ohne Angst haben zu müssen, dass der Mann an ihrer Seite zu einem unvorhergesehenen Ereignis gerufen wurde.

Sie vermutete jedoch, dass viele Frauen ihr Los teilten – Frauen, die mit Ärzten, Feuerwehrmännern oder anderen verheiratet waren, deren Berufe sie zwangen, das Familienleben zu vernachlässigen.

Aber mit Michael! Es war schön, mit ihm zusammen zu sein. Er war so aufmerksam, so ... und doch gehörte er nicht zu ihr, rief sie sich ins Gedächtnis. Was wusste sie schon von ihm? Einerseits war er ein gesuchter Verbrecher, andererseits der warmherzigste, sanfteste Mann, dem sie je begegnet war. Er war ...

»Was haben Sie mit meinem Mann angestellt?«

Emily sah blinzelnd auf. Eine große, dunkelhaarige Frau stand vor ihr und musterte sie mit einem lodernden Blick. Sie war schön und perfekt geschminkt wie die Darstellerinnen in den Seifenopern und trug ein rotes Kostüm, das, wie Emily dachte, auf ihre üppigen Kurven zugeschnitten worden sein musste.

»Sind Sie taub?«, herrschte die Fremde sie an. Erst jetzt entdeckte Emily die Pistole in der Hand ihrer Besucherin.

»Ich ...«, begann Emily, mehr fiel ihr nicht ein. Kleinstadtbibliothekarinnen wurden gewöhnlich nicht mit Waffen bedroht.

»Mike!« Die Frau kam mit ausgestreckter Waffe näher. »Wo ist Mike?«, kreischte sie, als würde sie Emily wirklich für taub halten.

»Zu Hause«, antwortete Emily mit gepresster Stimme.

»Bei *Ihnen* zu Hause?« Die Dunkelhaarige taxierte Emily von oben bis unten und verzog die perfekt geformten Lippen zu einem höhnischen Grinsen.

Ich glaube, ich habe in meinem ganzen Leben zusammengenommen noch nicht so viel Lippenstift aufgetragen wie diese Person auf einmal, ging es Emily unpassenderweise durch den Kopf.

»Sie sind ganz anders als seine anderen Flittchen«, stellte die Frau fest. »Aber Mike experimentiert gern.« Sie schaute sich um. »Man kennt einen Mann nie durch und durch, nicht? Mike mochte immer das wilde Leben – Glücksspiel, Töten, Blut und Geld. Sie kennen sicher diese Typen.«

Emily lächelte matt. »In Greenbriar gibt es nicht allzu viele davon.«

Die Fremde zögerte einen Moment, dann lächelte sie. »Sie sind nicht wie die anderen, oder?« Sie ließ sich mit einem Seufzen auf den einzigen Stuhl im Büro fallen und rieb sich ihren linken Knöchel. Ihre relativ großen Füße waren in hochhackige rote Sandalen gezwängt – solche Schuhe hatte Emily bisher nur in einem Buch mit dem Titel *Fetische* gesehen.

»Erzählen Sie mir von Mike und Ihnen?«

Obwohl sich die Frau zu entspannen schien, hielt sie die Waffe fest in der Hand, und als Emily in ihrer Nervosität einen Papierstapel auf den Boden warf, zielte die Fremde sofort wieder auf Emilys Kopf.

»Ich ... ich habe ihn mit dem Auto angefahren«, brachte Emily heraus, obwohl ihre Kehle entsetzlich trocken war. »Und danach hat er Sie reingelegt. Was hat er gemacht? Ihnen gedroht, zur Polizei zu gehen, wenn Sie nicht tun, was er verlangt?«

»Ja«, bestätigte Emily überrascht. »Genau das hat er getan.«

»Hm, ich war nicht sicher, ob er es ist, aber jetzt weiß ich es genau. Und welche Lügengeschichte hat er Ihnen vorgebetet? Dass er unschuldig ist natürlich, aber ansonsten hat er ein großes Repertoire, auf das er zurückgreifen kann – zum Beispiel gibt er sich gern als Schreibmaschinenvertreter aus. Das ist meine Lieblingsgeschichte. Damit erntet er viel Mitgefühl. Jede Frau, die einen Computer besitzt, bedauert ihn von Herzen. Was hat er Ihnen erzählt, um bei Ihnen Unterschlupf zu finden?«

»Er behauptet, er sei ein Engel«, hörte sich Emily selbst sagen.

»Verdammte Hölle«, hauchte die Fremde. »Das ist neu. Sind Sie darauf reingefallen?«

»So ziemlich«, erwiderte Emily mit einem vorsichtigen Lächeln.

Die Frau kniff ihre professionell geschminkten Augen zusammen und starrte Emily eine Weile sprachlos an. Schließlich sagte sie: »Mein Vater hat immer gesagt, dass Bildung bei Mädchen reine Verschwendung wäre. Ich schätze, er hatte recht, wenn Sie all diese Bücher gelesen haben und trotzdem einem Killer wie Mike glauben, dass er ein Engel ist.« Sie beugte sich vor. »Wie hat er erklärt, dass er keine Flügel hat? Oder sind ihm welche gewachsen?« Dieser Gedanke schien sie so sehr zu amüsieren, dass sie lauthals loslachte und ihre unnatürlich weißen und regelmäßigen Zähne zeigte.

»Wirkliche Engel haben keine Flügel«, erklärte Emily mit einer Gelassenheit, die sie selbst in Erstaunen versetzte. Aber was konnte ihr jetzt noch Schlimmeres passieren? In den letzten Tagen hatte sie es mit Gespenstern, Engeln und einer Autobombe zu tun gehabt. »Haben Sie vor, mich umzubringen?«, fragte sie.

»Nein.« Die nächtliche Besucherin schien empört zu sein, dass Emily ihr so etwas zutraute. »Ich will nur, dass Sie mich zu Mike bringen, damit ich ihn den Cops übergeben kann.«

»Aber er ist Ihr Mann«, warf Emily ein.

»Haben Sie schon mal mit einem Kerl zusammengelebt, der Nektar für jedes weibliche Wesen unter neunzig ist? Sogar kleine Mädchen fliegen auf ihn.«

»Sie stürmen auf ihn zu und setzen sich auf seinen Schoß«, murmelte Emily.

»Richtig. Und ich musste mit ansehen, wie auch die Fünfundzwanzigjährigen auf ihn zustürmen, wenn man das so ausdrücken darf. Die Versager, die er umgebracht hat, waren mir egal, aber diese *Mädchen* – die haben mich wirklich gestört.«

»Dann ist er also *wirklich* ein Killer? Das FBI schien nicht hundertprozentig sicher gewesen zu sein.«

»Klar ist er das, und sie wissen es ganz genau. Was meinen Sie, wer auf ihn geschossen hat? Ich kann Ihnen sagen, ich war entsetzt, als ich hörte, dass er noch lebt. Können wir jetzt gehen?«

Dieser abrupte Themenwechsel überrumpelte Emily regelrecht. »Gehen?«

»Ja. Gehen wir zu Mike und bringen die Sache hinter uns.«

»Hinter uns?« Emily wusste selbst, dass sie sich wie ein Papagei anhörte.

»Süße, es wird Zeit, dass Sie in die Realität zurückkehren. Wer hat ihn wohl beim ersten Mal verpfiffen, was denken Sie? Ich hatte die Nase voll von ihm und seinen Weibergeschichten, deshalb hab' ich ein paar Leuten verraten, wo er sich aufhält, und sie waren mir sehr dankbar, wenn Sie verstehen, was ich meine.«

Emily wusste, dass sie ihren Mann für Geld verraten hatte, und jetzt verlangte sie, zu Michael gebracht zu werden, damit sie ihn ein zweites Mal ausliefern konnte. Ob man ihr wieder eine Belohnung dafür versprochen hatte?

Die Frau deutete Emilys Zögern falsch. »Hören Sie,

vielleicht können wir uns die Belohnung teilen. Sie führen mich zu ihm, und wenn ich ihn ohne Probleme erwische, gebe ich Ihnen zwanzig Prozent.«

»Erwischen?«

»Ja, kaltmachen, ausschalten, eliminieren«, sagte sie, als wäre Emily ein Einfaltspinsel. »Sie wollen ihn doch loswerden, oder nicht?« Sie kniff die Augen zusammen und umfasste die Pistole fester. »Oder sind Sie auf ihn hereingefallen? Vielleicht glauben Sie ja wirklich, dass er ein Engel ist.«

»Nein ... ich ...« Ein Abschluss in der Bibliothekarinnenschule bereitete einen nicht auf den Umgang mit rachsüchtigen Ehefrauen vor, die noch dazu mit Waffen herumfuchtelten. Und man lernte in dieser Schule auch nicht, über Leben und Tod zu entscheiden.

»Auf wessen Seite stehen Sie eigentlich?«

»Auf Ihrer«, beteuerte Emily prompt, während sie überlegte, wie sie die Wahnsinnige hinhalten konnte. Ob sie ihr ein Treffen auf neutralem Boden vorschlagen konnte? »Sie begleiten mich jetzt besser. Er ist in Ihrer Wohnung, stimmt's?«

»Nein, ich glaube, er ist mit den Jungs unterwegs. Er mag Football und sieht sich gern die Videos von den Spielen an.«

Die Frau starrte Emily an, als hätte sie eine Geistesgestörte vor sich. »Mike? Er mag Football? Und ist gern mit den Jungs zusammen?« Sie sprang auf und richtete den Pistolenlauf auf Emilys Schläfe. »Schön, ich hab' kapiert. Sie sind eine schlichte kleine Bibliothekarin und lieben den Nervenkitzel, wenn Sie einem Killer Obdach gewähren. Wahrscheinlich ist das das einzig Aufregende, was Sie jemals erlebt haben.«

»Also, das ist ja wohl das Unverschämteste, was ich je gehört habe!«, entrüstete sich Emily und stand ebenfalls auf. »Was bilden Sie sich ein? Sie glauben doch wohl nicht, dass Sie mich und mein Leben beurteilen können, oder? Nur weil ich in einer kleinen Stadt wohne, bin ich noch lange nicht ...«

»Sind die beiden Ladys vielleicht auf der Suche nach mir?«

Sie drehten sich beide um. Michael stand in der Tür, sein Haar war zerzaust, als käme er gerade aus dem Bett.

»Sie hat eine Pistole!«, schrie Emily und machte einen Satz, um die Frau anzugreifen.

Die Waffe ging los, bevor Emily etwas ausrichten konnte, und Michael stand direkt in der Schusslinie. Emily landete zu Füßen der Dunkelhaarigen auf dem Boden. Sie drehte sich um und sah, wie Michael zurücktaumelte und die Hand auf seine Schulter presste. Emily war sicher, dass er getroffen worden war, aber schon im nächsten Moment stand er wieder aufrecht und ging auf die Frau zu.

»Was ist das für eine neue Masche, Mike? Versuchst du, die Kleine zu beeindrucken? Sie ist doch gar nicht dein Typ, Menschenskind. Oder bist du jetzt auf die Naiven scharf, nachdem du alle Schlampen des Landes schon im Bett hattest?«

Michael ging ungerührt weiter und streckte die Hand aus. »Gib mir die Waffe«, sagte er leise. »Ich will nicht, dass Emily verletzt wird – oder du.«

»Ich zeig' dir gleich, wer verletzt wird«, fauchte sie, hob die Pistole ein wenig höher und versuchte, den Abzug zu drücken. Aber Michael war schneller. Obwohl Emily die Szene vom Boden aus gebannt verfolgte, sah sie nicht, wie er sich bewegte. Vor einer Sekunde stand er noch fast an der Tür, in der nächsten war er bei der Schützin und hatte die Pistole in der Hand.

»Elender Bastard!«, schrie die Frau und stürzte sich auf ihn. Er packte sie und hielt sie fest, als sie ihn mit Fäusten, den gefährlichen Schuhen und ihren Zähnen attackierte.

»Geh raus, Emily«, sagte Michael, als die Frau an seinen Haaren zerrte und ihre Zähne in seine Schulter schlug. Emily sah, dass Michael Schmerzen litt, und hielt nach etwas Ausschau, womit sie die Angreiferin schlagen und von Michael abdrängen konnte, aber sie entdeckte nichts. »Geh!«, befahl Michael. »Sofort!«

Emily zögerte keinen Augenblick mehr. Sie rannte hinaus in die Nacht. Als sie die kühle Luft einatmete, beruhigte sie sich so weit, dass sie wieder einigermaßen klar denken konnte. Sie konnte Michael nicht mit dieser Wahnsinnigen allein lassen, aber was sollte sie tun? Die Polizei zu rufen war kaum die richtige Lösung.

Ehe sie einen Entschluss fassen konnte, flog die schwere Eingangstür der Bibliothek auf, und die Fremde lief an Emily vorbei, ohne auch nur einen Blick in ihre Richtung zu werfen.

Emily drückte sich gegen die Hausmauer und hoffte, dass die Frau nicht auf sie aufmerksam wurde. Sie sah keine Pistole, aber sie konnte nicht sicher sein, ob es Michael gelungen war, sie zu behalten.

Erst als sich Emily um das Hauseck wagte, fiel es ihr wie Schuppen von den Augen. Diese Person hatte *ihre* Handtasche unter dem Arm! Bilder von Kreditkarten, Schlüsseln und dem Pillendöschen, das ihr Vater ihr geschenkt hatte, wirbelten vor ihrem geistigen Auge.

Ohne nachzudenken, rannte Emily der Diebin hinterher.

Die Frau im roten Kostüm steuerte schnurstracks Emilys Auto an und hielt bereits den Schlüssel in der Hand.

»Sie werden meinen Wagen *nicht* stehlen!«, brüllte Emily und stürzte sich mit einem Riesensprung auf die Frau. Später konnte sich Emily nicht mehr erinnern, was als nächstes geschah, weil alles rasend schnell ging. Plötzlich tauchte Michael wie aus dem Nichts auf, packte sie und schleuderte sie gegen die Hausmauer. Sie prallte mit einer solchen Wucht gegen die Wand, dass sie fast das Bewusstsein verlor.

Benommen richtete sie sich auf und sah, wie Michael den Wagen erreichte, als die Frau die Tür öffnete und einstieg.

Mit einem Mal wurde der Himmel hell, und die Welt explodierte. Emily versuchte, mit dem Arm ihre Augen vor der Hitze zu schützen und drehte das Gesicht zur Mauer.

Im nächsten Moment sprang sie auf und wollte auf das flammende Inferno zulaufen, das einmal ihr Auto gewesen war. Michael hatte die Hand an der Fahrertür gehabt, kurz bevor die Hölle losgebrochen war – dann hatte sie ihn nicht mehr gesehen.

Es war unmöglich, sich dem brennenden Auto zu nähern – die Hitze war zu stark. Der Geruch nach Benzin lag in der Luft, und die Flammen loderten bis zu den Bäumen. Nach ein paar vergeblichen Versuchen, zur Fahrertür zu gelangen, gab Emily auf und wich ein paar Schritte zurück. Ihre Augen brannten, und ihre Haut fühlte sich an, als wäre sie verbrannt.

»Michael«, flüsterte sie, als sie noch weiter zurücktrat.

Als sie sich an die kühle Mauer des Hauses lehnte und die grelle Feuersäule entsetzt anstarrte, glaubte sie, eine Bewegung in den Flammen wahrzunehmen.

»O mein Gott«, hauchte sie. »Einer von ihnen ist noch am Leben.« Ihr wurde übel. Nicht auszudenken, welche Qualen jemand ausstehen musste, der einer solchen Hitze ausgesetzt war.

Noch während sie wie gelähmt das Geschehen verfolgte, bildete sich inmitten der roten Flammen eine Lichtsäule, die aus purem Gold zu bestehen schien. Emily beobachtete mit weit aufgerissenen Augen, wie die Säule immer größer wurde und sich erneut bewegte – sie kam direkt auf sie zu! Sie drückte sich an die Mauer und hob die Hände, um sich zu schützen.

Die goldene Säule entfernte sich immer weiter von dem brennenden Auto, und als sie nur noch wenige Meter von Emily entfernt war, fiel das Licht von dem Kern ab wie die Schale von einem Ei, und Michael stand plötzlich strahlend vor ihr.

Das Licht verblasste immer mehr, und erst jetzt fiel ihr auf, dass Michael unversehrt war, nicht einmal seine Kleider waren angesengt.

Das alles war zu viel für Emily; sie spürte, wie das Blut aus ihrem Kopf wich und sie langsam in eine gnädige Ohnmacht versank. Sie merkte nur noch, dass sie nicht fiel, weil Michaels starke Arme sie auffingen.

Kapitel 15

Sobald sie aufwachte, packte sie das helle Entsetzen, und sie hätte die Flucht ergriffen, wenn sie nicht jemand festgehalten hätte.

»Ganz ruhig, Emily«, flüsterte eine vertraute Stimme, und wie immer, wenn Michael sie berührte, überkam sie ein unerklärlicher innerer Frieden.

»Was ist passiert?«, fragte sie, als die grauenvollen Bilder der Katastrophe sie bestürmten, und klammerte sich Hilfe suchend an Michael.

Sie lag halb auf seinem Schoß, er hielt sie in den Armen und drückte ihren Kopf an seine Brust. Sie hörte seinen beschleunigten Herzschlag.

»Emily«, raunte er, »ich habe mir solche Sorgen um dich gemacht. Ich hatte furchtbare Angst.« Seine Stimme war so leise, dass sie die Worte mehr erahnte als hörte. »Man hat mich wissen lassen, dass du in Gefahr bist, und ich fürchtete schon, dass ich nicht rechtzeitig bei dir sein könnte.« Er zog sie noch fester an sich, bis ihre Lippen seinen Hals berührten. »Ich dachte, dass sie dich töten würde. Es wäre grauenvoll für mich, wenn ich deinen leblosen Körper in den Armen halten müsste«, flüsterte er, dann drehte er sie so, dass er ihr ins Gesicht sehen konnte.

Er brauchte ihr nicht zu sagen, wo sie waren – sie wusste es. Sie saßen auf der kleinen, von Bäumen umstandenen Lichtung, die von Waldelfen abgeschirmt und bewacht wurde – auf dem Fleckchen Erde, das nur fruchtbare Frauen betreten durften.

»Aber du warst derjenige, der in Gefahr schwebte«, sagte sie und sah zu ihm auf.

»Nein, ich war keinen Augenblick in Gefahr. Jetzt weiß ich, dass mir kein Leid geschehen kann, bis es Zeit für mich wird zu gehen. Und ich kann nicht gehen, bevor ich dich in Sicherheit weiß.«

Während sie in seinen Armen lag und seine Energie sie durchströmte, fiel ihr nach und nach wieder ein, was sie beobachtet hatte. »Du wurdest getötet, nicht wahr. Diese Explosion hat dich zerfetzt.«

»Dieser Körper war tot, ja. Aber eine solche Kleinigkeit kann einem Geist nichts anhaben.«

Als ihr bewusst wurde, was das zu bedeuten hatte, richtete sie sich auf und sah ihn an. »Du bist wirklich ein ...« Es war ihr offenbar unmöglich, das Wort auszusprechen.

»Ein Engel. Ja, Emily, das bin ich. Ich habe dich nie belogen. Ich wurde hierher geschickt, um dich zu beschützen und herauszufinden, was dich bedroht. Ich habe dir immer die Wahrheit gesagt.«

Sie starrte ihn an. »Du wurdest erschossen, aber du lebst. Dann wurdest du bei einer Explosion in tausend Stücke zerrissen, aber du hast auch das überlebt.«

»Ja«, bestätigte er gelassen. »Dieser Körper ist nur geliehen, und er ist unverletzlich, solange ich ihn brauche.«

»Du bist nicht real«, sagte sie und spürte, wie Panik in ihr aufstieg. »Du bist kein menschliches Wesen. Du bist ein ... ein Ungeheuer. Eine Kreatur wie ein Werwolf oder etwas ähnlich Schreckliches. Du bist ...«

Michael brachte sie mit einem Kuss zum Schweigen. Er küsste sie mit der ganzen Leidenschaft, die sich seit Tagen, seit Jahren in ihm angestaut hatte.

Und Emily schlang die Arme um seinen Hals, öffnete den Mund und gab sich ihm ganz hin.

»Ich bin nur zu real«, flüsterte er dicht an ihren Lippen. »Ich bin realer als irgendjemand, den du jemals gekannt hast, und ich liebe dich seit Jahrhunderten, Emily. Seit vielen hundert Jahren beobachte ich, wie du deine Güte, deine Liebe und deine Wärme an Männer verschwendest, die es nicht einmal wert wären, einen Blick auf dich zu werfen. Aber ich habe dich jede Minute geliebt. Ich wollte wissen, wie es sich anfühlt, dich in den Armen zu halten und deinen Hals zu liebkosen«, sagte er und strich mit den Lippen sanft über ihren Hals, »deine Augenlider zu küssen« – er hauchte Küsse auf ihre geschlossenen Augen –, »dein Haar, deine Wangen, deine Nase ... O Emily, ich liebe dich.« Er drückte sie so fest an sich, dass sie kaum noch Luft bekam. »Ich will dich so sehr. Ich möchte dich ständig in meiner Nähe haben. Ich war dein ...«

Sie wollte nichts mehr hören. Wenn er jetzt noch höflich fragte, ob er mit ihr schlafen *dürfte,* würde sie womöglich wieder zu Verstand kommen und Nein sagen. Sie wollte jetzt nicht vernünftig sein, sie wollte geküsst und gestreichelt werden und die Nähe dieses Mannes spüren.

Sie drückte ihren Mund auf seinen, teilte die Lippen

und empfing seine forschende Zunge. Nach diesem Kuss waren keine Worte mehr nötig, denn seine Hände schienen genau zu wissen, was sie tun mussten und wie sie es tun mussten. Er ließ sie unter ihren weiten Pullover gleiten, tastete nach ihrem BH und öffnete ihn mit geschickten Fingern.

Als er über ihre Brust strich und mit den Daumen ihre Brustspitzen berührte, blieb ihr das Herz beinahe stehen. Seine Hände schlossen sich um ihre Brüste und liebkosten sie, wie Emily es noch nie zuvor erlebt hatte.

Emilys Erfahrungen in der Liebe waren begrenzt. In Wahrheit hatte sie nie mit einem anderen geschlafen als mit Donald, und alles, was sie über Sex wusste, hatte sie von ihm gelernt. Ihrer Ansicht nach hatte sie immer ein wunderbares Sexleben gehabt, aber Michael belehrte sie eines Besseren.

Er nahm sich Zeit, sehr viel Zeit. Er zog sie vorsichtig aus und behandelte sie, als wäre sie ein Wunder. Wenn er sie ansah, kam sie sich wie eine Schönheit vor, wie eine Frau, die einzigartig auf dieser Welt war.

»Ich habe auf Erden und im Himmel nie etwas Schöneres als dich gesehen, Emily«, sagte er, als sie nackt in seinen Armen lag. »Es gibt keinen Engel, der sich mit deiner Schönheit messen kann.«

Er küsste und streichelte sie, bis sie die Arme nach ihm ausstreckte und keinen anderen Wunsch mehr hatte, als mit ihm eins zu werden.

Er nahm sie mit einer Zärtlichkeit, die sie niemals für möglich gehalten hätte. Sie fühlte seine Liebe und spürte, wie seine Seele die ihre berührte, während er sie liebkoste und umarmte.

Zeit, dachte sie, als er sie liebte. Michael gab ihr das

Gefühl, dass die Ewigkeit ihnen, ihren Berührungen und ihrer Liebe gehörte. Und er machte diese Nacht zu einem magischen Ereignis, als wäre er im Besitz jahrhundertealten Wissens – und das war er auch.

Sie liebten sich auf jede nur erdenkliche Weise, und jede war sinnlich und voller Zärtlichkeit. In Michaels Armen fühlte sie sich wie die begehrenswerteste Frau der Welt, und sein einziges Ziel war es, ihr Freude zu bereiten.

»Ich liebe dich, Emily«, murmelte er immer und immer wieder, während er sie auf eine Weise liebkoste, von der sie nie zu träumen gewagt hatte. »Ich habe dich seit Jahren beobachtet«, bekannte er, »und ich hoffe, dass ich weiß, was du magst.« Emily schloss die Augen und stellte sich Liebende in seidenen Hemden und in einem Bett voller Federn vor.

Michael erriet ihre Gedanken und lachte. »Ich kann dir Federn schenken«, sagte er, und im nächsten Augenblick glaubte Emily, dass riesige Flügel sie einhüllten und beschützten. Sie wurde von einem Engel geliebt!

Emily vergrub kichernd ihr Gesicht in den Federn und biss zart in eine.

»Au«, rief Michael leise, und sie biss noch einmal zu, und sie beide rollten über das duftende Gras. »Was ist mit *ihnen?*«, fragte sie und deutete mit dem Kinn auf das Blätterdach über ihnen. Michael wusste, dass sie nicht die Bäume meinte, sondern die Waldelfen sehen wollte. Lächelnd drehte er sich auf den Rücken und zog sie auf sich. Ihre Beine berührten die weißen, unter ihm ausgebreiteten Flügel.

Plötzlich verwandelten sich die Bäume und Sträucher um sie herum in ein Reich von Zauberwesen. Für den

Bruchteil einer Sekunde sah sie einen großen, schönen Mann, der durch die Luft schwebte und sie anlächelte. Er war umringt von mindestens einem Dutzend zauberhafter junger Frauen – alle waren zart und in wehende Seidenstoffe gehüllt. Sie lachten schelmisch.

»Guter Gott«, flüsterte Emily ehrfürchtig, als die Vision so rasch verschwand, wie sie aufgeblitzt war. »Das siehst du die ganze Zeit?«

»Hmm«, machte er. Offensichtlich interessierte er sich kein bisschen für die Waldelfen, die um sie herumtanzten. »Emily, hast du jemals Liebe in einem Baum gemacht?«

»Lass mich nachdenken.« Sie tat so, als würde sie angestrengt überlegen. »Da war dieses eine Mal auf den Eisenbahnschienen, aber in einem Baum? Nein, ich glaube nicht. Aber vielleicht sollte ich mein Tagebuch noch mal lesen, um ganz sicherzugehen.«

»Ha!« Michael hob sie hoch, und sie ... nein, sie flogen nicht, sie schwebten.

»Flügel?«, fragte sie und sah auf den Boden hinunter.

»Man kann von diesen Dingern genauso gut Gebrauch machen. Im Grunde sind sie nichts als eine Last. Sie sind schwer, und sie jucken.«

Emily klammerte sich an Michael, während sie immer höher schwebten. »Aber sie sind himmlisch schön.« Sie küsste ihn sanft auf den Mund.

»Dann sind sie aller Mühe wert«, sagte er lächelnd. »Ich würde alles auf mich nehmen, nur um dieses Lächeln zu sehen.«

»Dir scheint jedes meiner Lächeln zu gehören.«

»Ich will es bis in die Ewigkeit sehen, mehr nicht.«

»Wie lange ist die Ewigkeit?«

»Bis ich aufhöre, dich zu lieben, und das wird niemals der Fall sein.«

Emily neigte den Kopf nach hinten, damit er ihren Hals liebkosen konnte. »Ich liebe es so sehr, wenn du das tust.«

»Und wie ist das? Und das?«

Emily hatte keine Kraft mehr zu antworten – zumindest nicht mit Worten.

Kapitel 16

Als Emily aufwachte, schien die Sonne, und sie war ganz allein auf der Lichtung und splitternackt. Es war romantisch, in der Nacht nackt zu sein und von einem wunderbaren Mann geliebt zu werden, aber am helllichten Tag im Freien ohne Kleider aufzuwachen bereitete ihr Unbehagen – es war beschämend.

»Michael?«, flüsterte sie, bekam aber keine Antwort. Das brachte sie noch mehr in Verlegenheit. Was, wenn Schulkinder auf einem Ausflug hier vorbeigekommen wären?

Sie sammelte rasch ihre Kleider auf, die überall verstreut lagen, und zog sich an. So viel zu Engeln, dachte sie wütend. Ein Engel drehte sich nicht einfach um und schnarchte, er flog weg ins Niemandsland.

Jetzt, im hellen Tageslicht, war die bedächtige, vernünftige Emily wieder da, und sie verdrängte die Erinnerung an die letzte Nacht und daran, was sie erlebt zu haben *glaubte*. Vielleicht waren da Flügel und Waldelfen gewesen, vielleicht ... Um Himmels willen, sie war verlobt, und es durfte gar keinen anderen Mann in ihrem Leben geben.

Als sie ihren Pullover über den Kopf streifte, fiel ihr wieder ein, was am Abend passiert war. Die Frau mit der Pistole. Die Explosion! Hatte sie tatsächlich den Ort des Verbrechens sang- und klanglos verlassen?

Sie hatte den Pullover noch nicht richtig heruntergezogen, als sie schon losrannte. Hatte jemand etwas von der Explosion mitbekommen? War der ausgebrannte Wagen gefunden worden?

Schon aus weiter Entfernung sah sie die rotblitzenden Lichter vor der Bibliothek und hörte das Stimmengewirr. Offensichtlich war die ganze Stadt auf den Beinen, um sich das Auto anzusehen. Emily verlangsamte die Schritte und hielt sich hinter den Bäumen versteckt. Vielleicht war es besser, erst die Lage zu sondieren, ehe sie sich blicken ließ. Als sie näher kam, sah sie zwei Feuerwehrautos, ein halbes Dutzend Streifenwagen und zwei neue große Lieferwagen mit Satellitenschüsseln auf dem Dach. Eine Menge Menschen liefen hin und her und stolperten in dem Durcheinander fast übereinander.

Am Waldrand lagen Jacken von Feuerwehrmännern auf einem Haufen – große, schwere Ungetüme, in denen Emily zwei Mal Platz gehabt hatte. Sie nahm sich eine dieser Jacken, zog sie an und setzte einen Helm auf, der ihr Gesicht weitgehend verbarg.

Dann bahnte sie sich vorsichtig einen Weg durch das Chaos und ging zu einem Mann, der in einem der Lieferwagen an einem Aufnahmegerät herumhantierte.

»Was ist passiert?«, fragte sie.

Der Mann sah nicht mal auf und beschäftigte sich weiter mit den Knöpfen und Schaltern. »Was? Leben Sie hinter dem Mond, oder wieso haben Sie noch nichts von der Explosion gehört?«

»Ich habe die ganze Nacht mit Engeln und Elfen getanzt und bin gerade erst aufgewacht.«

Der Mann grinste, ließ sich aber nicht von seiner Arbeit ablenken. »Die Bibliothekarin von Greenbriar ist mit ihrem Auto in die Luft gejagt worden.«

»W ... was?«

»Emily Todd, die Bibliothekarin, Explosion«, sagte er, als wäre sie schwer von Begriff. »Wie's scheint, hat sie ein Doppelleben geführt. Bibliothekarin bei Tag, Kriminelle bei Nacht.«

»Kriminell?«

Der Mann bedachte Emily mit einem scharfen Blick, und sie zog sich den Helm tiefer ins Gesicht, damit er es nicht sehen konnte. »Ja. Sie lebte mit einem Kerl zusammen, der ganz oben auf der Fahndungsliste des FBI stand. Man munkelt, sie hätte etwas mit der Mafia zu tun gehabt. Man nimmt an, dass sie etlichen Mafiosi und anderem Gesindel zur Flucht verholfen hat. Sie scheint ziemlich raffiniert gewesen zu sein, denn die ganze Stadt dachte, dass sie in die kleinen Dörfer fährt, um unterprivilegierten Kindern Bücher zu bringen. Sie ist sogar für ihre Wohltätigkeit ausgezeichnet worden, dabei hat sie für die Mafia gearbeitet.«

Emily starrte den Mann sprachlos an, als er die Kopfhörer aufsetzte und lauschte.

»Donald hat die Geschichte ans Licht gebracht«, fuhr der Mann nach einer Weile fort.

»Donald?«, krächzte Emily. Ihre Kehle war wie zugeschnürt.

»Ja, Sie wissen schon, Mr. News. Bestimmt haben Sie von ihm gehört. Er hat den Johnson-Fall vor ein paar Jahren aufgedeckt.«

Der Mann verstummte und betätigte ein paar Regler, bis alles zu seiner Zufriedenheit eingestellt war. »Und jetzt sieht's so aus, als würde er den Fall Todd aufklären. Ich frage mich, ob sie mit Mary Todd Lincoln irgendwie verwandt war. Die Frau war auch verrückt. Hey! Vielleicht sollte ich mit Donald darüber sprechen, dann könnte er Nachforschungen anstellen. Da drüben gibt's Kaffee und Doughnuts – bedienen Sie sich. Im Moment schaut niemand her.«

Emily war wie vom Donner gerührt und konnte sich kaum bewegen, geschweige denn etwas essen. Sie blieb wie angewurzelt stehen und starrte auf das Aufnahmegerät, als wäre es der faszinierendste Apparat, den sie jemals zu Gesicht bekommen hatte. Also war sie tot für diese Welt, und noch dazu hielten sie jetzt alle für ein durch und durch verdorbenes Subjekt, das den Mafiosi geholfen hatte, durch die Maschen des Gesetzes zu schlüpfen.

»Das kann nicht sein«, redete sie sich ein. »Ich brauche nur die Wahrheit zu sagen und alles zu erklären.« Entschlossen hob sie die Hände, um den Helm abzunehmen, aber gerade in diesem Augenblick entdeckte sie die FBI-Agenten, die sie nachts im Hotelzimmer vernommen hatten. Wenn sie jetzt zu ihnen ging, musste sie gestehen, dass sie einen Mann bei sich aufgenommen hatte, der als gesuchter Verbrecher galt, und dass sie bei der Vernehmung gelogen hatte. Und in der letzten Nacht die Frau des gesuchten Mannes mit *ihrem* Wagen in die Luft gegangen war, und statt den Vorfall unverzüglich der Polizei zu melden, war sie in den Wald gelaufen und hatte sich mit einem Mann vergnügt, der nicht ihr Verlobter war.

»Das alles wird immer schlimmer«, murmelte sie.

»Was?«, fragte eine Frau, die in der Nähe stand. »Dieses Chaos oder das Leben im allgemeinen?«

»Dieses Chaos«, sagte Emily und senkte den Kopf, um ihr Gesicht zu verbergen. »Ich bin gerade erst eingetroffen. Wieso glauben alle, Miss Todd hätte in dem Auto gesessen?« Sie dachte, wenn sie von »Miss Todd« sprach, könnte sie die Verdächtigungen, die der Tontechniker von sich gegeben hatte, ein wenig abmildern.

»Es war ihr Wagen, und man hat ihre Handtasche gefunden. Natürlich ist das kein eindeutiger Beweis, und so viel ist von ihr auch nicht mehr übrig, aber Donald hat seine frühere Verlobte identifiziert.«

»Wie konnte er das?«

Die Frau zuckte mit den Schultern. »Keine Ahnung, aber er muss es am besten wissen, ob sie es ist, und dies hier könnte die größte Story seiner Karriere werden. Wie's scheint, hatte Miss Emily Jane Todd eine ganze Menge Dreck am Stecken. Die Rede ist von Drogen, Geldwäsche und weiß der Himmel was noch allem. Mann! Stellen Sie sich vor, Donald hätte eine solche Frau beinahe geheiratet! Das zeigt mal wieder, dass sogar jemand, der jahrelang beruflich mit Ganoven zu tun hatte, hinters Licht geführt werden kann. Hey! Sind Sie okay? Sie sollten was essen. Das Feuer zu bekämpfen muss ein schönes Stück Arbeit gewesen sein.«

Emily versuchte, ruhig durchzuatmen, aber es fiel ihr nicht leicht. Unter der dicken Jacke brach ihr der Schweiß aus allen Poren. Es war, als würde sie ihre eigene Zukunft erleben und das beobachten, was geschehen wäre, wenn sie selbst in dem Auto gesessen hätte. Dann wäre sie jetzt tot, und ihr guter Name wäre für immer besudelt. All die Jahre hatte sie sich bemüht, Gutes zu tun, rechtschaffen zu leben und mehr zu geben, als sie bekam – und das alles wäre ganz umsonst gewesen. Stattdessen würden sich die Leute nur an sie als Helfershelferin der Mafia erinnern. Als jemanden, der Verbrecher bei sich aufnahm und das FBI nach Strich und Faden belog.

Sie schwankte und stand kurz vor einer Ohnmacht, rappelte sich aber gerade noch rechtzeitig auf. Nein, sie würde nicht zusammenbrechen. Wenn sie diese Ungerechtigkeit tatenlos hinnahm und sich geschlagen gab, würde sie sich von diesem Schlag nie wieder erholen. Man würde sie, sobald sie sich zu erkennen gab, ins Hauptquartier des FBI schleppen und vermutlich bis an ihr Lebensende hinter Schloss und Riegel halten.

Nein, sie musste sich einen Plan zurechtlegen. Allein, dachte sie bitter, jedenfalls ohne die Hilfe eines Engels. Wo war ihr Schutzengel, wenn sie ihn am meisten brauchte? Übte er, seine Flügel zu benutzen – überließ er es ihr deshalb, allein aus diesem Schlamassel herauszukommen?

Als sie sich umdrehte, sah sie, dass ein Notizbuch in der Tasche der Frau steckte. Himmel, vielleicht war sie eine Reporterin! Ein falsches Wort, und Emily würde sich im Gefängnis wiederfinden.

Emily spähte zu der Frau hin. Die Wut hatte ihr die Röte ins Gesicht getrieben, aber sie hoffte, die Reporterin würde das als Verlegenheit deuten. »Dürfte ich Sie um einen Gefallen bitten? Sie kennen Donald Stewart nicht sehr gut, oder? Ich meine, stehen Sie in der Hierarchie weit genug oben, um mir ein Autogramm von ihm besorgen zu können?«

»Selbstverständlich«, gab die Reporterin ungehalten zurück, und Emily war sofort klar, dass sie in ihrem ganze Leben noch nie ein Wort mit Donald gewechselt hatte.

»Könnten Sie mir eines holen? Er soll schreiben: ›Für das Zuckerschnäuzchen.‹ Damit meine Schwester sieht, dass er meinen Spitznamen kennt – sie wird denken, dass Mr. Stewart und ich ... na ja, dass wir uns kennen.«

»Zuckerschnäuzchen?«, wiederholte die andere verächtlich. Offensichtlich bereute sie ihre Angeberei längst. Sie verzog das Gesicht und wies Emily an, sich nicht von der Stelle zu rühren, bis sie mit dem Autogramm zurückkäme. »Um nichts in der Welt gehe ich von hier weg«, beteuerte Emily wahrheitsgemäß und sah der Frau nach, die sich ihren Weg durch die Menge bahnte. Donald saß auf einem Klappstuhl und wurde für seinen Auftritt vor der Kamera geschminkt. Emily beobachtete ihn mit Argusaugen und erkannte an seiner Körperhaltung, dass er die Nachricht bekommen und verstanden hatte. Er drehte den Kopf, schaute in ihre Richtung und erkannte sie in der riesigen Feuerwehrjacke. Emily hob die Hand zum Gruß, und im Nu war Donald bei ihr, packte ihren Arm und zerrte sie unter die Bäume.

»Was, zum Teufel, hast du hier zu suchen?«, herrschte er sie an, als sie außer Hörweite der anderen waren.

Emily riss sich von ihm los. »Was soll das heißen? Freust du dich denn nicht, dass ich noch am Leben bin?«

»Doch, natürlich«, versetzte er in einem keineswegs erfreuten Ton. »Es ist nur ein großer Schock, das ist alles. Wir alle dachten, dass ...«

»Dass du auf die Story deines Lebens gestoßen bist«, fiel sie ihm bitter ins Wort. Plötzlich verließ sie der Mut, und sie spürte, wie Tränen in ihre Augen traten. »Donald, ich dachte, du liebst mich.«

»Ich habe dich geliebt. Ich meine, ich tue es noch, aber, Emily, du musst zugeben, dass du mich in den letzten Tagen ziemlich schlecht behandelt hast. Du hast mit einem anderen Mann *zusammengelebt*.«

»Nicht auf die Art, wie du denkst«, sagte sie und versuchte, in der Tasche etwas zu finden, womit sie sich die Nase putzen konnte, aber die Taschen waren so tief unten, dass sie nicht bis auf den Grund kam. »Du hast schreckliche Dinge über mich in die Welt gesetzt, obwohl dir klar ist, dass sie nicht der Wahrheit entsprechen. Du weißt ganz genau, dass ich Michael nur geholfen habe, weil ich mich sehr leicht überreden lasse und nicht gut Nein sagen kann.« Donald zuckte mit den Schultern. »Es war eine Story.«

Seine Gefühllosigkeit verschlug ihr momentan die Sprache, und sie presste die Lippen zusammen. Schließlich brachte sie hervor: »Du wusstest haargenau, dass nicht ich in dem Auto gesessen habe, stimmt's?«

Donald ersparte sich eine direkte Antwort und betrachtete sie mit einem flammenden Blick. »Besser du giltst als tot, als dass bekannt wird, dass du mich hast sitzen lassen wegen diesem ... diesem ...«

»Du hast das alles aus Rache getan? Du hast beschlossen, meinen Namen durch den Schmutz zu ziehen, eine Riesenstory daraus zu machen und dann ... was dann? Wenn ich in ein paar Tagen lebend aufgetaucht wäre, hättest du eine Berichtigung auf Seite dreiundzwanzig in irgendeine winzige Lokalzeitung gesetzt – war das dein Plan?«

»Das ist genau das, was du verdienst«, gab Donald zurück. »Wie konntest du es wagen, wegen dieses verdammten Killers meinen Ruf und meine Karriere aufs

Spiel zu setzen? Emily, wie konntest du mir so etwas antun?«

»Ich habe dir das nicht *angetan*. Ich habe ihn bei mir aufgenommen, weil er ein freundlicher Mann ist und Hilfe brauchte. Das alles hat nicht das Geringste mit dir zu tun.«

»Alles, was du machst, hat mit mir zu tun und mit meiner Zukunft. Ich habe mich für dich entschieden, weil du loyal warst und ich sicher sein konnte, dass du mir nie irgendwelche Schwierigkeiten machen würdest. Wie konntest du mich nur so hintergehen?«

»Ich?« Sie schnappte nach Luft und fuhr in ruhigem Ton fort: »Donald, wieso hast du mich gebeten, dich zu heiraten? Und ehe du mir Lügen erzählst, möchte ich dich daran erinnern, dass ich nur da hinübermarschieren und mich diesen Leuten zeigen muss. Du würdest wie ein kompletter Idiot dastehen, wenn landesweit gesendet würde, dass ich noch am Leben bin. Das hier wird doch in ganz Amerika ausgestrahlt, oder? Ich nehme an, dafür hast du gesorgt.«

»Ja, es wird landesweit gesendet. Und diese Geschichte ist mein großer Durchbruch.«

»Antworte mir, Donald. Warum hast du mich gebeten, dich zu heiraten? Donald, du bist ein attraktiver Mann, ehrlich – warum nimmst du dir nicht eine von diesen langbeinigen Schönheiten, die tagtäglich um dich herum sind?«

Donald nahm ihre Hand in seine. »Weil ich eine Frau wollte, die *mir* Beachtung schenkt. Ich will keine launenhafte Person um mich haben, die von mir erwartet, dass ich ihre Tränen mit Rosen und Diamanten trockne. Nein, ich möchte jemanden wie dich an meiner Seite haben, Emily, eine Frau, die nur Augen für mich hat und zu Hause ist, wenn ich anrufe oder vorbeikomme, eine Mutter für meine Kinder, die zufrieden ist, zu Hause zu bleiben und sich um die Familie zu kümmern. Verschon mich mit den verwöhnten Frauen, die erwarten, dass ein Mann sie verhätschelt und ihnen zehn Mal am Tag sagt, wie schön sie sind. Wenn ein Mann eine Karriere plant wie ich, kann er keine Partnerin gebrauchen, die sich in Motels herumtreibt. Nein, ich will einen mütterlichen Typ. Hübsch, aber nicht atemberaubend. Klug, aber nicht intellektuell. Amüsant, aber nicht umwerfend geistreich. Jemanden, auf den ich mich verlassen kann. Eine wie dich, Emily.« Er hielt noch immer ihre Hand fest und sah sie mit einem aufrichtigen Blick an, dann beugte er sich vor und hauchte einen Kuss auf ihre Nase. »Emily, Liebes, du bist doch ein vernünftiges Mädchen, und ich weiß, dass du diesen grässlichen Kerl, diesen entsprungenen Verbrecher zum Teufel schicken wirst. Du gibst ihn auf, weil ich dich darum bitte. Ich brauche eine Frau, die bereit ist, mir zu helfen und ...« Seine Augen leuchteten auf, als er verschwörerisch lächelte. »Ich werde dich für deine Hilfe belohnen. Wie wär's, wenn wir unseren Hochzeitstermin festsetzen würden? Sagen wir, heute in einem Jahr?«

Im ersten Moment war Emily so verblüfft, dass sie ihn nur wortlos anschauen konnte. Ihre Belohnung war also eine Ehe mit ihm. Plötzlich wurde ihr alles klar, und sie begriff, weshalb ein so gut aussehender, prominenter Mann wie Donald eine schlichte, langweilige Bibliothekarin zur Frau haben wollte. »Es ging dir immer nur um deine Karriere, hab' ich recht? Du hast mich nie auch nur im Mindesten geliebt.«

»Das stimmt nicht, Emily. Ich habe dich geliebt. Ehrlich.«

»Du hast mich geliebt, solange ich keine Schwierigkeiten gemacht habe, aber in der Minute, in der ich ein Hindernis für deine wertvolle Karriere hätte sein können, warst du bereit, mich den Wölfen zum Fraß vorzuwerfen.« Sie funkelte ihn an. »In einem *landesweiten* Fernsehsender!«

»Emily!« Sein Tonfall machte ihr bewusst, dass sie ihn irgendwie in der Hand hatte, aber sie wusste nicht, womit. Es fiel ihr wie Schuppen von den Augen. Sie brauchte sich nur vor einer der Kameras sehen zu lassen, und Donald würde in ganz Amerika als kompletter Idiot dastehen. Wenn sie vorhatte, ihre eigene Haut zu retten, dann wäre sie gut beraten, das unverzüglich zu tun. »Ich weiß, dass ich immer alles hingenommen und geduldet habe. Aber diesmal, Donald, bist du zu weit gegangen. Wenn du die Sache nicht augenblicklich ins Reine bringst, werde ich es tun. Die Frau, die in meinem Auto saß, war Michaels Frau.«

Donald sah sie verständnislos an, als könnte er sich nicht mehr erinnern, wer dieser Michael war. »Chamberlain? Du meinst, seine Frau hat ihn tatsächlich aufgespürt? Sie hatte Erfolg, wo das FBI versagt hat? Ich hab ja gleich gesagt, dass sie ihn zuerst findet, aber jetzt bin ich doch erstaunt, dass ich recht damit hatte.«

»Erspar mir deine Selbstbeweihräucherung, Donald. Sie hat ihn gefunden und wollte ihn umbringen. Klar, schließlich hat sie ihn schon ans FBI verraten. Aber ich habe noch einen Knüller für dich: Der Mordanschlag galt *mir*, nicht Michaels Frau.«

»Dir?«, fragte Donald überrascht, dann verzog er den

Mund zu einem Lächeln. »Wer, um alles in der Welt, sollte dich umbringen wollen?«

Ohne ein weiteres Wort drehte sich Emily auf dem Absatz um und ging ein paar Schritte auf die Übertragungswagen zu, doch Donald lief ihr nach und hielt sie zurück.

»Gut, ich entschuldige mich. Er hat dir diese Ideen eingeredet, stimmt's? Was ist nur aus der lieben Emily geworden, die ich so sehr mochte?«

»Was aus ihr geworden ist? Sie hat mit Autobomben Bekanntschaft gemacht, wurde mit einer Pistole bedroht, hat Geschosse aus einem Schädel gezogen und mit Gespenstern zu tun gehabt. Ich hab' 'ne Menge hinter mir. Was wirst du mit der Information anfangen?«

»Dass Chamberlains Frau mit dem Wagen in die Luft gegangen ist?« Emily sah ihn unverwandt an.

»Okay, ich denke mir etwas aus und werde deinen Namen rein waschen.«

»Das möchte ich dir geraten haben, denn sonst ziehe ich deinen so in den Dreck, dass du ganz bestimmt niemals zu Amt und Würden kommst.«

»Du bist *nicht* mehr die Emily, die ich gekannt habe.«

»Gut. Ich möchte nur eines: Stell klar, dass ich ein unschuldiges Opfer bin, und sorg dafür, dass niemand erfährt, wo ich mich aufhalte. Ich will nicht, dass Jagd auf mich gemacht wird.«

»Wie wär's, wenn ich sagen würde, dass man dich in Schutzhaft genommen hat?«

»Wenn dadurch mein Name rein gewaschen wird«, sagte sie, zog die schwere Jacke und den Helm aus und drückte Donald beides in die Arme.

Als sie sich umdrehte und tiefer in den Wald ging, rief

er ihr nach: »Emily, *wer* will dich umbringen und warum?«

»Alle Himmelskräfte arbeiten daran, eine Antwort auf diese Frage zu finden«, sagte Emily über die Schulter.

»Aber was ist mit der Hochzeit?«, schrie Donald noch.

Sie schaute mit einem honigsüßen Lächeln zurück. »Wie willst du mich heiraten, Donald? Ich bin tot, schon vergessen?«

Kapitel 17

Was für eine Heldentat, dachte Emily, als sie mitten im Wald und sicher vor den Blicken der Presse war. Und was jetzt? Einerseits wäre sie am liebsten mit fliegenden Fahnen zurück zu Donald gelaufen, hätte sich ihm an den Hals geworfen und um Verzeihung gebeten. »Sich zu behaupten macht einsam«, sagte sie laut vor sich hin, dann setzte sie sich auf einen halb vermoderten Baumstumpf und hoffte auf eine göttliche Eingebung, die ihr verriet, was sie tun sollte.

»Suchst du nach mir?«, fragte eine vertraute Stimme, aber Emily würdigte Michael keines Blickes. Er hatte sie allein gelassen, als sie ihn am meisten gebraucht hatte – warum also sollte sie jetzt freundlich zu ihm sein?

Michael schenkte Emilys Unmut keinerlei Beachtung und streckte sich ihr zu Füßen im Gras aus. Sie drehte sich zur Seite, um ihn nicht ansehen zu müssen.

»Ich habe dich nicht im Stich gelassen, das solltest du wissen. Du musstest deine eigene Entscheidung treffen, was deinen Freund betrifft – ich durfte nicht eingreifen. Es ist mir nicht gestattet, mich in derlei Dinge einzumischen.«

Emily starrte ins Nichts, aber allmählich kochte die Wut in ihr hoch. »Einmischen?«, presste sie durch zusammengebissene Zähne. »Du kannst nichts anderes, als dich einzumischen. Du hast mir mein normales, glückliches Leben genommen und es in etwas verwandelt, was einem Horrorroman entstammen könnte. Eine Frau hält mir den Lauf einer Pistole an den Kopf, und zehn Minuten später sehe ich mit eigenen Augen, wie sie in der Luft zerfetzt wird. Jemand hat nicht nur einmal, sondern zwei Mal eine Bombe in meinem Auto installiert – in einem Auto übrigens, das ich jetzt nicht mehr habe. Dann sind da noch all die Frauen, die Aufläufe, Eintöpfe und alles mögliche andere auf meine Türschwelle stellen. Und jetzt ist der Mann, den ich liebe ...«

Michael reichte ihr ein Taschentuch, und sie putzte sich die Nase. Verdammt, ihr Zorn wich den Tränen, und sie fürchtete, es waren Tränen des Selbstmitleids.

»Woher hast du das?«, fragte sie und betrachtete das Taschentuch genauer. In eine Ecke war ein »M« gestickt.

»Madison. Wir haben Frieden geschlossen, aber ich musste ihm versprechen, dass niemals veröffentlicht wird, was zu seinen Lebzeiten wirklich in seinem Haus geschehen ist.«

Emily weigerte sich noch immer, Michael anzuschauen, und sie schluckte auch nicht den Köder, den er ihr vor die Nase hielt. Sie würde ihm nicht die Genugtuung geben und Fragen über Captain Madison stellen.

»Es ist ein Jammer, wie ihr Sterblichen die Dinge manchmal verdreht. Alle Welt hält Captain Madison für einen schrecklichen Burschen, weil er diese junge Frau geheiratet hat, aber in Wahrheit ...« Michael seufzte abgrundtief. »Ich nehme an, du bist zu niedergeschlagen wegen Donald, um dir Captain Madisons Geschichte anzuhören.«

Emily biss sich auf die Zunge, um nicht darauf einzugehen, denn wenigstens dieses eine Mal wollte sie sich nicht von ihm ablenken lassen.

»Das alles ist ein großer Witz für dich, wie? Mein Leben ist deinetwegen ein Trümmerhaufen, und du treibst deine Scherze mit mir.«

»Schön, keine Scherze mehr. Du willst die Wahrheit hören – die Wahrheit ist, dass dein Leben bereits durcheinander war, bevor ich aufgetaucht bin. Du hattest immer schon den Hang, dich in fürchterliche Kerle zu verlieben. Und Donald – er hat sich mit dir eingelassen, weil er dachte, du wärst zu langweilig, um ihm jemals Schwierigkeiten zu machen. Er erkannte, dass du ihn geradezu vergötterst, und wusste, du würdest ihm ein schönes Zuhause schaffen, Hunderte von Dinnerpartys geben und dich für ihn aufopfern. Du hast nur wenig oder nichts als Gegenleistung dafür verlangt. Er hätte weiterhin das tun können, was er immer getan hat – Affären anfangen mit allen Frauen, die er ins Bett kriegen konnte. Und ein Mann, der so aussieht und in diesem Beruf arbeitet, hat viele Möglichkeiten und natürlich beträchtlichen Erfolg bei Frauen.« Er schwieg eine Weile, dann sah er sie an und fragte: »Willst du mehr hören?«

»Ich wollte nicht einmal das hören«, flüsterte sie wie betäubt. »Ich wollte nur ...«

»In einem Traum leben. Alle Sterblichen möchten das. Niemand will die Wahrheit sehen. Emily, ich weiß, dass du jetzt böse auf mich bist, aber wenn du ihn geheiratet hättest, wäre dein Leben jämmerlich verlaufen.«

Sie bedachte ihn mit einem lodernden Blick. »Du bist

mein Schutzengel – warum hast du nicht dafür gesorgt, dass alles gut ausgeht? Seid ihr nicht dafür da?«

Michael ließ sich Zeit mit der Antwort, und sie merkte, dass er seine Worte sorgfältig abwägte. »Ein Engel darf sich nicht in irdische Angelegenheiten einmischen, es sei denn, er hat die Erlaubnis von Gott. Oh, ein Engel kann einem Sterblichen helfen, einen Parkplatz zu finden oder Ähnliches.« Er lächelte bei diesem Gedanken. »Aber er darf ohne Gottes Erlaubnis nicht Leben beenden oder verlängern. Und einem Engel ist es *untersagt,* Liebe zu beeinflussen. Das ist das große Tabu. Schutzengel sind es Leid, dabei zuzusehen, wie diejenigen, die in ihrer Obhut stehen, Schlägertypen und Kinderschänder heiraten. Aber es ist ihnen verboten, die Liebe zu unterdrücken, wenn sie entflammt. Gott liebt die Liebe, verstehst du?«

Als Emily schwieg, fuhr er fort: »Aber Engel können Ereignisse herbeiführen, die ihrem Schützling die Augen öffnen, sodass er die Person, die er liebt, im richtigen Licht sieht. Unglücklicherweise stimmt es, dass Liebe blind macht, und nur selten erkennt jemand die Wahrheit, selbst wenn sie auf der Hand liegt. Früher haben Väter verhindert, dass ihre Töchter schlechte Männer heiraten, aber heutzutage können auch Väter nichts gegen die Liebe ausrichten.

Liebe ist das *Einzige* auf Erden, was stärker als das Böse ist. Sie ist stärker als Geld, Sex und alle Sünden. Immer wenn jemand einen anderen wahrhaft liebt, wird Gott ein wenig stärker. Die Macht der Liebe zieht Gott auf diese Erde.« Wieder machte er eine kleine Pause, um seine Worte wirken zu lassen. »Emily, du hast Donald nicht wirklich geliebt, und du hättest es niemals getan. Du solltest dich nicht mit dem Erstbesten zufrieden geben, was du bekommst – du verdienst das Allerbeste.«

Sie stand auf, stemmte die Hände in die Hüften und funkelte ihn an. »Belehrungen wie diese machen mich krank. Alle Welt gibt salbungsvolle Kommentare darüber ab, welchen wunderbaren Mann eine Frau verdient, aber eines würde ich ehrlich gern wissen: Wo sind diese wunderbaren Männer? Wo findet man diese sagenhaften Männer, die freundlich, umsichtig und der Liebe einer Frau würdig sind? Gibt es überhaupt noch Menschen wie meinen Vater, der immer pünktlich von der Arbeit nach Hause gekommen ist und dessen Leben sich nur um die Familie gedreht hat? Mir begegnen nur Typen, die mich für langweilig halten, und Engel, die mich verführen und dann verschwinden, ohne auch nur noch einen Blick an mich zu verschwenden.«

Michael sprang auf und streckte die Hand nach ihr aus, aber sie ergriff sie nicht. Er stellte sich direkt vor sie, sie wandte jedoch das Gesicht ab. »Ich hätte das in der letzten Nacht nicht tun sollen«, gestand er leise. »Vielleicht fühlst du dich besser, wenn ich dir sage, dass ich mir heute Morgen eine Gardinenpredigt von Adrian anhören musste. Offenbar habe ich ernsthaft gegen die Ethik verstoßen, und ich werde ...«, er holte tief Luft, »... degradiert. Wenn ich zurückkomme, werde ich auf eine untere Ebene versetzt. Ich werde ...« Ihm schienen die Worte im Hals stecken zu bleiben. »Ich bekomme neue Schützlinge, andere Menschen, auf die ich Acht geben muss.«

»Dann bist du nicht mehr *mein* Schutzengel?« Emilys Augen funkelten.

»Nein«, flüsterte er. »Irgendwann werde ich nicht mehr über dich wachen.«

»Gut! Dann kann ich mir meine Liebhaber und Freunde selbst aussuchen und schalten und walten, ohne dass du mir dazwischenfunkst.«

»Ja. Du wirst ohne mich durchs Leben gehen.«

Emily neigte den Kopf zur Seite. »Und warum bist du dann noch hier? Man hat dich ausgescholten, dir erklärt, dass du deinen Job miserabel erledigt hast, wieso hat man dich nicht gleich abberufen?«

Michael zuckte mit den Schultern. »Keine Ahnung. Adrian hat versucht, zum Erzengel Michael durchzukommen, aber ...«

»Die Leitung war überlastet, und er hängt in der Warteschleife?« Verdammt, sie hatte doch gar nicht witzig sein wollen.

Michael blieb ernst. »Im Himmel dauert es unter Umständen Jahrhunderte, bis man zu jemandem durchkommt.«

Emily wollte sich das Lachen verbeißen, aber es gelang ihr nicht. »Du bist ein absolut unmöglicher Engel«, sagte sie. Ihr Groll war verflogen, weil sich nach all den hässlichen Erlebnissen des Morgens die Erinnerung an die wundervolle Nacht mit Michael allmählich Bahn brach. »Hat Adrian etwas gesagt über ...«

»Heute Nacht?«, fragte Michael und grinste so selbstgefällig, dass Emily wegschauen musste. »Ein bisschen was. Genau genommen hatte er mehr als nur ein bisschen dazu zu sagen – er hat sich sogar ausführlich darüber ausgelassen und musste die Erdenzeit ausdehnen, um all das, was ihm dazu einfiel, von sich geben zu können. Während du Donald klargemacht hast, was du von ihm hältst, wurde ich – in Erdenzeit gemessen – zehneinhalb Tage angeschrien und zurechtgewiesen.«

»Großer Gott, Adrian scheint sich gern reden zu hören.«

»Zumindest redet er offenbar gern mit *mir*.« Michael hob den Kopf. »Sag mal, hast du etwas herausgefunden?«

»Worüber?«

»Über denjenigen, der versucht, dich zu töten. Hat dein ehemaliger Geliebter eine Ahnung, wer hinter dir her ist?«

»Wir hatten kaum Gelegenheit, darüber zu diskutieren. Er war ...« Sie senkte den Blick.

Michael legte die Hand unter ihr Kinn und hob es an, sodass er ihr in die Augen sehen konnte. »Was hat dir dieses Stinktier angetan?«

»Ich möchte nicht darüber reden.« Sie wich zurück. »Ich möchte nach Hause und ...«

»Deine Wohnung ist nicht mehr sicher. Wenn Donald seinen Fehler korrigiert, wissen die Mörder, dass du noch am Leben bist. Möglicherweise haben sie es bereits erfahren. Ich spüre, dass in deiner Wohnung Gefahr lauert.«

»Aber wo soll ich dann hin? Wie komme ich zur Arbeit? Was ...«

Michael legte den Arm um ihre Schultern und drückte sie an sich; sie fühlte seinen Herzschlag an ihrer Wange.

»Ich will nicht, dass du mich berührst«, wisperte sie. »Du bist nicht real. Du wirst nicht bei mir bleiben. Ich habe gerade einen Mann, den ich liebe, verloren und könnte es nicht ertragen, gleich wieder Abschied nehmen zu müssen. Das ist nicht fair!«

»Genau das hat Adrian auch gesagt.« Er strich ihr übers

Haar. »Es war ihm gleichgültig, wie sehr ich mir geschadet habe, aber er war mehr als nur erbost über das, was ich dir angetan habe. Eine Frau, die einmal einen Engel geliebt hat, wird keinen Sterblichen mehr finden, der ihr genügt.«

»Was?!« kreischte Emily und riss sich los, um ihn wütend anzublitzen. »Du hältst dich für so *toll,* dass mich eine einzige Nacht mit dir für alle anderen Männer verdorben hat? Du bist die am wenigsten engelhafte Person, der ich jemals begegnet bin. Du bist ein eitler, eingebildeter Kerl und die reinste Landplage. Selbst wenn ich sechs Kinder adoptieren würde, hätte ich weniger Probleme und mehr Frieden als mit dir. Du kannst nicht einmal ... Würdest du mir verraten, was es da zu lachen gibt?«

»Ich freue mich, dass du wieder du selbst bist.« Er hakte sich freundschaftlich bei ihr unter. »Ich denke, wir sollten in Erfahrung bringen, wer dich ausschalten will. Weißt du, Emily, ich dachte, du könntest ein Buch über diese Vorfälle schreiben, wenn alles vorbei ist. Ich habe das Gefühl, dir eine Story schuldig zu sein, weil Captain Madison fürchterliche Rache geschworen hat, falls seine Geschichte allgemein bekannt werden würde.«

»Wahrscheinlich könnte ich darüber schreiben, aber wie sollen wir uns Klarheit verschaffen?«

»Du hast mir nicht geglaubt, aber Donald ist tatsächlich die Ursache all dieser Vorkommnisse – er ist das Problem.«

»Ein größeres als du«, murmelte sie.

Michael grinste, wurde jedoch sofort wieder ernst. »Es war nicht leicht, was?«

»Ich dachte, du weißt alles.«

»Ich weiß lediglich, dass ihr eine Auseinandersetzung hattet. Möchtest du mir Einzelheiten erzählen?«

»Nein, kein Wort. Aber was soll das heißen – Donald ist die Ursache des Problems?«

»Weißt du, wo er wohnt?«

»Ich nehme an, du meinst seine Stadtwohnung. Ja, das weiß ich. Du hast doch nicht vor, dorthin zu fahren? Ich selbst kann unmöglich ...« Sie brach ab.

Michael sah sie neugierig an. »Warum kannst du nicht hinfahren?«

»Weil ich jetzt eine gesuchte Kriminelle bin. Wenn mich jemand auf Grund der Sendungen, in denen mein Foto gezeigt wurde, erkennt, werde ich der Polizei übergeben. Aber was spielt das jetzt noch für eine Rolle? Ich bin ja bereits tot.«

»Komm schon, Emily, Kopf hoch. Du bist tot, und ich bin ein Engel. Es kann alles nur besser werden.«

Sie lachte nicht. »Ich möchte meinen guten Namen und meinen Ruf wiederherstellen.« Sie schielte aus den Augenwinkeln zu ihm hin.

»Dann los, übergib mich den Behörden«, sagte er mit einem Lächeln, weil er genau wusste, was in ihrem Kopf vorging. »Sie können mir nichts antun, und ich versichere dir, ich bin in null Komma nichts wieder bei dir. Emily, wir beide bleiben in jedem Fall zusammen, bis dieses Geheimnis gelüftet ist, damit musst du dich abfinden. Gott hat mich mit einer Mission betraut.«

»Also schön, was soll ich tun? Ich möchte mein altes Leben wiederhaben. Ich habe es satt, mich mit Bomben, dem FBI und Engeln abgeben zu müssen. Und besonders satt habe ich die Gespenster und Geister. Ich will wieder *normal* sein.«

»Du hast gerade die Gefühle von ein paar wirklich reizenden Persönlichkeiten verletzt«, erwiderte er augenzwinkernd, wurde jedoch sofort wieder ernst. »Gut, keine Scherze mehr. Ich weiß nur, dass dein geliebter Donald die Quelle allen Übels ist. Du musst in seine Wohnung in der Stadt, in die er immer seine Frau ...« Er brach ab. »Wo er seine Trophäen und Auszeichnungen für seinen offenen, ehrlichen Journalismus aufbewahrt.«

Emily bedachte ihn mit einem warnenden Blick, den Michael ignorierte.

»Wie kommen wir dorthin?!«

»Mit dem Bus, einem Auto, dem Zug oder einem Helikopter. Wir können auch zu Fuß gehen, wenn wir ein paar Tage Zeit haben. Aber alles kostet Geld, und meine Handtasche ist mit dieser armen Frau in die Luft gegangen«, erklärte sie mit einem Schaudern.

»Mit der, die ihren Mann wegen einer Belohnung ans Messer geliefert hat? Die ihn töten wollte, weil man ihr ein zweites Mal Geld dafür versprochen hat? Diese arme Frau? – Wir nehmen den Zug. Einer meiner Schützlinge hat früher etliche Eisenbahnlinien besessen.«

»Sag nichts. Das waren doch die reinsten Raubritter.«

Michael zog sie mit sich. »Er hat niemanden bestohlen, aber er hat die Leute dazu gebracht, das zu tun, was er wollte. Möchtest du von der Perlenkette hören, die er seiner Frau geschenkt hat?«

Sie wollte eigentlich nur hören, dass sie nach Hause gehen und eine heiße Dusche nehmen könnte und dass dies alles nie wirklich passiert war.

»Nicht den Kopf hängen lassen, Emily. Bald wissen wir mehr, dann wirst du mich los und kannst wieder so leben wie früher.« Ehe sie ihn darauf hinweisen konnte, dass nach seinen eigenen Angaben nichts mehr so sein würde wie früher, setzte er hinzu: »Ich verspreche dir etwas. Ich schwöre hier und jetzt, dass ich den perfekten Mann für dich finde. Ich werde ihn aufspüren und zu dir führen.«

»Ich dachte, du bist bald nicht mehr mein Schutzengel und wirst degradiert.«

»Das stimmt, aber diese Regelung tritt erst in hundert Jahren in Kraft. Ich muss erst zu Ende führen, was ich angefangen habe. Und ich muss einen anderen Engel anlernen und mich selbst in meinen neuen Job einarbeiten. All das braucht seine Zeit.«

Emily musste gegen ihren Willen lachen. »Einhundert Jahre.« Sie kamen an den Waldrand, und vor ihnen erstreckte sich die Straße nach Süden. »Wie kommen wir zum Bahnhof?«, erkundigte sie sich und verzog das Gesicht. »Er ist ungefähr fünfundzwanzig Meilen weit weg, und falls wir jemals dort ankommen, wie sollen wir die Fahrkarten bezahlen?«

»Ich denke mir etwas aus. Vertrau mir.«

Eigenartigerweise vertraute sie ihm tatsächlich, obwohl er seit seiner Ankunft ihr ganzes Leben auf den Kopf gestellt hatte.

KAPITEL 18

Nach neuesten Erkenntnissen kann nicht mehr mit Sicherheit behauptet werden, dass Miss Todd in den grausigen Mord, der heute Morgen geschehen ist, verwickelt war. Allerdings können sich die Behörden erst absolute Klarheit über die Vorgänge verschaffen, wenn Miss Todd gefunden wird. Das waren die Nachrichten von heute. Donald Stewart verabschiedet sich für heute von Ihnen.«

Emily wandte sich von dem Fernseher im Inneren des Ladens ab, nur um eine ganze Reihe anderer Bildschirme zu sehen, die ihr Foto zeigten. »So viel zu Donalds Ehrgefühl und seinen Karrierebestrebungen«, murmelte sie. Sie hätte ihre Drohung wahrmachen und ihn bloßstellen sollen. Zähneknirschend ging sie hinaus auf die Straße.

»Ich weiß nicht, was das hier ist, aber es ist gut«, sagte Michael, als er ihr eine fettige Tüte und einen großen Pappbecher reichte.

»Das sind Tacos«, erklärte sie nach einem Blick in die Tüte und schüttelte den Kopf. Sie hatte sich noch immer nicht von den Ereignissen des Morgens erholt. Michael hatte es irgendwie fertig gebracht, dass ein Mann in einer riesigen Limousine angehalten und ihnen angeboten hatte, sie in die Stadt mitzunehmen. Die Fahrt war sehr angenehm gewesen, und als sie ausgestiegen waren, hatte der Mann Michael sogar ein Geldscheinbündel in die Hand gedrückt.

»Wie hast du es geschafft, dass die Limousine durch Greenbriar gefahren ist?«, fragte Emily erstaunt.

»Hexerei«, erwiderte er grinsend. »Schwarze Magie.«

»Sei lieber still, sonst hört dich Adrian.«

»Ich glaube fast, Adrian ist ein wenig neidisch. Ich wette, Erzengel Michael hat *ihn* niemals gebeten, irgendetwas auf Erden zu tun. Und außerdem denke ich, dass ich keineswegs degradiert werde, wenn ich diese Sache durchgezogen habe. Möglicherweise macht sich Adrian sogar Sorgen, dass ich danach eine Ebene über ihm stehen könnte.«

Emily schüttelte entrüstet den Kopf. »Engel sollten wirklich nicht neidisch oder ehrgeizig sein.«

»Und die Sterblichen sollten in Frieden und Harmonie miteinander leben. Warte hier, ich besorge uns etwas zu essen«, sagte er. »Dann gehen wir in die Wohnung von deinem Schatz.«

Ausnahmsweise hatte Emily nicht protestiert, dass Michael Donald so nannte.

Jetzt verschlang sie einen fettigen Taco nach dem anderen, während Michael sie durch die Straßen manövrierte. Sie war nicht erpicht darauf, in Donalds Wohnung zu gehen. Was würden sie dort vorfinden? Beweise seiner Untreue? In Wahrheit wünschte sich Emily, dass sich Donald an jeden einzelnen süßen Moment erinnerte, den sie gemeinsam erlebt hatten, und sich nach ihr verzehrte. Hirngespinste!, rief sie sich zur Ordnung, als sie sich dem Apartmenthaus näherten, in dem Donald lebte.

»Ich brauche dir wohl nicht zu erzählen, dass der Portier uns nicht ohne Donalds Erlaubnis zu ihm hinauflässt«, sagte sie, doch Michael lächelte überlegen.

Tatsächlich benahm sich der Portier so, als wäre Michael ein uralter Freund, der nach langer Zeit wieder aufgetaucht war, und Minuten später standen sie im Aufzug.

Michael wurde grün im Gesicht. »Das geht zu schnell – es ist zu hoch«, hauchte er benommen, als sie den Lift im sechsundzwanzigsten Stockwerk verließen.

Emily wusste, dass Donald einen Ersatzschlüssel hinter dem Notausgang versteckte, aber Michael brauchte nur die Hand auf den Knauf der Tür zu legen, und schon öffnete sie sich.

»Deine Wohnung gefällt mir besser«, stellte Michael fest, als er das viele Glas, den Chrom, die schwarzen Ledersessel und die verspiegelten Wände betrachtete.

»Schön, jetzt hast du alles gesehen, und wir können wieder gehen«, sagte Emily. Sie fühlte sich ausgesprochen unbehaglich in dieser Wohnung, in der sie sich so selten aufgehalten hatte.

»Es ist hier«, flüsterte Michael.

Emily hatte verstanden: »Er ist hier«, und war schon fast bei der Tür, als Michael sie am Ärmel zurückhielt.

»Feigling. *Er* ist nicht da.« Wie immer hatte er ihre Gedanken gelesen. »Zumindest glaube ich das. Sollen wir in seinem Schlafzimmer nachsehen? Vielleicht finden wir eine übrig gebliebene Blondine.«

»Sehr lustig. Ich hoffe, Adrian setzt dich auf die Ebene, die dir wirklich angemessen ist.«

»Dann könnte ich all die Männer aus deinen früheren Leben wiedersehen«, gab er zurück. »Soll ich dir von dem Leben erzählen, in dem du dich an einen Spieler weggeworfen hast? Du hast mehr als vierzig Jahre in dem Glauben verbracht, dass er sich ändern würde.«

»Würdest du bitte nach dem suchen, was du hier zu finden hoffst, und mich und all meine Vorleben in Ruhe lassen?«

»Das kann ich nicht«, entgegnete er und ging im Zimmer umher. »Zumindest in den nächsten hundert Jahren kann ich dich nicht allein lassen. Sag mal, Emily, wie soll der Mann sein, mit dem du dein Leben verbringen willst?«

»Klug, geistreich und mir ergeben – sklavisch ergeben. Und reich, damit er mit mir nach Paris fahren kann.«

»Ich dachte, du wolltest an einem Fluss campen und Rafting machen – das war's doch, oder?« Plötzlich sog er scharf die Luft ein, als er an einem großen Schrank vorbeiging. »Es ist da drin.«

Wider jede Vernunft blieb Emily wie angewurzelt stehen und starrte gebannt auf den Schrank. Was war in diesem Schrank? Böse Dämonen? Gespenster? Etwas oder jemand, der herausspringen und sich nie mehr einsperren lassen würde?

Als Michael die Schranktür öffnete, wäre Emily beinahe in Ohnmacht gefallen und schnappte nach Luft. Aber in dem Schrank standen nur Bücher – Reihe um Reihe ledergebundene Bände.

»Sie sehen nicht gerade unheilvoll aus«, bemerkte Emily. Sie war ärgerlich mit sich selbst, weil sie sich hatte ins Bockshorn jagen lassen. »Das sind Skripte von Donalds Sendungen. Ich weiß das, weil ich den Buchbinder für ihn aufgetan habe.«

Vorsichtig, als könnte er sich die Hand verbrennen, nahm Michael eins der Bücher heraus und schlug es auf. Emily hatte Recht gehabt, es waren Skripte. Der edle lederne Einband täuschte – die gebundenen Seiten darin waren billiges, mit Handschrift beschmiertes Papier. Michael schlug den Band zu und stellte ihn an seinen Platz zurück, dann strich er mit der Hand über die Reihen der Buchrücken.

»Was machst du da?«, fragte Emily ungehalten. »Du willst mir doch nicht weismachen, dass Bücher vom Bösen besessen sein können!«

Er drehte sich zu ihr um und sah sie ernst an. »Was hast du damit zu tun, mit diesen ...«

»Skripten«, half sie nach. Sie hatte seine Eifersucht satt. »Es sind nur die Manuskripte zu längst ausgestrahlten Sendungen von Donald. An ihnen ist nichts Finsteres oder Unheilvolles.«

»Was hattest du damit zu schaffen?«

»Ich?«, begann sie, wurde dann aber etwas nachdenklicher. »Ich habe bei den Recherchen geholfen, das ist alles. Donald hatte die Ideen, und ich ...« Sie verstummte, weil Michael sie betrachtete, als wüsste er genau, dass das eine Lüge war.

»Also schön, es ist während der Woche ziemlich einsam in Greenbriar, deshalb habe ich eine Menge gelesen. Und vielleicht bin ich hin und wieder auch auf etwas gestoßen, was für eine von Donalds Storys interessant sein konnte. Dann habe ich manchmal ein bisschen weiter geforscht. Ich habe die landesweite Fernleihe unter Bibliotheken und das Internet benutzt ... Hör auf, mich so anzuschauen! Ich habe nicht in Dateien herumgeschnüffelt, die mich nichts angehen, und habe auch nichts Illegales oder Verwerfliches getan. Ich habe nur Donald geholfen, mehr nicht.«

»Kein Wunder, dass er dich gebeten hat, ihn zu heiraten«, brummte Michael.

»Was soll das heißen?«

»Emily, du hast seine Karriere gemacht. Du *bist* seine Karriere. Wie viele dieser Storys hast du ihm vorgeschlagen? Wie umfangreich waren deine Recherchen? Wie viele Storys hast *du* geschrieben?«

»Ein paar«, sagte sie. Nur weil Donald ein verlogener, hinterlistiger Mistkerl war, brauchte sie ihm nicht nachzueifern. Im Abspann der Sendungen war immer Donald als Autor und Redakteur genannt worden. Emilys Name war nirgendwo aufgetaucht.

Und genau so hatte sie es gewollt, zumindest hatte sie sich das immer wieder eingeredet. Einige der Stories waren ziemlich kontrovers gewesen, und ...

Sie sah zu Michael auf. »Vielleicht bin ich ein paar Leuten auf die Zehen getreten, und jemand hat in Erfahrung gebracht, dass ich irgendeine Sache aufgedeckt habe, nicht Donald. Meinst du das könnte es sein?«

»Ja, genau das meine ich.«

Die Gedanken wirbelten durch Emilys Kopf, und sie erinnerte sich an all die Storys, bei denen sie Donald »geholfen« hatte. Auf diese Weise hatten sie sich sogar kennen gelernt. Emily hatte mehrmals an Donald geschrieben und ihn gebeten, in ihrer Bibliothek einer Gruppe von Halbwüchsigen einen Vortrag über Fernsehberufe zu halten, aber sie erhielt immer nur Formbriefe als Antwort, in denen stand, dass es sein Terminkalender nicht zuließe, nach Greenbriar zu fahren. Sie hatte sich das Gehirn zermartert, wie sie ihn in ihre Bibliothek locken konnte. Sie las zufällig etwas über bedrohte Tierarten, erinnerte sich an eine dumme Äußerung einer Bauunternehmersgattin und an etwas, was sie im Fernsehen gesehen hatte. Als sie alles zusammensetzte, hatte sie eine ziemlich gute Story – sie schrieb sie und schickte sie an Donald.

Zwei Wochen später kam Donald nach Greenbriar, verabredete sich mit Emily und hielt einen Vortrag vor den Schülern. Schließlich mietete er eine Wohnung und machte die winzige Stadt zu seinem zweiten Zuhause. Donald überprüfte, was Emily geschrieben hatte, fand heraus, dass jedes Detail der Wahrheit entsprach und machte einen Exklusivbeitrag für die Abendnachrichten aus ihrer Geschichte. Zu guter Letzt musste der Bauunternehmer ein Großprojekt, an dem er bereits gearbeitet hatte, abbrechen, weil er Gutachten gefälscht und seltene Tier- und Pflanzenarten rigoros vernichtet hatte. Emily hatte gehört, er habe Millionen verloren, weil ihm durch diese Geschichte lukrative Aufträge entzogen worden seien. Aber Donald war für diese Story ausgezeichnet worden, und er hatte seinen Erfolg gefeiert, indem er Champagner und Rosen für Emily gekauft und ihr die Jungfräulichkeit genommen hatte.

»Warum bist du plötzlich so eigenartig?«, fragte Michael. »Wie viele dieser Storys haben wohl jemandem einen Grund gegeben, dich zu hassen?«

Emily lächelte matt. »Ich dachte eigentlich, sie hassen Donald. Er hat sie im Fernsehen vorgetragen und Preise dafür eingeheimst.«

»Auch wenn du anderer Ansicht bist, muss ich dir sagen, dass man keine Intelligenzbestie sein muss, um zu erkennen, dass Donald ein Schwachkopf ist. Er hat ein hübsches Gesicht und kann gut vom Blatt ablesen. Kein Mensch, der nur eine halbe Stunde in seiner Gesellschaft verbringt, glaubt, dass er diese Skandale selbst hätte aufdecken können. Donald umzubringen würde den Killern nicht das Geringste nützen. Man muss die Quelle des Ärgernisses vernichten, und diese Quelle bist du.«

»Oh.« Emily ließ sich schwer auf eine Ledercouch fallen. »So habe ich das nie betrachtet. Ich habe Donald gebeten, mich herauszuhalten und meinen Namen nicht zu erwähnen. Ich wollte nie im Rampenlicht stehen. Mir lag lediglich daran, dass der Gerechtigkeit Genüge getan wurde.«

Ein Lächeln huschte über Michaels Gesicht. »Es gefällt mir, dass du dich nie geändert hast. Du hast immer schon für die Gerechtigkeit gekämpft. Zwei Mal musstest du sogar deswegen dein Leben lassen.«

»Wird es in diesem Leben auch so sein?«, fragte sie ängstlich. »Nicht, solange ich etwas damit zu tun habe. Jetzt lass uns arbeiten. Wir müssen nach einem Fall suchen, der noch nicht veröffentlicht wurde. Fällt dir einer ein?«

»Schließt das den Fall des Mannes mit ein, der bald aus der Haft entlassen wird?«

Michael sah sie erstaunt an. »Wieso hast du eigentlich nicht sofort an deine Recherchen gedacht, als ich dich fragte, ob es Böses in deiner Umgebung gibt?«

»Ich dachte, dass kein Mensch von meiner Arbeit weiß. Donald sagte immer, ich sei seine Geheimwaffe.«

»Donald wollte den ganzen Ruhm für sich«, versetzte Michael angewidert. »Aber was geschehen ist, ist nicht mehr zu ändern. Wo sollen wir mit der Suche anfangen?

Wenn wir uns einen Fall nach dem Anderen vornehmen, könnte ich fühlen, von welchem das Böse ausgeht.«

»Warum berührst du nicht einfach nur die Buchrücken?«

»Die Ausstrahlung ist zu schwach. Ich fühle die negative Energie in diesem Schrank, aber ich kann den Ursprung nicht orten. Wo sind deine Originalunterlagen?«

»Auf einer Computerdiskette«, erwiderte sie und machte absichtlich keine präziseren Angaben.

Michael funkelte sie an.

»Na schön. Alle Informationen befinden sich in Donalds Notebook – das ist ein transportabler Computer. Er wollte keine der Unterlagen in meinen Händen lassen, weil ...« Emily verstummte und sah Michael an.

»Du brauchst es mir nicht zu sagen, ich kenne den Grund. Er wollte nicht, dass irgendjemand durch Zufall in Erfahrung bringt, dass du die ganze Arbeit gemacht hast, während er Däumchen drehte.«

»So hat er sich eigentlich nicht ausgedrückt, aber vielleicht trifft das den Kern.«

»Wo ist dieser Computer?«

»Du kannst nicht in den persönlichen Dingen eines Anderen herumschnüffeln. Das ist verboten und unmoralisch, außerdem habe ich nicht die geringste Ahnung, wo der Computer sein könnte. Ich nehme an, er hat ihn in seinem Büro.«

»Das bezweifle ich. Er müsste befürchten, dass jemand ein bisschen Detektiv spielt. Sollen wir uns hier mal umschauen?«

Emily erhob keine Einwände, weil sie wusste, dass

sich Michael nicht von seinem Vorhaben abbringen lassen würde. »Im Schlafzimmer?«, erkundigte sie sich stattdessen. »Oder willst du im Wohnzimmer anfangen?«

Kapitel 19

»Bist du jetzt glücklich?«, fragte Emily. »Wir sind in eine Wohnung eingebrochen, haben einen Diebstahl begangen, aber gewonnen haben wir dadurch nicht das geringste. Bist du nun zufrieden?«

»Kein bisschen.« Michael ignorierte ihren Sarkasmus. »Hier drin stimmt etwas nicht, aber ich weiß nicht, was.«

»Ich kann dir sagen, was nicht stimmt: Donald kann jede Minute nach Hause kommen. Wenn er uns hier erwischt, ruft er die Polizei, und wir beide wandern ins Gefängnis. Du magst ja die Möglichkeit haben, einfach wegzufliegen, aber wenn mich jemand in meiner Zelle ermordet, bleibe ich tot.«

Es war sechs Uhr abends, und sie waren keinen Schritt weitergekommen. Aber der Ausflug war dennoch interessant gewesen. Sie hatten Donalds Notebook gefunden und gesehen, dass etliches auf der Festplatte gespeichert war. Das Problem war nur, dass Donald die Dateien gesichert und man nur mit dem richtigen Passwort Zugang zu den Informationen hatte. Emily hatte keine Ahnung, wie das Passwort lauten könnte. Nachdem sie Michael erklärt hatte, was sie brauchten, sagte er: »Lillian weiß sicher, wie das Wort lautet. Sie beschäftigt sich ausgiebig mit dem Leben deines Schatzes.«

»Sollen wir sie anrufen?« Sie spielte darauf an, dass Lillian eine nackte Frau ohne Körper war. »Oder halten wir eine Séance ab?«

»Ich bitte Henry, sie aufzusuchen. Ich würde das auch selbst übernehmen, aber ich muss diesen Körper mit mir herumschleppen, und es würde zu lange dauern.«

»Ich will gar nicht wissen, wer Henry ist.«

»Er lebt hier.«

»Natürlich. Wieso bin ich da nicht selbst draufgekommen?« Danach stellte Emily kaum noch Fragen, und Michael vertiefte sich in der nächsten Stunde in die Lederbände und studierte Blatt für Blatt. Irgendwann neigte er den Kopf zur Seite, als würde er jemandem zuhören. Kurz darauf eröffnete er Emily, dass das Passwort »Mr. News« lautete.

»Nicht gerade originell, was?«, meinte Michael, nahm jedoch Abstand davon, daraufhinzuweisen, dass dieses Passwort ein weiterer Beweis für Donalds Eitelkeit war.

Und Emily verkniff sich die Frage, wie ein Geist dem anderen Informationen übermittelte. Wie reisten sie? Es war ihr unheimlich zu wissen, dass eine unsichtbare Welt neben der ihren existierte, die ihr bis vor kurzem noch so stabil und sicher erschienen war.

Plötzlich sprang Michael auf. »Wir müssen gehen. Sofort!«

»Er kommt, oder?«

Wieder schien Michael zu lauschen. »Ja«, bestätigte er und musterte Emily eingehend. »Wir müssen augenblicklich verschwinden.«

Sein Verhalten machte sie stutzig. »Sind da noch mehr böse Kräfte? Sind sie hinter dir her?«

Michael gab ihr keine Antwort, als er das Notebook zuklappte (der Computer piepste alarmiert, weil Michael das Programm nicht ordnungsgemäß geschlossen hatte), klemmte es sich unter den Arm und schob Emily durch die Wohnungstür.

Es war zu spät – Donald war bereits im Flur. Er hatte den Arm um eine schöne Blondine geschlungen, die, wie Emily hätte schwören können, keinen Funken Intelligenz besaß. Es wäre einfach unfair, wenn ein Mädchen solche Beine und noch Verstand hätte, ging es Emily durch den Kopf, während sie stocksteif stehen blieb.

Michael reagierte blitzschnell. Er packte Emily, drückte sie in einer Ecke gegen die Wand und küsste sie leidenschaftlich. Schon im nächsten Moment konnte sie an nichts anderes mehr denken als an Michael – Donald war vergessen.

Als sich Michael zurückzog, sah Emily mit leuchtenden Augen zu ihm auf.

»Sie sind weg«, berichtete Michael, aber er schirmte sie immer noch mit seinem Körper vor unliebsamen Blicken ab.

»Wer?«, flüsterte sie, und erst als Michael sie selbstgefällig angrinste, fiel ihr alles wieder ein.

»Bleib mir vom Leib«, fauchte sie und stieß ihn von sich.

»Aber ich dachte, du magst ...« Ihr eisiger Blick brachte ihn zum Schweigen, aber das Grinsen blieb. »Lass uns gehen.« Er nahm ihre Hand und lief los.

Als sie auf die Straße kamen, war Emily vollkommen außer Atem. »Er weiß bestimmt, wer seinen Computer gestohlen hat«, keuchte sie. »Er weiß, dass ich das Versteck von seinem Ersatzschlüssel kenne.«

»Meinst du vielleicht, Donald ist sich nicht im Klaren, wer dich umbringen will und warum?«

»Ich weigere mich, das zu glauben«, erwiderte Emily fest. »Donald mag vielleicht keine Intelligenzbestie und ziemlich eingebildet sein, aber ich kann mir nicht vorstellen, dass er tatsächlich über ... über ein Mordkomplott Bescheid weiß. Er wünscht sich meinen Tod ganz sicher nicht.«

»Es sei denn, dein Tod verschafft ihm die größte Story seines Lebens«, gab Michael zurück, dann hob er die Hand und brüllte: »Taxi!« Augenblicklich blieb eines stehen.

»Wohin fahren wir?«, wollte Emily wissen, sobald sie eingestiegen waren.

»Es gibt nur einen Ort, an dem wir sicher sind«, entgegnete Michael, während er Donalds Notebook auf den Schoß nahm.

»O nein«, stöhnte Emily. »Nicht das Madison-Haus.«

»Ich dachte, du magst dieses Haus.«

»Ja, aber ...« Sie brach ab, als sie sein Grinsen sah. »Fall doch tot um ...« Sie wusste nur zu gut, dass er ihre Gedanken las und dass sie sich um ihn ängstigte, weil ihn der zornige Geist in diesem alten Gemäuer bei ihrem letzten Besuch nicht gerade sanft behandelt hatte. Sie durfte sich nicht von ihm in derartige Gefühle verstricken lassen. »Ja, natürlich«, fügte sie nach einer Weile eisig hinzu. »Das Böse ist deine Sache, nicht meine. Aber ich weiß, dass eine Taxifahrt nach Greenbriar zu kostspielig für uns ist. Und wir würden unnötig Aufmerksamkeit auf uns ziehen.«

»Klar«, meinte er grinsend. »Wir nehmen den Zug. Hab' ich dir erzählt ...«

»Ja!«, versetzte sie und wandte sich ab, um aus dem Fenster zu schauen. »Du hast mir alles erzählt.«

»Ich mag dieses Zeug«, sagte Michael. »Was ist das noch mal?«

»Gin. Du solltest das nicht trinken. Ich bin überzeugt, das ist gegen die himmlischen Regeln.«

»Exzess in jeder Beziehung ist ein Verstoß gegen die himmlischen Regeln. Willst du mir nicht verraten, weshalb du so ärgerlich bist?«

Sie saßen in Madisons Haus auf dem Boden – oder eher auf einer doppelten Lage dicker orientalischer Teppiche, die nach Emilys Schätzung ein Vermögen wert sein mussten. Ein Feuer loderte im Kamin, der wahrscheinlich seit hundert Jahren nicht ausgeputzt worden war. Sie hatten marokkanisches Huhn und Schokoladenmousse gegessen. Eines musste sie Michael lassen – er hatte sich schnell an das irdische Leben gewöhnt und in kürzester Zeit eine Menge über menschliche Ernährungsweise gelernt. Mittlerweile ertappte sich Emily immer öfter dabei, dass sie ihn fragte, wie sie etwas machen sollte.

»Einen goldenen Sovereign«, sagte er. Sie runzelte verwirrt die Stirn, schlug jedoch rasch die Augen nieder, weil er im Schein des Feuers noch besser und verführerischer aussah als sonst. Die Dunkelheit um sie herum schien sie einzuhüllen und vermittelte Emily ein Gefühl der Geborgenheit.

»Wie bitte?«, murmelte sie, ehe sie einen Schluck von ihrer Diät-Cola trank. Sie hatte nicht die Absicht, in dieser Situation etwas Alkoholisches anzurühren.

»Ich glaube, ihr sagt immer: ›Einen Penny für deine Gedanken.‹ Ich biete mehr. Ich biete dir all das Gold an, das im Fundament dieses Hauses versteckt ist.«

Sie starrte ihn kurz aus weit aufgerissenen Augen an. »Ich habe an gar nichts gedacht«, behauptete sie. Sie gestattete sich nicht, ihn um nähere Auskünfte über das Gold zu bitten. »Ich bin nur müde.«

»Emily, du kannst jeden anlügen, nur nicht mich. Was ist los?«

»Du kannst meine Gedanken lesen – sag du's mir«, erwiderte sie spitz.

»Dein Leben ist ein Trümmerhaufen, und du weißt nicht, wie du die Stücke wieder zu einem Ganzen zusammensetzten kannst«, sagte er ruhig.

Er hatte ins Schwarze getroffen. Sie versuchte, etwas zu sagen, brachte aber kein Wort heraus. Sie wollte tapfer und stark sein und sich einreden, dass alles gut werden würde, doch das gelang ihr nicht mehr. Noch ehe sie wusste, wie ihr geschah, liefen ihr die Tränen über die Wangen.

»Emily«, hauchte Michael. Als er versuchte, sie in die Arme zu nehmen, wehrte sie ihn ab, doch er hielt sie fest. »Es war nicht fair von dir«, beschwerte sie sich und trommelte mit der Faust gegen seine Brust. Er zuckte nicht mit der Wimper, sondern drückte ihren Kopf an seinen weichen Wollpullover. »Ich war glücklich. Vielleicht ist Donald ein Mistkerl, vielleicht hätte ich als seine Frau ein elendes Leben geführt und vielleicht wollte er mich aus den falschen Gründen heiraten, aber ich hatte keine Ahnung von alldem. Ich war *glücklich*. Verstehst du?«

»Ja, natürlich.« Er hielt sie und strich ihr sanft übers Haar. »Am Anfang warst du immer glücklich mit ihnen.«

»Hör auf damit!«, kreischte sie und stemmte sich gegen ihn. Er ließ sie nicht los. »Ich will nichts von der Vergangenheit oder der Zukunft hören. Ich will nur das wiederhaben, was ich hatte, und zwar *gleich*.«

»Aber das habe ich zerstört«, erwiderte er. »Wieder einmal habe ich dein Leben ruiniert.«

»Hast du das oft gemacht?«, erkundigte sie sich sarkastisch. Sie wehrte sich nicht mehr gegen die Umarmung und schmiegte sich an ihn. Diese letzten Tage waren die reinste Tortur für sie gewesen.

»Emily«, flüsterte er so leise, dass sie ihn kaum verstand. »Ich habe dir Schreckliches angetan.«

Sie neigte den Kopf nach hinten und sah ihn an. Er starrte ins Feuer, und seine Augen waren so dunkel wie nie zuvor.

»Ich ...« Er hielt inne.

»Was hast du getan?«

Michael holte tief Luft. »Ich habe nicht nur dein jetziges Leben zerstört, sondern auch die beiden zuvor.«

Emily wandte den Blick nicht von ihm. »Erzähl mir, was du gemacht hast«, forderte sie.

Sie sah ihm an, dass ihm das Geständnis schwer fiel. »Ich verdiene eine Degradierung. Ich verdiene jedes Schicksal, das Adrian für mich parat hat, weil ich mich in deine Angelegenheiten eingemischt habe. Emily, du warst immer so gutherzig.«

»Ja, ja«, fiel sie ihm ungeduldig ins Wort. »Ich bin so gutherzig und dumm, dass mein Verlobter sich mit anderen vergnügt.«

»Genau das ist es. Diese Männer auf Erden schätzen dich nicht genug. Sie sehen nur die Oberfläche. Sie erkennen, dass du hübsch bist, aber sie blicken nicht tiefer und sehen deshalb nicht, dass deine innere Schönheit ihresgleichen sucht. Diese irdischen Männer scheinen sich keinen Deut um die Seele und den Geist einer Frau zu scheren. Wenn eine gute Seele in einem plumpen Körper wohnt oder in einem Körper mit wenig ansprechendem Gesicht, wollen sich die Männer nicht mit ihr abgeben.«

»Und wenn ich so atemberaubend aussehen würde wie die Frau, die wir mit Donald gesehen haben ...«, murmelte sie niedergeschlagen.

»Nein, du bist schön, aber eben nicht so herausgeputzt wie diese Person, die wir mit deinem ... deinem ...«

»Ex«, half sie ihm und seufzte.

»Ja ... mit deinem Ex gesehen haben.«

»Du hast mir immer noch nicht erzählt, was du mir in meinem vergangenen Leben angetan hast.«

»Du warst damals dieselbe wie heute.«

»Langweilig und praktisch veranlagt?«

»Nein! Vertrauensselig und leicht verführbar. Dein Herz ist so liebevoll, dass du ...«

»Dass ich was?«

Michael seufzte. »Du nimmst alles, was dir ein gut aussehender Mann auftischt, für bare Münze. Es gibt nur wenige auf Erden, die so sind wie du, Emily. Ich habe während vieler Lebensspannen mitangesehen, wie du deine Güte an Alkoholiker und Tunichtgute verschwendet hast, die dir Qualen bereitet haben. Hast du eine Ahnung, was ich durchgemacht habe, als ich tatenlos zusehen musste, wie du und deine beiden Kinder fast verhungert und im Winter erfroren wärt, nur weil dein widerlicher Mann euer ganzes Geld versoffen hat? Du hast die Wäsche anderer Leute gewaschen, Emily. Deine zarten Hände ...« Er verstummte, nahm ihre Hand und küsste erst die Handfläche, dann jeden einzelnen Finger.

»Was hast du gemacht?«, drängte sie vorsichtig.

»Ich habe dich einer Dame zugeführt, die eine Näherin brauchte. Nähen war zumindest keine so schwere Arbeit wie Waschen, und sie ...«

»Nein, ich möchte wissen, was du mir in meinen beiden letzten Leben angetan hast.«

»Oh.«

Als kein weiteres Wort mehr von ihm kam, legte sie den Kopf an seine Schulter. »Mach schon, du kannst mir alles erzählen.«

Er atmete ein paar Mal tief durch, und es dauerte eine Weile, bis er genügend Mut aufbrachte. »In deinem letzten Leben, hast du auf einem Ball das silberne Kleid getragen. Ich habe es für dich ausgesucht. Ich wusste, dass dir Silber gut stehen würde. Du hast mich neulich gefragt, ob du deinem Mann in diesem Kleid gefallen hast. Emily, ich ... ich habe nicht zugelassen, dass du heiratest. Jedes Mal, wenn du einem Mann begegnet bist und daran dachtest, ihn zu heiraten, habe ich dich an der Nase gekitzelt, damit du ihm fernbleibst. In deinen beiden letzten Leben habe ich verhindert, dass du heiratest und Kinder bekommst. Du bist zwei Mal als Jungfrau gestorben.«

Emily löste sich aus seiner Umarmung und starrte ihn einen Moment sprachlos an. »Was für ein Engel bist du? Wie konntest du jemandem, der unter deiner Obhut stand, so etwas antun? Ich glaube nicht, dass du auf die Erde *geschickt* wurdest. Ich denke viel eher, dass man dich da oben *rausgeworfen* hat.«

»Emily, bitte, du musst das verstehen. Nach deinem Leben als Waschfrau habe ich dafür gesorgt, dass du im nächsten einen reichen, einflussreichen Vater bekommst, aber selbst er konnte nicht verhindern, dass du dich in einen nichtsnutzigen Kerl verliebt hast. Dieser Mann wollte nur dein Erbe an sich bringen, und er hätte jeden Penny verprasst, bis du wieder als Waschfrau hättest schuften müssen. Ich hätte es nicht ertragen, das noch einmal mitansehen zu müssen.«

»Deshalb hast du dafür gesorgt, dass meine Nase juckte, und mich eine alte Jungfer werden lassen. Nur so aus Neugier – wie hast du den Mann davon abgehalten, mich zu entführen und mit mir durchzubrennen? Ich nehme doch an, dass er um das Geld meines Vaters gekämpft hat.«

»Er ... na ja, er wurde in einer peinlichen Situation erwischt und musste die Tochter eines anderen heiraten.«

»Und du hast alles so arrangiert, dass man ihn in flagranti ertappte?«

»Ja.«

Emily saß eine ganze Weile reglos da. Sie wusste nicht, ob sie ihm glauben sollte oder nicht, aber irgendwie passte alles zusammen. Ihr ganzes Leben hatte sie das Gefühl gehabt, dass sie niemals heiraten würde, dass kein Mann sie wollte. Als junges Mädchen hatte sie oft geweint, wenn sie Bilder von Babys gesehen hatte, und wenn ihre Mutter nach dem Grund für die Tränen fragte, hatte sie stets geantwortet, sie wisse ganz genau, dass sie nie Kinder haben würde.

»Und du hast das zwei Mal getan?«

»Ja«, bekannte Michael betreten. »Natürlich war das falsch. Ich hätte das nicht tun dürfen. Schließlich war dein Leben fast so unglücklich, wie es gewesen wäre, wenn du diesen Schweinehund geheiratet hättest.«

»Lass mich raten – ich habe ein Einsiedlerdasein geführt inmitten von Büchern. Vielleicht hatte ich ein oder zwei Katzen. Einmal im Monat habe ich eine Teegesellschaft für ältere Damen gegeben, und wir unterhielten uns über Literatur und die neuesten Bestseller. Ich hatte nie junge Freundinnen, weil ich es nicht ertragen konnte, sie zusammen mit ihren Kindern zu sehen und mir Geschichten über glückliches Familienleben anzuhören.«

Michael schwieg, schließlich raunte er kaum hörbar: »Ja.«

»Ich sehe es vor mir. Es ist das Leben, das ich am meisten fürchte, das ich in meinen Albträumen durchgemacht habe. Und du hast mich *zwei Mal* dazu verdammt?«

»Ich dachte, dass beim ersten Mal alles schief gelaufen ist, weil ich nicht wusste, was ich tat, und hoffte, beim zweiten Mal alles richtig zu machen. Ich dachte, ich finde einen wunderbaren, liebevollen Mann für dich und könnte euch in die richtige Richtung schubsen, damit du einmal ein glückliches Dasein auf Erden erlebst.«

»Ich glaube, ich weiß, wie es weiterging. Du hast keinen Mann gefunden, der meiner wert gewesen wäre.«

»Stimmt. Wer hätte sich mit deiner Güte messen können?« Emily zog sich zurück, und er war überrascht, Zorn in ihren Augen aufflammen zu sehen.

»Du Mistkerl«, sagte sie leise, aber mit Nachdruck. »Ich bin kein ... kein *Engel*. Ich bin aus Fleisch und Blut, nicht eine Heilige, die man verehrt, sondern eine Frau, die geliebt werden will. Ich möchte nicht in ein Museum gestellt und betrachtet werden, wie ich – ha, ha – *gut* bin.

Ich will leben und alle Erfahrungen machen, die das Leben bietet. Ich wette, ich war als Waschfrau glücklicher, als in dem Leben, in dem ich reich war und mich mit Damen der gehobenen Gesellschaft abgegeben habe.«

»Ja, das stimmt«, gab er verwundert zu. »Und ich konnte das nie verstehen. Ich habe dafür gesorgt, dass du alles hast. Du hattest ...«

»Ich hatte *gar nichts*. Verstehst du? Ich hatte absolut nichts Ich hatte ...« Plötzlich war ihr alles zu viel. »Du wirst das nie kapieren. Niemals. Donald gab mir ...«

»Ich *weiß*, was er dir gegeben hat!«, brüllte Michael beinahe. »Auch wenn ich ein Engel bin, bin ich doch in erster Linie ein *Mann*. Glaubst du, es ist leicht für mich, zu sehen, was du magst, und dich nicht berühren zu können? Ich habe eine Nacht mit dir erlebt, und dafür muss ich bis in alle Ewigkeit bezahlen. Aber das war es wert. Ja, dich im Arm zu halten war jede Strafe der Welt wert.«

Emily erstarrte, dann warf sie sich in seine Arme. »Ich darf dich nicht lieben. Ich darf es nicht. Du bist nicht real. Irgendwann bist du weg – verschwunden.«

Michael hielt sie fest, als würde sein Leben enden, wenn er sie losließe. »Ich weiß«, hauchte er. »Mir geht es wie dir. Wie kann ich eine Sterbliche lieben? Wie kann ich zurückkehren und dich Leben für Leben beobachten mit ... mit ...« Er seufzte abgrundtief und hielt sie auf Armlänge von sich weg. »Was, wenn ich dir die Erinnerung an mich nähme?«

»Das kannst du nicht«, sagte sie und sah ihm dabei tief in die Augen. »Du hast mir selbst erzählt, dass selbst Gott die Liebe nicht auslöschen kann. Vielleicht werde ich mich nicht erinnern, warum ich mich so leer fühle, aber ich werde immer wissen, dass mir etwas fehlt. Habe ich recht?«

Er ließ sich Zeit mit der Antwort. »Ja. Man kann die Liebe nicht vergessen – weder die Liebe zu einem Menschen noch die Liebe zu Gott.«

»Ich vermisse Donald nicht, aber du fehlst mir schon, wenn du nur in einem anderen Zimmer bist. Ich war wütend auf dich, weil du mich allein gelassen hast nach unserer gemeinsamen Nacht.«

»Ich weiß. Ich wollte nicht weg von dir, aber ich wurde ... geholt. Mein Geist und mein Körper wurden an einen anderen Ort gebracht.«

Sie legte den Kopf an seine Schulter. »Wir hätten das nicht tun dürfen, und ich habe mir große Mühe gegeben zu vergessen, was wir miteinander hatten, aber ich kann es nicht. Ich fürchte mich davor, einsam und allein zu sein, wenn du mich verlässt.«

»Emily, du wirst nie allein sein – du warst es nie und wirst es nie sein.«

»Es wird nicht mehr dasselbe sein, wenn du keinen Körper mehr hast.«

»Ja, ich werde dich sehen können, aber du kannst mich dann weder sehen noch hören. Und vielleicht erinnerst du dich nicht einmal mehr an mich.« Er neigte den Kopf, um ihr in die Augen zu schauen. »Emily, Liebes, wir haben zwei Möglichkeiten. Die eine ist, dass wir uns die Tränen ausweinen ...«

»Die Augen. Die Augen ausweinen.«

»Gut, dann eben die Augen.« Er freute sich über ihr Lächeln. »Also, wir können weinen über das, was mit uns geschieht – wir werden *getrennt,* daran ist nicht zu rütteln. Oder wir genießen den Augenblick, obwohl wir wissen, dass uns der morgige Tag Schreckliches bescheren könnte.«

»Ich verstehe.« Emily rückte ein Stück von ihm ab. »Du meinst damit, dass wir uns jede Minute, die dir noch auf Erden gegönnt ist, lieben sollen.«

»Genau«, bestätigte er strahlend. »Haargenau.«

»Du *bist* ein Mann. Engel oder nicht, du bist eindeutig ein *Mann*!« Sie spie das letzte Wort förmlich aus, als wäre ein Mann etwas Schändliches, Abscheuliches.

Michael sah sie verwirrt an. »Deine Gedanken sind so konfus, dass ich mich nicht mehr zurechtfinde.«

»Du Ärmster. Ich bin hundertprozentig auf Adrians Seite. Du bist tatsächlich der *schlimmste* Engel im Himmel. Ich kann mir ehrlich nicht vorstellen, wie du überhaupt ein Engel werden konntest. Du hältst mir vor, dass ich mir immer die falschen Männer aussuche, aber sogar ich durchschaue, was du im Schilde führst.«

Michael war vollkommen durcheinander. Er hatte nicht die geringste Ahnung, wovon sie überhaupt sprach. »Was habe ich getan?«

»Du hast dafür gesorgt, dass ich mich von Donald trenne, und zwar nur, weil du deine eigenen Absichten verfolgt hast, stimmt's? Und du hast mich in zwei Lebensspannen ohne Mann und ohne Liebe schmoren lassen – auch aus eigennützigen Gründen.«

»Ich ... na ja, vielleicht war ich ein wenig selbstsüchtig, aber ich habe versucht, dich zu beschützen.«

»Ach ja? Und jetzt versuchst du auch, mich zu beschützen, während du so verdammt *nett* zu mir bist.«

»Ich ... ich wollte dir nichts Schlimmes antun«, stammelte er verwirrt. »Ich ...«

»Genau das ist es, nicht? Du kommst her und bist ungeheuer nett zu mir, obwohl du weißt, dass ich der schlechteste Menschenkenner der Welt bin. Du bist so gut zu mir, dass ich mich Hals über Kopf in dich verliebe – und dann? Was dann? Das frage ich dich.«

»Ich ...«, Michael kratzte sich am Kopf. »Ich kann deiner Logik offenbar nicht folgen.«

»Na prima. Ich habe es satt, mir von euch Männern sagen zu lassen, was ich bin. Gründlich satt. Hast du gehört? Bis oben hin satt.«

»Was wünschst du dir? Was soll ich für dich tun?«

»Du sollst mir einen Mann suchen, was sonst? Ich möchte nicht alleine leben. Ich will ein Haus auf dem Land und mindestens drei Kinder haben. Du bist ein Engel und kannst den Menschen ins Herz sehen, also suche mir einen liebevollen Mann, ehe du von hier verschwindest.«

»Aber zuerst müssen wir herausfinden, wer deinen Tod will.«

»Schon verstanden. Dafür hast du Zeit, aber du kannst nichts Gutes für mich tun, hab' ich recht?«

»Emily, ich habe offenbar etliches von meinem Verstand eingebüßt. Ich kann mir beim besten Willen nicht erklären, warum du so wütend auf mich bist. Ich bin vollkommen durcheinander.«

»Es ist ganz einfach. Du bist auf die Erde gekommen und hast das Leben, das ich für mich *gewählt* habe, ruiniert. Mag sein, dass es in deinen Augen kein gutes Leben war, aber es war *mein* Leben. Jetzt habe ich nichts, und das habe ich dir zu verdanken. Ich bin drauf und dran, mich in einen Engel zu verlieben, der diese Erde bald verlassen wird, und vielleicht – oder auch nicht – nimmt er meine Erinnerungen an ihn mit. Und ich lebe in einem winzigen Pendlerort, in dem ich kaum mal einen Mann zu Gesicht bekomme und erst recht keinen kennen lerne. Einer Kleinstadtbibliothekarin öffnen sich nicht gerade viele Türen.«

Emily hatte fast Mitleid mit Michael, der sichtlich konzentriert über all das nachdachte. Emily war es leid, den Fußabtreter zu spielen und, wie es anscheinend seit Jahrhunderten der Fall war, immer auf die falschen Männer hereinzufallen. Sie zweifelte kein bisschen daran, dass sie sich in Michael verliebt hatte, wollte aber ihre Gefühle lieber nicht genauer unter die Lupe nehmen. Zum Donnerwetter, jeder musste mal an sich selbst denken! Wahrscheinlich war es ganz wunderbar, dass ein Engel auf die Erde gekommen war, um ihr Leben zu retten. Aber wie würde ihr Dasein aussehen, falls sie diese Sache überhaupt heil überstand, wenn sie sich für einen Mann aufbewahrte, an den sie sich vermutlich nicht einmal mehr erinnern konnte?

»Also?« Emily war selbst überrascht, dass ihre Stimme so fordernd und kraftvoll klang. Ihre Mutter hatte ihr beigebracht, stets freundlich zu sein, aber gerade in diesem Moment tat es ihr erstaunlich gut, selbstsüchtig zu sein. Sie war kurz davor, einen Engel für ihre eigenen egoistischen Zwecke einzuspannen. »Kannst du mir einen anständigen Mann verschaffen oder nicht?«

»Ich denke schon«, entgegnete er ruhig. »Was schwebt dir vor?«

»Augenscheinlich bevorzuge ich gewöhnlich Trunkenbolde und Männer, die mich heiraten wollen, damit ich Dinnerpartys arrangiere, richtig? Wieso fragst du mich dann, was ich mir wünsche? Ich möchte einen Mann haben, der mich gut behandelt, mit dem ich Kinder haben kann – einen von den Männern, die in Romanen vorkommen, denen eine Frau vertrauen und auf die sie sich verlassen kann.«

»Verstehe. Solche sind heutzutage schwerer zu beschaffen als in früheren Zeiten. Es gibt zu viele Versuchungen in dieser Welt, und ...«

»Wenn du wieder dort bist, wo du hingehörst, brauchst du nur auf mich Acht zu geben und mir auf die Sprünge zu helfen, nicht wahr? Ich meine, das ist doch dein Job, oder?«

Emily konnte nicht übersehen, dass er eigentlich anderes mit ihr im Sinn hatte, und wenn sie ehrlich war, gefiel ihr der Gedanke auch nicht besonders gut. Sie wünschte sich mit jedem Tag mehr, den Rest ihres Lebens mit Michael zu verbringen – nicht mit jemandem, der war wie er, sondern mit *ihm*. Welcher andere Mann hatte eine solche Ehrfurcht vor dem Leben und betrachtete ein Footballspiel als eines der Wunder dieser Welt?

Sie verdrängte den Gedanken. Ein Leben mit Michael war unmöglich, und je früher sie sich diese Hirngespinste aus dem Kopf schlug, umso besser. Wie ihre Freundin Irene immer zu sagen pflegte: »Das einzige Gegengift zu einem Mann ist ein anderer Mann, vorzugsweise ein jüngerer und hübscherer.«

»Was ist jetzt?«, fragte Emily entschlossen. »Sind wir im Geschäft?«

»Im Geschäft?«, wiederholte Michael mutlos.

»Das ist ein Beispiel für: Kratzt du mir den Buckel, kratz ich dir auch den Buckel.«

»Ah, wenigstens ist das etwas, was ich mag«, erwiderte er so lüstern, dass Emily sich das Lachen verbeißen musste.

»Nein«, wehrte sie ab, »so war das nicht gemeint. Von jetzt an sind wir Geschäftspartner, nichts anderes. Kein Techtelmechtel mehr. Du ersparst dir Gardinenpredigten von Adrian und eine neuerliche Degradierung, und ich komme zu einem Mann und Kindern. Was sagst du dazu?«

»Klingt furchtbar nüchtern«, antwortete Michael bedrückt. »Und mir ist egal, was Adrian sagt. Er ist nur neid. ...«

»Abgemacht?« Emily streckte ihm die Hand hin. »Übrigens, ich mag keine dürren Männer. Die haben keine Lebensfreude.«

»Gut.« Michael schüttelte ihre Hand.

»Nachdem das geregelt ist, könnten wir ein bisschen schlafen. Morgen gehen wir all diese Dateien durch, und du machst dich dran, den Mann meiner Träume zu finden.« Mit einem Lächeln ging Emily zu der Matratze, die Michael vom Dachboden geholt und in eine Ecke gelegt hatte. Sie roch modrig und war verstaubt, genau wie die alten Decken, aber Emily war so müde, dass sie überall geschlafen hätte.

Sie war sehr zufrieden mit sich, als sie sich niederlegte. Zum ersten Mal, seit Michael ihr über den Weg gelaufen war, hatte sie das Gefühl, dass sie an einem Anfang stand, nicht am Ende. Sie mussten in Erfahrung bringen, wer es auf sie abgesehen hatte, dann würde Michael ihr einen Mann suchen, mit dem sie Kinder in diese Welt setzen konnte und ...

Sie sank lächelnd in bleiernen Schlaf.

Michael gönnte sich keine Ruhe. Emily hatte ja keine Ahnung, was sie da von ihm verlangte – zu seinen Schützlingen gehörte kein »anständiger« Mann für sie.

Zumindest keiner, der gut genug für Emily gewesen wäre. Daher musste er sich mit einigen anderen Engel in Verbindung setzen und nachfragen, wen sie vorschlagen würden. Zu allem anderen musste dieser Mann natürlich auch das passende Alter und die passende Körpergröße haben. Und wäre es nicht günstig, wenn er hier in der Nähe wohnen würde?

Michael durfte gar nicht darüber nachdenken, dass ein anderer Mann »seine« Emily berühren könnte. Er musste seine Empfindungen gewaltsam unterdrücken. »Irdische Gefühle sind den Sterblichen vorbehalten«, hatte Adrian gesagt. »Überlass es ihnen, ihre eigenen Fehler zu machen und sich in ihrem schlechten Karma zu ergehen.« Adrian wollte Michael damit klarmachen, dass er auf gar keinen Fall wie ein Sterblicher Besitzansprüche auf eine Frau erheben durfte, und erinnerte ihn daran, dass er ein Engel war und über diesen niedrigen Empfindungen stand.

Aber Michael fühlte keineswegs wie ein Engel. Genau genommen hatte er, was Emily betraf, niemals engelhaft gehandelt oder gefühlt. Gerade jetzt in diesem Augenblick wünschte er sich nichts mehr, als neben sie unter die Decke zu schlüpfen und sie zu lieben.

Aber er hielt sich zurück, legte den irdischen Körper, der seinen Geist vorübergehend beherbergte, auf der anderen Matratze ab und machte sich auf den Weg. »Astralreise«, nannten das die Erdenbewohner. Sein Geist schwebte gen Himmel, und er beriet sich mit anderen Engeln, welcher Mann Emily in diesem Leben glücklich machen könnte.

Als er am Morgen ins Madison-Haus zurückkehrte, war sein menschlicher Körper ausgeruht, aber ein wenig steif, weil er die ganze Nacht keinen Muskel gerührt hatte.

Michael hatte sich einige Namen und Orte eingeprägt und einen Plan entwickelt, aber ihm war das Herz schwer. Nicht einmal Adrian hätte es fertig gebracht, ihn in seine Schranken zu verweisen, wenn er gesehen hätte, wie elend sich Michael fühlte. Die anderen Engel konnten nicht verstehen, was Michael so aus der Fassung brachte, aber sie spürten seinen Schmerz und hatten Mitleid mit ihm.

Ehe sein Geist in den menschlichen Körper schlüpfte, schwebte Michael einen Moment lang über Emily, wachte über ihren Schlaf und schwor sich, sein möglichstes zu versuchen, um sie glücklich zu machen. Er würde Wiedergutmachung leisten für die Einsamkeit, die er in früheren Zeiten verursacht hatte. Vielleicht gelang es ihm – wenn er klug vorging –, Emilys Schicksal eine Wende zu geben und ihr im zukünftigen Leben Glück mit Männern zu bescheren.

Er ließ sich auf die Erde sinken und hauchte einen Kuss auf Emilys Wange – einen Engelskuss, den viele Menschen oft empfingen, aber nur selten spürten. Sie mit seiner Eifersucht und Reue zu belasten oder ihr seine Liebe aufzudrängen wäre nicht fair. Wie sie selbst gesagt hatte – er würde sie bald verlassen, und er hatte kein Recht, ihr Herz mit sich zu nehmen. Von jetzt an würde er die Mission erfüllen, mit der man ihn betraut hatte, und seine Empfindungen unter Verschluss halten. Ja, dachte er lächelnd, ausnahmsweise würde er genau das tun, was man von einem Engel erwartete. Er würde geben und geben, ohne jemals auf eine Gegenleistung zu hoffen.

»Guter Gott«, flehte er im Flüsterton, als er in den Körper zurückglitt, »lass sie nie wieder mit der Haarsträhne über ihrem linken Ohr spielen. Sonst kann ich für nichts garantieren.«

Kapitel 20

Zwei Tage, dachte Emily, als sie eine weitere Truhe auf dem Dachboden im Madison-Haus öffnete, seit zwei Tagen hatte ihr Michael *keinerlei* Beachtung geschenkt und sich nur mit dem Computer beschäftigt. Dass er lediglich genau das tat, was Emily von ihm verlangt hatte, machte die Sache nicht einfacher für sie. Sie hatte sich daran gewöhnt, dass er ihr seine ungeteilte Aufmerksamkeit schenkte, und es war ein wunderbares Gefühl, einen umwerfend gut aussehenden Mann an der Seite zu haben, der sich um sie sorgte und sich für alles, was sie betraf, interessierte.

Doch das schien der Vergangenheit anzugehören. Seit der Nacht, in der sie ihn gebeten hatte, ihr einen Mann zu beschaffen, verhielt er sich ihr gegenüber anders. Am Morgen war er, obwohl Emily heftige Einwände erhoben hatte, in die Stadt marschiert und eine Stunde später mit einem jungen Mann von der Telefongesellschaft in dessen Lieferwagen zurückgekommen. Hätte Emily nicht des öfteren mit eigenen Augen gesehen, wozu Michael imstande war, wäre sie sprachlos vor Staunen gewesen, als dieser junge Mann – natürlich ohne eine Rechnung dafür zu stellen – Leitungen vom nächsten Mast zum Haus führte und sowohl ein Telefon als auch elektrischen Strom in dem alten Gemäuer installierte. Michael konnte jetzt nicht nur das mit Akku betriebene Notebook, sondern auch ein Modem ans Netz anschließen und sich ins Internet einwählen, wenn er wollte.

Er hatte einige Tüten mit Lebensmitteln mitgebracht, aber als Emily anbot, das Frühstück auf dem uralten Herd in der Küche zuzubereiten, winkte Michael ab und meinte, er habe eine Menge Arbeit, die nicht warten könne. Sie bot ihm ihre Hilfe an, aber er erklärte, dass Alfred ihn in technischen Dingen berate, und fragte sie, wieso sie sich nicht irgendeine andere Beschäftigung suche. Er würde sie schon rufen, wenn er gefunden hätte, wonach er suchte.

Sie blinzelte ihn erstaunt an.

»Unter der dritten oder vierten Stufe im großen Treppenhaus ist ein Schlüsselbund versteckt. Mit diesen Schlüsseln kannst du jedes Schloss im Haus öffnen«, sagte Michael, ohne den Blick vom Computerbildschirm zu wenden. Sie wusste, dass er jemandem, den sie nicht sehen konnte, zuhörte, denn er flüsterte ab und zu »ja« oder »nein« sowie: »Das verstehe ich nicht«, während er etwas in den Computer eingab.

»Unter der dritten«, rief er Emily nach, als sie sich trollte. »Der Captain sagt, es ist die dritte Stufe. Und er gestattet dir, herumzustöbern, wo du willst, weil du hier nirgendwo Hinweise auf die wahren Begebenheiten finden kannst.«

Sie kam sich vor wie ein Kind, das zum Spielen in den Garten geschickt worden war. Sie machte sich auf die Suche nach den Schlüsseln und fand tatsächlich eine

Stufe, von der sich ein Brett lösen ließ, wenn man wusste, wo man es anfassen musste.

»Das habe ich mir selbst ausgedacht«, hörte sie eine klare Stimme sagen.

»Ich bin gezwungen, mit Engeln zu reden«, erwiderte sie laut, »aber ich weigere mich, mit Gespenstern Konversation zu treiben. Geh und jag jemand Anderem einen Schreck ein.«

Emily war sicher, Gelächter zu hören, aber es wurde immer leiser – wahrscheinlich hatte Captain Madison, oder wer immer hier spukte, beschlossen, sie in Ruhe zu lassen. Sie schimpfte leise auf alle Männer, als sie sich auf den Weg zum Dachboden machte. Wenn sie sich in diesem Haus schon nach Herzenslust umsehen durfte, dann wollte sie als Erstes die Truhen und Vitrinen in Augenschein nehmen.

Mittlerweile hatte sie zwei ganze Tage auf dem Dachboden verbracht, und obwohl sie einige höchst interessante Dinge entdeckt hatte, wuchs ihr Ärger auf Michael. Wie konnte er sich so ohne weiteres von ihr abschotten? Sie waren beinahe jede Minute zusammen gewesen, seit sie ihn angefahren hatte, aber jetzt nahm ihn der Computer vollkommen in Beschlag, und er hatte keine Zeit mehr für sie. Er nahm seine Mahlzeiten nicht mehr mit ihr zusammen ein und schaute nicht einmal auf, wenn sie den Raum betrat.

Am Abend zuvor hatte sie versucht, mit ihm ins Gespräch zu kommen. »Hattest du Glück?«

»Kommt darauf an, was du Glück nennst«, sagte er, ohne den Blick vom Monitor zu wenden.

»Hast du etwas gefunden, von dem Böses ausgeht?«

»Eine Menge. Das ist das Problem. In diesem Computer ist *nur* Böses gespeichert. Jede dieser Storys handelt von schrecklichen Männern und Frauen, die furchtbare Dinge tun. Es ist nahezu unmöglich, herauszufinden, welche dieser Geschichten mit dir in Zusammenhang stehen, besonders weil du selbst all dies geschrieben hast. Das alles hat demnach mit dir zu tun.«

»Vielleicht kann ich dir helfen«, sagte sie mit mehr Eifer, als sie ihm zeigen wollte.

»Nein«, lehnte er rundweg ab. »Alfred und ich kommen bestens zurecht. Geh du lieber wieder auf den Dachboden. Der Captain sagt, da oben gäbe es einen Schatz, aber möglicherweise meint er damit nur etwas, was ihm persönlich viel bedeutet. Andererseits war er ein sehr reicher Mann ...«

Wieder fühlte sich Emily ausgeschlossen wie ein lästiges Kind, das nichts von den Angelegenheiten der Erwachsenen verstand. »Hast du schon Männer für mich aufgetan?«, erkundigte sie sich spitz. »Ich bevorzuge den gut aussehenden und männlichen Typ. Vergiss nicht, ich wünsche mir ein halbes Dutzend Kinder.«

»Ich habe vor Tagen – na ja, vor Stunden – drei Männer für dich gefunden.«

»Oh«, flüsterte Emily niedergeschlagen.

Michael spähte kurz zu ihr hin. »Das wolltest du doch, oder nicht? Hast du dich vielleicht eines anderen besonnen?«

»Selbstverständlich nicht. Schließlich habe ich keine andere Wahl. Du wirst bald verschwinden, und Donald hast du verjagt, also muss ich wohl oder übel einen von diesen drei Männern nehmen.«

»Du könntest auch allein bleiben oder dir selbst einen Mann suchen und heiraten.«

»Nein, danke. Du hast mir drastisch vor Augen geführt, wie dumm ich mich dabei schon immer angestellt habe.« Sie blitzte ihn an. »Ich habe mir immer unpassende Männer ausgesucht. Sieh dir doch nur Donald und andere an, mit denen ich mich eingelassen habe.« Sie meinte ihn damit und machte so deutlich, dass er genauso schlecht für sie sei wie all die Kerle aus ihren früheren Leben.

Michael würdigte sie keines Blickes. »Aber mich hast du nicht ausgesucht, Emily. Ich habe dich gefunden. Jetzt lauf schon und such den Schatz. Der Captain sagt, es sind Rubine; seine Frau liebte Rubine.«

Emily überlegte, ob sie sich auf die Matratze hocken und nicht von der Stelle rühren sollte, nur um ihm zu zeigen, dass sie ihm keinen Gehorsam schuldete, aber schließlich gewann ihre Neugier auf diese Rubine doch die Oberhand. Als sie wieder einmal die Treppe hinaufstieg, war sie ganz sicher, ein Lachen zu hören. Offenbar amüsierte sich der Captain darüber, dass ihr die funkelnden Steine wichtiger waren als Rache. »Deine Frau hat vielleicht Selbstmord begangen, nur um von dir wegzukommen«, flüsterte sie gehässig, hätte sich aber am liebsten gleich auf die Zunge gebissen, als sie fühlte, wie der Geist verschwand. Sie spürte nur noch Leere um sich herum.

»Großartig«, brummte sie. »Ich habe ein Gespenst und einen Engel beleidigt. Wer ist der nächste? Vielleicht sollte Gott mich ganz dem Bösen überlassen. Mit etwas Glück gelingt es mir, diesen bösen Geist so wütend zu machen, dass er sich in die Schmollecke zurückzieht und nie wieder ein Wort mit irgendjemandem spricht.«

Sie schleppte sich auf den Dachboden, durchwühlte Truhen und sah sich die Bücher genauer an. Die Rubine fand sie nicht, dafür einige prachtvolle Möbelstücke, wertvolle Bücher und ein wunderschönes Porzellanservice. Am Nachmittag hockte sie sich auf eine der Truhen und sah sich um. Eines musste sie dem Captain lassen – sein Geist war offenbar sehr stark, sonst wäre es ihm nicht gelungen, in all diesen Jahren Plünderer und Räuber von dem Haus fern zu halten. Emily kannte einige Antiquitätenhändler, die eine Menge dafür gegeben hätten, das zu sehen, was sie jetzt vor sich hatte – unter diesen Sachen waren einige wirkliche Schätze, das war ihr bewusst.

»Ich frage mich, wie viel das alles wert ist«, sagte sie laut, aber statt einen weiteren Gedanken an Geld zu verschwenden, stellte sie sich vor, wie hübsch der Ohrensessel mit den geschnitzten Adlerköpfen an den Armlehnen unten im Wohnzimmer aussehen würde. In einer Truhe befanden sich nur Vorhänge, und Emily fragte sich, ob man sie reinigen, gegebenenfalls flicken und wieder aufhängen könnte. Die roten würden großartig ins Esszimmer passen. Sie sah den Raum vor sich, wenn er zur Weihnachtszeit mit roten Kerzen geschmückt und der Tisch mit dem schönen Service und dem Silberbesteck gedeckt war, das sie gefunden hatte. Und ...

Mit einem Mal war ihr, als würde das ganze Haus vibrieren. Im ersten Moment dachte sie an ein Erdbeben, aber die Gegenstände schwankten nicht. Die Schwingungen bewegten nur die Luft, als wäre sie elektrisch aufgeladen.

»Engel und Gespenster«, sagte sie und wusste, dass Michael endlich auf das gestoßen war, wonach er seit Tagen suchte. Ohne sich den Staub aus den Kleidern zu klopfen, stürmte sie zur Treppe, wo Michael sie bereits erwartete. »Ich hab's gefunden«, rief er und hielt das Notebook hoch, sodass sie den Bildschirm sehen konnte. »Es war nicht in den Textdateien, sondern bei den Fotos. Ich wusste gar nicht, dass man auch Bilder in diesen Dingern speichern kann. Ich hatte keine Ahnung ...«

Er brach ab und schaute sich auf dem Dachboden um. Alle Truhen, Schränke und Kisten waren offen und der Inhalt war überall verstreut.

»Der Captain hat mir berichtet, dass du alles gründlich durchstöberst, aber ...«

Emily kniff die Augen zusammen. »Würdest du mir jetzt dieses Foto zeigen und aufhören, Bemerkungen über Dinge zu machen, die dich nichts angehen?«

»Willst du wissen, wo die Rubine sind?«

Emily hatte am liebsten »ja!«, geschrien, aber sie hielt ihr Temperament im Zaum. Michael hatte sie seit Tagen nicht beachtet, und er verdiente es, kühl abgefertigt zu werden. »Wenn der Captain mich zu dem Versteck führen will, dann kann er das tun, aber er kann es auch sein lassen, den ich müsste die Rubine ohnehin der Stadtverwaltung übergeben, weil dieses Haus der Stadt gehört.«

»Ah ja, natürlich«, sagte Michael. »Und es würde dir gar keinen Spaß machen, sie zu finden, hab' ich recht?«

»Könntest du bitte davon Abstand nehmen, dich über mich lustig zu machen, und mir lieber erzählen, was du gefunden hast?«

Er reichte ihr das Notebook. »Einer der hier abgebildeten Männer ist für die Mordanschläge auf dich verantwortlich. Wer sind sie, und was haben sie mit dir zu tun? Womit hast du einen von ihnen verärgert?«

Emily bedachte Michael mit einem funkelnden Blick, dann sah sie sich das Foto an. Drei Männer in Anglerkleidung lachten in die Kamera und hielten vier Fische hoch, die kaum größer waren als Goldfische.

»Ich habe diese Typen noch nie im Leben gesehen. Woher stammt dieses Foto?«

»Es war da drin gespeichert«, sagte Michael, als hätte sie gerade die dümmste Frage der Welt gestellt.

»Wer hat es gespeichert und warum?«

Michael lauschte einen Moment, dann erklärte er, Donald habe alle Fotos selbst eingegeben.

»Eingescannt«, korrigierte Emily ihn automatisch. »Dies ist also nur eines von vielen Fotos?«

»Ja. Es gibt etwa fünfzig. Nein, Alfred sagt, es sind genau einundsiebzig, und nur wenige sind beschriftet, deshalb weiß er nicht, wer diese Leute sind.«

»Donald weiß es bestimmt.«

»Sollen wir ihn anrufen und fragen?«, schlug Michael mit einem Lächeln vor.

»Möglicherweise ist er ein bisschen ... verärgert, weil wir uns seinen Computer ausgeborgt haben.« Emily erwiderte das Lächeln. Sobald sich ihre Blicke trafen, wandte sich Michael ab.

Emily holte tief Luft. Auf keinen Fall würde sie ihn nach dem Grund für sein distanziertes Verhalten fragen – sie wollte gar nicht wissen, was mit ihm los war oder – noch schlimmer – was sie falsch gemacht hatte. Sollte er doch schmollen, solange er wollte. Und je früher sie herausfanden, warum er hier auf Erden war, um so früher konnte er sich wieder auf und davon machen, während sie zur Normalität zurückkehren würde.

»Sie sehen nett aus, diese Männer«, sagte sie und studierte das Foto eingehend. »Ob sie wohl verheiratet sind?«

»Einer von ihnen versucht, dich umzubringen, aber die

274

anderen beiden sind vielleicht noch zu haben. Wir müssen lediglich in Erfahrung bringen, wer welche Absichten verfolgt.«

»Ich habe eine Idee. Warum arrangierst du nicht ein Treffen mit allen Dreien. Derjenige, in den ich mich unsterblich verliebe, ist ganz bestimmt der Mörder.«

Das brachte Michael zum Lachen, und trotz seiner Entschlossenheit wurde er ein wenig zugänglicher. »Gut, aber das erfordert einige Vorbereitungen. Morgen Abend gibt es eine große Party in der Stadt. Dort ist jemand, den du kennen lernen sollst – es ist bereits alles geregelt. Jetzt muss ich nur noch in Erfahrung bringen, wo sich diese drei Männer aufhalten, dann kann ich sie dazu bringen, ebenfalls zu dieser Party zu gehen. Sobald ich ihnen gegenüberstehe, weiß ich, welcher von ihnen es auf dein Leben abgesehen hat.«

»Und kannst du auch herausfinden, warum er mich töten will?«

»Ich kann ihn dazu bewegen, es uns zu sagen.«

»Und was dann? Wie willst du ihn von dem Mord abbringen? Kannst du ihn ausschalten, ehe er mir etwas antut? Wie wär's mit einer kleinen Herzattacke?«

Michael sah sie entgeistert an. »Gott entscheidet über Leben und Tod. Engel sind nicht zu solchen Dingen befugt«, gab er streng zurück, als hätte sie seinen Ehrencodex verletzt.

»Was kannst du tun, wenn du weißt, wer mir nach dem Leben trachtet – ich möchte das wirklich gern wissen.«

Michael machte einen verstörten Eindruck. Offensichtlich hatte er sich darüber noch gar keine Gedanken gemacht. »Ich weiß es nicht. Wenn ich ihn kenne, kann ich

Verbindung zu seinem Schutzengel aufnehmen und mir Klarheit über vieles verschaffen. Gibt es abgesehen von Donald noch jemanden, der uns sagen könnte, wer diese Männer sind?«

»Woher soll ich das wissen? Ich bin ja nicht einmal gescheit genug, um Captain Madisons Geheimnis zu erfahren – wie kommst du darauf, dass ein Schwachkopf wie ich wissen könnte, welche Leute diese drei Angler kennen?«

»Emily!«, brauste Michael auf. »Dies ist nicht der richtige Zeitpunkt für diese Spielchen. Die Sache ist ernst. Einer dieser Männer will dich ermorden, und wir müssen ihn daran hindern. Ich bin überzeugt, dass du weißt, wer uns helfen kann. Ich muss diese Männer zu der Party locken und dich heraussäubern ...«

»Irene«, fiel ihm Emily ins Wort. »Und was soll das überhaupt heißen – du musst mich ›heraussäubern‹?«

Michael sah sie an, als läge das auf der Hand und bedürfe keiner weiteren Erklärung. »Ruf Irene an und sag ihr, dass wir kommen, dann ...«

»Herausputzen! Das hast du gemeint, stimmt's?« Michael hatte einmal eine Fernsehsendung gesehen, in der Frauen verschönert wurden und die Zuschauer sie vor und nach der Verwandlung sehen konnten. Damals hatte er sich empört, dass die Menschen nur auf Äußerlichkeiten achteten und die Seelen dieser Frauen nicht erkannten. Aber er schien seine Ansichten darüber geändert zu haben. Jetzt wusste Emily, was sie von seinen Schwärmereien über ihre Schönheit zu halten hatte.

»Gehen wir zum Telefon«, forderte sie kurzangebunden. »Emily, ich wollte damit nicht sagen, dass du nicht ...« Er beendete den Satz nicht. Er straffte die Schultern und drehte sich zur Treppe um. »Ruf sie lieber gleich an. Wir haben noch eine Menge zu erledigen.«

Emily folgte ihm und hoffte, dass er jeden ihrer Gedanken lesen konnte.

Emily erreichte Irene im Büro.

»Emily!«, rief Irene erstaunt, nachdem sie sich gemeldet hatte. »Wo steckst du? Weißt du, dass das FBI in meiner Wohnung war und bei mir nach dir gesucht hat? Und dieser Egomane, den du heiraten wolltest, hat mich drei Mal angerufen. Was, um alles in der Welt, hast du angestellt?«

»Du würdest mir kein Wort glauben, wenn ich es dir erzählte. Hör mal, ich brauche deine Hilfe.«

»Du kannst jederzeit auf mich zählen, Liebes. Ich bin ja so froh, dass du dich aus den Fängen von Mr. News befreit hast. Ich tue alles, was du willst. John könnte auch helfen, ich bringe ihn schon dazu.«

John war Irenes Boss und ergebener Liebhaber.

»Weißt du etwas von einer großen Party, die in der nächsten Zeit in der Stadt steigt? Ich meine keine private Feier, sondern ein gesellschaftliches Ereignis.«

»Du meinst den Ragtime-Ball?«

»Ja, vermutlich. Kannst du mir eine Einladung verschaffen? Das heißt – ich brauche zwei Einladungen.«

»Machst du Witze? Ich selbst bin auch nicht eingeladen. Da werden nur ganz hohe Tiere eingelassen. Seit wann bist du auf so was aus? Ich hätte nie gedacht, dass du davon träumst, auf Tuchfühlung mit den Reichen und Schönen der Gesellschaft zu gehen.«

»Davon träume ich auch gar nicht. Ich muss nur unbedingt ein paar Männer kennen lernen.«

Irene schwieg einen Moment, dann sagte sie: »Emily,

damit hast du mir den Tag gerettet. Endlich packst du die Sache richtig an.«

»Das ist es nicht – es ist wichtig für mich, ein paar *bestimmte* Leute zu treffen, ich bin nicht auf Männerfang aus. Außerdem möchte ich dich um einen großen Gefallen bitten. Würdest du dir ein Foto von drei Männern ansehen und mir sagen, ob du sie kennst? Ich muss unbedingt in Erfahrung bringen, wer sie sind. Ich kann dir das Foto per E-Mail schicken.«

»Gut. Ich tue mein Bestes. Wenn sie von hier sind, kenne ich sie bestimmt, ansonsten frage ich rum. Schick mir das Foto, ich rufe dich zurück, sobald ich Näheres weiß. Gib mir deine Nummer.«

Michael legte die Hand auf Emilys Arm und schüttelte den Kopf. Aber sie hätte ohnehin nicht verraten, wo sie zu erreichen war. Sie wusste nicht einmal, ob dieses illegale Telefon überhaupt eine Nummer hatte.

»Ich schicke das Foto ab und melde mich später wieder bei dir.«

»Sehr klug, Liebes. Könnte durchaus sein, dass das FBI mein Telefon angezapft hat. Aber hier im Büro sorgt John schon dafür, dass seine Telefonate von niemandem mitgehört werden können. Trotzdem solltest du keiner Menschenseele sagen, wo du steckst, bis alles geklärt ist. Ach, was ist übrigens aus dem Burschen geworden, den du angeblich bei dir aufgenommen hast und der ein Killer sein soll?«

»Ach«, gab Emily leichthin zurück, »der ist längst weg. Ich habe ihn vor Tagen zum letzten Mal gesehen.«

»Gut. Alles klar«, sagte Irene und legte auf.

Emily schickte das Foto ab, wartete einige Zeit, dann rief sie Irene wieder an.

»Eine Nummer kleiner hast du's wohl nicht, Emily? Worauf hast du dich eingelassen?«, fragte Irene.

»Kennst du sie?«

»Ich kann gar nicht fassen, dass du nicht weißt, wer das ist. Aber ich muss zugeben, dass es nicht viele Aufnahmen von den Dreien gibt. Ich vermute, sie haben Angst, dass jemand ihre Fotos für Woodoo-Zaubereien verwenden könnte. Glaub mir, es gibt einige Leute, die mit Freuden ein paar spitze Nadeln in diese Herren stechen würden.«

»Irene!«

»Schon gut. Der Linke ist Charles Wentworth. Ihm gehören die meisten Banken in diesem Staat. Der Mann in der Mitte ist Statler Mortman – ein Landbesitzer. Ich spreche nicht von ein paar Grundstücken, sondern von Ländereien, die so groß sind wie ein Bundesstaat. Und der Kerl rechts bekommt Geld von Wentworth und Land von Mortman und baut im großen Stil. Seine Projekte sind hässlich, und manche Gebäude sind sogar schon eingestürzt. Emily, die Zeitungen würden eine Menge für dieses Foto bezahlen. Woher hast du es?«

»Von Donald.«

»Liebe Güte, dann hast *du* also sein Notebook gestohlen? Donald hat das überall verbreitet, aber kein Mensch nimmt ihm das ab. Schließlich hat er vor ein paar Tagen behauptet, du seist tot. Seine Glaubwürdigkeit schwindet von Minute zu Minute. Ein Fernsehsender hat sogar jedes Wort seiner Berichte öffentlich in Zweifel gezogen. Man nimmt an, dass Chamberlains Frau in deinem Wagen gesessen hat, als die Bombe losging, wusstest du das?«

»Wirklich? Und wie kommen sie darauf?«

»Keine Ahnung. Ich nehme an, die Autopsie hat das ergeben.«

»War denn noch so viel von ihr übrig, dass sie eine Autopsie machen konnten?«

»Oh, bleib dran, John meldet sich gerade über die Sprechanlage.«

Während Emily wartete, sah sie sich das Foto auf dem Computerschirm noch einmal an. Sie hatte viele Storys für Donald verfasst, aber nie eine über so reiche und mächtige Männer.

Irene meldete sich wieder. »Emily, Liebste, du wirst nicht glauben, was gerade passiert ist«, sagte Irene im Flüsterton. »John hat mir eröffnet, dass er und seine Frau nicht zum Ragtime-Ball gehen können, und er hat mir ihre Einladungen überlassen.«

Emily warf einen Seitenblick auf Michael – das hatte er arrangiert.

»John sagt, er ist heilfroh, nicht hingehen zu müssen. Seine Frau drängt darauf, stattdessen einen Besuch bei Verwandten zu machen.«

»Irene, kann ich die Einladungen haben?«

»Natürlich. Ich habe irgendwie das Gefühl, dass John sie mir nie gegeben hätte, wenn du sie nicht brauchen würdest. Eigenartig – was bringt mich nur auf so einen Gedanken?«

»Keine Ahnung. Da ist noch etwas, Irene. Ich komme mit einem Freund in die Stadt, und wir brauchen einen Platz zum Übernachten.«

Irene zögerte. »Handelt es sich um einen Mann – etwa eins achtzig, dunkles, gelocktes Haar?«

»Hm. Es kommt noch schlimmer. Ich muss mich sozusagen einer Verschönerungskur unterziehen und aussehen, als wäre ich nicht mehr ich selbst, verstehst du?«

»Das dürfte nicht allzu schwierig sein. Für dich ist es ja

schon eine Sensation, wenn du Lippenstift aufträgst. Wer ist der Mann, den du dir angeln willst?«

»Die Wahrheit ist, dass mein Schutzengel auf die Erde gekommen ist. Er hat mir den perfekten Mann versprochen und behauptet, ich würde ihn auf dem Ragtime-Ball treffen. Du verstehst sicher, dass ich bei diesem denkwürdigen Ereignis so gut wie möglich aussehen will. Ich brauche einen Friseur und Make-up.«

»Schutzengel, wie? Menschenskind, Emily, wenn du dich zu hoch hinaufwagst, läufst du Gefahr, tief zu fallen.«

»Ja, aber ich bin schon ziemlich oft und meistens sehr hart gefallen.«

»Das ist besser, als gar nichts zu wagen«, meinte Irene. »Liebes, ich erwarte dich und deinen Begleiter heute Abend oder morgen früh bei mir. Und ich vereinbare alle Termine für dich. Du wirst morgen ziemlich beschäftigt sein. Der Ball findet nämlich morgen Abend schon statt. Du machst keine halben Sachen, stimmt's?«

»Kann ich mir derzeit nicht leisten«, gab Emily zurück, ehe sie sich verabschiedete und auflegte. Im nächsten Moment rief sie: »O nein, ich habe vergessen, mit Irene über ein geeignetes Kleid zu sprechen. Von Irene kann ich mir nichts leihen. Sie ist einen Kopf größer als ich.«

»Darum kümmere ich mich«, sagte Michael, ohne sie anzusehen. »Wie heißt noch mal dieses Geschäft, in dem du so gern einkaufen würdest?«

Emily hatte nicht vor, ihm zu zeigen, dass sie sehr wohl wusste, worauf er anspielte. »Ich habe keinen blassen Schimmer, was du meinst.«

Er zog eine Augenbraue hoch.

»Neiman Marcus in Dallas, Texas«, sagte sie missmutig.

Michael verzog die Lippen zu einem kleinen Lächeln. »Du weißt immer, was ich will«, sagte er leise. »Ob ich einen Körper habe oder nicht – du verstehst mich.«

Emily hätte ihm gern klargemacht, dass sie ihn keineswegs verstand und seit zwei Tagen überhaupt nicht mehr wusste, was er wollte, aber sie schwieg. Stattdessen murmelte sie etwas davon, dass sie wieder hinaufgehen würde, und als Michael keine Einwände erhob, machte sie sich auf den Weg zum Dachboden.

Michael sah ihr wehmütig nach. Es kostete ihn große Mühe, ihr nicht zu folgen. »Ich bin es ihr schuldig«, beschwor er sich selbst und dachte an ihre einsamen Lebenszeiten und das Unglück, das er ihr beschert hatte. »Ich mache denselben Fehler nicht noch einmal.«

Mit Alfreds Hilfe machte er die Telefonnummer des Geschäfts in Dallas ausfindig und rief dort an.

Eine halbe Stunde später legte er auf und lächelte zufrieden. Die Verkäuferin war sehr zuvorkommend gewesen und hatte ihm ein Kleid empfohlen, für das jede Frau »einen Mord begehen« würde. »Das hoffe ich nicht«, sagte er, und die Frau lachte und eröffnete ihm, dass das Kleid, das sie im Sinn hatte, etwas über zehntausend Dollar kostete. Alfred machte sich am Computer zu schaffen, und dann, im nächsten Augenblick, erschien eine Kreditkartennummer und eine Adresse auf dem Monitor. Michael las der Verkäuferin die Angaben vor. Er fragte Alfred nicht ausdrücklich danach, aber er wusste, dass irgendein steinreicher Mann im nächsten Monat ein sündhaft teures Kleid, die passenden Schuhe und einen Mantel bezahlen würde, ohne jemals zu erfahren, dass seine Frau diese Sachen gar nicht gekauft hatte.

Nachdem das Problem mit dem Kleid gelöst war, widmete sich Michael wieder dem Computer. Vielleicht stieß er auf etwas, was ihm verriet, weshalb das Leben seiner Emily in Gefahr war. Nein, sie ist nicht *meine* Emily, korrigierte er sich in Gedanken. Bald würde sie zu einem anderen Mann gehören, einem Mann, der, wie man ihm versichert hatte, fürsorglich, umgänglich, intelligent und geistreich war.

Michael wollte gar nicht mehr daran denken, in welch glühenden Farben der Engel die Vorzüge seines Schützlings geschildert hatte.

»Alfred«, sagte Michael, »sag dem Captain, dass ich die Rubine seiner Frau brauche.« Er horchte einen Moment. »Ja, alles – Armband, Ohrringe und Collier ... Nein, er bekommt sie nicht zurück. Ich möchte sie Emily ganz überlassen.«

Er widmete sich wieder dem Computer und versuchte, sich ganz auf seine Arbeit zu konzentrieren.

Kapitel 21

»Wenn ich dich nicht lieben würde, dann würde ich dich hassen«, sagte Irene, als sie Emily in dem dunkelroten Kleid betrachtete. Dafür, dass es so viel Geld gekostet hatte, war es täuschend schlicht. Es schien nichts weiter als eine Satinhülle zu sein, aber es war so geschnitten, dass es Emilys üppigen Busen nach oben schob, sodass er beinahe aus dem Dekolleté quoll.

»Meinst du nicht, das ist ein bisschen zu viel?«

»Du oder das Kleid?«

»Beides wahrscheinlich«, sagte Emily ängstlich, als sie versuchte, ein bisschen von ihrem Fleisch unter den Stoff zu schieben.

»Liebes, weißt du eigentlich, wie viel so einige Frauen für einen solchen Busen bezahlen würden?«

Emily kicherte.

»Also, ich muss schon sagen, dein Freund hat wirklich Geschmack.«

»Er ist nicht ...«

»Ja, ja«, wehrte Irene ab, »das hast du mir schon einmal erzählt. Er ist nicht dein Liebhaber. Klar, und ich bin von

Natur aus blond. Was treibt er übrigens mit diesem Computer?«

»Er versucht herauszufinden, wer mir nach dem Leben trachtet«, erklärte Emily wahrheitsgemäß. Sie hatte ihrer Freundin die ganze Wahrheit gesagt, aber Irene war sich dessen gar nicht bewusst. Sie hatte viel gelacht, als sie zum zweiten Mal gehört hatte, dass Michael Emilys Schutzengel war.

Emily und Irene waren ein eigenartiges Gespann – gegensätzlichere Charaktere konnte es kaum geben. Irene war elegant und schillernd: Ihre Vorstellung von einem primitiven Leben war, Schuhe mit nur fünf Zentimeter hohen Absätzen tragen zu müssen. Emily hingegen besaß nicht ein einziges Paar mit hohen Absätzen.

Aber sie waren gleich in dem Augenblick Freundinnen gewesen, in dem Irene zum ersten Mal die Bibliothek in Greenbriar betreten und sich erkundigt hatte, ob es in der Stadt eine Wohnung zu mieten gebe. Irene hatte kurz zuvor von ihrem Arzt, der als einziger Mensch auf Erden ihr wahres Alter kannte, die schockierende Mitteilung erhalten, dass sie sich auf ernste Folgen gefasst machen müsse, wenn sie weiterhin auf allen Hochzeiten tanzte und sich nicht zumindest hin und wieder ein wenig Erholung von ihrem hektischen, ausschweifenden Lebensstil gönnte. Widerstrebend hatte Irene ein kleines Häuschen im absurd ruhigen Greenbriar gemietet, und mit der Zeit war ihr zu ihrer eigenen Überraschung der Ort richtig ans Herz gewachsen. Sie hatte Emily gleich am ersten Tag kennen gelernt und mit ihr im Restaurant zu Mittag gegessen – seither waren sie befreundet.

Irene fand auch eine Erklärung für ihre gegenseitige

Sympathie: »Wir sind keine Konkurrentinnen. Du versuchst nicht, dir meinen Job unter den Nagel zu reißen, und der Himmel weiß, dass ich deinen nicht haben will. Und deinen Freund Donald auch nicht. Du beneidest mich nicht, und ich beneide dich nicht. So einfach ist das.«

Tatsächlich fanden sie gemeinsam für beinahe jedes Problem eine Lösung. Emily erkannte, was Irene bei all ihrem Großstadtleben wirklich brauchte, und Irene hatte immer gute Ratschläge zur Hand, wie Emily sich ein wenig mehr Spannung und Amüsement verschaffen konnte. Nur in einem Punkt gab es Auseinandersetzungen – nämlich, wenn die Sprache auf Donald kam. Irene verabscheute ihn und meinte, er würde Emily nur ausnutzen und sie für seine Zwecke missbrauchen. Mit dieser Meinung hielt sie nicht hinterm Berg.

Michael hingegen hatte Irene auf Anhieb gemocht. »Ein Engel, wie? Ein Mann mit solchen Augen ist meiner Ansicht nach eher teuflisch.«

»Er ist nicht für mich bestimmt«, stellte Emily klar. »Also schraub deine Erwartungen nicht zu hoch. Er geht in Kürze weg von hier.«

»Ich verstehe. Nach San Quentin? Schicken sie Killer heutzutage noch dorthin? Oder werden sie noch einmal versuchen, ihn kaltzustellen?«

Es war offensichtlich, dass Irene annahm, Emily sei wieder einmal die Betrogene. Sie mochte Michael, aber sie glaubte natürlich nicht, dass er ein Engel war.

Jetzt, als Emily in ihrem sagenhaft teuren roten Kleid und mit den rötlich gefärbten, hochgesteckten Haaren in ihrer Wohnung stand, konnte Irene nicht anders – sie bewunderte ihre Freundin. Auch was das Äußere anging, waren die beiden Frauen gegensätzliche Typen. Irene war groß, Emily eher klein. Irene hatte breite, gerade Schultern und eine Figur, die für Kleider aller Art wie geschaffen war. Sie sah immer elegant aus, egal was sie trug. Emily mit ihrem üppigen Formen wirkte hingegen entweder matronenhaft oder ein wenig schlampig – je nachdem, was sie gerade anhatte.

Doch in dem roten Kleid sah sie sehr verführerisch und wohlhabend aus.

»Man könnte meinen, dein Vater hat einen Stall voller Rennpferde, dein Bruder spielt Polo, und deine Mutter ist Vorsitzende etlicher Wohltätigkeitsvereine«, sagte Irene lächelnd.

»Ist es nicht übertrieben?«, fragte Emily noch einmal. »Meinst du nicht, man sieht zu viel von mir?«

»Ganz und gar nicht. Was sagen Sie dazu, Michael?« Irene drehte sich zu ihm um.

Er stand am Fenster und sah in seinem Smoking einfach umwerfend aus, aber Emily vermied jeden Blick auf ihn. Sie musste an ihrem Schwur festhalten, sich einen geeigneten Mann zu suchen, der nicht im wahrsten Sinne des Wortes jeden Moment davonflattern würde.

»Ich finde, es macht sie ein wenig blass«, erwiderte er düster.

»Ihr Männer denkt so was immer«, sagte Irene lächelnd. »Zumindest die, die Besitzansprüche erheben. Glauben Sie, sie wird die Aufmerksamkeit der drei Männer von dem Foto auf sich ziehen?«

»Ich bin überzeugt, die interessieren sich nur für eine Frau von Welt.«

»Dann ganz bestimmt nicht für mich«, warf Emily ein. »Ich komme mir vor wie eine Kleinstadtbibliothekarin in geborgtem Kleid.«

»Aschenputtel muss sich ganz ähnlich gefühlt haben.« Irene lachte und beobachtete neugierig, wie Michael etwas aus seiner Tasche hervorholte.

»Vielleicht stärkt das dein Selbstvertrauen«, sagte er, als er ein Collier um Emilys Hals legte. Es waren in Gold gefasste, tropfenförmige Rubine.

»Und das ...« Michael reichte ihr die Ohrringe – taubeneiergroße Rubine, die an kleinen, in Gold gefassten Steinen hingen. »Und das hier«, setzte er hinzu, während er ein dreireihiges Rubinarmband hervorkramte.

»Captain Madisons Rubine«, hauchte Emily tonlos.

»Die sind nicht echt, oder?«, flüsterte Irene mit der Ehrfurcht, die diese Kostbarkeiten verdienten. Sie fing sich schneller als Emily. »Wenn dich das nicht von der Vorstellung abbringt, langweilig zu sein, dann ist dir wirklich nicht zu helfen.«

»Emily ist alles andere als langweilig«, warf Michael ein und bedachte Emily mit einem so glutvollen Blick, dass in den Rubinen ein Feuer aufzulodern schien. Er drehte sich hastig weg und holte ihren Mantel.

»Lieber Himmel«, sagte Irene. »Es ist schon lange her, dass mich ein Mann so angesehen hat. Und du behauptest, er ist ›in dieser Hinsicht‹ nicht an dir interessiert?«

»Ich habe dir doch erklärt, dass er bald weggeht.«

»Warte auf ihn«, flüsterte Irene ihr ins Ohr. »Ich rate dir: Warte bis in alle Ewigkeit auf ihn.«

»Bis zum Ende aller Zeiten«, murmelte Emily kaum hörbar. Dann ging sie auf Michael zu, der ihr den weißen Satinmantel hinhielt. Das Futter hatte das gleiche Rot wie Kleid und Schuhe. Emily war sich bewusst, dass Michael Recht hatte: Die Rubine verfehlten ihre Wirkung nicht. Als sie Irenes Wohnung verließen, hatte sie das Gefühl, die atemberaubendste, schönste Frau der Welt zu sein. In der Limousine, die sie zum Ball brachte (Emily fragte nicht, was Michael getan oder bezahlt hatte, um das zu arrangieren), gab er ihr Anweisungen, wie sie sich verhalten sollte, aber sie hörte ihm nur mit halbem Ohr zu. Er schärfte ihr ein, dass sie alles ihm überlassen und selbst Abstand zu den drei Männern halten sollte.

»Ich kann ihre Gedanken lesen«, sagte Michael. »Ich werde sofort merken, welcher der drei der Mörder ist, und mir etwas ausdenken, wie ich ihn ein für alle Mal von der Tat abbringen kann.«

»Das kannst du nur, wenn du weißt, *warum* er mich umbringen will«, murmelte sie geistesabwesend. Wäre es nicht vernünftiger, wenn *sie* das klären würde? Es reizte sie, zu ergründen, ob sie ihn mit ihren – beinahe hätte sie wieder gekichert –, ob sie ihn mit ihren Rubinen und ihrem Dekolleté betören konnte.

»Emily, damit bin ich nicht einverstanden«, sagte Michael ernst, als er merkte, was in ihrem Kopf vorging. »Ich sehe, dass du an einen absurd muskulösen Mann denkst. Was hat er mit alledem zu tun?«

Emily bedachte ihn mit einem kleinen Lächeln, dann schaute sie aus dem Fenster. Sie hatte an Schwarzeneggers letzten Spionagefilm gedacht. Trugen die Frauen in solchen Filmen nicht auch roten Satin und taubeneigroße Rubine?

»Ich denke, wir sollten lieber wieder zurück zu Irenes Wohnung fahren. Es wäre besser, wenn wir nicht zu dieser Party gingen.« Michael beugte sich vor, um an die Scheibe zu klopfen, die sie von dem Chauffeur trennte.

Aber Emily legte ihre Hand auf seinen Arm und strahlte ihn an. Sie freute sich diebisch, als Michael einen Blick auf ihr Dekolleté warf, ein bisschen blasser wurde und sich geschlagen gab.

Nie zuvor hatte sie sich so mächtig gefühlt.

Sie schielte zu Michael. Wie konnte sie nur an einen anderen Mann als an ihn denken? Er sah unglaublich gut in diesem Smoking aus, und er hatte so viel für sie getan. Zuerst war sie gekränkt gewesen, als er von »heraussäubern« gesprochen hatte, aber jetzt, da sie sich so blendend fühlte, konnte sie ihm nur danken. Es war erstaunlich, wie sehr die richtige Kleidung und ein bisschen Schmuck eine Frau verändern konnten. Ganz zu schweigen vom Make-up und der neuen Frisur. »Wir geben Ihrem Haar einen Glanz, dass es aussieht, als hätte es die Sonne geküsst«, hatte der Friseur gesagt und Stunden gearbeitet, um ihr ein natürliches Äußeres zu verleihen. Emily war überzeugt, dass das Ergebnis aller Mühe wert war.

»Du siehst hübsch aus«, sagte sie zu Michael.

»Und du bist schön«, erwiderte er in einem Ton, der ihre Hochstimmung noch steigerte. Wie selbstlos er ist, dachte sie, und wie viel er mir gibt. Er hatte gesagt, dass er sie liebte, und dennoch setzte er alles daran, um ihr andere Männer vorstellen zu können. Er hatte viel auf sich genommen, um einen geeigneten Heiratskandidaten für sie zu finden, und sich noch mehr Mühe gegeben, um sicherzustellen, dass sie für diesen Mann attraktiv war. Emily war eher an Leute wie Donald gewöhnt, die beiläufig ein »Danke« einfließen ließen, wenn sie ihnen einen Stapel Papiere übergab, an dem sie drei Wochen hart gearbeitet hatte.

»Ich weiß wirklich zu schätzen, was du alles für mich getan hast«, sagte sie leise. »Es gibt nicht viele Männer, die so selbstlos gewesen wären.«

Michael lächelte. »Ich bin ein Schutzengel, schon vergessen? Mich um dich zu kümmern ist mein Job.«

»Wie ist er?«

»Wer?«

»Der Mann, den ich heute kennen lernen soll.«

»Freundlich, umsichtig – ein sehr guter Mann. Tut eine Menge guter Werke. Er wird im nächsten Leben auf eine höhere Ebene gestellt. Er hat sich wirklich dem Guten verschrieben – genau wie du.«

Emily lehnte sich in dem Ledersitz zurück. Sie stellte sich eine Zukunft mit einem Mann vor, der sich um Heim und Familie sorgte. »Danke«, raunte sie. »Es ist nett von dir, dass du das für mich tust. Ich bin dir wirklich von Herzen dankbar«, setzte sie bewegt hinzu.

Eine halbe Stunde später schlugen ihre warmherzigen Gefühle für Michael ins Gegenteil um.

»Du niederträchtiger, schmieriger ...« Ihr fiel kein Schimpfwort ein, das schlimm genug für ihn gewesen wäre. Und die Worte, die ihr im Kopf herumspukten, hätte sie nie ausgesprochen, aber sie hoffte inständig, dass er ihre Gedanken lesen konnte, und strengte sich an, ihm einige ganz eindeutige Botschaften zu übermitteln.

»Emily, Liebes, er ist wirklich ein netter Mann. Er ist ...«

»Ich will kein Wort von dir darüber hören«, fauchte sie und lächelte einer Frau in einem engen schwarzen Kleid zu, die sie neugierig beäugte. Dann wandte sie sich wieder an Michael. »Ich habe dir vertraut und an dich geglaubt!«

»Aber er ist ...«

»Sag's nicht. Ich rate dir, sag nicht, dass er *gut* ist!« Sie konnte sich nicht erinnern, jemals so wütend gewesen zu sein.

Sie waren auf diesen himmlischen Ball gekommen, und auf den ersten Blick war alles so, wie Emily es sich vorgestellt hatte. Sie schwebte förmlich die große Marmortreppe hinauf in den funkelnden Saal. Es tat ihr Leid, den Mantel ausziehen zu müssen, doch sie gab ihn an der Garderobe ab und bahnte sich an Michaels Arm einen Weg durch die Menge der elegant gekleideten und mit glitzernden Juwelen geschmückten Gäste. Alles war vollkommen, und sie hatte das Gefühl, in ihrem raffinierten Kleid und mit den Rubinen dazuzugehören.

Erst als Michael sie an ihren Tisch führte, wurde sie stutzig. »Ihr« Tisch stand so weit weg von allen anderen, dass sie kaum die Tanzfläche sehen konnte. Riesige Palmen schirmten sie von den Tänzern und den anderen Gästen ab. Es war fast, als stünden sie außerhalb und würden heimlich das Geschehen beobachten.

»Hier sind wir ungestört«, meinte Michael, und Emily lächelte matt. Vielleicht war es ja wirklich besser, etwas abseits des Trubels zu sein, wenn sie dem Mann ihres Lebens zum ersten Mal begegnete.

Zwanzig Minuten später hätte sie Michael am liebsten erwürgt. Ein älterer Herr nahm an ihrem Tisch Platz und bemühte sich, Emily in eine höfliche Konversation zu verstricken. Aber sie verrenkte sich all die Zeit den Hals und hielt nach dem Auserwählten Ausschau – wie er wohl aussah?

»Mr. Greene hat eine Stiftung für die Krebsforschung gegründet«, sagte Michael zu Emily.

»Wie großzügig von ihm«, erwiderte sie und spähte über Mr. Greenes Schulter zur Tanzfläche.

»Gewöhnlich besuche ich solche Veranstaltungen nicht«, gestand Mr. Greene, »aber heute habe ich eine

Ausnahme gemacht, weil dies ein Wohltätigkeitsball ist. Und ich habe darum gebeten, einen Platz an diesem Tisch zu bekommen, weil man hier am wenigsten von dem Trubel auf der Tanzfläche belästigt wird. Ich tanze nicht gern und verabscheue diesen Wirbel. Wie ist es mit Ihnen?«, wollte er von Emily wissen.

»Oh, ich liebe es – ich tanze sehr gern.« Sie sah Michael tief in die Augen und formulierte im Geist die Frage, wann der Heiratskandidat endlich auftauchte. Michael deutete kaum merklich mit dem Kinn auf Mr. Greene. »Und Sie beteiligen Ihre Angestellten an den Gewinnen Ihrer Unternehmen, hab' ich Recht?«

»Ja. Sie helfen mir, ich helfe ihnen.«

»Sie sind Witwer, oder?«

»Meine liebe Frau ist vor vierzehn Jahren von mir gegangen. Ich hätte gern noch einmal geheiratet, aber es ist schwer, heutzutage eine Gefährtin zu finden, die ebenso moralisch und gutherzig ist wie meine selige Frau.«

»Emily leitet die Bibliothek in Greenbriar«, erklärte Michael und stieß sie in die Seite.

Sie überlegte fieberhaft, was sie sagen könnte. »Ja. Vielleicht möchten Sie einmal zu einem unserer Berufsberatungstage für Jugendliche kommen, Mr. ... äh ... Entschuldigung, ich habe Ihren Namen nicht verstanden.«

Der Mann lachte leise. »Greene, Dale Greene. Ich freue mich, einer Frau zu begegnen, die noch nichts von mir gehört hat. Die meisten anderen wissen besser über die Bankkonten eines erfolgreichen Mannes Bescheid als er selbst. Es ist richtig erfrischend, sich mit jemandem wie Ihnen zu unterhalten, Miss Todd. Sie sind reizend, wenn Sie mir die Bemerkung gestatten.«

Mit einem Mal wurde ihr bewusst, dass dieser Mann, der bestimmt schon stramm auf die Siebzig zuging, derjenige war, den Michael für sie ausgesucht hatte. Sie bedachte Michael mit einem wütenden Blick. »Kann ich dich einen Moment unter vier Augen sprechen?«

Michael verzog leicht den Mund. »Emily, Liebes, ich denke ...«

»Sofort!«, herrschte sie ihn an und fügte mit gesenkter Stimme hinzu: »Und wenn ich sofort sage, meine ich augenblicklich.«

»Wenn Sie uns bitte entschuldigen würden, Mr. Greene«, sagte Michael höflich, als er Emily in einen abgelegenen Winkel folgte.

»Emily, ich ...«, begann er unsicher, als sie außer Hörweite waren.

»Ich will kein Wort hören. Du bist doch der gemeinste, niederträchtigste Kerl, der mir je untergekommen ist. Ich weiß wirklich nicht, wie ich jemals auch nur einen freundlichen Gedanken an dich verschwenden konnte. Wie bin ich nur auf die Idee gekommen, dass *du* ein Engel bist?«

»Er ist ein guter Mann. Er ...«

»Und ich wette, er ist eine richtige Niete im Bett, was? Und wie soll ich mit so einem Greis Kinder bekommen?«

»Sieh mal, ich hatte nicht viel Zeit, aber ich habe mein Bestes versucht – ehrlich.«

»Nein, du hast das Schlimmste gemacht, was du tun konntest. Du hättest eine ganze Reihe von Männern ausfindig machen können, die zumindest *jung* sind. Aber nein, du entscheidest dich für einen alten Knacker. Du kannst es nicht ertragen, dass mich ein Anderer anrührt, oder? Seit mehreren Leben quälst du mich auf diese Weise.«

»Ich dachte, du glaubst nicht daran, dass ich ein Engel bin«, erwiderte er mit einem Anflug von Ironie.

Emily wirbelte herum und machte Anstalten, Michael stehen zu lassen.

Er hielt sie am Arm fest. »Schön, ich entschuldige mich. Vielleicht war mir nicht bewusst, dass er ein älterer Herr ist.«

»Er ist älter als mein Großvater«, versetzte sie und lächelte zähneknirschend, als ein Paar an ihnen vorbeiging. »Dies ist die einzige Chance meines Lebens, auf einem solchen Ball zu sein, und du hast mir das alles gründlich verdorben.«

»Du hast recht«, stimmte er ihr ernst zu, »und ich entschuldige mich dafür. Deine Stimmung ist ruiniert, und es wäre besser, wenn wir sofort gingen.«

»Das könnte dir so passen. Und was hast du für den Rest des Abends geplant? Ein kleines Tête-à-tête zu zweit?«

Er blinzelte konsterniert.

»Sex«, zischte sie wütend. »Hattest du das im Sinn?«

»Daran hatte ich eigentlich nicht gedacht, aber ich wäre nicht abgeneigt«, erklärte er ohne jede Spur von Belustigung.

Darauf fiel Emily nichts mehr ein. In ihrer Wut stampfte sie mit dem spitzen Absatz auf seinen Fuß und beobachtete zufrieden, wie er vor Schmerz zusammenzuckte und beinahe umfiel. »Du hast nichts anderes verdient«, fauchte sie ihm ins Ohr und setzte lauter hinzu, als jemand auf sie zukam und drauf und dran war, seine Hilfe anzubieten. »Ich denke, wir gehen besser heim, mein

Lieber. Du weißt ja, wie schlimm solche Gichtanfälle sein können.«

Michael balancierte auf einem Bein, rieb sich den schmerzenden Fuß und meinte, er hielte es auch für eine gute Idee, den Ball zu verlassen.

»Ich will tanzen und mich amüsieren, und ich gehe nicht von hier fort, bevor ich nicht auf der Tanzfläche war.«

»Ich fürchte, das kann ich nicht zulassen. Hier irgendwo treibt sich ein Kerl herum, der dich *umbringen* will.«

Emily lächelte höhnisch. »Aber bin ich nicht hier, um diesen Kerl ausfindig zu machen? Deshalb sind wir doch zu dieser Party gegangen, oder?«

»*Ich* bin hier, um ihn zu finden. Du wolltest einen Mann fürs Leben kennen lernen. Mr. Greene ist ein sehr guter Mensch, und du ...«

»Und ich kann an Langeweile sterben – so sieht's aus. Hast du gehört, was er gesagt hat? Er trinkt nicht, er raucht nicht, er tanzt nicht gern und mag keine hellen Farben. Er ist ein Musterknabe, und ich bin sicher, man baut einen ganz neuen Flügel im Himmel nur für ihn, wenn er schon bald von dieser Welt abberufen wird.«

Michael konnte über diesen Scherz nicht lachen. »Emily, du kennst dich selbst sehr gut.«

»Was soll das heißen?«

»Nichts Schlimmes, aber du hast den Hang, dich mit nicht gerade tugendhaften Männern einzulassen.«

»Mit Männern wie dir?«, gab sie zurück. »Du wirst vom FBI gesucht und hast oder hattest eine Frau, die dich erschießen wollte.«

»Für all das bin nicht *ich* verantwortlich.«

»Stimmt ja. Du bist nur ein Engel. Ein Engel, der mein

Leben so auf den Kopf gestellt hat, dass ich nicht einmal mehr meine eigene Wohnung betreten kann.«

»Ich versuche nur, dich zu beschützen.«

»Wovor? Vor wem? Ich möchte ehrlich wissen, wer mich vor dir beschützt.« Mit diesen Worten machte Emily kehrt und ging.

Er lief ihr nach. »Wohin willst du?«

»Zur Tanzfläche.«

»Das tust du nicht«, bestimmte er und hielt sie zurück. »Ich kann dich in diesem Zustand nicht unter die Leute lassen. Wer weiß, was du dir aus schierem Trotz einfallen lässt?«

»In diesem Zustand?«, wiederholte sie. »Willst du damit sagen, dass ich hysterisch bin?«

»Du bist heute Abend so anders als sonst. Ich weiß nicht, ob es an dem Kleid oder an den Rubinen liegt, aber ich glaube fast, du bist imstande, etwas Schlechtes zu tun. Na ja, vielleicht nicht unbedingt etwas Schlechtes, aber ...«

»Etwas Unartiges?« Sie zog eine Augenbraue hoch.

»Ja, ich glaube, das ist das richtige Wort.«

»Stimmt. Ich habe Lust, etwas ... etwas Ungeheuerliches anzustellen. Dies ist meine einzige Nacht als Aschenputtel, und ich möchte auf dem Ball tanzen. Ist das so schwer zu verstehen?«

»Natürlich nicht. Also schön, gehen wir. Ich glaube, ich kann ...«

»Du brauchst mir diesen Gefallen nicht zu tun. Ich finde schon selbst einen Tanzpartner.« Aber als Emily die Tanzfläche ansteuern wollte, verstellte er ihr den Weg. »Würdest du bitte zur Seite gehen?«

»Nein. Ich weiß nicht, was heute in dich gefahren ist,

aber ich rate dir ernsthaft, zur Besinnung zu kommen. Möglicherweise ist dir diese Umgebung zu Kopf gestiegen.« Er starrte sie ungläubig an. »Emily, du siehst aus, als würdest du gleich in Tränen ausbrechen. Sollen wir nicht doch lieber gehen?«

Emily waren tatsächlich Tränen der Wut in die Augen getreten. Wahrscheinlich hatte sie nie wieder die Gelegenheit, ein solches Kleid zu tragen und auf einem solchen Ball zu tanzen, und sie duldete nicht, dass *er* ihr auch das noch verdarb. »Wenn es dir nichts ausmacht, würde ich gern auf die Toilette gehen. Oder ist das eine zu aufregende Unternehmung für eine so langweilige Person wie mich?«

»Nein, selbstverständlich nicht.« Er machte einen betretenen, ratlosen Eindruck wie alle Männer, die keine Ahnung hatten, womit sie sich den Zorn einer Frau zugezogen hatten. »Ich warte hier auf dich.«

Sobald Emily in der Damentoilette war, atmete sie tief durch, um sich zu beruhigen. Musste denn alles in ihrem Leben zu einer Enttäuschung werden? Sie hatte Donald geliebt und musste erkennen, dass er sie nur benutzt hatte. Sie war drauf und dran gewesen, sich in Michael zu verlieben, aber er würde niemals ganz zu ihr gehören. Und was sollte sie anfangen, wenn er sie verließ?

»Sie sehen nicht aus, als würden Sie sich amüsieren«, sagte eine ältere Frau, die neben Emily an dem langen Marmortisch vor einem der Spiegel saß. Anscheinend hatte sie schon tausend solcher Partys miterlebt und fand es weitaus interessanter, sich mit Frauen im Waschraum zu unterhalten, als sich in dem Gewühl zu tummeln.

Emily, die gerade ihre Lippen nachzog, konnte nur nicken. Sie hatte Angst, in Tränen auszubrechen, wenn sie auch nur ein Wort von sich gab.

»Gehört dieser große, kräftige Bursche, der draußen wartet, zu Ihnen?«, wollte die Frau wissen.

»Wollen Sie ihn haben?«, gab Emily zurück.

Die Frau lächelte. »Ist es so schlimm?«

Mehr als jemals zuvor verspürte Emily den Wunsch, jemandem ihr Herz auszuschütten. »Er ist eifersüchtig«, gestand sie. »Er hat mich an einen der abgelegensten Tische gesetzt und lässt nicht zu, dass ich tanze oder mich auch nur mit irgendjemandem anderem als mit einem alten Mann unterhalte, der mir von seinen guten Taten erzählen möchte.«

»Sie sollten zusehen, dass sie ihn loswerden. Ich hatte einmal einen Freund wie ihn. Er hätte mich am liebsten in einen Elfenbeinturm eingesperrt.«

»Was haben Sie getan?«

»Ich habe mich davongestohlen und zugesehen, dass ich einen Anderen finde, der sich für mich interessiert. Mit dem Gesicht und der Figur können Sie sich jeden Mann angeln, der Ihnen gefällt.« Sie kramte eine Brille aus ihrer Handtasche, beugte sich vor und begutachtete Emilys Collier eingehend. »Meine Liebe, mit diesen Sternchen müssten Sie eigentlich die Aufmerksamkeit aller anwesenden Männer auf sich ziehen.«

»Wirklich?« Emily fühlte sich schon ein wenig besser. »Ich bin auf der Suche nach einem ganz bestimmten. Wer ist der Bauunternehmer, der für Wentworth und Mortman Großprojekte ausführt?« Als die Frau scharf die Luft einsog, wusste Emily, dass sie auf eine Informationsquelle gestoßen war.

»Sie geben sich nicht mit kleinen Fischen ab, wie? Er heißt David Graham.«

»Sagen Sie, ist einer dieser drei Herren verheiratet?«

Die Frau betrachtete Emily mit neu erwachtem Interesse. »Meine Liebe, wenn Sie es auf einen der ›tödlichen Drei‹ abgesehen haben, sollten Sie ein paar Dinge über sie wissen.«

Emily beugte sich eifrig zu ihrer Gesprächspartnerin hin. »Ich habe Zeit und würde gern alles erfahren.«

Das Lächeln der Frau verriet, dass sie nichts mehr liebte, als über andere zu klatschen. »Die drei sind vollkommen verschieden. Einer ist ein Wolf, einer ein netter Bursche und der dritte ein schüchterner Mann, der nie verheiratet war. Er führt ein zurückgezogenes Leben. Aber alle drei sind Haie, wenn es darum geht, Geschäfte zu machen.« Die Frau holte Luft. »Der Schüchterne redet nicht viel, aber wenn er etwas sagt, dann hören ihm die Leute zu. Er liebt das Geld – jeden einzelnen Penny, den er im Leben verdient hat. Er wird begeistert von diesen Steinen sein, die Sie tragen. Kein Mensch weiß etwas über ihn – könnte sein, dass er schwul ist, weil nie etwas über Frauengeschichten bekannt geworden ist.

Der Nette ist in Wahrheit knallhart und gnadenlos. Er würde mit einem strahlenden Lächeln Witwen und Waisen das Dach über dem Kopf wegpfänden. Nach einer Begegnung mit ihm strahlen Sie übers ganze Gesicht, aber nach Stunden merken Sie, dass er Ihnen das letzte Hemd ausgezogen hat. Er hatte drei Frauen und ist auf der Suche nach der Nummer vier. Aber ich warne Sie – es gibt Hunderte von Anwärterinnen, obwohl die ersten drei Ehefrauen nach der Scheidung keinen Cent von ihm bekommen haben.

Der Wolf war nie verheiratet. Aber er verführt jede Frau, die ihm gefällt, gibt ihr das Gefühl, dass er ernste Absichten habe, bis er genug von ihr hat, dann meldet er sich nie wieder. Er verschwindet ohne jede Erklärung und hat nicht einmal ein schlechtes Gewissen dabei. Er ist ein eiskalter Bursche. Ich habe gehört, dass zwei Frauen Selbstmord begangen haben, nachdem er sie sitzen gelassen hat.« Die Frau senkte die Stimme, als Gelächter von draußen zu hören war. »Die drei Männer sind immer zusammen. Ihre Begleiterinnen wechseln ständig, aber die drei sind wie Pech und Schwefel. Und wenn sich eine auch nur mit einem einzigen Wort darüber beschwert, dass sie mit den anderen beiden am Frühstückstisch sitzen muss, bekommt sie am nächsten Tag einen Abschiedsbrief – wenn sie überhaupt jemals wieder etwas von dem Typen hört.«

Die Frau verstummte, inspizierte ihr Make-up und machte sich offenbar zum Gehen bereit.

»Aber wer ist der Wolf, wer der Nette und wer der Schüchterne?«

Die Frau erhob sich und strich ihren Rock glatt. »Ich sollte nicht alle Geheimnisse verraten. Das müssen Sie schon selbst herausfinden, meine Liebe.«

»Versuchen Sie, einen der drei für sich zu gewinnen?«, wollte Emily wissen, dachte aber im stillen, dass eine Frau ihres Alters wohl kaum eine Chance bei diesen Männern haben würde.

Der Frau hingegen erschien dieser Gedanke keineswegs abwegig. »Nein. Ich habe letztes Jahr geheiratet. Mein Mann ist zweiundachtzig, und ich denke, ich warte lieber ab. Woher haben Sie diese blutroten Steinchen? Ein Erbstück?«

»Oh ... ja«, log Emily. Aber schließlich hatte sie die Rubine wirklich von einem längst Verstorbenen.

»Na, dann empfehle ich Ihnen Wentworth. Er macht die Leute gern glauben, dass sein Vater ein wohlhabendes Mitglied der feinen Gesellschaft war.«

»Aber er war es nicht?«

»Es ist ein großes Geheimnis, aber sein Vater handelte mit Schmieröl. Diese Rubine werden ihn zutiefst beeindrucken.«

Emilys Augen leuchteten auf. Noch vor kurzem hatte sie sich selbst für eine langweilige Person gehalten, die nie irgendwelche Abenteuer erleben würde, aber jetzt bekam sie die Gelegenheit dazu. Michael hatte recht – dieses Kleid und die Rubine hatten sie verändert. »Aber was ist mit ...?«, fragte sie und deutete zur Tür.

Die Frau öffnete ihre Handtasche, nahm ein Medikamentenröhrchen heraus und drückte Emily drei Pillen in die Hand.

»Wenn mein Mann zu munter wird, gebe ich ihm das, und er schnarcht nach nur wenigen Sekunden. Am nächsten Morgen erzähle ich ihm dann, was für ein fabelhafter Liebhaber er ist. Geben Sie Ihrem Muskelprotz alle drei, dann haben Sie Ihre Ruhe vor ihm und können tun und lassen, was Sie wollen. Aber bringen Sie ihn lieber erst irgendwohin, wo er schlafen kann. Die Dinger wirken rasend schnell.«

Als Emily die drei Pillen in ihrer Handfläche betrachtete, sah sie die Freiheit vor sich. Heute Abend würde sie sein wie die Spioninnen im Kino. Sie würde ganz allein herausfinden, welcher der drei es auf ihr Leben abgesehen hatte und *warum*. Sie war nicht in Gefahr, denn in diesem Aufzug erkannte sie bestimmt niemand.

»Danke«, flüsterte sie und sah die Frau an.

»Wenn es geklappt hat, möchte ich bei der Hochzeit in der ersten Reihe sitzen.«

»Oh, darum geht's nicht«, sagte Emily grinsend. »Wenn alles klappt, werden Sie bei meiner Beerdigung *nicht* in der ersten Reihe sitzen.«

Mit dieser rätselhaften Bemerkung rauschte sie hinaus und lief Michael direkt in die Arme.

»Ist alles in Ordnung mit dir?«, erkundigte er sich besorgt.

»Mir ging's nie besser«, erwiderte sie traurig. »Sollen wir gehen? Oh, warte – können wir wenigstens ein Glas Champagner mitnehmen?« Sie hoffte, einen ausreichend betrübten Eindruck zu machen.

Michael musterte sie aus leicht zusammengekniffenen Augen. »Du führst etwas im Schilde. Was hast du vor?«

»Nichts besonderes ... Danke«, sagte sie zu dem Kellner, als sie zwei Sektgläser von dem Tablett nahm und eines an Michael weitergab. »Gehen wir?« Sie hakte sich bei Michael unter und zog ihn zum Ausgang.

Eine Viertelstunde später hatte Michael auf Emilys Drängen hin seinen Champagner ausgetrunken und schlief tief und fest auf dem Rücksitz der Limousine. Emily klopfte an die Trennscheibe und bat den Chauffeur mit einem strahlenden Lächeln, sie zurück zum Ball zu bringen.

Kapitel 22

Es war erstaunlich, wie sehr das richtige Kleid und der richtige Schmuck dem Selbstbewusstsein einer Frau aufhalfen, wenn sie sich am richtigen Ort befand, um sich in voller Pracht zu zeigen. Als sich Emily einen Weg durch die Menschenmenge bahnte, fühlte sie sich kein bisschen wie eine Hochstaplerin oder wie ein Mädchen aus der Kleinstadt, das versehentlich in die feine Gesellschaft geraten war. Sie kam sich viel eher vor, als würde sie dazu gehören. Irene hatte sich immer beklagt, dass Emily ihre großzügigen Kurven unter zu weiten Kleidern versteckte, aber heute überließ sie nichts der Fantasie. Sie sah und spürte die bewundernden Blicke der Männer. Die Frauen musterten sie abschätzig. Die Rubine fielen allen auf, und jeder schien zu wissen, dass sie echt waren.

Man musste kein Sherlock Holmes sein, um herauszufinden, wer die drei Männer waren, nach denen sie suchte. Sie saßen zusammen an einem Tisch, rauchten, tranken und sahen den Tänzern zu.

Emily hielt sich im Hintergrund und beobachtete die drei eine Weile. Sie durfte nicht daran denken, was einer der Männer ihr antun wollte. Sie war auf einem rauschenden Fest und wollte nur so viele Einzelheiten wie möglich in Erfahrung bringen.

Sie atmete ein paar Mal tief durch. Ein Mann betrachtete sie verzückt, weil noch ein Stückchen mehr von ihrem Busen aus dem Dekolleté gerutscht war. Emily hob ihr Glas und prostete ihm zu. Beinahe hätte sie laut gelacht.

Mit dem Gefühl, eine ungeahnte Macht zu besitzen, machte sie sich auf den Weg zu dem Tisch, an dem die drei Männer saßen. Dabei öffnete sie unauffällig den Verschluss ihres Colliers.

»Entschuldigen Sie bitte«, flötete sie, und der Mann, der ihr den Rücken zugekehrt hatte, rückte mit dem Stuhl ein Stück vor, um sie vorbeizulassen, obwohl genügend Platz gewesen wäre. Sie stolperte über ein nicht vorhandenes Hindernis und fing sich gerade noch rechtzeitig, sonst wäre sie auf dem Schoß des Mannes gelandet. Das Collier rutschte in ihren Ausschnitt.

»Liebe Güte!«, hauchte sie und presste die Hand auf die Rubine und ihren üppigen Busen. »Ich bin ja so ungeschickt, es tut mir Leid.«

»Mir nicht«, erwiderte der Mann. Er erhob sich, um sie zu stützen. »Möchten Sie, dass ich Ihnen helfe?«

»Oh, das wäre sehr freundlich.« Während er ihr die Kette umlegte, überlegte Emily, wie sie vorgehen sollte. Wenn ihr jetzt nichts Originelles einfiel, hatte sie ihre Chance vertan. Aber wie konnte eine Frau das Interesse so einflussreicher Männer wecken?

»Ich danke Ihnen«, sagte sie strahlend, und als er sich wieder setzte, nahm sie all ihren Mut zusammen. »Welcher sind Sie – der Wolf, der Schüchterne oder der Nette, der im Grunde schrecklich skrupellos ist?«

Für einen Moment fürchtete Emily, zu weit gegangen

zu sein, aber der große Blonde lachte. »Ich bin der Nette«, erwiderte er und deutete auf einen freien Stuhl. »Möchten Sie sich zu uns gesellen?«

»Nur wenn Sie mir versprechen, mein Haus nicht zu pfänden«, sagte sie mit einem lasziven Augenaufschlag. »Abgemacht. Darf ich Sie mit meinen Freunden bekannt machen? Charles Wentworth und Statler Mortman. Und ich bin ...«

»David Graham«, fiel ihm Emily ins Wort. »Ich hätte sie überall erkannt. Man hat Sie mir sehr genau beschrieben.« Ihr Herz raste, als sie Platz nahm. Einer dieser drei war ein Mörder. Charles Wentworth starrte unverhohlen ihr Collier an.

»Ich habe es nie schätzen lassen«, sagte Emily beherzt. »Was meinen Sie, wie viel es wert ist?«

»Mindestens eine halbe Million«, meinte Wentworth, ehe er einen tiefen Zug von seiner Zigarette nahm.

»Wenn er das sagt, können Sie davon ausgehen, dass es das Doppelte wert ist«, warf Statler Mortman ein. Sein Blick verriet, dass er der Wolf war, und als sie ihm in die Augen sah, verstand sie, warum so viele Frauen auf ihn hereinfielen. »Jedenfalls würde ich Ihnen hier und jetzt einen Scheck über siebenhundertfünfzig dafür geben.«

Es dauerte einen Augenblick, bis Emily realisierte, dass er siebenhundertfünfzigtausend Dollar meinte. »Großer Gott«, keuchte sie. »Da schwirrt mir ja der Kopf. Ich bin nur eine kleine Bibliothekarin, müssen Sie wissen, und ich bin zum ersten Mal auf einem solchen Ball. Ist es nicht wunderbar hier?« Sie wandte sich ab und schaute zu den Tänzern, als gäbe es nichts Interessanteres für sie.

»Und wie sind Sie an diese Juwelen gekommen, Miss Bibliothekarin?«

»Ein Geist hat meinem Schutzengel verraten, wo sie sind, und er gab sie mir. Der Schutzengel, meine ich.«

Die drei verzogen keine Miene, und plötzlich gefror Emily das Blut in den Adern. Sie wünschte, sie hätte Michael nicht betäubt und wäre, wie er es vorgeschlagen hatte, mit ihm nach Hause gefahren.

Charles Wentworth zog wieder an seiner Zigarette. »Und wo ist Ihr Schutzengel jetzt?«

Es war besser, ein bisschen vorsichtiger zu sein. »Er muss hier irgendwo sein. Sie wissen ja – Schutzengel wachen stets und ständig über ihre Schäfchen.« Keiner der drei lächelte.

»Wie ist Ihr Name?«, wollte Statler Mortman wissen.

»Anastasia Jones«, antwortete sie prompt. »Meine Mutter hat nach einem Vornamen gesucht, der den langweiligen Nachnamen wettmacht. Wenn Sie mich jetzt bitte entschuldigen würden, ich muss ...«

»Aber Sie können mir auf keinen Fall einen Tanz mit der geheimnisvollsten Frau auf diesem Ball verwehren«, sagte Statler Mortman und heftete den Blick auf ihren Busen.

»Ich? Geheimnisvoll? Da liegen Sie völlig falsch. Ich bin nur ...«

»Aschenputtel auf dem Ball«, ergänzte David schmunzelnd. »Sie müssen tanzen, damit alle Ihr wunderschönes Kleid und diesen sagenhaften Schmuck bewundern können. Merken Sie denn nicht, dass alle anwesenden Frauen vor Neid platzen? Ich bin überzeugt, dass sie noch nie solche Rubine zu Gesicht bekommen haben. Wahrscheinlich gab es so etwas Prachtvolles nicht einmal im russischen Zarenreich.«

Emily tastete nervös ihren Hals ab. Graham war tatsächlich charmant und reizend, aber was hatte die Frau gesagt? Er würde mit einem strahlenden Lächeln, Witwen und Waisen das Dach über dem Kopf wegpfänden.

»Kommen Sie, Miss Smith, ein Tänzchen kann doch nicht schaden, oder?«

Er war so gewinnend, dass Emily die Hand ergriff, die er ihr entgegenstreckte, und nicht einmal registrierte, dass er sie mit einem falschen Namen angesprochen hatte. Was konnte ihr auf der Tanzfläche schon passieren?, dachte sie. Emily tanzte und überlegte, wie sie so schnell wie möglich von hier verschwinden und zu Michael kommen konnte. Plötzlich stieß jemand gegen sie, und sie spürte einen Stich an der Hüfte.

»O mein Gott, war ich das?«, ertönte eine Frauenstimme. Aber Emily schwankte, und alles verschwamm vor ihren Augen. »Zu viel Champagner«, sagte ein Mann, dann spürte sie, wie starke Arme sie umfassten und wegbrachten. Sie versank in einen süßen Traum. Sie war Aschenputtel, und der schöne Prinz brachte sie auf sein Schloss.

Als Emily erwachte, befand sie sich nicht in einem prächtigen Schloss, sondern in einem Albtraum. Ihr Kopf tat höllisch weh, und als sie versuchte, die Hand an die Stirn zu legen, merkte sie, dass sie gefesselt war. Sie öffnete benommen die Augen. Offenbar befand sie sich in einem großen, schmutzigen Raum. Abfall war auf dem Boden verstreut, und pelzige Tierchen – Ratten? – huschten herum. Sie saß auf einem Stuhl, an dessen Beine ihre Füße gefesselt waren. In dem Raum stand außer dem Stuhl nur noch ein verbeulter alter Metallschreibtisch. Es gab keine Fenster, nur eine schwere Stahltür.

Offenbar hatte man sie in ein verlassenes Gebäude gebracht, und wenn kein Wunder geschah, würde kein Mensch sie hier finden.

Sie machte sich die schlimmsten Vorwürfe, als die Tür aufging und die drei Männer hereinkamen. Helles Tageslicht strömte durch die Tür, und Emily fragte sich, ob sie nur eine Nacht oder mehrere Tage betäubt gewesen war. Sie trug noch immer das rote Kleid, aber jetzt war es zerrissen und voller Flecken. Sie wollte sich lieber keine Gewissheit verschaffen, ob die Rubine noch da waren.

Die Männer standen mit dem Rücken zu ihr, als hätten sie ihre Anwesenheit noch gar nicht zur Kenntnis genommen.

Wenn sie schon sterben musste, dann wollte sie zumindest den Grund dafür erfahren. Sie wollte eine intelligente Frage stellen, aber sie brachte nur ein einziges Wort heraus. »Warum?«, krächzte sie.

David Graham drehte sich zu ihr um. »Sie wissen es wirklich nicht, oder?« Er hielt ihr die Rubine hin. Die großen Tropfen fingen das Licht der nackten Glühbirne, die an der Decke hing, ein und glühten wie Feuer.

»Ich habe nicht die geringste Ahnung«, erwiderte sie mit matter Stimme.

»Soll ich es ihr sagen?«, fragte er die anderen.

»Können wir dich davon abhalten?« Statler bedachte Emily mit einem Blick, der ihr eisige Schauer über den Rücken jagte.

Charles grinste tückisch. »Er ist der Wolf, wie Sie es so charmant ausgedrückt haben.«

Emily blinzelte. Vielleicht war der kleine Scherz doch nicht so originell gewesen, wie sie gedacht hatte. In Filmen war so etwas witzig, aber im wirklichen Leben konnte so ein Spruch als rüde aufgefaßt werden.

Im nächsten Moment zuckte ihr Kopf in die Höhe. Was für ein absurder Gedanke! Als Nächstes würde sie sich noch bei den Kerlen entschuldigen, die sie an einen Stuhl gefesselt hatten und sie wahrscheinlich töten würden.

»Haben Sie sich wirklich eingebildet, wir wären auf Ihre Frechheiten hereingefallen, auf Ihr ...«

»Das reicht«, fiel David Charles ins Wort. »Sie ist so gut wie tot, was willst du noch?«

Michael, dachte Emily. Vielleicht konnte er sie hören, wenn sie ihn in Gedanken rief, und ihr zu Hilfe kommen. Aber selbst ein Engel musste erfahren, wo er gerade gebraucht wurde. »Wo sind wir?«, fragte Emily, weil sie hoffte, Michael die Informationen telepathisch übermitteln zu können.

»In einem Staat, von dem Sie noch nie gehört haben«, sagte Statler, und die beiden anderen brachen in Gelächter aus.

»Wo haben Sie die Rubine gefunden?«, wollte Charles wissen. »Wir haben überall danach gesucht.«

Emily begriff erst nach einer Weile, dass er von dem Madison-Haus sprach. »Sie haben das Haus durchsucht? Aber ich habe keine Spuren entdeckt.«

»Halten Sie uns für Amateure? Wer hat wohl das Gerücht in die Welt gesetzt, dass es in dem Haus spukt?«, gab Charles hasserfüllt zurück.

»Aber es gibt tatsächlich einen Geist dort. Captain ...«, begann sie.

»Verschonen Sie uns mit diesen albernen Geschichten. Wo haben Sie die Rubine gefunden?«

»Mein ... Freund hat sie gefunden, aber ich weiß nicht, wo. Vielleicht sollten sie ihn fragen.« Wenn es ihr gelang, sie zu überreden, Michael hierher zu bringen, konnte er sie retten. Wie immer, wenn ihr Gefahr drohte, dachte sie mit Tränen in den Augen. Sei tapfer, Emily, sagte sie sich. Zumindest weißt du, dass es ein Leben nach dem Tod gibt. Doch selbst dieser Gedanke nahm ihr nicht die Angst.

»Der Freund, der in der Limousine eingeschlafen ist?«, ertönte eine Frauenstimme. Die Tür ging auf, und die Frau, mit der sich Emily auf der Toilette unterhalten hatte, kam herein. »Schätzchen, wenn Sie ihm alle drei Pillen gegeben haben, wacht er nie mehr auf.«

Emily schnappte erschrocken nach Luft.

»Sie haben doch nicht angenommen, dass Ihnen eine Wildfremde die Informationen über diese drei Herren hätte geben können?«, fragte die Frau. Sie lachte über Emilys Bestürzung. Sie schlang den Arm um Davids Taille. »Das ist mein kleiner Bruder«, sagte sie und nahm ihm die Rubine aus der Hand. »Ich glaube, die sehen an mir besser aus als in deinem Bankschließfach«, sagte sie lächelnd, dann wandte sie sich Emily wieder zu. »Dachten Sie, unsere Begegnung auf der Toilette sei ein Zufall? Ist es Ihnen nicht eigenartig vorgekommen, dass niemand unsere kleine Unterhaltung gestört hat? Wir hatten jemanden vor der Tür postiert, der die Frauen woanders hingeschickt hat. Oh – und es tut mir wirklich Leid um Ihren Freund. Er war ein so gut aussehender Bursche.«

Bei dem Gedanken an Michaels Tod hätte sich Emily

beinahe selbst aufgegeben. Michael hatte wahrscheinlich keinen Körper mehr und weilte längst wieder in himmlischen Gefilden ... plötzlich fiel ihr etwas ein. »Es ist nicht möglich, ihn zu töten, ehe er nicht herausgefunden hat, welche böse Macht mich bedroht, und er die Gefahr gebannt hat.«

Alle lachten.

»Baby«, sagte Statler. »In dieser Welt droht überall Böses.« Ihr lag eine bissige Bemerkung auf der Zunge, aber gerade in diesem Moment klingelte ein Telefon. Charles zog ein Handy aus der Tasche.

»Ja, gut, ja, ja«, sagte Charles. »Hab' verstanden. Wir verschwinden von hier.«

Statler packte Emilys Arm und hielt ein Messer in der anderen Hand. Ob er ihre Fesseln aufschneiden oder ihr die Kehle aufschlitzen wollte, hätte Emily nicht sagen können.

Ehe er seine Absicht in die Tat umsetzen konnte, klingelte erneut das Telefon, und Charles hob gebieterisch die Hand. Er lauschte eine Weile der Stimme am anderen Ende, dann steckte er das Telefon wieder weg. »Das Vögelchen ist ausgeflogen.« Er funkelte Emily böse an. »Wie's scheint, ist Ihr Freund wieder einmal entkommen.« Michael war noch am Leben! Emily hätte vor Erleichterung beinahe losgeheult, aber sie behielt sich in der Gewalt und versuchte, ganz ruhig zu bleiben. Sie zweifelte keinen Augenblick daran, dass Michael sie finden würde; schließlich hatte er einen direkten Draht zu den allerhöchsten Stellen.

»Wir müssen bis zum Abend warten, ehe wir sie verschwinden lassen können«, erklärte Charles ärgerlich.

Emily holte tief Luft, um sich Mut zu machen. »Können

Sie mir nicht wenigstens sagen, warum Sie es auf mich abgesehen und zwei Mal eine Bombe in mein Auto gelegt haben?«

»Ich hab' dir gleich gesagt, dass das keine gute Idee ist«, sagte David zu Statler. »Statler meinte, dass eine Autobombe mit der Mafia und dem Ganoven, mit dem Sie sich herumgetrieben haben, in Verbindung gebracht werden würde. Aber die Methode hat versagt. Beim Erstenmal hat das FBI die Bombe gefunden.«

Emily schwieg. Sie hatte nicht vor, ihnen auf die Nase zu binden, dass Michael ihr Schutzengel war und die Aura eines Autos wahrnehmen konnte.

»Ich kann es kaum fassen, dass eine so clevere Person wie Sie nicht selbst daraufkommt. Als wir anfingen, Erkundigungen über Sie einzuziehen, waren wir ...« David sah auf. »Ja, was waren wir?«

»Beeindruckt«, sagte Statler.

»Ja, beeindruckt. Sie haben ein paar große Dinge aufgedeckt und Ihren hirnlosen Freund mit interessanten Informationen gefüttert. Er hat nur Ihretwegen Karriere gemacht. Zu schade, dass Sie ihn nicht mehr heiraten wollen. Sie hätten ihn zum Gouverneur machen können.«

»Aber meine Recherchen und die Storys hatten nicht das Geringste mit Ihnen zu tun. Also weshalb wollen Sie meinen Tod?«, fragte sie.

»Deshalb.« Er nahm seiner Schwester die Rubine aus der Hand.

»Sie wollen mich wegen dieses Schmucks umbringen? Sie hätten ihn einfach stehlen oder kaufen können.«

»Aber sie gehören Ihnen.« David schien das unglaublich komisch zu finden.

Emily begriff gar nichts mehr. »Sie hätten Sie neu fassen oder zerschneiden lassen können, damit man sie nicht wiedererkennt.«

»Habt ihr nicht behauptet, sie wäre ein kluges Mädchen?«, warf die Frau verächtlich ein.

Emily zermarterte sich das Gehirn. »Was meinen Sie damit, wenn Sie sagen, dass sie mir gehören?«, wollte sie wissen.

»Sie gehören zu Ihrem rechtmäßigen Erbe.«

»Ich soll Captain Madisons Erbin sein?« Ihre Verwirrung wuchs von Minute zu Minute. Aber in den letzten Tagen hatte sie so viel erlebt und mit so vielen Menschen und körperlosen Wesen zu tun gehabt, dass in ihrem Kopf alles drunter und drüber ging. Wenn der Captain, ein längst Verstorbener, ihr den Schmuck geschenkt hatte, konnte man dann sagen, sie hätte ihn geerbt?

»Du solltest die wegen Dummheit erschießen«, sagte die Frau und kehrte Emily den Rücken zu.

»Wie lautet der Mädchenname Ihrer Mutter?«, fragte David. »Wilcox.«

»Und der Ihrer Großmutter mütterlicherseits?«

»Ich ... das weiß ich nicht mehr.«

»Wie wär's mit Simmons?«

»Ah, ja. Ich glaube, das stimmt.«

»Und wie hieß Captain Madisons Frau?«

»Rachel ...«, Emily sah verblüfft auf. »Rachel Simmons«, flüsterte sie. Emilys Gedanken rasten. »Sie meinen, *ich* bin mit Captain Madison irgendwie verwandt?«

»Haben Sie jemals ein Bild von seiner Frau gesehen?«

»Nein. Sie hat nach dem Tod ihres Mannes alle Bilder von sich vernichtet.«

»Nicht alle. Meine Familie besitzt einige Gemälde und

Fotos von ihr.« David zog ein Foto aus seiner Tasche und hielt es Emily hin.

»Aber sie ...«

»Sie sieht Ihnen verblüffend ähnlich. Sehen Sie den Schmuck, den sie trägt?«

»Ja.« Emily erkannte die Rubine, aber sie verstand die Zusammenhänge immer noch nicht. »Wer sind Sie?«

Er wusste, was sie meinte. »Meine Urgroßmutter war die Schwester von Rachel Simmons. Aber Sie waren die Urenkelin von Rachel Simmons.«

Ich war, dachte sie – er hält mich bereits für tot. »Das ... das wusste ich nicht. Auf den Gedanken wäre ich niemals gekommen. Ich wusste nicht einmal, dass sie eine Tochter hatte. Es gibt keine Dokumente oder Unterlagen darüber. Was hat sie in den Wahnsinn getrieben? Auch darüber gibt es keine Aufzeichnungen.«

»Sie hätten das noch herausgefunden. Es ist ein wohlgehütetes Geheimnis in meiner Familie. Die junge Rachel Simmons war schwanger von ihrem Liebhaber, der sie sitzen ließ, und wurde zu einer Tante verfrachtet, bei der sie ihre Tochter zur Welt brachte. Später verheiratete ihr Vater sie mit dem Captain. Kein anderer Mann in der Umgegend hätte sie nach ihren Eskapaden noch gewollt. Wussten Sie, dass der Captain zwei Männer, die abfällige Bemerkungen über seine Frau gemacht haben, im Duell getötet hat?«

»Der Captain hat auch ihren Liebhaber umgebracht«, sagte Emily.

»Nein«, widersprach David. »Rachel hat ihn ermordet. Sie liebte ihn von ganzem Herzen, die dumme Person, aber er ließ sie im Stich, als er erfuhr, dass sie schwanger war und deswegen möglicherweise enterbt werden würde. Er ging ins Ausland. Jahre später kam er zurück und sah, dass seine ehemalige Geliebte in einem stattlichen Haus lebte und wertvollen Schmuck trug. Er umwarb sie insgeheim von neuem. Der Captain wusste davon, aber er liebte seine Frau so sehr, dass er ihr freie Hand ließ. Der Captain hätte ihren Liebhaber sogar in sein Haus aufgenommen, wenn sie ihn darum gebeten hätte. Aber als Rachel dahinterkam, dass ihr Geliebter nur auf ihre Juwelen aus war, nahm sie eine von Captain Madisons Duellpistolen und schoss dem Schurken mitten ins Herz.«

»Nachdem sie auf die Geschlechtsteile gezielt hatte.«

»O ja, dieses grausige Detail war mir entfallen. Das habe ich offenbar verdrängt.«

»Und der Captain hat alle Schuld auf sich genommen«, sagte Emily verwundert.

»Ja. Er hat seinen getreuen Diener dazu überredet, bei der Gerichtsverhandlung gegen ihn auszusagen. Der Captain wurde anstelle seiner Frau gehängt. Der Diener konnte nicht mit der Schuld leben und brachte sich um, Rachel wurde wahnsinnig.«

»Und Rachels Tochter wurde von einer Familie in Iowa großgezogen«, ergänzte Emily.

»Richtig. Und später heiratete sie und brachte Ihre Großmutter zur Welt.«

»Dem allen entnehme ich, dass der Captain seiner Frau seinen ganzen Besitz vermacht hat, und sie hat alles ihrer Tochter vererbt«, sagte Emily.

»Exakt.« David warf seiner Schwester einen Blick zu. »Ich habe dir gesagt, dass sie ein kluges Mädchen ist.«

»Davon wusste ich nichts. Ich ...«

»Aber Sie haben Nachforschungen angestellt und Ihre

Nase in Dinge gesteckt, die Sie nichts angehen. Früher oder später hätten Sie das Geheimnis gelüftet. Schade, dass Sie nicht so begriffsstutzig und schwerfällig sind wie dieser Donald – dann hätten Sie von uns nichts zu befürchten.«

»Wenn ich Ihnen nicht mehr im Weg bin, sind Sie und Ihre Schwester die rechtmäßigen Erben. Gibt es außer den Rubinen noch mehr Vermögen?«

»O ja, sogar ein beträchtliches«, warf Davids Schwester ein.

»Gerüchten zufolge, sind in diesem Haus Schätze versteckt«, sagte Statler. »Seine Frau besaß eine sagenhafte Sammlung von Juwelen. Offenbar haben ihr die funkelnden Steine über den Verlust des Geliebten und des Kindes hinweggeholfen. Außer den Rubinen gab es Smaragde und Diamanten und eine ganze Reihe von Halbedelsteinen. Das alles ist heute mehrere Millionen wert. Doch nach ihrem Tod wurde der Schmuck nirgendwo gefunden. Sie hat ihn nicht verkauft, deshalb glaubt man, dass er sich noch im Haus befindet.«

»Warum ist der Schmuck in den Aufzeichnungen nicht erwähnt?«, wollte Emily wissen. »Im Grunde müssten sich unendlich viele Legenden um ein Haus ranken, in dem sich ein so kostbarer Schatz befindet.«

»Es gibt die Legende, dass ein Gespenst im Haus spukt. Wir haben eine Menge Geld investiert, um Tonbänder und Ähnliches zu installieren und mit den Geräuschen Kinder und Neugierige abzuschrecken«, meldete sich Charles zum ersten Mal zu Wort. »Die Gespenstergeschichten haben jede Erinnerung an den Schatz im Bewusstsein der Leute ausgelöscht.«

»Wieso haben Sie nicht einfach Ansprüche auf das

Haus erhoben und einen Stein nach dem anderen umgedreht, bis Sie auf den Schatz stoßen?«, fragte Emily. »Kein Mensch außer Ihnen wusste, dass ich ein Nachkomme von Rachel Simmons bin. Ich jedenfalls hatte keine Ahnung.«

»Richter Henry Agnew Walden hat das verhindert. Vor fünf Jahren wollten wir das Haus in unseren Besitz bringen, aber der Richter wollte zuerst in Erfahrung bringen, was aus Rachels Tochter geworden war. Er glaubte uns nicht, als wir ihm erklärten, dass sie als Kind gestorben sei.«

»Ich habe dich gewarnt«, sagte Davids Schwester. »Er glaubt dir nie mehr auch nur ein Wort.« Zu Emily gewandt fügte sie hinzu: »Mein lieber Bruder hat nämlich die Tochter des Richters verführt und sitzen gelassen. Der Richter hat also in der eigenen Familie erlebt, wie schwer es vaterlose Kinder haben.«

»Wie wär's, wenn ich Ihnen das Haus überlasse?«, schlug Emily vor. »Was sollte ich mit einem so alten Kasten und einer Truhe voller Juwelen anfangen? Ich trage ohnehin nur selten Schmuck.«

Die Blicke aller richteten sich auf sie.

»Ich unterschreibe Schenkungsurkunden – was immer Sie wollen. Sie könnten sofort einen Vertrag aufsetzen.«

»Eine großartige Idee. Sie überschreiben uns ein Millionenvermögen, und später gehen Sie vor Gericht, um alles zurückzufordern. Ein schlauer Plan.«

»Ich hätte viel zu viel Angst vor Ihnen, um Ansprüche zu erheben«, beteuerte Emily jämmerlich. So viel zu meiner Tapferkeit, dachte sie bitter.

»Geld ist etwas Eigenartiges. Wenn es um eine genügend hohe Summe geht, werden sogar die größten Feiglinge zu Helden. Glauben Sie mir, kleine Bibliothekarin, ein guter Anwalt würde Ihnen den nötigen Mut machen und den Fall gewinnen. Immerhin sind Sie ein direkter Nachkomme von Rachel.«

»Es reicht!«, rief Davids Schwester. »Wenn das so weitergeht, bittest du sie noch, dich zu heiraten.«

»Keine schlechte Idee«, meinte Slater und starrte lüstern auf Emilys Busen, der mittlerweile fast ganz entblößt war. »Ich schlage vor, wir bringen's hinter uns und verschwinden. Je früher ihre Leiche gefunden wird, umso eher können wir als nächste noch lebende Verwandte von Rachel das Erbe antreten«, sagte die Frau. »Und das gibst du mir lieber sofort.« Sie riss ihrem Bruder die Rubine aus der Hand.

Michael!, rief Emily im Geiste und bereute bitterlich, dass sie nicht auf ihn gehört und gegen seinen Rat die Femme fatale gespielt hatte.

Im nächsten Moment spürte Emily, wie eine Nadel in ihren Oberarm gerammt wurde, dann verlor sie das Bewusstsein.

Kapitel 23

Als Emily aufwachte, lag sie in einem Kofferraum. Sie erkannte den Geruch, die Geräusche und das Holpern sofort.

Sie war fassungslos. Geknebelt in einem engen Kofferraum irgendwohin verfrachtet zu werden, kam nur im Film vor, oder es passierte anderen Menschen, aber nicht ihr. Nicht der langweiligen, kleinen Bibliothekarin, deren höchstes Glück es war, eine Erstausgabe im Antiquariat aufzustöbern.

»Michael«, schrie sie in Gedanken. Sie konnte nicht reden, weil man ihr den Mund zugeklebt hatte. Sie hätte Michael gern noch einmal gesprochen und ihm gesagt, dass sie ihn liebte; nicht weil er ein Engel war, sondern weil er alle Wesen – ob mit oder ohne Körper – respektierte und sich um sie sorgte.

Und sie war sich seiner Liebe sicher und überzeugt, dass er ihr auch noch von Herzen zugetan war, nachdem sie ihm so übel mitgespielt und ihn betäubt hatte. Natürlich würde er ihr die Leviten lesen und ihr klarmachen, was für eine Dummheit sie begangen hatte, aber er würde sie nach wie vor lieben. Wie viele Frauen konnten so etwas von den Männern, die in ihrem Leben eine Rolle gespielt hatten, schon behaupten? Emily hatte sich immer bemüht, Donald alles recht zu machen, um ihn nicht zu verlieren, bei Michael brauchte sie nur sie selbst zu sein.

»Ich liebe dich«, dachte sie wehmütig, und heiße Tränen stiegen ihr in die Augen, als ihr klar wurde, dass sie nie mehr die Gelegenheit bekommen würde, ihm ihre Liebe persönlich zu gestehen und ihm zu sagen, dass er Recht und sie Unrecht gehabt hatte oder dass sie die Zeit mit ihm genossen hatte. Er war interessant, geistreich und liebevoll – all das, was sich eine Frau von einem Mann wünschte. Und sie hatte ihn wie Dreck behandelt, dachte sie und ließ den Tränen freien Lauf.

Sie war dem Tode geweiht und würde Michael nie mehr in seiner menschlichen Gestalt sehen. Im nächsten Leben würde sie sich nicht mehr an ihn erinnern, auch wenn er vom Himmel aus über sie wachte. Wenigstens hielt er in den nächsten hundert Jahren noch schützend seine Fittiche über sie. Plötzlich erschienen ihr hundert Jahre viel zu kurz.

Als der Wagen anhielt, war Emily ganz ruhig. Vielleicht hatte ihr das Zusammensein mit Michael die Angst vor dem Tod genommen – schließlich wusste sie jetzt, was sie danach erwartete. Sie zweifelte nicht mehr an einem Leben nach dem Tod oder an der Wiedergeburt. Aber sie hatte die Gewissheit, dass sie Michael nie wiedersehen würde.

Als der Kofferraum geöffnet wurde, war sie nicht überrascht, lauter Bäume zu sehen. Also würden spielende Kinder ihren Leichnam finden, und kein Mensch würde sie identifizieren können.

»Gut, bringen wir's hinter uns«, sagte Charles, als er sie aus dem Kofferraum hievte und in den Wald zerrte. Ihr war klar, dass sie sich von diesem Mann keine Gnade erhoffen durfte – er hatte kein Herz.

Bitte lass mich in Würde sterben, betete sie. Lass mich nicht winseln und flehen.

David wurde als erster auf die Geräusche aufmerksam. »Was ist das?«, fragte er nervös. Die anderen waren so gelassen, dass Emily sich fragte, ob sie schon öfter gemordet hatten. Die Männer waren als die »tödlichen Drei« bekannt, und das vielleicht aus gutem Grund.

Vielleicht hatte Michael auf die Hexerei zurückgegriffen, denn das Motorrad stand neben ihnen, sobald das Dröhnen des Motors zu hören war. Es war eine dieser alten Harley-Davidsons, die nur hartgesottene Rowdys fuhren, aber für Emily war es in diesem Augenblick das schönste Fahrzeug der Welt. Wenn Michael auf einem schwarzen Hengst durch den Wald geritten wäre, um sie zu retten, hätte er nicht mehr einem Helden aus alten Zeiten gleichen können.

»Lösen Sie ihre Fesseln«, befahl Michael seelenruhig, als er von der Maschine abstieg.

Charles lachte höhnisch und richtete einen Revolver auf Michaels Kopf. »Bringen Sie mich nicht zum Lachen, Mann. Stellen Sie sich neben sie.«

»Gern.« Michael schlenderte zu Emily und löste das Klebeband, das ihr den Mund verschloss. Sie machte sich auf den Schmerz gefasst, aber sie spürte nicht das Geringste.

»Ihr könnt nicht beide umbringen«, rief David mit schriller Stimme.

»Natürlich können wir das«, widersprach seine Schwester. »Eigentlich ist das die perfekte Lösung. Er tötet sie und erschießt dann sich selbst. Ausgezeichnet. So was passiert immer wieder.«

»Ich habe der Polizei gesagt, wo sie Sie finden können und was Sie vorhaben«, erklärte Michael, während er Emilys Fesseln aufknotete. Zumindest merkte sie, dass die Fesseln weg waren, aber sie sah nicht, dass sich Michaels Hände bewegten.

»Jeder Polizist ist käuflich«, erklärte Statler. »Außerdem hat dieser Idiot Donald so schlimme Dinge über diese Frau verbreitet, dass alle Welt glauben wird, sie habe nur das bekommen, was sie verdient.«

Davids Schwester bedachte Emily mit einem eisigen Lächeln. »Meine Liebe, es ist ein bisschen spät für diese Erkenntnis, aber es ist ein Fehler, einem Mann zu trauen. Donald macht gemeinsame Sache mit uns. Er hat uns auf Ihre Spur gesetzt und zur Belohnung das Versprechen bekommen, dass er bei der nächsten Gouverneurswahl als Kandidat aufgestellt wird.«

Emily starrte sie fassungslos an, und Michael nahm ihre Hand. Wie immer beruhigte sie seine Berührung augenblicklich. Sie dachte daran, wie sehr sie ihn liebte, und er schien ihre Gedanken zu kennen, denn er drückte leicht ihre Hand. Sie fühlte sich gleich viel besser.

»Sie können mich nicht töten«, sagte Michael, ohne sich von Emilys Seite zu rühren. »Egal was Sie mir antun, ich sterbe nicht, bevor höheren Orts beschlossen wird, dass ich diese Erde verlassen soll.«

Michael hatte sich David und seiner Schwester zugewandt und konnte nicht sehen, dass Charles spöttisch grinsend auf ihn zielte und auf den Abzug drückte.

Emily überlegte keinen Augenblick. Sie wusste nur,

dass sie ohne Michael nicht mehr auf diesem Planeten sein wollte. Wenn er ging, dann würde sie auch gehen, und so verließen sie wenigstens gemeinsam diese Welt.

Ohne an ihr eigenes Leben zu denken, warf sie sich vor Michael, und die Kugel durchbohrte ihr Herz.

Epilog

Michael stand vor dem Erzengel Michael. Die Pracht des mächtigen Engels war beängstigend. Er war ein Krieger, ein Engel, der über alle Kriege der Geschichte gewacht hatte, und seine gebieterische Erscheinung flößte dem Namensvetter Angst ein.

»Ich habe dich zur Erde geschickt, damit du eine Aufgabe erfüllst«, sagte der Erzengel und bedachte Michael mit einem strengen Blick.

Michael hatte sich immer danach gesehnt, einmal das Gesicht dieses prachtvollen Engels zu sehen, aber jetzt, da er zitternd vor ihm stand, bereute er, dass er jemals den Wunsch verspürt hatte. »Und ich habe versagt«, flüsterte Michael. »Ich gestehe meine Fehler ein und bitte um Vergebung.«

Der Erzengel wandte sich an seinen Freund Gabriel, einen viele tausend Jahre alten Engel. Gabriel hatte einst über die Erde geherrscht, aber schon vor langer Zeit den jüngeren Michael mit dieser Pflicht betraut. »Du bist bereits bestraft worden, du kannst gehen.«

Michael rührte sich nicht von der Stelle.

»Was ist noch?« Die dunklen Augenbrauen der Erzengels zogen sich zu einer Linie zusammen.

»Ich möchte mit ihr Zusammensein«, sagte Michael mutig, aber seine Stimme bebte.

»Du wirst in den nächsten hundert Jahren über sie ...«

»Nein!«, protestierte Michael heftiger als beabsichtigt. Ruhiger fuhr er fort: »Ich möchte in diesem Leben und jetzt mit ihr zusammen sein. Auf Erden. Als Mensch.«

Der Erzengel musterte seinen Untergebenen mit einem so durchdringenden Blick, dass Michael das Gefühl hatte, seine Seele stünde in Flammen. »Aber ihr menschlicher Körper ist gestorben«, gab der Erzengel zu bedenken.

Michael schluckte schwer. »Er kann wieder zum Leben erweckt werden.«

»Nur Gott kann ein solches Wunder tun«, sagte der Erzengel sanft, während er Michael neugierig taxierte.

»Dann werde ich ihn darum bitten«, erklärte Michael entschlossen.

»Aber es müssen plausible Gründe für eine Auferweckung vorliegen«, schaltete sich Gabriel ein.

Michael nahm all seinen Mut zusammen. »Ich würde *alles* geben, um ihrem Körper das Leben zurückzugeben und bei ihr zu sein.«

Im Himmel machte man nicht so viele Worte wie auf Erden, da die Erzengel die Seelen ihrer Untergebenen mühelos durchschauten. »Weißt du, was du da vorschlägst?«

»Ja, ich weiß es«, entgegnete Michael, und mit einem Mal schwand seine Angst. »Ja, ich weiß es ganz genau.«

»Du willst also für sie alles aufgeben – kein Engel mehr sein. Du würdest um ihretwillen den *Himmel* verlassen?«

»Ja«, beteuerte Michael, ohne zu zögern. »Sie hat ihr Leben für mich gegeben, und ich gebe alles, was ich habe, für sie.«

Erzengel Michael winkte ab. »Aber sie wird in ein besseres Leben eintreten. Sie hat diesmal, auch wenn sie nur kurz auf Erden war, viel Gutes bewirkt, deshalb wird sie es im nächsten Leben besser haben.«

»Ich möchte sie durch dieses Leben begleiten und durch alle zukünftigen. Ich verzichte dafür auf meinen Platz im Himmel«, sagte Michael und unterdrückte ein neuerliches Zittern.

Erzengel Michael betrachtete ihn lange. »Wenn du diesen Schritt wagst, wirst du die Qualen und Leiden der Sterblichen auf dich nehmen. Du wirst Schmerzen und Trauer erfahren, Krankheit und ...«

»Und Liebe empfinden«, fiel ihm Michael ins Wort. »Ich liebe sie. Ich habe sie immer geliebt, darüber bin ich mir jetzt im Klaren. Ich tauge nicht viel als Schutzengel. Ich habe Emily zu viel meiner Zeit gewidmet und nicht mehr genügend für meine anderen Schützlinge übrig gehabt. Und ich habe den Lauf der Dinge manipuliert – das ist unzulässig. Ich habe sogar Emilys Leben beeinflusst, weil ich es nicht ertragen konnte, sie an der Seite eines Mannes zu sehen. Ich bin kein guter Schutzengel, weil ich mich in irdische Angelegenheiten aktiv eingemischt habe. Und ich liebe sie auf die Art eines Sterblichen. An meiner Liebe für sie ist nichts Hehres.«

»Ah, dann«, sagte der Erzengel, ohne den Blick von Michael zu wenden. »Aber eines solltest du wissen: Wenn du diesen Entschluss einmal gefasst hast, gibt es kein Zurück. Dann ist der Himmel für dich verloren.«

Für einen Moment geriet Michael ins Schwanken,

doch dann lächelte er. »Ich werde nicht zurückwollen. Ich liebe Emily seit Jahrhunderten, und es ist unwahrscheinlich, dass ich meinen Entschluss bereuen werde.«

»Du wirst dich nicht mehr daran erinnern, jemals ein Engel gewesen zu sein, und du wirst das Schicksal aller Sterblichen teilen.«

»Ich nehme auf mich, was immer mir beschieden sein wird. Kann ihr Körper zu neuem Leben erweckt werden?«

»Wenn dein Entschluss feststeht und du es dir nicht noch einmal überlegen willst ...«

»Nein, ich bin ganz sicher«, erklärte Michael wahrheitsgemäß.

»Dann sei es«, sagte Erzengel Michael. Und es war vollbracht.

Epilog 2

„Es ist vollbracht."
»Das ist nicht dein Ernst«, sagte Emily. Sie hielt ihren acht Wochen alten Sohn auf dem Schoß, während sie ihre Bluse zuknöpfte. »Kein Umschreiben und Korrigieren mehr?«, neckte sie ihn.

»Nein. Komm, gib mir den Kleinen, dann kannst du dich umziehen«, sagte Michael und streckte die Arme aus. »Umziehen?«

»Ja, ich führe euch beide zur Feier des Tages zum Essen aus. Es kommt nicht jeden Tag vor, dass man ein Buch zu Ende geschrieben hat.«

»*Unsere* Autobiografie«, sagte er und küsste das Baby, ehe er es an seine Schulter legte.

»Deine«, meinte Emily lächelnd, dann ging sie durch das alte Haus zur Treppe. Sie dachte an die letzten zwei Jahre und an die erste Begegnung mit Michael. Sie hatte ihn beinahe mit dem Auto überfahren, nach dem Unfall hatte er an Amnesie gelitten, und sie hatten gemeinsam versucht herauszufinden, wer er war. Während sie ihre Nachforschungen betrieben hatten, war ihnen das FBI auf den Fersen gewesen, weil Michael irrtümlich als berüchtigter Verbrecher galt. Und sie mussten erkennen, dass es jemanden gab, der ihr nach dem Leben trachtete.

Emily blieb auf dem Treppenabsatz stehen und betrachtete den dunklen Schopf ihres Mannes und das Baby, das er sanft wiegte.

Damals hatte Michael sie aus den Fängen dieser gefährlichen Männer gerettet. Er war mit dem Motorrad herangebraust, hatte sie auf den Sozius genommen und war davongefahren. Der Wagen mit den drei Männern und der Frau war ihnen gefolgt und in einer Kurve ins Schleudern geraten. Das Auto war in einen Abgrund gestürzt, und alle vier Insassen waren sofort tot. Später kam ans Licht, dass Donald, Emilys früherer Verlobter, an dem Mordkomplott beteiligt gewesen war. Er verlor seinen Job als Nachrichtensprecher, wohnte jetzt in einer kleinen Stadt, deren Namen kaum jemand kannte, und verlas angeblich die Wettervorhersage im Lokalsender.

Emily hatte den Nachweis geführt, dass sie mit Rachel Simmons verwandt war und Anspruch auf das Madison-Haus als ihr rechtmäßiges Erbe erhoben. Sie und Michael hatten geheiratet. Einen Teil von dem ererbten Vermögen hatten sie für die Renovierung des alten Hauses verwendet, und jetzt war es das wunderschöne Heim, das sie sich gewünscht hatten und mit Kindern füllen wollten.

Eigenartig, dass sich alles nach einem so ungünstigen Anfang doch noch zum Besten gefügt hatte, dachte sie. Manchmal machte sie sich bewusst, dass sie vermutlich alle beide nicht mehr am Leben wären, wenn ihnen damals die Flucht auf dem Motorrad nicht gelungen wäre.

»Aber wir *sind* diesen Männern entkommen«, murmelte sie, »dem Himmel sei Dank dafür.« Sie schaute auf das große Bleiglasfenster neben der Treppe. Das Original war vor Jahren kaputtgegangen, und als sie ein neues Fenster hatte einsetzen lassen wollen, hatte Michael dafür eine Darstellung des Erzengels Michael vorgeschlagen.

»Hast du eine Abbildung von ihm, die du dem Glaskünstler als Vorlage geben kannst?«

»Nein, aber seltsamerweise habe ich eine ziemlich genaue Vorstellung, wie er aussieht.«

Jetzt blickte von dem großen Fenster ein außergewöhnlich stattlicher Mann in schwarzer Rüstung auf alle hernieder, die die Treppe benutzten. Emily lächelte jedes Mal, wenn sie daran vorbeiging.

»Ich danke dir«, flüsterte sie, ohne zu wissen, warum.

Emily ging ins Schlafzimmer und öffnete die Tür zu ihrem begehbaren Kleiderschrank. »Also, Captain, was soll ich anziehen?«, fragte sie das Gespenst, das, wie sich die Leute erzählten, angeblich seit vielen Jahren in dem Haus spukte. Weder sie noch Michael hatten jemals einen Hinweis auf Geistererscheinungen in diesem Gemäuer entdeckt.

Sie betrachtete ihren Bauch, der noch immer nicht so flach war wie vor der Schwangerschaft, und schnitt eine Grimasse. »Komm schon, Captain, hab Erbarmen. Welches Kleid würdest du einer molligen jungen Mutter empfehlen, die auf ihren Mann verführerisch wirken will? Ich brauche *Hilfe*.«

Das war als Scherz gemeint, aber im nächsten Moment hörte sie ein Geräusch über dem Schrank. »O nein, nicht schon wieder Siebenschläfer!«, rief sie und schaute zur Decke. Sie schaltete das Licht an und sah, wie sich die

Decke in der Kammer senkte. Termiten?, überlegte sie, als sich ein Balken löste. Sie duckte sich, um nicht getroffen zu werden, und hielt die Arme über den Kopf. Plötzlich berührte sie etwas Glattes, Kaltes.

Als sich der Staub gelegt hatte, sah Emily, dass sie eine Smaragdkette in der Hand hielt und sich Juwelen, die aus einem Piratenschatz hätten stammen können, über sie ergossen hatten.

»Lieber Himmel«, flüsterte sie und starrte die funkelnde Juwelen fassungslos an.

»Was war das?«, brüllte Michael, als er mit dem Baby im Arm die Treppe heraufstürmte. »Bist du in Ordnung? Es hat geklungen, als wäre die Decke eingestürzt.«

Emily drehte sich langsam zu ihm um und hielt den Schmuck hoch. »Ich glaube, wir haben den Schmuck meiner Urgroßmutter gefunden«, sagte sie.

»Ich will verdammt sein«, sagte Michael und hob ein mit gelben Diamanten besetztes Armband vom Boden auf. »Danke, alter Mann«, sagte er und schaute in eine Ecke der Kammer. Sie beide hätten schwören können, Gelächter zu hören.

»Los, raus hier«, sagte Michael. Er nahm Emilys Hand, und sie rannten lachend die Treppe hinunter.

Gabriel sah zu Erzengel Michael auf und fragte: »Warum hast du ihn seinerzeit wirklich auf die Erde geschickt?«

»Weil er Emily seit Jahrhunderten liebt. So etwas kommt hin und wieder vor, aber in diesem Fall hat Michael ungünstigen Einfluss auf sie ausgeübt. Emily hat ein sehr gutes Herz, geriet aber immer an verdorbene Männer. Michael konnte nicht mehr mit ansehen, dass sie von diesen Männern schlecht behandelt wurde, deshalb hat er in ihren letzten beiden Leben eine Heirat verhindert.«

»Ist das nicht im Grunde eine gute Tat?« Gabriel zwinkerte Michael zu. Er kannte die Antwort natürlich, aber es amüsierte ihn immer wieder, wenn Michael, der glorreiche Soldat, mit anderen Dingen als mit Krieg und Frieden beschäftigt war.

»Doch, eigentlich schon. Aber Michael hat Emily aus Eifersucht als alte Junger sterben lassen. Sie hatte keine Kinder und fiel im Alter ihren Verwandten zur Last. Beide Male starb sie einsam, aber ihr war etwas anderes vorherbestimmt.«

»Also hast du ihn auf die Erde geschickt, damit er sich entscheidet, ob er mit der Frau leben oder weiterhin ein Engel sein will.«

»Richtig.«

»Und hat er den Entschluss gefasst, den du dir erhofft hast?«

»O ja. Er hat mir eine große Freude bereitet. Die beiden sind gute Menschen, und sie werden gute Kinder bekommen. Von ihnen wird viel Liebe und Warmherzigkeit ausgehen. Die Erde kann Liebe und Güte gebrauchen.«

»Dann wird unser junger Freund also nicht degradiert?«

Erzengel Michael erfasste mit einem Blick, dass Gabriel ihn necke, und lächelte. Egal, wie sehr Gabriel ihn auch herausforderte, Michael versuchte niemals, ihm Angst zu machen, denn Gabriel und Gott kannten sein gutes, sanftes Herz. »Eher nicht«, murmelte Michael und wandte sich wieder den Geschehnissen im Mittleren Osten zu. »Eher nicht.«

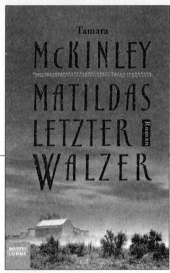

Ein wunderschönes Buch über die Liebe, das die Farben, Düfte und Klänge Australiens auf magische Weise entfaltet

Vor der atemberaubenden Wildnis Australiens verknüpft Tamara McKinley die Geschichte zweier Frauen, deren Schicksal sich auf wundersame Weise kreuzt: Schnittpunkt ist Chirunga, eine einsame Schaffarm im Südosten des Landes. Dort findet Jenny, eine Malerin aus Sidney, die die Farm postum von ihrem Mann geschenkt bekommen hat, ein Tagebuch, dessen Inhalt sie nicht mehr loslässt. Denn es erzählt auf ergreifende Weise von dem Schicksal Matilda Thomas', der Chirunga einst gehörte, von ihrem Kampf um die Farm und von ihrer großen tragischen Liebe. Noch weiß Jenny nicht, was sie mit Matilda verbindet, aber sie fühlt, dass ein dunkles Geheimnis auf Chirunga lastet – ein Geheimnis, das auch ihr Leben verändern wird ...

»Tamara McKinley versteht es nicht nur, ein spannendes Familienepos in der Tradition der Dornenvögel zu erzählen – vor allem sind ihr herrliche Schilderungen von Land und Leuten gelungen ...« *NDR, Bücherwelt*

ISBN 3-404-14655-7

Schottland: Highlands, zerklüftete Felsen, abgeschiedene Inseln und rauhes Meer. Vor dieser faszinierenden Kulisse vollzieht sich das Schicksal einer schottischen Familie. Das beschauliche Leben der Schwestern Innis und Biddy auf der schottischen Insel Mull ändert sich jäh, als neue Besitzer den benachbarten Gutshof Fetteruish übernehmen und der stattliche junge Schäfer Michael Tarrant auftaucht. Innis und Biddy verlieben sich in den attraktiven Michael, der jedoch nicht das ist, was er zu sein scheint ...

›Eine unwiderstehliche Geschichte um starke und schwache Familienbande, um Ehrgeiz, Gier, Loyalität und Liebe.‹ *DAILY TELEGRAPH*

ISBN 3-404-14600-X

Guck mal, wer da fremd geht ...

Alexandras Geschäft boomt. Mit ihrer Treue-Test-Agentur verleitet sie im Auftrag eifersüchtiger Frauen fremde Männer zum Seitensprung. Und tatsächlich – kein Mann kann der langbeinigen Versuchung widerstehen! Doch dann verliebt sich Alexandra Hals über Kopf in Johannes, einen ihrer »Auftragsmänner«. Ganz gegen ihre eisernen Prinzipien landet sie mit ihm im Bett, denn der charmante Gourmet-Koch ist wirklich jede Sünde wert. Nur ist er leider auch so gut wie verlobt, und zwar mit einer Frau, die keinen Spaß versteht. Als sich dann auch noch einer der von Alexandra geleimten Typen als rachesüchtiger Psychopath mit ungewöhnlichem Waffenarsenal entpuppt, wird es bald so turbulent, dass Alexandra ziemlich tief in die Trickkiste greifen muss ...

Temporeich und ungemein witzig!

ISBN 3-404-16226-9